Unicorn
独角兽书系

The Devil In The Marshalsea
黑狱谜局

[英] 安东尼娅·哈吉森/著
程闰闰/译

重庆出版集团　重庆出版社

THE DEVIL IN THE MARSHALSEA
Copyright © 2015 by Charles Belfoure
Published in agreement with Conville & Walsh
through The Grayhawk Agency.
Simplified Chinese Translation Copyright ©2019 Chongqing Publishing House Co.,Ltd.
All rights reserved.
版贸核渝字（2016）第021号

图书在版编目(CIP)数据

黑狱谜局 /（英）安东尼娅·哈吉森著；程闰闰译.
—重庆：重庆出版社，2019.1
书名原文：THE DEVIL IN THE MARSHALSEA
ISBN 978-7-229-12251-5

Ⅰ.①黑… Ⅱ.①安… ②程… Ⅲ.①长篇小说—英国—现代 Ⅳ.①I561.45

中国版本图书馆CIP数据核字(2018)第092306号

黑狱谜局
HEI YU MI JU

［英］安东尼娅·哈吉森 著　程闰闰 译

责任编辑：邹 禾　许 宁　方 媛
装帧设计：星星火
责任校对：杨 婧

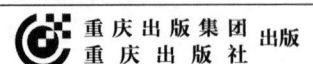

重庆出版集团 出版
重庆出版社

重庆市南岸区南滨路162号1幢 邮政编码：400061 http://www.cqph.com
重庆出版集团艺术设计有限公司 制版
重庆市鹏程印务有限公司印刷
重庆出版集团图书发行有限责任公司 发行
E-mail:fxchu@cqph.com　邮购电话：023-61520646

重庆出版社天猫旗舰店
cqcbs.tmall.com
全国新华书店经销

开本：890mm×1230mm　1/32　印张：13.75　字数：316千
2019年1月第1版　2019年1月第1次印刷
ISBN 978-7-229-12251-5
定价：60.80元

如有印装问题，请向本集团公司图书发行有限责任公司调换：023-61520678

版权所有　侵权必究

目录

历史笔记	001
序曲	001
第一部　劫案	003
第二部　谋杀	033
礼拜四，第一天	037
礼拜五，第二天	113
礼拜六，第三天	195
礼拜日，第四天	251
礼拜一，最后一天	309
第三部　生与死	373
马夏尔西监狱背后的故事	413
参考书目	419
致谢	421

The Devil In The Marshalsea.

致乔安娜、加斯汀以及维多利亚
献上我的谢意

"内心的良知让鬼魂游走,让死人的鬼魂现身……它以一种不可抗力——譬如信仰——倚着幻想而生。"

——丹尼尔·笛弗特,《未见世界之秘》,1729 年

"那是四点钟左右。在公园里,我看到六七只乌鸦聚集在一起发出嘶哑的叫声,却无法理解它们的语言。我不知道它们为何集聚于此,却知道它们正为如何分尸达成了一致的意见——分享这个区域里那些不幸家伙们的尸体。"

——约翰·格兰诺,《我的生活日记》,于马夏尔西,1728 年 9 月

历史笔记

《黑狱谜局》以1727年秋天的伦敦和南沃克区为背景，那里在当时被认为是一座独立的城镇。国王乔治一世在六月离世，他的儿子乔治二世于十月加冕，成为新任国王。人们对于他将会成为什么样的君王极为好奇。（如果宫廷生活的记录者赫维勋爵所记述的那些尖酸刻薄的言辞确实可信的话，那么乔治二世无疑是一位庸君，留给世人的印象极差。）

1727年的马夏尔西监狱，与狄更斯在《小杜丽》里泼下重墨描述的那个地方并非同一个。狄更斯笔下的监狱直到19世纪初才开放，所处的位置在伯勒镇高街更偏远的地方；而前者至少从14世纪就已经存在，坐落于美尔达法院与现在名为纽科门街之间的位置。

1720年，英国遭遇第一次现代经济危机——南海公司倒闭。公司股价猛跌，成千上万的人被波及，其破坏性的影响一直持续到七年之后。1727年9月17日至19日的《伦敦宪报》充斥着破产委任状和死亡通知文书，要求债权人确认被欠的债务。（并非所有人全都曾经受此难。报纸上还有一页专门对贵族和贵族夫人身着礼服行加冕仪式之事进行介绍，并详述他们穿戴之貂皮有何等昂贵。）

伦敦那些专门关押债务人的监狱里已是人满为患——那里散发着成千上万人的凄惨气息，同时也为像马夏尔西监狱长威廉姆·阿克顿那类的人群带来了更多的赚钱机会。几百年以来，债务人监狱在伦敦已是相当普遍。这类监狱由加冕之人全权控制，而这类人私下以此盈利。为了还债，债务人长年在监狱里受尽折磨，因为他们在监狱中将会累积下更多的债务。

债务人累积欠下如此之多的债务，这看起来似乎令人不解——直到我们看到短期贷款的广告，才意识到从其他人的不幸中获利的方式也是多种多样。有很多债务人由家人和朋友支持，或者抵押家产用来还清所欠下的款项。还有一些人甚至在监狱的高墙之内做起了生意——萨拉·布雷萧的咖啡馆和麦克所开的餐馆就是其中两个例子。"镇上的女人"是监狱的常客。事实上，1927年的马夏尔西监狱里还生活着一名叫做特里姆的理发师，和一名来自异域的，名叫麦戈尔特，行占卜之事的法国女人。债务人监狱意味着将人关押于此，而非让人改过自新——只要你有钱支付食物、酒水等费用，能够让监狱管理人员从中获利就可以。

午餐和晚餐

为了避免混淆，有一点需要注意：在18世纪初，午餐时间通常在下午两点到三点。傍晚时，如果有必要，会有一个简单的晚餐。小说里面所描述的所有用餐方式都是基于约翰·格兰诺于1728年至1729年间写的日记里所描述的内容。事实的确如此，那时的人们会在那里喝酒抽烟。

咒骂

他们也做很多这样讨厌的事情。书里用的所有咒骂语言在那时候很流行——千真万确。凯撒·德·索绪尔，一个18世纪20年代到伦敦的瑞士游客，曾经这样评论道："英国人在骂人方面极为威猛"，并且"不仅仅是普通人群中存在着这种令人遗憾的恶习"。他所指的并非单单是"该死的"和"以上帝的名义"这类词句。

如果这些骂人的语言看起来像是过时的东西，也许只是因为人们并没有在更多熟悉的描写那个年代的小说和戏剧里看到过它们。通过对"情色文学"一种或长或短的审视,如《修道院里的维纳斯》(1725),我们能确定那些极其强烈的语言和带有图画的性场面并非不可多见的鲜有之事。在考文特花园的咖啡馆里,圣吉尔斯的贫民区和伯勒镇里的债务人监狱之中,我们能够断定,如果有更丰富的艳丽之词可选择使用的话,他们绝不会用"糖"和"胡说"之类的词语来表达。

序 曲

他们在午夜来找他。没有任何警示，他并没有时间去掏出藏在枕头下面的匕首。他们像鬼魂一般地寂然走动，穿过监狱的院子，从潮湿、狭窄的楼梯间悄然无息地溜入。而他仍在沉睡，没有一丝察觉。

一个内心有罪的人不应该睡得如此香甜。

醒来时，他发现一把冰冷的刀正紧压着他的喉咙。还未等到他大声喊叫，他们便已塞住了他的嘴并绑住他的手腕，将他从床上拖下来，令他双膝重重地落在地板上。那力道之大使得地板在外力的作用下已然裂开。

灯笼光亮，照出了袭击者的脸。现在，他终于弄清了他们的身份，也知道他们为何而来。他疯狂地扯开紧系在自己脖颈之上、以保安全的沉重皮包，将包掷在他们的脚下，金币和银币在地板上散落开来。

提着灯笼的那个人俯下身来，从一片脏污中拾起半枚基尼，在指尖缓缓转动。"你以为这样就可以让你活命吗？"他浅浅一笑，将硬币掷回了地上，对着他的同伙点了点头。

然后他们送他下了地狱。

◇

第二天清晨，守夜人在刑讯室的横梁上发现了一具悬挂着的尸体。那位置太高，低矮之处、黑暗之中的鼠群并未看到那尸体，也没有办法去啃噬尸肉。监狱的看守们割断了绳子，将他放下并拖出放置在院子之中，与那三具在夜间因瘟疫而亡的普通监狱里的犯人尸体区分开来。这名上尉可能已陷入了困境,但他仍是一位绅士。

牧师指着死人满是伤痕的脸和支离破碎的尸体,坚持要求验尸官立刻来调查死因。与三朋四友在王冠餐厅畅饮数小时之久的监狱长朝地上吐了一口口水,然后断言其为自杀。而且验尸官肯定也会跟着作出同样的结论,监狱长对此确信无疑。

在上尉楼上的牢房里,他的朋友们匆忙凑成了一个赌局,想在上尉的私人物品被拿走之前,尽量赢得他本就为数不多的东西:衣物、香烟还有一磅腊肉。小小的烹锅里还残留着昨天晚餐的菜渣。没有留下什么钱,在债务人监狱里,这并不是什么稀奇的事情。

一个年轻的女仆站在楼梯口处,双臂上搭着新的床单。她在黑暗之中站了一会儿,注视着赌局和赌博的人群。很久之前,她就学会了睁大眼睛去窥视,竖起耳朵去监听。在马夏尔西监狱里,秘密往往比黄金还要宝贵——如果能够正确利用,它将会比匕首更为致命。她的眼睛瞥向地面,奇怪的是,这地在昨晚已经被人做过清洁。她将心中所想隐藏起来,就像将漏出的一缕头发拨到帽子下面一样不被人察觉,然后转身去干她该干的活计。

◇

凶手已经清扫过室内的地面,但是他们错过了一个小小的物件:一枚硬币在打斗中遗落在房间里,就躺在上尉床铺下面的黑暗角落中。漫长的数月已经过去,那硬币还藏在灰尘之下——那是一枚沾染着血迹的银币,等待着关于它的故事被人讲述。

等待着我去发现它。

第一部　劫案

第一章

"你的鬼运气可真好啊,汤姆·霍金斯。"

我咧着嘴朝对面长凳上的男人笑起来。那是九月里一个温暖的晚上,数月之中我第一次囊中充盈。我们坐在全伦敦名声最差的咖啡馆里鄙陋的咖啡桌前。生活已经再好不过了。"那可不是运气!"我大声地回答,试图压过室内的喧嚣。

查理斯·巴克利,我多年的老朋友看了我一眼。多年以来,我早已对他这种神情了然于胸:恼怒,反对——他灼热的目光中还深藏着一种消遣的意味儿。我伸了伸腰,心满意足地点起一支烟。我人生中最大的乐趣之一便在于此,查理斯不抽烟,他笑了起来。

一个女侍向我们的桌子走来——那是一个名叫贝蒂的漂亮姑娘,黑色紧密的小卷发,皮肤像烤热的咖啡豆一般颜色。我把她叫过来,又要了一大杯酒。

"一杯咖啡,"查理斯纠正道,"喝完就回家。你说过的,记得吧?"

我向贝蒂的手心里塞了一个先令。又有钱了,这种把钱花出去的感觉真好。"一杯咖啡,再来杯酒。我们在庆祝。"我傲然挥挥手,打断查理斯的抗议。

贝蒂挑了挑眉毛。来汤姆·金咖啡馆庆祝无非有两个原因——牌桌上赢了钱或是精神亢奋找乐子。

"我今晚带了十英镑①来玩牌！"我急匆匆地喊道，可她已经从人群中穿过，走向正在火上煮着的咖啡壶那边。我转过身来，查理斯双手捂住脸。

"我跟着你来这里做什么呢？"指缝间传出他的抱怨。

狭长低矮的室内充斥着浓重的烟雾、酒精和汗臭味，我呼吸着这里的空气，向外望去。我真应该把外套脱下挂起来，到了早上那间小小的阁楼里就会充斥着同样熟悉的气味。"查理斯，一杯酒，只要一杯！为我今天的牌技干杯。"

"牌技？"他双手从脸上放了下来。查理斯有一张英俊的脸，他的五官像艺术品一般匀称整齐地分布在脸上。这样的面容可不是为了愤怒而存在，可他总是面露怒容，瞪大他那双黑棕色的眼珠。"牌技？你把什么都用来赌！最后一分钱都会拿来下注！那可不是牌技，你那是……"他无奈地耸了耸肩，"那是疯狂愚蠢的赌徒行为！"

我没有和他争辩。查理斯总是不愿意相信牌桌上除了盲目的运气之外还有其他的因素，因为他自己在这方面很不在行。我不想和他解释自己了解在那间烟雾缭绕的房间里赌博的大多数人，我和他们玩过很多次，对那群人赌博优劣的了解程度甚至超过对自己的认识；我不想和他解释自己即使是在半醉之下仍能记住出过的每一张牌，并能迅速地计算出胜率。和他说这些都是徒劳。不过，有一点儿查理斯说的倒是事实——我押下了最后的赌注在冒险，从这一点来说我毫无选择。

---

① 因本书涉及 18 世纪英国多种货币，特在此注解。本书中流通的货币主要为便士、先令、英镑，1 英镑 =20 先令，1 先令 =12 便士。另外在 1961 年前英国亦通用法新（farthing）铜币，面值为 1/4 便士。基尼（Guineas）为一种金币，通常用以购入奢侈品，面值 1 镑 1 先令，1971 年后废除。克朗（Crown）为当时英国及其多数殖民地属地所用银币，1 英镑 =4 克朗。

我得靠着这个来生存下去。

就在那天早上,我的房东和其他三个债主冲进我的房间,把一张列有未支付房租和其他债务共二十英镑的责令文书扔到我面前,只给予我一天的宽限时间让我还清它们。如果在宽限时间内仍未支付,我将被立马逮捕并投进监狱。

◇

在那些日子里,几乎没有什么会令我感到害怕。我二十五岁,死亡对我来说似乎很遥远,也很模糊。然而,我认识三个在去年欠下债务后被投送到监狱的人,一个在狱中高烧而亡,另一个在狱中的一次斗殴中被刺伤,活得苟延残喘。还有一个被送进监狱之前还是个乐呵呵的胖子,半年之后已是头发花白、瘦骨嶙峋,连话都说不利索了。他不愿意透露那半年来发生在自己身上的情形,当我们追问时,他的眼中流露出一种宁愿去死也不说出来的神情。

我扯起衣服,跑了出去,寻求自己所能想到的一切助力来应对每一笔债务。不仅如此,我把自己所有还值点儿钱的东西都典当出去,直到房间像一个处女在新婚之夜被剥掉所有衣服般完全裸露在我面前。我的身上只有两样还算有用的东西——一把用来防身的匕首和一套用来撑门面的西装(凭衣服短小的下摆和几枚金色的纽扣便能出入伦敦大多数地方而不会被禁止进入)。我的债主们要求先还一半的账,剩下的部分再择时还清。当太阳西下的时候,我数了数自己一天来所弄到的钱:两基尼和一把硬币。这些钱还不够我今天所需还清的债务的四分之一。

也就是那个时候,我不得不去做这一整天我都不愿意去做的事情——去向查理斯求助。在高中和牛津大学时我们亲密如兄弟,但是在过去几年的时间里我们的友情动摇不定。我那素来爱搞恶作剧的老朋友竟然成为了受人尊敬的查理斯·巴克利教士,一位每天下午在汉诺威广场圣乔治教堂讲演的文明而严肃的绅士,深受一帮年长女士的追捧。我认为这种生活很不错,极好不过,直到他开始对我的行为进行训诫。我可不是一个容易被感化的老太太。此后我已经许久不曾见过他了。

  查理斯和他的宗教资助人菲利普·梅多斯爵士一起居住在圣詹姆斯广场附近的一处大宅子里。从我所租住的地方到那里并不远,可是当我的双脚踏上皮卡迪利大街①上时,脚步就变得缓慢而沉重。一想到自己惹出的麻烦要连累到他,我就无法忍受,更让我觉得不安的是,他很快就能原谅我的行为。我徘徊在这令自己羞愧的情绪边缘——那是一种令人很不舒服的感觉。

  幸运的是,当我把自己目前的窘况诉于查理斯之后,被他狠狠地训斥了一顿,以至于自己都忘记了羞愧并一字一顿地骂他假正经。

  "呃,看在上帝的分上,把文书给我。"他啪地把纸拿过去开始看,口中带着惊奇咕哝着。"这是马夏尔西监狱发过来的。你肯定知道菲利普爵士被封为马夏尔骑士,对吗?"

  我知道这些? 我皱起眉头。查理斯开始侃侃谈起他那声名显赫的菲利普爵士以及他的家庭,我立即想闪身走人。可他提到菲利普爵士两个女儿时,我有些眉目了。"那座监狱归他管?"我猜道。

  "那是国王的监狱,"查理斯一边看文书一边心不在焉地答道,"菲利普爵士以他的名誉在管理。就是——他聘用监狱长……啊,上帝啊,汤姆——二十英镑?你欠这些人二十英镑?比我六个月所挣的钱还要多啊。"他聚精会神地盯着那张文书,就好像他狠狠地盯着那些数

---

① 伦敦的繁华街道。

字就能让金额重新排列变小一点儿似的。

"在伦敦这种地方生活，花销高。"

他用手指了指我马甲上的金色纽扣："那可不一定。"

接下来又是一番训斥。"很好。"我一把从他手里抢过那张文书，塞进自己的口袋里，"如果我从现在开始穿上脏兮兮的袜子和邋遢的棉麻粗布裤，你就会来帮我？"

查理斯自嘲地笑了起来。"我当然会帮你。"他从一处高架上拉下一个铁盒子，打开并翻倒出一小堆硬币，"这些够吗？"

我迅速数起来，四英镑差一点儿。即使我把这盒里所有的钱都拿走，也不够让我摆脱入狱的命运。

"没有更多了。"查理斯心急火燎地说。他偷偷瞥了一眼他的私人物品，眯着眼睛估算着它们值多少钱。"一时半刻也弄不出什么钱。"

哈，此时此刻，我真心惭愧起来。"我就借这些。"我像一名殉道者一般激昂地声明，"我会还你的，查理斯——我保证。今晚就能把这些钱还给你，希望如此。"

我并没有如己所愿的那般好运。在赌桌上整整五个小时的时间里，我输了又赢，赢了又输，总是没有弄到债主所要求的那十英镑。坚持要陪我一起的查理斯不是来回踱着步子，就是坐在角落里咬着指甲，走出房间，再走回来，又走出去。已经很晚了，我一连输了六次，只剩下五英镑多一点的钱了——比我来时带的钱还要少。不过，此时我正在玩的是法罗牌，在这场最后的赌局中，我把所有的赌注一次性押在一张牌上面。如果我赌对了牌，那么我就会赢得双倍的钱。

是的，如果我押错牌，我就会变得一无所有。

查理斯走到我一侧，附着我的耳朵轻语。"汤姆，看在上帝的分上，快走吧。"他伸手去抓那五英镑，把它们从桌子上拿走。"到了监狱，你需要这每一分钱。"

我捉住了他的手，把硬币丢到桌面上。"最后一次押注。五英镑全押在 Q 上。上帝保佑！"

发牌员笑了。查理斯用手蒙住了自己的脸。"你会输得一无所有！"他哀怨道。

"也可能会赢双倍的钱。"我说，"麻烦你有点信心吧，巴克利先生。"

其他人也押下了各自的赌注。发牌员用一个手指把牌分成了两摞。我的心怦怦地撞击着胸膛。上帝啊，我喜欢这情形——希望和恐惧在同一时刻相互交织，这是多么令人兴奋的感觉啊。等待着开牌，天堂或是地狱。发牌员先翻开了第一张，是输家牌？红心五。紧挨着我的那个人小声地骂了一句。

接着该是决胜牌了。我屏住了呼吸。发牌员掀开了那张牌。

是方块 Q。

我长出了一口气，放松地笑起来，我赢了。

◇

贝蒂端着泡好的咖啡过来了，热情的老板娘莫尔·金亲自端着一小杯酒跟了过来。门上的招牌上写着这儿是汤姆·金的咖啡馆，实际上却是他老婆莫尔在经营。她提供姑娘，囤积货物，透露小道消息，甚至偶尔亲自给客人倒咖啡。

她挥手让贝蒂走开，然后挨着我在长凳上坐下来，亲吻着我的面颊，手指在我大腿上游走。查理斯坐在桌子的另一边，张大了嘴巴吃惊地看着她。莫尔有一张大脸，国字脸，长鼻子，肤色暗黄，从面容来说并不是一个漂亮的女人。年过三十的她下巴已经开始失去弹性，变得松弛。可是她有过人的智慧，她相当聪明，那双黑色的眼睛能在一声心跳间读懂一个男人的心思。我喜欢她——当然,是在我有足够的钱来消费的时候。

"听说你今晚打牌赢钱了,"她呢喃道,"让我来帮你把它们花掉……"

要是换作其他的晚上,我可能就着了她的道儿,但今晚可不会。我需要钱包里的这笔钱。我推开了她,有些不情愿。莫尔的手很快就移到了长凳上面。"这位是谁?"她抬起下巴向桌对面示意问道。

"这位,"我故作姿态地说,"是查理斯·巴克利教士。"

"真荣幸。"莫尔目光投向查理斯身上剪裁讲究的黑色西装及白色领结。可惜啊,他钱包是空的——我真应该告诉她这些。"汤姆经常提起你啊。"

查理斯一脸吃惊地埋下头喝咖啡。"是吗?"他对我笑了笑,"他都说我些什么?"

莫尔给她自己斟了一小杯酒。"他说,'感谢上帝,查理斯没在这里看到我的所作所为。'"她举起酒杯,和我的酒杯碰在一起。

咖啡馆今夜宾朋爆满,显得十分喧嚣。实际上每晚都是这样。"干了,为他妈的这么好喝的咖啡。"——莫尔经常会这样说,如同一个生意人对自家的货物夸夸其谈那般。在大多数咖啡馆最阴暗角落里的所有情形在这里都能看到:不轨的图谋,手包被抢劫或是未扣好前门的裤子。上帝才知道莫尔这里阴暗角落中发生的一切——还有什么呢?过不了多久,男人们就会从这里步履蹒跚往家走,或是径直穿过广场去那一处隐蔽的妓院找女人过夜。那些姑娘们会再次进入工作状态——运气好的就直接在附近的出租房里,运气不好的就只能在斯特兰德街外那些臭烘烘的阴暗小巷子里了。

"汤姆,"当莫尔从她的口袋里掏出一支烟时,查理斯压低了声音说,"我们该走了。"

他说得对。钱包里揣着十英镑在这里并非明智之举。"我们先把这杯喝完吧。"酒瓶里还剩下一半的酒,我该学会不要胡乱浪费钱了。

查理斯站起身来,从墙上的挂架上取下他的帽子。"呃,我得走了。菲利普爵士晚上要锁门了。"

莫尔点燃了烟,冲他一笑。"这地方有人能帮你搞定这个的,先生——"

"谢谢你,查理斯。"我急促地打断莫尔的话,站起身来抓住他的手,"我会把你的钱还给你的,我发誓。"

他一只手拍在我的肩膀上,深深地盯着我的眼睛。"上帝已经给你传递了讯号,汤姆。今天你幸免入狱。你有机会重新开始你的生活。明天早上你到我那边去,我会和菲利普爵士谈谈,看我们能否帮你寻得一个职位……"

"明天。"

他看了我一眼,然后向莫尔点了下头就离开了。我看他从咖啡馆的桌桌椅椅之间迂回走出,然后像是被命令一般很急促地从这里离开。查理斯总会对我的生活给予好的建议。

"明天。"莫尔说,我心不在焉地对她皱了下眉。

"你总是什么都说明天,汤姆。"她很了解我似的说,用手托住下巴。我是她最喜欢的人之一,这点我清楚;我猜想,是因为我长得英俊,当手里有钱时消费比较大方随意。即便没钱,我也能穿梭于赌桌前的议员、盗窃犯和政客之间,挖掘出大量值钱的信息来,尽管只是些随意的闲谈,莫尔却总能从那些言语之中甄别出有价值的信息来生钱。"你不用进监狱,我真为你高兴,"她说,"马夏尔西监狱的大多数人都说,那监狱长是个凶狠的怪物……"

哗啦一声传来，隔壁桌哄然大笑。一只大酒杯摔落在地，飞溅出细小的玻璃渣子，洒落在地的酒弄出一摊红色的、黏糊糊的污渍。一伙被酒溅到袜子上的苦力工们正朝打翻酒瓶的姑娘之一怒吼。"你这愚蠢的婊子，这钱你付了！"其中一人抓住那姑娘的头发嘲讽道。

"绅士们。"莫尔从椅子上起身。绝大多数夜晚，这种地方都会发生斗殴事件，但是绝不会持续很久；莫尔可以叫上一帮男人来应对这种事情，而且她的短裙下藏有一把折叠的长刀。有一次，我曾在裙下触到某处柔软的部位时碰到过它，划伤了我的手。

"你不用去为像菲利普爵士那样的大人物工作！"莫尔向后坐回原位大声说。她狠狠地吸了一口烟。"明天来找我，我会给你找份事情做。"

"你有什么想法？"

莫尔给过我很多建议，大多数建议都能让我被流放或是被处以绞刑。尽管如此，我不得不承认自己倚着容貌和运气已经流浪放纵了太长时间，或许我应该去帮莫尔做点事。整天都是麻烦事——我已然享受着这种及时行乐的生活了。生或是死，一张牌来决定；对一个赌徒而言，这种押注的刺激很难抵制。

"让我明天考虑一下，"我说，"跟着新的人混，也会有新的机会出现，新主顾——我想我或许可以在文职方面试试。"

她担心地看着我："没什么需要担心的，甜心。"

我喝完剩下的酒起身离开。莫尔把吸过的烟丢到桌上，跟上我。烟嘴在桌上弹了起来，发出吧嗒一声。"我需要新鲜的空气。"她说，我们两个都笑了起来。克温特花园这一片区域没什么干净的东西，除了在这深夜时分。

在门口，她背倚着门框，目光穿过广场，犹如女王正在检阅她的狩猎场。我望着她，心里想着莫尔这女人还是有一些能力的。她的咖啡馆比那摇摇欲坠的小棚子强不了多少。可是，当莫尔在那里时，你身在其中，能感觉到自己像处在世界的中心。

她抬头看了看天。"天黑得像魔鬼的屁眼儿，你得找个人帮你照着路。"说着，她吹出一声急促的口哨，一个瘦骨嶙峋、衣衫褴褛的家伙从阴影中冲出来，一顶破旧的三角帽下面黑漆漆一片，什么也看不到。他跑到我们面前猛地停了下来，滑了几步，手里拿着一支还未点燃的火把。

"你自己要来的吗，小鬼？"她捏住他的下巴，仔细地端详他。"我没见过你，是不是？"

在那种强势的目光之下，恐怕连一些男人都会语无伦次，可是，这个少年却直直地回看过去，无所畏惧的样子。"其他跑腿儿的都在特鲁里街那边候着，戏剧快演完了。去哪里？"

"您要去哪里，金夫人？"莫尔快速纠正了他，然后笑起来。她还是个女孩儿时就在这条街上混。

她转身向咖啡馆走去。我一时心血来潮抓住她的胳膊，把嘴贴向她的唇，品尝着她口中烟味、白兰地和甜橙混合在一起的味道。她咯咯地笑了起来，回吻着我，弄得我血脉偾张。这种时刻，即使有一百张通缉文书要逮捕我，我也会在此逗留。还记得我和她亲吻的最后那一次，正好是国王离世的那天夜里，到现在已有三个月之久。我想这世界会有所变化。当然，什么变化都没有。莫尔的手向下移去。

落在我的钱包附近。

我抓住她的手腕从我身上扯开，她挤出一个慵懒的笑容来。"只是试试你。难道我这边的人不会向你下手么？现在我不就可以吗，教士先生？"还没等我说什么，她就溜进咖啡馆了。

那打着火把的男孩捂着嘴笑。我皱了下眉头，向他掷去一便士。"快把火点燃。"

他按我说的做了，在咖啡馆门口的灯笼里点燃了火把。火把上的油脂一经点燃，男孩的面庞便在火光的映照下呈现出橙子般柔软的颜色。

"她为什么叫你教士先生？"他吸了一下鼻子，问我，"你是牧师还是其他什么身份？"

其他什么身份。莫尔知道我以前的经历，总喜欢调侃地称我教士先生。我指着身上的蓝色真丝马甲、黄褐色的外套和长裤："我看起来像是神职人员吗？"

他耸了下肩，好像表示他相信任何人的任何说辞一样。这是一个令人厌烦的肢体动作，在这样稚嫩的肩膀上出现总显得有些奇怪。这类少年经常在这暗寂无声的黑暗中引着浪子和妓女回到他们的床上去，这种经历把他们身上的纯真击打得荡然无存。呃，在这个城市里还有更为不堪的方式可以挣得一便士。他转过身，高举起燃烧的火把向索和区小跑过去。我戴上帽子，紧跟在他的后面，像一只循着北极星回家的羊。

一路上我在思索，内心焦躁。除去这上流社会时尚的行头，我看起来还像是一个教士吗？这种令人不开心的想法在我脑中翻来覆去。当我还是一个少年时——比这个在我前面小跑的少年还要年幼的年纪时——我就被告知，我注定会像我的父亲托马斯·霍金斯大教士那样成为神职人员。他甚至让我继承了他的名字，所以我本应该很容易在某一天成为他那样的人。情形并没有如愿发展。在我的内心深处，我很清楚自己并不适合做一名令人尊敬的神职人员。

麻烦的是，我根本不知道自己适合做什么。你们有没有见过不愿意被人喂饭的小孩子？扭转脑袋，嚷嚷着——不，不，不。那就是我一想到自己要进教堂任职的感觉。我的父亲不知道有多少次把勺子递向我的嘴边，又不知道多少次试着强制性地把那些责任、荣誉和体面硬塞进我的喉咙。不要，不要，不要。

　　心里总是想着这些，以至于分了神，我都没有意识到我们刚从朗埃克大街穿过。街道上太安静了——对于一部分人来说太晚了，对另一部分人来说又过于早了。我们转着弯——接着我想我们之前肯定转过不少次的弯——进入了一条黑暗且狭窄的巷子。陈旧的木制房屋一座挨着一座，慵懒地躺在路边；房屋顶层向外凸出，几乎悬在街道之上。有一处房屋已完全坍塌，木料大多已腐蚀殆尽，只留下一副朽烂的框架，仿佛一个骷髅硬戳在夜空之下。

　　一阵急风冲向小巷，吹得肉贩招牌上的金属链子咯吱作响。我停下脚步，又惊又怕，口中小声地咒骂着。我不知道这条街道。空气中弥漫着一种松脂油的气味——那是杜松子酒特有的味道，就在附近。一帮醉酒的家伙突然爆发出的笑声从远处传来。圣伊莱斯。我们到了圣伊莱斯。

　　我疯狂地向四周张望，胸中生起恐慌之感。莫名其妙，我们原本应该是走向西边的索和区，现在竟然闯进了伦敦市臭名昭著的贫民窟。若不是傻子，没人会在晚上独自行走于此处。我从腰带上解下匕首握在手中，感谢上帝，我之前竟然没有把它抵押给当铺。

　　那个少年一直跑在前面，但是现在他却磨磨蹭蹭地停了下来，以一种很奇怪的眼神看着我。

　　"你叫什么名字？"我问道。

　　他一只手呈弧形挡在火把前面以防火被风吹灭。"萨姆。"

　　"萨姆，你是干行骗这一行的吗？"莫尔曾经提醒我提防着他们。

当我第一次来到这个城镇时——这类少年会把受害者从安全的街道上引诱至阴暗的角落里为所欲为。

他笑了起来。"你看我像干这一行的吗?"他模仿着我的语气,阴阳怪气地反问道。

小混蛋。我大步向他走去,听到身后有很多人的脚步声,很多双眼睛在盯着我。

"我们必须离开这里。马上。"

现在我离他只有五步之遥。他仍然安静地站在那里,一言不发,像飘荡在坟墓之上的鬼娃娃。接着,他的目光越过我肩膀看过去——鬼鬼祟祟的眼神迅速扫过。

一阵较轻的脚步声从我的身后缓缓地逼近。近了——越来越近了。接着,一只胳膊箍上我的颈部。我手中的匕首被抢了过去,压在我的喉咙上。

"别动。"

我赌徒的心思在脑海中迅速回旋。我要反抗吗?跑?

刀锋重重地压下来。"你的钱包。"

萨姆高高举起火把,照亮周围的场景,仿佛舞台上的灯光照明一般。

我应该按吩咐,把钱包交出来。我的手指滑向系在腰间的皮包。

不!

在意识到自己在做什么之前,我猛然抬起手把那只胳膊从喉咙处推开,令那人的身体失去了平衡,接着转过身让自己的脸正对后面那人,慢慢地往后退。如果他要用刀刺我,那就来吧。但不管怎样,我都应该以正面应对。

我们警惕地对视着。他的脸被低矮的帽子遮住,一块黑布蒙在鼻子和嘴巴上，唯一能被看到的是他那双眼睛，黝黑的眼睛里透出淡定的神情。

我又往后退了一步，目光紧紧地落在他右手握住的那把锋利匕首上。那是我的匕首，真该死，是我自己把它磨得如此锋利，只需一下，我的身体就能迅速被它划开花。

"别动，先生，不要犯傻。"他语调平静。接着，他压低嗓子说："我们可不止一个人。"

他伸出另一只手来拿我身上的钱包。我的血液一下子涌上了耳朵。

我撒腿就跑。

那个少年此时正咧嘴笑着，为当前的场面和他在此行动中所扮演的角色感到兴奋。当我从他身前跑过时，我感觉到天旋地转。前面的街道变得更加狭窄，我的正前方有一堵高墙隐约可见，就在我迈开大步往前冲刺准备跳过那堵墙时，一个黑色的身影从黑暗中冒出，把我击打在地。

那一刻我晕眩倒下，他开始在我口袋中摸索，想找出钱夹。我大骂一声，手脚并用、拳打脚踢地把他从我身上推开，想从地上站起来。可是，此刻还有其他同伙从周边的屋顶和阳台冲出跳下来，低声呼喊其他人。黑暗之中，我笨拙地摸索着，想找到一块砖石或是木头来防卫，但我知道会是怎样的结果。我赌了，我还是输了。

一只手攫住我的肩膀，我发狂地转过身去。接下来，一只又一只的手抓了过来，像魔鬼一样撕扯、拖曳我的身体，仿佛要把我拖进地狱。我反抗着，想挣脱它们，可是太多了，我无能为力，再次重重地跌落在地。

"把他弄到那边，兄弟们！"他们的头目叫嚣着。

我的双臂被反别在身后，两膝着地被他们拖行着。那头目向这边走来,经过那少年面前时在他头上摩挲了几下。我莫名地感到一种怪异!现实清楚无误地在这样一个时刻摆在了你的面前——那人是那少年的父亲。在我看来,那个小小的动作所体现出来的关爱与自豪甚至远远超过了我的父亲在这一生中对我的情感。

那头目走了过来,在我面前蹲下,黝黑的眼睛瞥向我的脸。

我瞪着他。

他向手下其中一人作了暗示。

"等等……"

太迟了,我感受到自己的后脑勺受到猛烈的一击。眼前变得白茫茫一片,接着整个世界在我眼中消失不见。

第二章

我醒了过来。那一瞬间,我以为自己还身在家中,在那间位于格里克大街阁楼上的小屋里。接着,我想动一动身体,却感觉到一阵疼痛感贯穿我的脑袋,我疼得差一点又昏了过去。

慢一点,汤姆。小心点。

这一次,我动作轻缓,坐起身来。身边倾斜的世界恢复了固有的位置,我伸手颤巍巍地摸向后脑勺,那里肿起一大块。我的手指感受到了黏糊糊的血的温度。记忆像火绒箱里迸出的火星儿似的一触即发:向我伸过来的那些手,笑声和呼喊声;抵在我喉咙上的刀刃。

我摸索着自己的钱夹,以为还能找到。已经不在了。

胃里一阵抽搐,我完了,什么都毁了。身体躺下去,我闭上了眼睛。就在这里休息一会儿吧,此刻再做反抗又有什么用?就让骨子里残存的那点劲头滚到寒冷的大街上去吧;就在这片污秽之境中消逝,平静地死去。

……不,不,我不能让那帮圣吉尔斯的鼠辈们得逞,能活下去就是运气。要是没有什么运气,也谈不上活着的感觉。我定要诅咒那伙扒手中的每一个人都被打入地狱的最底层——若是我能站起身的话。

就算爬着,也得起来。

我正躺在一处阴湿的侧廊上,这里像是小便池、呕吐物乃至所有这类污秽物集中的地方一样,充斥着阵阵恶臭,而且经久不散。地面上胡乱散落着一些瓶子,带血迹的破布片,烟头儿。我肯定是被他们从那处脏乱的巷子里拖到这里来以便对我下手抢劫的,想必那个高举火把的男孩儿仍旧做着照明的工作,像其他抢劫犯一样的得意。我身上的夹克衫被人剥了去,头上的三角帽在反抗的混乱之中丢掉了,下身所穿的裤子也被撕破,膝盖和拳头上显出数条抓痕。那帮家伙把我外套上的金色纽扣也用刀割了去,还掏空了我身上的每一个口袋。我双膝着地,匍匐爬动,每往前一步,喉咙里都发出轻声呻吟。我不能去冒着被人听到声音的风险惹来灾难。出没在圣吉尔斯这里的歹徒极为凶残,要是一名绅士愚蠢到在他们的地盘上栽了跟头,那么他所要面对的就不仅仅是一顿毒打和被抢劫这么简单的事情,远远不止。目前,我还未脱离危险。

  我拱起后背,缓慢地往小巷那边爬行,一英寸又一英寸。黑暗之中,我全凭感觉找路,手指上黏糊糊的,像是触到了破玻璃或是滑溜溜的污秽物,又或是恶臭的污泥。爬近巷子时,在最近的那处入口某片阴影之下,我瘫倒在地,后背紧紧抵着那面墙,精疲力竭地喘起来。每一口喘息都引来疼痛的悸动。我把手指放到衬衫下面去摸索自己的每一根肋骨,有肿胀感,骨头却没有断。

  月亮从一处云彩后面钻了出来,淡淡的光辉为这个世界蒙上了一层轻柔的银光。我凝视着头顶上方东倒西歪、仿佛迷宫一般的走廊和露台,厚重的木板在一处处屋顶之间悬空而架,梯子和绳索把低矮的茅舍与邻壁串连起来。这是建立在屋顶之上的秘密城市,那帮贼人们规划出来的地方。鲁克斯①,这是他们对自己这类人群的称呼,圣吉尔斯是这类人群最大的聚集地。在我拖着身子血迹斑斑地从这片污秽的道路中爬行而过时,他们是否已返回到我上方的这片鸟巢内欢笑畅谈

---

① 鲁克斯(Rooks),意为赌棍、骗子。

着呢？我用一只眼睛焦虑地搜向每一处屋顶、每一处阴影，没有，他们早就离开这里了，肯定的。他们此时应该在离这最近的妓院里挥霍着我被劫去的那只钱包里的所有钱。

我挣扎着站起身来，后脑上的伤痛顿时袭来。疼痛让我保持着清醒，保持着警觉。

你的鬼运气可真好啊，汤姆·霍金斯。是吗？查理斯？没有了那笔钱，我不能回去，本杰明·弗莱彻，我的那位房东将会强制给我弄上镣铐送到艾什监狱去。再向友人求助也无济于事——我已经用尽了所有的手段，查理斯那里也没有剩余的钱可以借我了——我已经拿走他身上最后一便士。家里人那边……我直接断绝了这个念头。

当我接近这条巷子的尽头时，我准确无误地听到前面传来小便洒落在泥土地面上的嘶嘶声。走向角落处，月光之下，一个上了年纪的娼妓正蹲在那里，一小摊尿渍从她的脚下蔓延开来。路上宁静而空荡——在那一瞬间，我感觉到自己和她是这座城市仅存的两个活动的生命。上帝保佑啊。看到我时，她直起身体提起了短裙，一小股尿液顺着她的大腿流下来。

"和我搞一次一法新。"她在原地稍稍迂回着步子。

付上一法新去感染梅毒吗？这种娼妓就是劣等货，我猜测——男人在漂亮妓女身上所需要花的钱远远超过这个价。我摇头拒绝，头骨上的疼痛感猛然而至，令我脸上的肌肉抽搐起来。"戈登怎么走？"

她这才注意到我身上破损的衣服及斑斑血迹，冲我伸出手。"给我一便士，我给你指路。"

"我被人抢了。他们劫走了我的钱包。"我伸开手臂，"发点善心吧，女士。"

"善心？"她咯咯地笑起来，撩起她污迹斑驳的衬裙擦拭着下身，

"我可没什么善心。"

说着,她转身向黑漆漆的圣吉尔斯中心走去。

◇

最终,我自己找到了返回考文特花园的路。我始终行走在阴暗处,遇到有人大步走过来时我就躲到路边的门廊中去。如果我大着胆子求助,可能有人能够帮到我,即使在伦敦,听说也会遇到乐善好施的人群,但是我不敢去冒这个险。在街道上,我独自一人,缓慢地一拐一拐地向前走,一半的时间都在绕圈圈。有时我感觉到有人在背后盯着自己,我敢发誓听到了身后很轻的脚步声——但是当我转过脸向身后的黑暗之中窥视时,却什么也没有。你们愿意跟着我就跟吧,我想,反正我身上已是所剩无物。

最后,我跛行至考文特花园——双脚所踩踏下的鹅卵石地面,圣保罗教堂那优雅立体的轮廓,妓院里即使在这个时间也仍然亮起的灼热灯光以及从那里的窗户之中传出的虚伪的男欢女爱之声,这一切令我的心安定下来。露天广场上,市场的小贩儿们在火把的光亮下支起摊位,手里一边忙活,一边相互喊叫着、大笑着。一名搭着红色披肩的老太太正挤在莎士比亚酒馆前的台阶上售卖着热腾腾的米乳和大麦汤。我从他们前面走过,感觉像是一名老兵从战场返回,却没人知道刚刚过去的那场战斗。一个巡夜的打更人举起了他手中的灯笼,我赶紧缩身离开——身着这褴褛污秽的衣衫,他很可能会对我产生怀疑,一切怀疑都有可能,之后他也许会发现法院对我的逮捕令,然后以此拿到一笔丰厚的奖金。

◇

莫尔咖啡馆还未打烊——它总是开着——但店里已经没什么人了,只剩下贝蒂在里面。她正轻轻地晃动着一位酩酊大醉躺在桌下的老律师。她看了我一眼，就跑去找莫尔，莫尔就睡在隔壁房间——可能和她老公睡在一起，也可能枕边人并不是她老公。我在靠近壁炉的一把椅子上面躺下，双手抱头开始摇晃。令人感到安慰的是我现在安全了，但心中的恐惧仍然存在。当明天的太阳一升起，我的债主们就会报警。法令执行官在这处我常出没的咖啡馆找到我之前还有多少时间？我得逃跑——可是我已是受伤之体且精疲力竭，只能空想，却不能动身。

莫尔赶过来时还在系束着她的裙子。"呃，汤姆。怎么啦？"接着她看清我的现状，惊讶地低骂了一声。她用手把贝蒂推向门口。"热水，干净衣服。"她在我旁边坐了下来，手指触摸到我脸颊上的一处伤口。"发生什么事情了？"

"他们抢走了我的钱包，莫尔。他们抢了我所有的东西。"

◇

莫尔认为，目前只有一件事情要做：我必须立刻离开这个城镇。"逃到明特镇去，在天亮之前。"

我痛苦地叹了口气。短短几个小时之前，我已经成功地扭转了自己的命运。而现在，我唯一的希望却是偷渡到河那边的避难所。明特那迷宫一般的街道之中暴力充斥，疾病泛滥，法警连一只脚都不愿意踏进它的边界。有人曾跑到那里去避难，几周就回来了，后来被揍得鲜血直流，并且被人强摁着脸溺进那条穿越几个街道的肮脏不堪、臭味熏天的深河里。没几天，他就死了。

"跑到明特总比被关进马夏尔西监狱要好。"莫尔坚持道。她用一块湿布擦拭着我后颈上的血迹。"你可以等到周日再走。安息日（礼拜日）他们不会抓你。"她以一种嘲弄的方式把手合在一起表虔诚。

"那么之后呢？到了礼拜一我怎么办，莫尔？"

"礼拜一？"她用力地擦拭着已经干涸的血迹，痛得我直喘气，

"你从什么时候开始会考虑到以后的事情了?"接着,她停了下来,把她的唇靠近我的耳朵。"我的大门依然为你敞开,汤姆。来我这里工作吧。我可以让你人尽所用。"接着,她开始阐述她所设想的新冒险故事,包括去法国的旅程。现在我已经记不起具体的细节,那时也无法搞明白是怎么回事。我的脑袋疼得跳动起来,思维难以跟上她的节奏,只记得她的设想听起来很危险,有些不顾后果的鲁莽。对我来说,很有诱惑力。

当我考虑着何去何从之时,莫尔浸洗我衣服上的血渍,迅速地把水拧干流进大钵中。我可以像个绅士那样站起来有尊严地直面我的命运,在监狱里去面对一些污秽卑劣的人生结局;或许也可以从此逃往明特,永远脱离良好的社会环境。对于莫尔来说,劝诫我选择后者是一件再简单不过的事情。她出生在杂乱的环境之中,大部分的人生都在街道之中以追求利益为目的,干些惯有的行当。她清楚什么时候该走,也知道往哪里去。她越过狱、偷过渡,也当过妓女、做过盗贼,甚至更为糟糕的事情。不知何故,她总是在蜕化,变得比以前更磊落也更勇敢。

而我,和她恰然不同。作为萨福克绅士的大儿子,从一出生我的人生便有轨可循,那是一条古老而且笔直的人生轨迹:我会像我的父亲那样成为一名神职人员,而且——到了一定的时间——将会继承他的宗教职位。三年以前,在牛津妓院发生的那场不幸事故之后,我放弃了那条既定的人生道路。如今在这里的我,二十五岁,没有家庭,没有前景,也没有钱。实际上,我会希腊语和拉丁文,会跳上流社会盛行的加伏特舞,可是我无法靠诸如此类的东西生存,即使是在伦敦这种地方。

一份《每日新闻》被人遗留在桌上,我瞥了一眼那份报纸,希望能从中得到一些启示，让我知道自己该如何选择。在一些关于马匹、房产和"治愈坏血病"的广告中，我注意到了南海公司发布的三个月期限借贷项目。七年之前，股票崩盘时，有一些投资者采用分期付款的方式偿还他们的债务——要付出利息也是自然。或许弗莱彻先生也会有类似的考虑。

贝蒂给我带来了一套干净的换洗衣服和一碗热宾治酒，上帝保佑她。我的马甲还能够清洗和缝补，可是马裤和长袜已经破烂得无法再做补救。我穿上新拿过来的长袜和一条旧裤子，接着配以同款的马甲和外套。把自己弄干净且穿戴完毕后，我又一次地感觉到了自我——然而，当我瞥到壁炉上方晦暗镜片中的自己时，我为自己的新形象感到震惊：我看起来不再像一位令人尊敬的绅士——即使那是我曾经的身份，此时我的样貌，与一个准备潜逃的人渣无异。

我的身子颤抖起来。那么——这就是我此时的抉择，监狱或是犯罪人生。生命几乎像是被一条绳索绕颈而行将就木。我的手摸向自己的喉咙。

"霍金斯先生。"身后传来一声轻柔的低低的声音。贝蒂的身影和我的一起映在镜子中，她的胳膊上搭着我之前那套破烂的衣服。她偷偷地瞥向前门，莫尔刚从那里出去把洗过我血迹的水倒出。"还有另一条路可走。"她轻声说。

我转过身，希望涌上了我的胸口："快告诉我。"

她轻轻地笑着。"你可以回家，先生。回家向你的父亲求助。"

我的肩膀垂了下去，给自己倒了一杯宾治酒，把它重重地放回。"我宁愿去找魔鬼。"

"怎么啦？"莫尔回来了，她尖声问道。贝蒂已经带着我的衣服悄悄地出去了，只有我们两人在。

"就是这个无赖！快逮捕他！"

我的房东本杰明·弗莱彻站在门口，双手撑在膝盖上，累得快喘不过气来了。他肯定是跑遍了从格里克大街通行的所有街道，跛着脚走在前面。房东身后跟着一个虎背熊腰的执法警察，手中拿着木制的警棍。他鼻子扁平，面部像是被人挤压过数次一般，一条长长的白色疤痕自一条眉毛上贯穿而过。长串的链条搭挂在肩膀上，看似肩带。我和他的目光碰撞到了一起，他笑了起来，很是惬意，就好像他要监护我去的地方是剧院而不是监狱。

"快抓住他，杰克斯先生！"弗莱彻喘息着，他一把扯下头上的帽子，在满是汗水的脸旁扇动。

"弗莱彻先生，"我向外摊开双手以示歉意，"我向你发誓我弄到了这笔钱……"

"别再撒谎了，霍金斯先生！"他叫喊道，从马甲里掏出一张纸塞给我，他的双手在颤抖。"你已经把我当成傻瓜耍过了，先生。"

纸上的文字很短，整洁工整的书写让我回忆起了自己本来的身份。那纸上的文字书写出自于一名绅士之手。

先生：

　　作为一名虔诚的基督教徒，我有责任告知你，你的房客无赖之徒霍金斯与你的妻子存在着无耻的奸情，所有人都在议论着这种不齿之行。你善良与宽容地容他拖欠房租，他却以这种声名狼藉的无耻之行与你妻子的堕落来回报于你。

一个朋友

文字下面有一个男人的画像草图，眉毛处有蔓延的记号——显然描绘的就是这个被戴了绿帽子的男人。

我对着这张纸皱起了眉头。简直莫名其妙。弗莱彻夫人，一个心胸狭窄、尖酸刻薄的女人，脾气火爆，看起来活脱脱一只剃了毛的白鼬。这短文里面所说的我和她"有奸情"完全是匪夷所思的污蔑，可弗莱彻先生他就相信了。

"弗莱彻先生，我们都是有理智的男人，对吗？"我轻轻地挥了下手中的纸，"你应该能够看出这些不过是恶意的编造，不是吗？我并没有对你贤良的妻子不敬的意思，不过……"

站我身后的莫尔轻声咳嗽了一下，接着我的话说下去："不过，他宁愿和自己的姐妹乱伦，也不会去搞你那老婆。"

◇

铁链重重地捆上我的胸膛，杰克斯押着我从考文特花园向河沿方向走去。我垂头往前走，手腕上紧紧铐着的镣铐令我双手合在一起像是在做祷告。现在向上帝祈祷已经晚了，这会儿的我大概成了别人眼中的风景。我曾经看到过不下几十个家伙从索和区被押送至弗利特或是马夏尔西监狱或是其他一些肮脏的关押犯人的地方，当时对他们这类人群我几乎没有多的关注思索，至少我的身后没有老婆孩子悲恸欲绝地为自身的命运感到惋惜。就此来说，这也是那一刻我认为最好的情形。

我们向前赶路，穿过喧嚣的集市，小摊儿上摆满了刚刚从郊区采摘的艳丽鲜花和熟透的果子。我呼吸着这香甜的花果和落满尘土的香料的气息，希望自己能够在这熙熙攘攘的人流之中就此消失。小贩儿们吆喝着他们的货物；年轻的姑娘们兜售着鲜花和手帕之类的小东西避免被弄进妓院的命运；牛、羊、猪的叫声混在一起，各类牲畜成群，散发出阵阵恶臭；演戏的和玩杂耍的，侍从们和有点儿身份的人们；

闲聊的女人们和黑面的地痞们——让我钻入人群吧,再从中溜走,消失不见……

身后的杰克斯紧跟着我,一只手押在我的肩膀上,指示着我往下方的南安普敦大街走向泰姆士河畔。"天气真不赖。"他抬头看了看天,态度友善地紧扣住我的肩膀,却差点将我摁到地上。"真无耻。"

当我们走到河边时,伍斯特码头上一群身着红红绿绿紧身上衣的船工们向我们大声嚷嚷来招揽生意。"摇桨喽!摇桨喽!""开船啦!"伴随着船工们争相的叫喊声,他们的船重重地相互撞击着。杰克斯从一片银光中挑出一人,用手指向一名身着绿衣、像市长一样振臂高呼的船工向他示意,他摇桨划向我们,其余的船工嘲讽地谩骂着他碰到了好运气。船划到了码头,他瞄了一眼我身上的铁链:"去伯勒镇?"

"对,"杰克斯点头称是,"图利码头。三便士,不能再多了。"

"过桥都得双倍的钱,杰克斯先生。"船工说道,然后咧嘴笑起来。图利码头就在桥外不到几英尺远的地方。

"三便士我去,先生!"另一名船工在他的船上朝这边叫喊着。

我们的船工生气地骂向那边:"里德,你贱卖自己啊!这是你妈教你的吗?"接着,他转向我们说:"四便士。"

"三便士。"杰克斯固执地坚持道,他摆出一副随时可以选择坐其他船的架势。我们的船工叹了口气,挥手示意我们上船,咕哝起他贫困挨饿的老婆和孩子,那述说的方式根本就令人不足以信。

杰克斯用肘轻推我上了船,然后才把自己那肥胖的令人印象深刻的身体放置在小船的另一侧。他看起来很是心满意足,倚着头晒着太阳。那名船工举起桨坐在我们中间,当船在我们的体重之下晃动时,他的脸上显出一副焦虑的神情。我的体重加上拴在我身上的铁链与杰克斯庞大的身体相持平,我们很快就维系了船身的平稳。

杰克斯向前倾了下身体，小船便又一次地前后摇摆不定，河里的水从船边喷溅起来。"你有硬币吗？先生？"他隔着船工的肩膀向我喊道。

我举起被铐住的双手作为回答。

他摸摸自己左边眉毛上的那条疤痕，思量着现在并不走运的处境。"呃，你最好还是找找身上有没有硬币，霍金斯先生。你没有朋友吗？家人呢？"

我摇了摇头。杰克斯和船工相互交换了一个眼色。没有家人，没有钱。我真应该从船上翻落入水，让所有人都省去麻烦。呵，该死，我什么都没有，但是我还有知识智慧，而且我并没有看上去那样不谙世事。

我们经过萨默塞特住宅区，那里几乎已经被人遗弃，黄金岁月里的舞会和爱情争斗早已是久远的过往了。我嗅到空气中蔓延着耕地里肥料所散发出的辛酸气味；宅子里的护卫们在几年前就遣散了那些牲畜。

自从南海泡沫事件暴发，我们所生活的日子便是这般模样：四处是还未建成或是半坍塌的废弃房屋，货币从人们的生活中出出进进地流动，比水银的流动还难控制。

船工吹着口哨向前划行，双桨平稳地在水中划动。杰克斯绕过船工的身体轻拍我的膝盖，吓了我一跳。"到萨瑟克区后，我会帮你找找其他出路。"他压低了声音对我说，拇指连同其他手指做出了一个明显的手势。"违反法规的方式。"

前方已然显露出大桥的轮廓，住宅区窗户上的玻璃在上午的阳光照耀下闪闪发亮。一排小船停靠在那里等生意。"你为什么要帮我，杰克斯先生？"

他厚重眼睑之下的海绿色眼睛中闪现出冷冷的伤感。"你令我想起了我以前的上尉。"

当接近大桥下面狭窄的拱洞时,船的速度加快了。我不得不在轰鸣声中喊叫起来:"你以前是军人?"我早应该从他那张饱经风霜和沧桑的面孔上看出这些。

"当了九年的兵。"他回复道,接着愣在那里,陷入了回忆,然后晃了晃脑袋。"罗伯特上尉就跟你一样,放荡不羁,好赌,嗜酒。"

我张嘴想辩解,还是什么都不说吧。

"你和他气质也很像。真是怪事。你们几乎像是亲兄弟。"

"真的吗?我最亲的兄弟是艾蒙德,我继母生的儿子——而且我们都为彼此没有相像点而感到庆幸。"

"约翰并非你们所认为的那种值得尊敬的人。"杰克斯皱着眉头回忆起往事,"他偶尔也会不正经,但对我来说他是位挚友。他曾经救过我的命。"

从他叙述的方式我可以判断出罗伯特已经死了。"他后来怎么样了?"

他偏开了头,看向下方回旋的水流。"他死在了马夏尔西监狱。"

船工紧紧地抓住船桨,把船驶向离河岸最近的一个拱洞。这片水域显得很拥挤,水面上的船相互碰撞发出咚咚的声响,吼叫声、谩骂声此起彼伏。泰晤士河急流翻涌着,重重地拍向桥身。狭窄的桥洞之间极为危险,船工需用尽全身的气力来控制船身的平稳。稍有偏离,船就会被撞击成碎片。我没有幻想着自己在这河里会有什么好的运气——捆绑在身上的重达二十磅的铁链不会给我带来任何好运。

"验尸官诊断他的死因为畏罪自杀。"杰克斯继续讲述,并没有展开事件背后的具体情节,"可是那绝对是一场谋杀,毋庸置疑。战场上的尸体也没有它糟糕。伯勒镇有传闻说,他的鬼魂还在监狱出没,坚持寻求公正。"小船行驶到桥拱处时,船身开始倾斜,在漩涡里打着转儿。"遇到这种事的机会很小!"他愤怒地哼了一声,身体向我倾得更近。"你知道吗,据说那鬼魂还在马夏尔西监狱待着。而且——请原谅,先生,我还拿不准你是否做好了心理准备去面对这些。"

我很想问问他是什么意思,可就在那时,船工把船驶入了激流之中,我们狠狠撞上了桥墩,速度快得仿佛子弹从手枪中迸发一般迅猛不及。杰克斯紧紧抓住船身两侧,而我已从座位上弹了起来。水流咆哮着击向岩石,在四周激起阵阵白色水沫,溅得我们满脸都是。接着,船慢慢驶入缓慢的水流区域。

我回身坐好,心脏怦怦地撞击着胸膛,放松地咧嘴笑起来。现在我们安全了,我幻想着再经历一次,就像我一直习惯的那样寻求刺激,可船工已经在费力地把船往图利码头停靠。我下了船,走上青苔遍布、滑溜溜的码头石阶。或许杰克斯对他所有的犯人都讲过这个鬼魂的故事,并希望以此恐吓能搞到钱吧——这种想法令我心生震撼。实际上,就是鬼魂和魔鬼嘛。

我们离开河岸,往伯勒镇高街走去。步入人群后,随着每每费力的迈步便会产生的叮叮声响,我才再次意识到自己身上被捆绑着锁链。仅仅一周之前,我还和一帮朋友跑到过萨瑟克区集市上以自由人的身份闲逛,如今,集市、朋友都已不再。我们经过圣萨维尔,从城镇往外延伸出一长排酒馆,欢笑声、狂叫声从每一扇窗户、每一处门廊传出。烹饪好的肉和啤酒的气味在整条街道上乱蹿。我们从怀特哈特经过时,一个男人跌跌撞撞地从旁边的小巷子里闯出来,在人行道上呕吐,口中喷涌出一大堆污物,接着倒在这污秽之中。一个年轻的小伙子从马路对面跑过来,顺走了那醉汉身上的钱夹,疾速逃走,消失在阴影之中。

"我们到了。"杰克斯夹紧我的手臂,把我带到两间被木板土封闭的店铺前面。

我们拐进了那条狭窄阴暗的巷子,高街的喧闹和生气在这里渐渐淡化,取而代之的是冷冰冰的寂静。在我们的前方是这条巷子的尽头,那里矗立着一座较高的门房——这就是监狱的入口。它看起来像是一座古老的城堡,两边是四十英尺高的对称塔楼,耸立于半空。我心里暗自期望有身穿盔甲的勇士们出现在那塔顶,将燃烧的油料扔向我们的头顶。

门房的出入口处是两扇宽大的门,其上布满铁钉,若两扇门皆打开,出入口处的宽度可容一辆四轮马车通行。木板上钉着一张手写的告示,纸张边缘已卷曲。

马夏尔西监狱暨法庭
萨瑟克区
受制于最高权利者马夏尔爵士:菲利普·梅多斯阁下
监狱长:威廉姆·阿克顿

在监狱长的名字下方有添的笔迹,潦草地写着"刽子手"。

杰克斯用手中的警棍敲击着大门,声音在通道里回响。过了好一会儿,随着刺耳的刮擦声,一扇铁门打开了。一双凶狠、充血的眼睛从铁栅里轻蔑地瞪向我。

"这个婊子养的杂种是什么人?"门后传来粗鲁的声音。

杰克斯倾身急切地在我耳边小声询问道:"你确定身无分文吗,霍金斯先生?没有任何值钱的东西?"

我猛地想起自己还有东西，确实有：我母亲留下的一个金十字架，中间镶嵌着一颗小钻石。这十字架在我颈上佩戴时日已久，差点儿把它给忘了。它是我母亲留给我的唯一的一样东西，我曾发誓要永远戴着它。那时我还是一个少年，少年在学乖之前总会做出各种各样的愚蠢的打算。我的手指向颈部摸索，链锁捆绑之下的身体随之颤动。上帝慈悲啊，那东西还在那里，没有被人劫去。我解开衣领："这个可以么？"

杰克斯解开那条做工精良的金链子，高举着它迎光而看。"这东西应该值不少钱。你不用被关进普通监狱了，几个晚上我想应该是够了。"

监狱看守拔掉门闩，打开大门。他上上下下地打量着我，注意力集中在我那借来的衣服的廉价布料以及我低垂的肩膀上，然后轻蔑地哼了一声，对着杰克斯摇头。"要是走运的话，他能撑一周的时间。"他说道，然后猥琐地笑起来，把我推进门内。"欢迎来到马夏尔西监狱，先生。"

第二部　谋杀

第二部 論文

礼拜四，第一天

第三章

杰克斯把我留在监狱门口就走了,他说他下午再过来。我看着他向高街那块自由之地大步走去,我母亲的那条金十字架就蜷缩在他衣袋之中。我应该信任他吗?事实上,我已别无选择。

监狱看守重重地关上大门,在前面的走廊上引起回响。我的心在下沉。如今已没有任何机会逃走了。走廊的墙壁似乎令人觉得很压抑,压迫感越来越强烈。紧紧捆绑在身上的锁链令我呼吸不顺。我大口地喘息想呼吸更多的空气,脑袋里一阵晕眩。

看守的那张脸在我前方隐隐可见。"感觉不太舒服,是吗,先生?"他面带着得意的神情问我。

我抑制住内心的害怕,向前挺得更直一些。"我感觉很好。"我撒谎道。在这种地方,绝不能示弱。这条走廊的尽头设置了另一套双层门与门房处的大门相呼应,其中一扇门已打开,一桶酒挨着门边令其不闭合——我判断出监狱大院的入口就在那门的外面。不假思索,我便拖着脚往那有光亮的露天走去,可是看守却粗暴地扯着臂膀把我按住,把我往监狱门房处推回,押至一间紧邻门房的狭小房间,那里面热烘烘的。这里是这名值班看守所待的地方,等待着下一个被押进来的可怜的犯人过来。现在我搞清楚了这名看守为何脾气如此火爆——我的到来耽误了他的用餐。一瓶酒和一碗油腻的羊肉汤此时正堆放在一堆纸张之上,放得并不稳当。他把瓶里的最后一点酒倒进喉咙,带着一副酸臭的脸色查看我的逮捕令。接下来,他猛地掀开一本写满了人名和欠账金额的黑色簿子,在页面添写上新的记录。

> 托马斯·霍金斯,克里克大街/1727年,9月21日,礼拜四/20l. 10s. 6d. /男

"索和区。"他写地址时眯起眼睛嘟哝着。
"那地方你很熟?"我猜测道。
"约瑟夫·克罗斯住活德杜尔大街1725年2月6日欠十英镑七先令职业瓦匠。"
他一口气说出这么多,就好像是在说他自己的全名一般流畅。
"很高兴见到你,克罗斯先生。"
"哦,你很荣幸。"他哼了一声,"呃,真扯淡。"
约瑟夫·克罗斯。我从来没有遇到过哪个男人取这么好的名字。他就像莫尔咖啡馆里架在火上的那只大锅,总是不断地冒着泡处于沸腾状态,处于狂怒之中。他面部发红,脸上有些浮肿,显然是一名经验丰富的嗜酒者;浓黑的双眉在鼻梁上方凑到了一起,像是多年的好斗逞勇令眉头紧锁以至于眉毛都成了一片。
"这么说,你也是债务人?"
"模范债务人,"他纠正道,"我在帮监狱长做事儿。"
"明白了。"就算这样,你仍然是欠债的,不是吗?"有人在大门口监狱长的名字下面写了'刽子手',你看到了吗?"
克罗斯满不在乎地耸耸肩膀。"昨天还写着'阴道'呢。呃,托马斯·霍金斯先生,我们现在该做些什么呢,嗯?"
我用渴望的眼神看向火炉边的那把矮椅,身上的铁链令人感觉如此沉重,我挣扎着想站起来。"我能不能在这里等着杰克斯先生回来?"

"哈，当然可以！"克罗斯故意颤着音回应，一边用双手拍起巴掌来，"先生您在等他的时候应该还想要一块甜腻的蛋糕，再泡上一壶热茶吧？"他把我从房间里拽了出去。"没钱，还这样摆谱！"他把我带到走廊，嘴里抱怨着。

"阿克顿先生可不喜欢这套。他不会喜欢你这种人的。"他别有深意地继续说道。

我们向监狱大院的门口走去，前面阳光闪耀。院子里的地面上留有深深的辙印，那是往监狱运送食物和水的马车，也往外送出犯人的尸体。这扇古老的石门已然被摩挲平滑，那是数百年中被关押于此的那些囚犯们百无聊赖之所为，如今我在这里也是一样——我只是这些无穷无尽的可怜家伙中的其中一个，之后也会不断还有来者。在无尽的岁月里，所有被关押于此的可怜虫都会遭受像克罗斯那样狱吏的推搡和碾压。

在我们进院子之前，克罗斯打开了右边的一扇门，指向往上的一排楼梯。那楼梯阴暗潮湿，散发出刺鼻的尿骚屎臭味。从门的上方传来笑声，还有音乐声。"那是监狱里的酒馆。"克罗斯说。他倚在楼梯下方，扯开一个看起来像是地下室小门的东西，露出一个硬币状的圆形狭窄空间。一股腐烂污浊的气味飘散而来，比楼梯上散发出来的味道更难闻。克罗斯脸上现出一副痛苦的表情，用一只胳膊挡在脸前。"这个洞是禁闭室，我曾经看到过一名囚犯在这里度过了他最后的三天生命。我们把他拖出来后，他连自己的名字都不记得了。"他盯着我的脸得意扬扬地说。

接下来，他打开了通道尽头左边的那扇门，把我推进一个小小的囚室。"这是监禁室。你就在这儿等着监狱长回来吧。"

监禁室没有禁闭室那么糟糕——我为此深感庆幸。然而，这里也并没有好多少。室内的空气因紧闭而无法流通，湿气太重；四周墙壁和门框上全是污迹，房间只设置了一扇小小的带铁栅的窗户，位置太高根本没法儿看到外面。不同重量的锁链和手铐在房顶上挂成一排，门打开后涌进的气流使得它们叮叮地晃动起来。

克罗斯向较远的那面墙壁作了一个手势示意，那面墙上集聚着各种各样令人毛骨悚然的刑具：手指夹板、铁颈圈和鞭子。

"你喜欢这些么，霍金斯先生？监狱长把这些设置在这里。"他转向我一本正经地说道，"阿克顿先生对这座监狱的历史有着强烈的兴趣。"

我惊骇地盯着那些刑具："没有把它们用在囚犯身上？"

"当然没有。"克罗斯扯下一个铁头骨帽，轻轻地拍了下，就好像拍打一个小孩子的脑袋一般，"那是违法的，不是吗？"他用拇指的指甲沿铁帽边沿慢慢刮掉上面已经干涸的厚厚血迹。

"呃，对了。在我离开之前，需要把你身上的铁链给解了吗，先生？"

之前杰克斯曾对我说过，一旦我被关到囚室，身上的锁链就会被人解除。"如果你愿意帮我的话。"我将两手向前伸出。

克罗斯从他腰间取出一把钥匙，把它插入我胸前铁锁的凹槽内。接着，他把脸凑向我，鼻息中喷出一股牙龈腐烂与劣质酒精混合的臭味："呃，这需要六便士，先生。"

然后，他笑了起来。

我彻底崩溃了。我被人抢劫，失去了所有钱财，如今被关押在伦敦城里臭名昭著的负债人监狱。这一刻，任何言行都会激怒我，他的嘲笑声更是挑衅。未加思索，我便挥起拳头重重地击向他的下巴。腕上的铁铐加上我自身挥拳的力量令他口中鲜血直喷，身体向后跌撞。

接下来，狂怒之下的他跳着向我扑来，双手紧紧掐住我的喉咙。

"克罗斯先生！"一个声音划破我们之间的愤怒，"赶紧住手！"

一个身形不高、体态苗条的女人站在门口——那是一个穿着丧服的寡妇。从她身上所穿戴的做工精致的黑色礼服和头巾可以看出，她刚刚死去的丈夫应该给她留下了不少钱财。我放下了拳头。

"罗伯特夫人。"克罗斯气急败坏地向她鞠躬，"没想到您会到这里来，恕我眼拙，夫人。"他极为费力地给出这些说辞。

"显然如此。"那女人喃喃细语道。此时她正背向我，面纱覆面，可是我能从她的声音和举止上判断出这是一个有地位和教养的女人。无法想象她这样的女人会出现在马夏尔西监狱这样的地方。

"请原谅，女士。"我身戴枷锁尽所能地向她鞠礼，"恐怕我们刚才的行为吓着你了。"

"我没有那么容易被吓着，先生。"她把头转向我说。

我的心脏在跳动。她竟然如此年轻——和我年龄相仿，二十五岁左右——相貌异常美丽，白皙的面孔、精致的五官。她的双眼最为引人注目，清澈的灰色眼睛，浓黑的睫毛，可是眼眶下方却有黑黑的眼圈，我想那是因悲痛的情绪加之缺少睡眠而致。她丈夫的去世想必就是最近的事情，她仍然佩戴着一双黑色麂皮手套。在帽子和面纱之下的头发呈深棕色，以赤褐色发带捆束，在从窗户透进的光线之下呈现出熠熠的赤铜色。我痴迷地想知道那搭在肩膀上的秀发如何得以呈现这般美景。

她并没有对我的外表表现出格外的欣喜，她的目光从我身上那套从莫尔那里借来的粗鄙外套、溅满泥点的长袜以及缝补过的短裤上一一扫视而过。从她嘴唇的微小动作和鼻息可以看出，她并不对之很厌恶。"好一副冰冷而严肃的姿态，你应该能成为一名优秀的女修道院院长。"我心里这样想着,还夹杂着一丝羞愧:对于女人,我大体上比较喜欢寡妇,尤其是有钱的寡妇。

"为什么这个人还戴着锁链,克罗斯先生?"她询问道。

我会心一笑,原来我想错了——她不喜欢的是我身上的镣铐锁链,而不是那身褴褛的衣衫。

"他没有给钱!"克罗斯咆哮起来,放在一侧的拳头不耐烦地紧握起来。接着,他斜睨了我一眼:"他根本就没有钱。"

我感觉自己的脸一下子变得滚烫。作为一个男人连六便士都拿不出来,这个事实被人当众揭露出来确实令人羞愧。我突然间产生了一种冲动,想解释下我的身世背景——我要让她知道我出身于一个富足的良好家庭,是一个令人尊敬的绅士的长子,一个被公开贬出家门且失去继承权的长子,然而我并不需要告诉她这些琐碎的细节。"女士,我向您保证,我也希望自己有这些钱来——"我开口说道,然后在惊讶之中停了下来。她的眼睛里有泪光在闪烁。

"这些托辞我听过不少。"她的声音带着伤感。她从钱夹里取出三便士递给克罗斯,他立马把它们装进了口袋。这个卑鄙的无耻的混蛋竟然想从我这里骗到双倍的费用。

我充满感激地谢过了罗伯特夫人,向她承诺一旦自己有了钱就会把钱还给她。

她挥了挥戴着黑色手套的手。"这些话我也听过很多遍。"她厌倦地说道,然后示意克罗斯给我解开铁链。克罗斯压低了声音嘟哝着,却还是按照她说的去做,把钥匙插进锁眼,接着使劲地拉开捆在我胸前的锁链。罗伯特夫人是谁?她吩咐别人做事情已成习惯?看着铁链滑落下来被堆放到门口,她满意地点了点头:"你叫什么名字,先生?"

我敏捷地从那堆锁链堆放处走出来,再次向她鞠礼。"托马斯·霍金斯,女士。随时听您吩咐。"

◇

她灰色的眼睛中闪现出感兴趣的亮光。"我想知道,你能为我做些什么?你的意思是为我再去殴打监狱看守?"

"他要是再打我一次,我就把他吊在这里弄死他!"克罗斯一边把地上的铁链挂在屋顶铁钩上,一边咆哮。接着,他指向破裂的嘴唇说:"我会把这事儿告诉监狱长的。"

"是吗?那你打算怎么告诉他,我想知道。和他说他的监狱看守被一个身戴锁链、手无寸铁的囚犯殴打了吗?好,呃。我想阿克顿先生肯定会觉得这事很……滑稽的。"罗伯特夫人抬了一下眉毛。

克罗斯皱起眉头,闷闷不乐地解开我手上的镣铐,猛地把它从我手腕上扯下来,擦伤了皮肉。离开时,他狠狠地瞪了我一眼,像是在说"这事儿还没完"。我对他怒目而视以示回敬,一边埋怨着自己的冲动。我连监狱的院子还没有迈进一步,就已经和别人结下仇怨,而且还是监狱看守的头儿——这样一来,他手下的那些看守多半会与我为敌了。

不过,我现在至少没有锁链在身。揉了揉手腕,伸展下背部,沉重的铁链和那晚的一顿毒打令我的身体酸痛无比。

罗伯特夫人微微喘息,然后用手捂住嘴。

"夫人,你还好吗?"我向她走近了一步。

她有些吃惊,然后双目低垂,用手抚平身下的裙子。

"我很好,谢谢。只是……"她清了下喉咙,"你让我想起了我已故的丈夫。你……你的举止……"

她猛地停了下来,脸红了,显得很尴尬。

我想起杰克斯在船上给我讲述的关于他老朋友罗伯特上尉的事

情——他死在了监狱。我长得很像他。可是,如果罗伯特生前是一个身无分文的欠债人,那么他的妻子又如何有钱置办这身做工精良、裁剪时尚的衣物呢——而且为什么她要跑到她丈夫死亡的马夏尔西监狱呢?

"请原谅——你现在来这里是来探望监狱里的朋友吗?"我问道,"看得出,你并不是这监狱里的囚犯。"

"呃,可我确实是个囚犯。"她答道,露出一丝苦笑,"你看不见我身上的枷锁,可是即便是现在,它们仍还捆绑在我身上。"她移步过来,裙子的边缘轻轻地碰蹭在门边。"短短几个月前,我的丈夫在这里被人杀害。杀害他的人现在仍在这高墙之内,我发誓不找到此人我绝不离开。"她紧紧地咬着嘴唇,现出一道坚毅的唇线,"如果我亲自动手,我一定要看到那个恶魔被绞死。"

我惊惶失措地看着她——监狱里很难吊死人,更麻烦的是我竟然同一个杀人犯一起被关在这地方。

"那么,霍金斯先生,"她微微一笑,"你仍然愿意听我吩咐吗?"

我心里开始抱怨起来。这真是福祸所依啊,即使只是三便士的交情。它们借给你也是有代价的。"当然愿意。"

她笑了起来——瞬间她的脸色就变了,生活带给她的忧虑和哀伤消失不见了。"我不相信你。但也可能我判断错误,也许你本身比外表更令人信得过。"

我皱起眉头对这种人格侮辱表示不满:"你并不了解我,夫人。"

她抬起下巴盯着我看了一会儿:"呃,我认为我了解你,非常了解你,先生。"她拉低脸上的面纱,向后退了几步,双肩高耸,犹如给我的脸颊重重一击。"愿上帝保佑你在这种肮脏的地方会有好运。"她又变成了一开始的那位陌生人,转身然后离开。

我一个人站在那里,为刚才的事情感到愕然。我们只是刚刚见面,她有什么权利来评判我这个人?很了解?我不是最可靠的那种男人,但她根本就不知道我的生活。确实——我喜欢喝酒、赌博,与城镇里轻浮放荡的女人们肆意玩乐,浪费时间和金钱。那又怎么样?从杰克斯向我描述的来看,她的丈夫比我也好不到哪里去。

啊,就是那么回事!我的出现让罗伯特夫人想起了她的丈夫——不仅仅是因为我的长相。杰克斯是怎么描述那个男人的呢?一个放荡不羁的赌鬼和酒鬼。她还不是嫁给他了。我摩挲着自己的下巴,毕竟被误认为是罗伯特上尉或许并非坏事,除了上尉被这里的某人谋杀于此这件事。不管杰克斯还是罗伯特夫人来帮我,都是因为我令他们想起了一个死去的人——一个在监狱里被谋杀的人。我环视监禁室的四周,目光落在那些悬挂于墙壁的刑具上:手指夹板、铁头骨帽以及铁颈圈。接着,我尽最快的速度转身离开。

◇

很庆幸,没有人看到我首次踏进监狱大院的情形。当我从大门处走出时,我的耳边响起父亲最后对我说的话,那是托马斯·霍金斯大牧师对他骄奢淫靡、放浪形骸的儿子最后的训斥。三年以前,他把我叫进他的书房,令我像一个孩童那样站在那里,他坐在那儿凝视着前方。

"你可以选择的路已经别无其他,只有一条可走了。"他终于开口了。

"至少我选择了,先生。"我对这种熟悉的说教很是厌烦,皱眉答道。我和父亲陷入这同样的争论已为时多年——从我第一次敢顶撞他开始。

他用手撑着头部,摩挲着前额。"傻孩子,"他喃喃细语,几乎是在毋自言语，"这不是你做出的选择。如今是魔鬼在引诱你，你混迹于酒馆、赌场，声色犬马，纵情酒色，让恶魔占据了你的灵魂。还撒谎成性。我想……我想你已经不是原来的你了。你欺骗了我们所有人，托马斯。"最后，他从壁炉边转过身来。父亲看起来很憔悴，面色铁青，在那一瞬间，我感觉到自己对他的愧疚，并为自己曾经的所作所为而羞耻。如果我可以对他作出解释，如果他愿意倾听我心中所想……

"父亲……"

"真感谢上帝没有让你的母亲活着看到这一天。"

我的母亲。父亲应该知道他不应这样提起我的母亲。我不知道自己是如何控制住去揍他的冲动，而是以言语相互争执的。谴责的言辞没有给宽容留下任何机会，也没有任何回旋的余地。我是一个自私自利、肆意妄为的孩子，只配下地狱。而他是一个冷血无情的人，在娶了自己的情人为妻时还敢对我说教的伪君子。我们所用的言辞都极为狠毒，双方口下都未曾留情。这些指责总是潜伏在每一次谈话的阴影之中，一旦有了契机便会爆发。我们父子中是谁不负责任？是谁伤了我母亲的心？

"滚，滚！去过你无人管教的浪荡生活！"我最后一次从教士住宅区疯狂奔出时，他冲着楼下对我吼叫。我的妹妹简默然注视着眼前发生的一切，脸色苍白。"等到你混成孤身一人、身无分文、负债累累时，就是死在监狱里也别来求我！"

他当年的预言如今成了现实。我诅咒那些回忆，咽着口中的苦水走进了牢房。

◇

马夏尔西监狱历时已久，有长达数百年的历史。它的建筑群体极为混乱，砖砌的、木质的房屋形成了一个四方形，中间有一个一英亩大小的院子，地面以鹅卵石铺砌。那天上午，大概有二十四五个囚犯在外活动放风，有男有女，有些人来回地走动，显得心烦意乱；也有一些人边说话边抽烟，时时迸出一阵阵笑声，如同一群人在大街上偶遇的情形。我从大门口的阴影处默默地观察着他们，控制好自己的情绪，等待最佳时机走进那里。

监狱门房的那扇门是出入这座监狱的唯一路径，除非你活够了去尝试从墙壁挖洞。我的左边是一座二层楼高的木质房子，窗户上挂着明黄色的窗帘，房屋门口竖立着一排低矮的木栅栏——那是监狱长住的地方，我后来才知道。一棵树荫蔽了窗台，那是监狱里唯一的一棵树，树皮已经开裂，一副将死的状态。在监狱长住所的那一边，监狱的西边，有一堵高墙，墙壁顶上插满了锋利的铁钉，经常有人在这下边玩壁球。

北边墙壁更长一些，顶头是一处呈阶梯状建造的三座比较简洁的房子。这里应该是这座监狱的牢房，总共有二十间大房。大多数的牢房每间至少都有三个犯人，经常也会有两倍或是三倍的犯人被关在里面。最好的牢房在第一层楼靠小院的位置，它们较之平常牢房更大一些，可以从里面看到中间的空地。我能透过那里的窗户看到几张苍白的面孔，男人们抽烟、喝酒或是神情沮丧、眼神空洞地盯着某一处。

在这阶梯状牢房往后的尽头，是一处狭窄的高层房屋，这座房屋保存得比旁边牢房的状态好得多。整个一楼全作为监狱看守们居住的地方，上面的楼层是监狱的教堂，巨大的窗户被设置在正对院子的方向。上帝从这里看楼下又能看到什么呢？我可猜不透。

北边的最后面矗立着一座壮观的砖瓦建筑，五层楼高，旁边所有房子加在一起也不及它的占地宽度。它居高临下地俯视着监狱内其他的建筑物,像一位被迫与乡下泥腿子紧密生活在一起的公爵那般显露出嗤之以鼻的神情。长长的门廊中列柱矗立,一小群人正在那里围观——有人在那里开了赌局。

远处的东边围墙处是最后一处囚犯们的牢房,那里的环境比监狱长住所旁边的牢房要差得远,房顶已是往下掉的状态,窗台也全然开裂。

简而言之,这地方不是圣詹姆斯广场,也并非索和住宅区那样的地方。不过,这里有树,有赌博类游戏,在我视线范围所及之内,也无人行凶。如果没有四周围墙上那尖锐的铁刺以及空气中所弥漫的汗臭味和屎臭味,我真就能由此想到我那古老的母校(牛津大学里也并不是芬芳之地——那些古板的老教授和懒散的学生们塞在一起,没有女士们提醒他们换洗衣服)。我把身上的夹克拉扯伸展,挺起胸膛站得笔直,尽我所能地自信满满,迈步走进院子。

接着,我走向南边的围墙。

围墙在我右方大约二十步的距离高高耸立,一路沿着院子的南边往下延伸,像是某种可怕怪兽配饰着铠甲的脊背。我之前猜测那里就是监狱的边缘,不过现在仔细观察后,却不敢确定之前的判断。沿路往下,那里有一扇小门,被栅封住以禁止通行。我突然产生一种强烈的想法:我应该能够幸运地被安排在门这边的牢房内关押。

再走近一些,我已经走进这高墙之下的荫蔽之处,阴冷的寒意令我后颈上的毛发竖立起来。与监狱其他地方不同,这堵围墙的修葺和维护工作做得极好,坚固且陡峭,如果没有绳索,几乎没有可能从此墙攀爬出去。我把一只手放在石壁之上,手指下的墙面光滑平整,像一具尸体那般冰冷。我感到身体在战栗。这是产生的幻觉吗,还是我在这藏污纳垢之地有所觉察?

我不由得向后退了几步,一只手捂在嘴上。

"嗅到了从前的死亡气息,是吗?"

我赶紧转过身去,一个中年男人坐在前门旁边的长椅上,口中含着烟斗。他身体的一侧放着一个瓶子,还有一本破破烂烂的皮面日记簿,里面夹杂着松散的纸张,用黑色丝带捆绑。这个人很有特点:真的是相貌堂堂——不过体形却很古怪,他仍穿着睡衣,头戴与衣服相匹配的红色天鹅绒帽子。睡衣的下摆拖在鹅卵石地面上,好像衣服比他的身高要更长一些,袖子也因过长而被卷了起来。第一眼看到他的感觉近乎好笑:他像是一名不修边幅的绅士学者,头发蓬乱、未曾修面,完全沉溺于自己的思考之中。我在牛津大学读书时曾遇到过不少这样的人,他的衣着和举止正好符合那种特征,不过面部表情却过于严厉——浓黑的眉毛之下,那双黑色的眼睛充满警惕。他坐在那条长椅上观察我应该为时不短,我甚至在想,他是不是听到了我与克罗斯的争吵,以及与罗伯特夫人的交易。

我规规矩矩地向他鞠礼,然后向他介绍我自己。

他摘下头上的帽子,带着调侃的意味,深深地鞠礼以示回应。"很荣幸遇到你啊,霍金斯先生。"他说道。那种说话的方式完全是一匹狼声明自己很高兴见到一只弱小的、战栗的小鹿。"我是塞缪尔·弗里特。"

我眨了眨眼睛。不知怎么的,他的名字听起来很熟悉。"我们认识吗,先生?"

他的脸上现出一种鬼鬼祟祟的笑容,顺手拿起身旁的簿子和瓶子塞进长袍里面的某个地方,然后用烟斗的管儿在我脸颊上轻轻地敲了敲。"你应该去喝一杯酒。"他说。接着,他拍拍我的肩头,把我从围墙那阴冷、狭长的阴影之下拉了出去。

◇

  酒馆就在监狱门房的右侧,好像它对于囚犯一旦踏入监狱的门槛儿总会有买醉需求的这种心理了如指掌,于是就在那里默然等待有人光临。这间酒馆里贩卖各种各样的酒,常规店子里能买到的应有尽有,只是价钱贵了一倍,味道淡了一半。然而无论怎样酒馆的利润总是以各种途径开销出去,并没有用在店内设施的添置和维护上:藤椅的椅背需要修葺,酒桌已被虫蛀,一个响亮的喷嚏就能把整个店子震碎倒塌。地面被撒泼的啤酒弄得黏黏糊糊,便宜劣质的蜡烛熏得室内的空气臭烘烘——光闻气味,就知道那是用猪脂肪做成的蜡烛。要不是烟斗喷出的浓厚烟雾,那里根本没法让人忍受。

  这才刚刚一点过,酒馆里连边边角角都挤满了喝得烂醉的负债人和他们的探望者。大多数人都凑在吧台那一块儿,一个金发女郎正在帮客人倒酒,招揽生意。她胸衣上的衣带已经松开,几乎快露出了乳头,我心想,这伎俩真够拙劣。莫尔家那家令人嗤之以鼻的咖啡馆里也玩着同样的把戏——只是那里的姑娘们身段柔软、说话甜腻,卖弄风情取悦于客人,让他们大把地花钱。每一个人看起来都情绪高涨,屋内充斥着哄笑、歌声及叫喊声,客人们大叫着点选更多的宾治酒与红酒,更多的一切。这得消费多少钱,我搞不清楚。

  塞缪尔·弗里特动作敏捷地从人群中挤了进去。我跟在他身后,压制住心中的排斥感——我可不喜欢其他囚犯们看他时的那种充满敌意的卑劣目光,间杂着他们把我当成他的同伙时那种怀疑的眼神。当他走近一帮人时,两个男人——很明显是兄弟——怒气冲冲地看向他,似乎恨不能冲过来把他的头从脖颈处撕扯下来。年龄大一点的那个是一个大块头,身体像监狱的围墙那般壮实,他口中骂骂咧咧,冲塞缪尔·弗里特身后吐着口水。

弗里特猛地停下了脚步。他转向那个骂他的人，一声不吭地打量着他。他的眼中没有丝毫怒气，只有死一般冷静的专注，犹如一条蛇正预备发起进攻。威胁挑战的气氛在两个男人之间蔓延。不消片刻便会剑拔弩张——我有这种预感。

"哈里！"年幼的那个轻轻叫了一声，打破了这种气氛。他将一只手搭在他哥哥的肩头。"看在上帝的分上，走吧。"他们从人群中挤开，一起离开了这里。离去时，那名叫哈里的男人扭头张望了一次。他比弗里特还要高一头，体型几乎是弗里特的两倍——可是他的眼里只有恐惧。

弗里特目视他俩离开，接着，他看向我："你想成为他们一伙的吗，霍金斯先生？"他双唇之间挤出一个笑容，露出他的牙齿。

我的口中有些干涩，大脑在对我高声下令：赶紧跑！你还有机会跑！可是，我的双脚却固执地拒绝移动。弗里特是一个危险的家伙，这事实已经再清楚不过了。然而，我从骨子里认识到现，在从他身边跑开肯定会是一个错误。与弗里特这类人为敌，你会死得很惨。我费力地咽下口水。"你答应过请我喝酒，先生。"

弗里特笑了，很高兴。他拍着我的手臂说："这就请你喝酒。"

其他人悉数散开，神经松懈下来继续回去喝酒。当我从他们身边经过时，我听到了一声含糊不清的嘟囔："哈里真是个蠢货，那魔鬼弄死的可不止一个人。"

所有的桌边都挤满了人，只有邻近狭窄露台的酒桌是空的，那个位置可以俯看到监狱的院子。可奇怪的是，即使现在酒馆里人满为患，也没人去坐那个位置。

"他们那帮家伙都把监狱里的这个院子叫公园。"他抬起下巴，朝向窗户那边和我说，"这个院子，还有门房那边的那三座监舍。这座监狱弄得像座城堡。"他把烟斗挥成一个圈，像是在比画着整个监狱。"没用的人们总是会为他们所畏惧的东西弄出一些愚蠢的名称，我猜，这样会令他们感到安全一些。"他对着我傻笑，像是在说："你和我除外，我们可不会那样掩耳盗铃，不是吗？"他点上烟，深深地吸了一口。"他们也给我取了个名字。"他低声道，唇间吐出烟雾。他说话的方式很奇怪，就像一个恶人一开始想把别人拉进他的阴谋之中一样，显得老谋深算。

我不情愿地听他说着这些。其实，我应该更仔细地去聆听他所说，我应该在那一天对塞缪尔·弗里特多加注意的。但是当时，我忙着向窗户外面张望。"从这里能够看到高墙外面。"我打开窗户，向露台外侧出身去，想多看一些外面的景象。

"这个，"弗里特喃喃道，"就是没人敢坐这个位置的原因。"

在围墙的另一边还有一座院子和更多的建筑物。高墙之上也有尖锐的铁刺，窗户上也是铁栅栏。那是一座狱中之狱。那边的院子极为狭长，还不及"公园"四分之一的宽度。

一阵风吹过来，我又闻到那种像腐烂的肉所发出的令人作呕的味道。很快，我就意识到是怎么回事了。远处的角落里放置着数具被床单包裹着的人形，那些是尸体，在秋阳之下挥发出气味儿。尸体共有四具，有一具只有其余一半的大小。那是一个孩子的尸体。

我身后的酒馆里，喝酒的人们正在晕晕乎乎地高声哼歌。有人拿出了小提琴来伴奏。他们全都背朝着窗户。

"那是'普通监狱'！"弗里特坐在椅子上喊叫，令我吃了一惊，又坐了回去。"地狱的缩影！你感兴趣吗，霍金斯先生？"

我咔嗒一声关上了窗户，可是我感觉仍能闻到衣服上沾染到的尸体的臭味——那只是幻觉而已。"在这样污秽黑暗的地方又如何能够生存？"

"他们不会活下去的。时间不会太久。"

"你对此不在意，先生？"

"我对此无能为力，也就不在意了。"他打着呵欠，把帽子摘下，用手指挠了挠竖在头上的短发。我注意到他的左手上戴着一个看起来像是纯金的戒指，这令我很是惊讶。这个男人有妻子吗？有家庭吗？不知何故，我总觉得这不太可能。"我告诉你我对什么感兴趣，先生。"他说。"我曾经被困在这个……"他的手指作出敲击状，琢磨着合适的词以描述，"粪坑一般的地方长达八个月之久。曾经亲眼看到过一个人因玩笑而被折磨至死，看到过夏季酷暑时节尸体被丢弃在那儿腐烂长达数日。我坐在大门口旁边的那条长椅之上，观察过每一个刚刚踏入马夏尔西监狱的新人走进高级监狱这边。没有一个人在进来的第一天走到围墙旁边。没有一个。他们中大多数人从来没有靠近过监狱的围墙，所以，我想知道……"他探出身子，眼睛紧紧地盯着我。"你很勇敢？还是愚蠢？或者只是好奇？任何一个人都能在这里把你弄死……"

"请慢用，先生们。"酒吧的那位陪酒女郎把一大瓶酒放在桌上，笑着看向我，"希望你们喜欢，先生。"

"嗯，好的。"弗里特缩回身子，"让这城堡里的女士亲自服务，多么荣幸啊。"

他们交换了眼神，看起来并不友善。

我迅速地介绍了自己，希望她不会以貌取人地来评价我。这里的女主人虽不像罗伯特夫人那样年轻貌美，可面貌也生得姣好。她的胸衣束带比之前我看到的松得更开了。

"很高兴认识你，先生。"她的声音像少女一般的清脆，带着一种有些矛盾的口音：一半是小姐，一半是少妇。她给自己倒了一杯酒，然后上下打量我,一笑就露出了酒窝。"霍金斯先生,请告诉我,你喜欢跳舞吗?"

"喜欢,女士。这个得看心情。"

"那很好。"她的双眼越过玻璃杯的杯沿上放纵地盯着我,"一定要过来找我,先生。当你有心情时。"她将下嘴唇上的一滴酒吮吸入口中。

弗里特清了下喉咙。"霍金斯先生想了解这里的'普通监狱'。"他指了指旁边空着的椅子,"你要不要坐到我们这边来?和我们讲一讲墙壁另一边发生的故事。你肯定听到了一些,从……"他稍作停顿,在酝酿着接下来要说的话。"从你的父亲那里。"

我几乎无法相信,那女人的脸色转变得如此迅速。这情形犹如我们置身于一个化装舞会之中,她揭开了脸上的面具,露出美杜莎①的真容,眼神冷漠,浑身散发出危险的气息。弗里特相当镇定,冲着她得意地咧嘴大笑起来,并为自己斟上一杯酒。那女人如此凶狠地怒视着他,我想他肯定会在我眼前幻化成石头。神话中的情节并没有发生,女人走到我身边。

"先生,您应该在交友方面学得更加明智一些。"她嘘声道。接着,她提起裙子,面带笑容地大步跨向吧台,像是熟练地戴回了之前的面具。"我会找你跳舞的,霍金斯先生!"她高调地扭头冲我喊叫,声音大得整个房间里的人都能听到。几个喝酒的人们相互推肘示意,笑了起来。

"呃,为你的人身安全干杯,先生。如果情节继续发展下去的话。"

我皱了下眉头。"这他妈究竟是什么意思?"

---

① 古希腊神话中三位蛇发女怪之一。

"你刚刚答应要和玛丽·阿克顿跳舞。她是监狱长的老婆。"

◇

我起身急促地鞠了下礼以示歉意,弗里特看起来对我的突然离开并未感到惊讶,他把酒杯拿得更近一些,犹如一位满怀柔情的母亲把她的孩子捧在胸前一样。我离开时,他正拿一支短短的铅笔在他的笔记簿上涂写着什么,牙间紧紧咬着烟斗。当我从人群中经过时,酒馆里的人们纷纷摇起头来。我不怪他们。

我来到了院子里,看到杰克斯正在那里等我,这令我感到心安。从他离开这里到现在不过两个小时,我却感觉度过了一生的时间。我们朝着门房的方向走去,他在那里把我母亲的金十字架的收据交给我,并给了我一小堆银币和铜币。

杰克斯尽力地做出令人安心的样子。"这里有两基尼多的钱币,足够你在这里好好待上一段时间。"

"要是不能待在高级监狱这边,怕是没办法好好待着。"克罗斯从大门边的看守值班室走出来,他肯定听到了钱币发出的叮叮当当的响声。他的嘴唇已经肿了起来,那是被我戴着镣铐击打的地方。我才不会说自己对此感到抱歉呢。

"你们这里最便宜的房间在哪里?"

他耸耸肩膀。"那得监狱长说了算,他要从诚实的债务人那里预先收取一周的租金。"他咧嘴说道,眼中显露出怨恨之意,"他会问你要得更多一些,我敢说。"

杰克斯走近了几步,杵在克罗斯的旁边。"多少钱,约瑟夫?"他控制着自己的声音,却夹杂着一丝并不屈服的固执意味。

克罗斯把双臂交叉在胸前,脚后跟往后移动。"每礼拜两先令六便士。当然,这个价钱的房间,你得跟两名以上的室友睡一张床。"

一周两先令六便士？这个价钱我至少能在一家好酒馆定下最棒的房间了。妓院里也是这个价，突然想到这个了。我神色不安地看着杰克斯："至少，我还支付得起这个。"

　　"还有食物。"克罗斯继续说下去，扳着他肥粗发红的手指头算起来。"床铺，烟草，咖啡，壁炉的煤炭。你还需要有人帮你洗衣服。都是你在法院开庭之前需要支付的费用，这里四便士、那里三便士；你知道那些律师们的德性。还有办事员。接下来，还要给你的狱友们加餐助兴。还得六先令。哈，天啊。"他双手举起，"我的手指好像都不够用啦。"

　　杰克斯重重地在克罗斯的胸部捅了一下："对别人幸灾乐祸可不像是基督教徒所为，约瑟夫。"

　　克罗斯吭了一声。"对着别人的脸殴打也不是基督教徒所为，是吗，霍金斯先生？"

　　我懒得理他。"加餐助兴是什么情况？"

　　"第一天晚上，你得请你的新狱友们喝酒，"杰克斯解释道，"去监狱里的那间酒馆。"

　　钱都径直流向监狱长的口袋，难怪是由玛丽·阿克顿经营那间酒馆了。我把手里的一小捧钱拢在一起，感觉脚下的地面在旋转。这么点儿钱能让我在这里生存多久？从我被关押到被扔去墙外的普通监狱腐烂之前还能坚持多久？我脑海里不禁浮现出那些扔在院子外面的尸体。一定要在高墙的这一边活下去，不管付出多大的代价。我心里绝望地对自己说。

　　杰克斯重戴回帽子。"霍金斯先生，祝你好运。"他握着我的手说，"我会为你祈祷。"

　　克罗斯窃笑着。突然，杰克斯旋回身体，一把把他推到最近的墙壁上,一只胳膊重重地紧夹住他的喉咙,就像用铁颈圈施刑一般。"我在这里失去了一个好朋友!"他咆哮道,蓝绿色的眼睛里闪耀着狂怒的光芒,"我绝不会让这鬼地方再以对待约翰·罗伯特同样的方式毁掉另一个人的性命!绝不会!"压着看守喉咙的那只胳膊越来越用力,差点令克罗斯窒息。"你听清楚了吗?"

克罗斯忙不迭地点头,他挣扎着呼吸,头部青筋爆出。杰克斯放开他,他跌坐在地,大口地喘着气。

杰克斯弯下身来对着我耳朵小声地说:"如果有什么麻烦,就让兰杰带信给我。我会尽我所能地赶过来。"他拍了拍我的肩膀,然后迈着重重的步子从通道往回去。身后的监狱大门被他砰的一声关上了。

克罗斯费力地站起身来。我们互相盯着对方看了一会儿,两只猫在一旁打起来了……什么,有这么巧合?接着,克罗斯叹了一口气,败下阵来,好像和我想到一起去了。

"呃,走吧。"他跛着脚走回看守室。

我把手压在胸前,深深地鞠了一躬,依他所说从这里走开。

第四章

我需要钱。

在这座关押债务人的监狱里,我并没有亲眼看到触目惊心的场景。尽管如此,那些却都是真实的存在,而且迫在眉睫。我已经接触到里面存在的潜规则——即便只是透过酒馆露台并不详尽的一瞥,我已明白自己在这种情形下根本无法活下去。这些黑暗的存在,让人感觉利刃在喉。

我坐在靠近监狱门房那条弗里特的长椅上,呆呆地凝视鹅卵石铺就的院子,权衡着自己的抉择。不,那不是院子,我自我纠正——是"公园"。这里和学院或是大学相像,对我来说,越快地学会马夏尔西监狱里的暗语越好。我现在能明白为什么弗里特喜欢坐在这条长椅上了。坐在这里,我能看到整个高级监狱这边的动态,就像老亨利国王观看比赛一般了如指掌。这里是获取信息的最佳位置,而信息在监狱里又是最为值钱的东西。

想到弗里特,我就在想自己拒绝入伙是不是过于草率了一些。即使是在这高级监狱里,我也需要朋友来帮我,以防遭人暗算。不知道出于什么原因,他对我感兴趣,这让我感到很不踏实——但也可能是因为我自身所具备的一些优势。

在公园的中间,灯柱下方,一名身着破烂外套的囚犯正在和一名将近六十岁的老头相谈甚欢;看到老头腰间挂着的一串钥匙,我猜他要么是门房打杂的,要么可能是看守。他从头上的假发到腿上的长袜一律泥土黄色装扮,只有绕在脖子上的围巾是大红色的,这一身让他看起来像一只庞大的知更鸟。些许的灰尘和蜂蜜沾在他眉毛和脸颊的胡须上,令毛发一根根竖立起来,显得很不服老。他把一封信悄悄塞给那名犯人,然后双手背在身后等待,关节粗糙的手指拧在一起,满是期待。

这里面有钱的交易,我能嗅到。从长椅起身,我悄然向那边走过去。

那名拿到信的囚犯颤抖着手指撕开信封,快速浏览信上所写。没看几行字,他满怀希望的表情就崩溃到绝望,口中抱怨着,用拳头把信捏成一团。

那只知更鸟夸张地咳嗽了一声。"不好的消息吗,先生?很抱歉收到这样的消息。现在世道不好,先生。艰难得很呢,日子不好过……"

"是的。"他的买家叹息着,从口袋里掏出一便士,"呃,汉德先生,不管消息是好是坏,我想你肯定也为此出过钱。"

汉德先生把头探了过去。"真不好意思,先生。真不好意思。"他的眼睛呈现出以前旧便士一般的颜色,带着同情心,睁得大大的。"世道不好……我们的日子都过得不好,先生。"

那人厌烦地看了汉德一眼,把手中的硬币递给了他,低着头,拖着沉重的步子走开,手里仍然紧紧握着那封皱巴巴的信。一等到囚犯走出视线之外,汉德就高兴地把硬币向上抛起,又接住,然后把它塞进外套的口袋里。

"生意做得可还好,先生?"

他有些吃惊,接着就大笑起来,露出口中一小排杂乱的牙齿。我介绍了自己,他浅浅地向我鞠了个礼,几乎是在讽刺我。"吉尔伯特·汉德,先生。这个公园里的游侠。"他说了他的身份。和我之前猜测的一样,他在这里为其他的犯人们跑腿儿。"在其他一些事务中起穿针引线的作用。"他继续说,眼中闪着光亮。我看出他所说的那些东西是什么或是谁了。汉德先生是个掮客,传播小道小息,也拉皮条,难怪他看起来这么一副乐呵呵的模样,在这里他赚了不少钱,即使现在他已经还清了所有债务,他还是愿意待在这儿。"我还有一帮伙计帮我干活,"他把下唇往普通监狱围墙那边努了努。"他们干这些活赚钱,一家人都不用挨饿了。"

"你可真有善心啊。"我希望那些少年们只是跑跑业务。与像汉德这样的人在一起,处境并不安全。

他咧嘴笑起来。"我有什么可以帮你的吗,先生?"

"我需要送封信出去。送到查理斯·巴克利大士那里。"

汉德张大了嘴。"菲利普阁下的助理牧师?"他那张堆满皱纹的消瘦脸上现出一丝贪婪的神情,"是你的朋友吗?"

"我的老朋友。"

"是这样啊!"我能看得出,此刻他的大脑在飞速运转,计算着能从这种关系的联络中赚取多大一笔钱。他吹了一声口哨,三个男孩子从院子的另一端一路小跑过来,踢起了地面上的灰尘。他让其中两个少年回去,留下一个大约十岁的站在那儿。男孩儿的衣服上全是补丁,灰尘在他的脸上形成一道道脏纹,他和汉德一样精力旺盛,好像随时准备着去一百个地方跑腿儿。

"本杰明。"汉德弯下身,"去钱德的店里拿纸、笔、墨水,还有鹅毛笔。"他在男孩的眼前扳着手指罗列着。"不用给钱,听到没有?凯里还欠我钱。你把东西拿来给霍金斯先生。"

本杰明点点头,目光从汉德的肩头越过看向我站的地方。他年纪很小,但是生活已经时时在敲击着他——从相貌上看,比那个下流的小抢劫犯经受的磨难还要多。他脑袋上生有虱子，被挠出一条条血印，口中掉了一颗门牙。我笑着望向他，他抿紧了嘴唇，心有所疑地将眉头皱起。"哪间房？"他问道。

我看了一眼汉德："怕是要等阿克顿先生同意了再说吧。"

汉德哼了一声。"监狱长现在在王宫，没有几个小时他回不来的。我可以和格雷斯先生对话，他是阿克顿的书记员。"他向我解释，并拉长了脸，"经常吞掉大量的回扣。"

我耸耸肩膀，笑起来。如果他认为和某个职位低下的书记员沟通一下，我就得付他一先令，那他真是想多了。本杰明已向监狱门房边上那家小小的杂货铺跑去，就在酒馆的下面。当我转身去看他时，我看到塞缪尔·弗里特正站在酒馆的露台抽着烟往下看。汉德骂了一声，抓住我的胳膊把我拉开，往监狱北边走。

"他在上面听不到我们说话。"我抗议道。

汉德的脸色已变得很坏。"不要在那个夹着舌头说话的家伙面前说什么！我听说他对你颇有兴趣。"他上上下下地打量着我，愤怒地说道，"这可是我免费给你的建议，孩子！不管发生了什么，你都要离塞缪尔·弗里特那家伙远点儿。"他提到那个名字时厌恶地撇了下嘴，但我能从他的眼中看出那并非厌恶，而是恐惧。

◇

当汉德去阿克顿书记员的房间谈事情时，我继续向高级监狱这边北围墙尽头那座壮观的砖瓦建筑走去。那幢楼在男监舍的另一边，离酒馆的露台相隔甚远。一群人还聚集在柱子下面看棋类游戏。我倚在一根柱子旁边，观察了一会儿那些参与赌博的人，细心记下他们的漏洞，以便以后能对我有利。接着，我拍了拍旁边人的胳膊。

"不好意思，先生，请问这幢楼是用来做什么的？"

那人礼貌地笑了一下。"这是法庭。"他指向廊柱之下的那一长排窗户说。那窗户足有两层楼那般高。"我们的案件就是在这幢楼里的审判室进行。你要去那儿吗,先生?"

我摇头否认。"我今天上午被……"我说,发现在面对自己被关押监禁的事实时根本没法儿开口。我将在这里度过这个夜晚,下一个夜晚,下下一个夜晚……我的天啊,我怎么能够忍受?我将怎么活下去?

"很抱歉听到你的不幸。"那人平静地说,好像他能读懂我内心的想法一样,接着转身继续观看赌局。

我从人群中走出来,心绪不佳,深为自己的经历唏嘘不已。门廊之外,法庭大楼的建筑延伸至了大院。从飘散在烟囱上空的灰色烟雾来看,我推测那里肯定有更多的人群。大楼的尽头有一处哨兵岗,那种地方除了用来躲在后面撒尿,我还从来没有看到过它发挥什么用处。远离了酒馆和监狱门房,这角落里要安静得多。我听到围墙的另一边传来的声音,敲打声、男人们干活时吹出的口哨声和欢笑声,心中猛然一动。那些自由的人们站在仅仅离我数步之遥的地方。

"霍金斯先生!"

我转过身,看到审判大楼一楼的窗户边斜倚着一个银色头发、身材丰满的女人。她挥动着手里的帽子冲着我喊:"你在这里!"

我简短地向她鞠了个礼,心想她怎么会知道我的名字。"女士。"

"哈,上帝保佑你。"她笑起来,用手托起身上粗劣的羊毛裙子并摆转起来做了一个屈膝礼以示回应,显得很是滑稽。"莫尔说过你是一名绅士。"

我走近了一些。她面部宽大,长得讨人喜欢,可是肤质却很差,面颊上还留有以前的痘印,显得坑坑洼洼。这是一张瞬间就能看透的面孔——诚实开朗却并不愚蠢,灰蓝色的眼睛不会错过任何东西,显得很聪明。"你是莫尔的朋友？"

她重新戴上帽子。"莫尔有这样的朋友？快进来，亲爱的。我给你倒上一壶咖啡。"

◇

萨拉·布雷萧的咖啡馆很小，陈旧的桌椅胡乱搭配，东倒西歪，地板倒是打扫得很干净，壁炉的火燃烧得正旺，每张桌上都摆放着一盆新鲜的花束。犯人们在这里悠闲地喝着咖啡，一边聊天、写信或是看报。吉尔伯特·汉德那位不幸的客人此时正坐在一处角落的位置轻声啜泣。没有人注意到他。

火炉旁边，一位身着浅蓝色驼毛呢长袍的年轻女孩儿在忙活着大锅里的热水，她把袖口挽到了胳膊肘，脸上因炉中火焰的热气而变得通红，红色的头发湿湿地搭在脸颊上。她停下手中的活，有些生气，皱着眉头把头发塞到帽子下面。她的脚边坐着一个胖乎乎的小男孩儿，约三岁年纪，一只脏脏的小手紧紧地抓住她围裙的一角，时而面带眷恋地昂起脑袋盯着她看。我笑着看了那女孩儿一会儿。她脾气有些暴躁，弄得锅里发出叮叮当当的碰撞声，口中边低声谩骂。但是她做事敏捷，也很能干，这点我很喜欢；看到她，我想起小时候那些在教士住宅区干活的女仆们，她们陪着我度过了很多快乐的时光。那一段很久以前就被我埋葬的记忆此时突然被我想起。莉齐·史密斯。我放学回家，不想与我的继母走同一条路，有一天，莉齐跟着我一起走进了森林。她把我推靠在最近的一棵树上，亲吻我，并牵引着我的手，放到她的裙下……

那女孩儿应该感觉到我的眼光停留在她身上。"我可不是来卖身的。"她瞪着我，发出警告。

"我对你可没有兴趣，贱货！"她的无礼令我肝火大冒，快速地作出了回应。

她抬起一只眉毛,目光落向我的裤子。"那你应该告诉你的小弟弟,先生。"她喃声说,然后转向火炉。离她较近的几张桌子上的客人躲在咖啡杯后窃笑。

"吉蒂·斯帕克斯……"布雷萧夫人不耐烦地叫着,把我从那女孩面前带到一个紧挨着窗户的位置。"真抱歉,霍金斯先生。"

我边笑边摇了摇头,她直截了当得令我尴尬。"如果是莫尔,肯定会直接雇佣她,是吗?"

"啊,会的。不过,她会先撕开我的喉咙。"她话语里带有其他的意味,莫尔有没有和她说过我曾经是一个绅士,就因为那种事情而混成现在这种地步?如果说罪名,我宁愿听到的是自己出于疏忽而犯下的错。

等我一坐好,布雷萧夫人就轻松地坐到门口的椅子上,把脚跷放在一把低矮的足凳之上。那是一个位置极佳之处,坐在那里,店内所有的客人都在她的视线范围之内,而且还能看到楼梯间来来往往的过客。她就拿出一顶缝制了一半的帽子,娴熟灵巧地开始动起手来。一有人从外面经过,她边做手工活边用余光瞥向过道外面。当吉尔伯特的那个小伙计本杰明带着用来写信的纸和墨水过来时,她眼皮都不用抬,密切地注视着我们的举动,手中的活却没有漏掉一针。

吉蒂端来咖啡时,我正开始写信给查理斯。一半的咖啡被溅洒到桌上,她一边骂着自己,一边用身上的围裙擦拭。她比我最初认为的还要年轻,顶多十八岁,面色苍白,脸上和手臂上全都是雀斑,像是上帝狂怒之下的杰作。我对着她笑了笑,她以复杂的眼神看向我,好像在说——你他妈的究竟在笑什么?

我把身体靠在椅背上。她的坏脾气令我饶有兴趣,犹如奶油葡萄酒中的柠檬所发出的强烈味道。"和我说说,我们楼上的那些房间都是用来关押犯人的吗?"

"这是橡木屋牢房。"她把全身的重量转移到一条腿上说。这是一个女孩儿迫不得已和一个男人搭话时的常用方式。"这一层和上面的两层都是。女囚们住在隔壁的那处监舍。"

"那么……"我的心里开始冒出几个暧昧、轻浮的问题来:那里住着多少个女人?多大年纪?居住环境如何?几个人同睡一张床?我动了下身子。"为什么这里叫橡木屋?"

她迎着我的目光,绿色的眼睛显露出沉着和伶俐。这里的每一条走廊都装有厚重的橡木门。她用手比拟着开门的动作,用指尖在中间摸索。"那些女人们若是不希望有人去,她们就会关上门。不过,绝大多数时间门都大开着。"她继续说着,双手分开。"那么先生只要喜欢,就可以常去喽。如果需要的话。"

我的身后,男人们又一次地在畅饮中咳嗽起来。"我知道了。呃,谢谢你,斯帕克斯小姐,不胜感激。"

她微微笑着,我的嘲讽令她很得意:"你犯了什么事被关进来?"

这个问题令我惊惶失措。马夏尔西监狱专门关押债务人,只有极少数因其他犯罪行为而被关押进来的犯人。"你认为我是为什么进来的呢?"

她耸耸肩膀。"我怎么知道呢?煽动叛乱?剽窃?鸡奸——"

"欠债。我因为欠人钱进来的。"

"你这么说的话也无妨。"她眨眨眼睛,走了回去。

◇

我写完了给查理斯的信,信中向他解释了发生在我身上的事情。我不清楚他能帮到我什么,他借给我的那笔钱如今想必已被那帮人在圣吉尔斯的某个地方挥霍殆尽——以一种他并不赞同的方式,这是肯定的。我想知道他能否与他的宗教恩主谈谈,看能不能帮帮我,尽管我认为菲利普阁下不会施与援手。一写完信,我就从窗口叫来本杰明,给了他一便士让他帮我把信送去圣詹姆斯广场。

做完这些,我别无他事,只等吉尔伯特·汉德从我住的地方带来什么新的消息。我在这里坐等之时,监狱的专职牧师出现在了咖啡馆门口。他与布雷萧含糊地打了个招呼,接着气喘吁吁地跛足走向靠近火炉的位置。他体型较大,脸上总是一副患了痛风的表情,加之头上戴了一顶老式风格的长长假发,令人很难看出他的年龄。我猜他有五十岁了。他颈上戴着的白色围巾蹭了一大团油渍,围巾在时间和油渍的侵蚀下已变得发黄。身上的黑色马甲和外套严重褪色,需要缝合——并非贫困所致,而是出于无心。我心中如此猜测是因为他的帽子和手杖皆是全新,而且做工很好。他让我想起我以前学校里的神学老师,那人也是这样,只是少了心烦意乱的神情。从面相上来看,估计和我的老师一样沉溺于港口的那些葡萄美酒。

我正打算走过去和他结识一番,他从随带的东西中拿出了一本《圣经》,在鼻梁上架起眼镜,开始往小本上涂写下他的想法。咖啡馆里读《圣经》?做做样子吧。我反感地皱了下眉头,继续喝我的咖啡。过了一小会儿,布雷萧夫人放下她手中的活计,新拿了一壶咖啡,从桌子中间挤着走到我这边。她可能也欠人钱,却显然没有潦倒到挨饿的地步。实际上,她看起来一点儿也不像被关押在这里的犯人。当我和她说这个的时候,她笑起来了。

"我在这里待了六年,"她一圈圈地转动着放在桌上的花瓶,陷入了深思,"我当时欠了别人五十英镑,这笔钱就算是等到我进了骨灰盒时也还不起,这是绝对的。"她耸了下肩膀。"如今,我就把这地方当家。只要我高兴,我来去自如,在锁门前回来就行。凯里也一样,还有麦克唐纳。他们在楼上经营着一家名叫乳头娃娃的餐厅,要是你和麦克说你认识莫尔,他会给你大打折扣。噢!我忘了!"她从层叠的裙摆下面变魔法似的拿出一个信封,往我手中斜倒出半基尼的钱币来。"她肯定喜欢你,霍金斯先生。我从来没听说过莫尔大方地给人送钱。"

我把钱收了起来,在想这些是否是免费的赠送——莫尔迟早会把这笔钱算进账单里,不过我仍然充满感激。我对着信封点了下头示意道:"她有没有说什么?"

布雷萧夫人将信取出放在她的身前,身体往后,眯起了眼睛。"请照顾好我的一个朋友,一个在艰难时代中受挫的诚实的绅士。"她模仿着莫尔低沉、强势的声音读着信上的内容,"他是一个个头儿很高,长相英俊的青年,黑色的眉毛,蓝色的眼睛,腿部线条优美。"

我和布雷萧夫人同时盯着我的两条腿看了一会儿,然后一起笑了起来。

"你怎么看呢,夫人?"布雷萧冲着一个满身灰尘的老妇人喊叫起来。那老妇人正坐在昏暗的角落里喃喃自语。她整个人身上只有黑白两色,像一张活生生的棋盘:白色的头发中插上黑色的发梳,以一些细小的黑色带子绑着;脸上扑着白森森的粉,黑色天鹅绒布块半遮掩着脸上的雀斑;灰色的薄唇边还粘着黑乎乎的唾沫。

那老妇人斜过头来,用她那双黑色眼睛紧盯着我,那眼神像一只大乌鸦正打算吞下地上的一只蠕虫般冰冷无情。接着,她耸耸肩膀,用黑色的蕾丝披肩把她瘦骨嶙峋的身体包裹得更紧一些。"*Pas beau,*"她冷笑道,"*Il est trop pale. Comme un fant. me.*"

嘀,会的语言还不少,这老东西!我心想。

布雷萧夫人身子靠回,向吉蒂抬了抬眉毛。吉蒂此刻正坐在火炉边，小男童正在她的膝盖上猛烈地蹦跳着，口中发出又兴奋又惊怕的尖叫声。让我吃惊的是，吉蒂立刻翻译出了那老妇人所说的话："过于苍白。像只鬼魂一样。"

"鬼魂？呃，我想她……应该算出了些什么。"布雷萧夫人神色不安地看过去，仿佛空气中萦绕的鬼魂无事可干非要去窃听她唠叨一般，"麦戈尔特夫人是名算命大师，霍金斯先生。如果你愿意，她能预言你以后的事情。"

"不，谢谢，夫人。"我说。我宁愿自己把握住自己的命运，可不会去忍受一个瘦骨嶙峋的老巫婆在我面前神神叨叨地喷着口水。"我怕听了自己未来的命运后，心里无法承受。"

"说得有理，先生。"那名仍坐在火炉边的传教士先生啪的一声合上了《圣经》。"只有主才知道我们以后的道路，其他的都是魔鬼的诡言。"他取下戴着的眼镜扫视室内——当他的目光落在我身上时，他发出了一声惊叫。"主啊！"他惊呼道，一边从椅子上重重地挪起身来。他的面部已无血色，变成一种苍白的油脂颜色。"那是……你……？"

"罗伯特上尉，死而复生了？不，先生。"我笑着，可这样说反而令他更加惊吓。在那可怜的家伙因受到惊吓而挂掉之前我赶紧报出自己的名字，向他解释我在今天上午才来到这里。

教士从他的口袋里掏出一块手帕擦拭脸上流出的汗水。他的一只手在颤抖。"这样啊。请原谅。"他惨淡地挤出笑容，颈部的血管轻轻地颤动着，"现在再看……只是乍一瞧时很相像。"

麦戈尔特夫人兀自咯咯笑起来。"Pauvre Monsieur Woodburn. 以为他看到了鬼魂。"

布雷萧夫人从椅上起身，目光凛冽地看向麦戈尔特夫人。"坐下吧，先生。"她把窗户推得更开，想让室内多注入一些新鲜空气，却是徒劳。"你把他吓到了，霍金斯先生。"我准备道歉，可布雷萧夫人却拍拍我的肩。"你和一个死去的人长得相像并非是你的过错，"她慨然道，"你应该听说过那件事了吧，是吗？"

"我见过他的遗孀。"

"唔。"布雷萧的脸上呈现出一种痛苦的扭曲，这是女人的一种极为刻意的表情，想隐藏心中的不爽。"可怜的凯瑟琳。"她叹道。

"她和我说，她的丈夫是被人谋害而亡的。"

布雷萧夫人点点头。"可怕的恶行。已被传得沸沸扬扬，这位伍德伯恩先生都被吓成那样了，不是吗？一个人被从床位上拖走，然后被杀害——却没有逮住凶手。谁能敢说这种事情不会再发生？"她瞅住机会把一只手放在我腿上，"你在这地方睡觉时，手中必须握着一把刀，霍金斯先生。"

这是个好建议，我确定。可是，昨晚我的刀已经被人抢走了。那一瞬间，我又一次感受到刀锋架在我喉咙上的冰冷、我钱包的重量以及皮制品紧贴我肌肤时的平滑。我曾经距自由如此之近，不过，至少我现在还活着，相对于罗伯特上尉的事情来说我已得到了更多。"验尸官断定那是自杀，我会相信吗？"

"他是被人杀害的。"伍德伯恩喃喃道，几乎是对自己言语。

"呃，可惜法庭并不同意你的说法，先生。"布雷萧应道。

"是的，确实令人愤怒。"所有人都知道那些被断定是自杀者的尸体被动过什么手脚，这令人心里生堵，"事实上我真的不愿意——"

"他们把他埋在路口，在他的心脏位置插入一根棍子。"布雷萧内心被触动了，一拳砸向自己的胸口，"连一副棺材都没有，地下的虫子啃噬着他可怜的身体。如今，他的鬼魂在监狱出没，不肯安息。守夜的吉宁先生在午夜时分看到他的鬼魂就站在监狱长的房子旁边，面色苍白,没有一丝血色,脖子上仍然绕着套索。凯里夫人发誓她听到了脚步声和可怕的呻吟声,就在钱德杂货店的窗台下面。可是当她往外看时,那里什么也没有。我晚上很少去院子走动,怕在晚上碰到他的鬼魂现身。"

"够了!"伍德伯恩一阵怒吼,吓得布雷萧一阵紧张,结巴得再说不出一句话。"原谅我,"他低声道,"一想到这些,我就不能忍受……"

布雷萧拍拍他的肩膀,显得很是激动。"伍德伯恩看到过尸体,"她越过牧师的肩头低声说。"他们在保险间看到那具尸体悬挂在那里,被殴打得体无完肤,满是血迹,几乎都认不出来本来的面目。"

伍德伯恩小声地啜泣着,用手帕捂住自己的嘴。"愿主让他的灵魂安息。"他嘀咕道。

布雷萧再次拍他的肩膀以示安慰。"怎么可能有人干出这样的事情?把他毒打得全身乌黑,再把他用绳子勒死呢?是不是,霍金斯先生?"

我皱起眉头。"我希望罗伯特夫人能够查出真相,就算只是为了她自己。"丈夫自杀而亡,她一个寡妇必将被上流社会排除在外。我为这个在今天早上将我从约瑟夫·克罗斯手下救出的年轻而骄傲的女人深感怜悯。她没有什么错,可是声名却因丈夫的死亡而毁掉。"她有没有特别怀疑的人?"

布雷萧夫人笑起来。"呃,我们都特别怀疑是某个人干的。"笑声戛然而止,她面带焦虑地看向四周,目光有一瞬间落在了吉蒂——她的女仆身上。吉蒂仍然带着那个小男孩坐在火炉边。布雷萧压低了声音:"罗伯特上尉有一个室友。那天晚上,他就睡在那里,躺在离上尉几步之遥的地方。他说他什么也没有听到——声称自己一觉睡到了天亮。可是，恶魔从来都不会睡觉的，他会睡觉吗？怎么可能……"

我的大脑里突然想起圣·彼特的圣言："清醒吧，警惕吧：因为你与魔鬼对抗，它就像一头咆哮的狮子，在周围徘徊，寻找着要吞噬的猎物。"

我往后看时，牧师正盯着我，他的嘴巴张成了一个O形，满是惊讶。

布雷萧抽了一下鼻子。"一条嘶嘶的蛇更像一些，在这四周滑行，用那双险恶的黑色蛇眼紧紧地盯着你。"

塞缪尔·弗里特。肯定是他。我在椅子上不自在地动了下身子。

"布雷萧夫人，"伍德伯恩指责道，"你不能随意指控别人是杀人凶手，仅仅因为——"

"他根本就不是人，"她大喊道，"他是魔鬼！"

"怎么回事？"吉蒂的声音穿过整个屋子，"你们是在说弗里特先生吗？"

"伍德伯恩先生，"我平静地问道，"你相信这些么？"

他叹着气，摇了摇头。"我不确定，先生。但是我认为他能够干出这种恶行。"

我正准备回应下去，院子里响起了可怕的喊叫。一秒之后，吉尔伯特·汉德手下的一个男孩儿冲了进来。"怎么了，吉姆？"吉蒂严厉地问。

"他们把杰克·卡特抓走了！"男孩答道。他很害怕，情绪激动地跳着脚。"他想翻墙逃出去，从围墙上掉下来了。"

吉蒂从我们面前挤到窗户边上。我也走过去，心中没有警惕，只是好奇。我看到约瑟夫·克罗斯把一团什么东西拖到了院子中间，身后跟有一名宽肩的高个儿男人，身着黑色马裤、鲜红色的马甲，肥厚的手中抓着外套。囚犯们和看守们从院子的各个角落跑开，不到片刻，"公园"里便空空如也。

在这座监狱里，只有一个人拥有这种控制的特权。我看了一眼吉蒂。

"阿克顿先生。"她低声道，她脸上露出怨恨的神情，变得扭曲。

伍德伯恩从他的座位上稍稍起身，戴上眼镜窥视着院里的情形。"喝醉酒了。"他叹息着又坐回了他的位子，摘下眼镜放到口袋里。

吉蒂转身看着他："去帮帮忙吧。"

牧师搓了搓他的后颈。"他不会听我的建议。"他低声道，面带愧色。

就在"公园"里，克罗斯把那名囚犯扔向地面。那人疼痛地发出一声尖叫，然后紧抓住自己的脚踝。看起来是骨折了。"啊，求求你们！主啊！"他声音撕裂着发出呜咽声，拖着身体在地面上爬，绝望地看向所有的窗户，"求你们了，救救我吧！"

阿克顿对着克罗斯说了几句什么，两人都笑了起来。

"他只是一个孩子。"我感到震惊。

"十三岁，"伍德伯恩小声地对着地面说，"他十三岁。"

阿克顿把手中的外套扔向克罗斯，开始挽衣袖。我知道他接下来要干什么。"亲爱的上帝啊。"我的声音在颤抖，"他不会……他不能……"

阿克顿从他的皮带上抽出一条结实的短鞭，那是驯养牲畜时用的野蛮玩意儿，完全能把孩子的骨头抽断。

吉蒂死死地抓住我的胳膊，抓得我差点喊叫出来。可是她的目光一直没有移动。

阿克顿攥住那男孩儿的肩膀，俯面拖曳着。他高高举起了鞭子。

那一刻，四处沉寂。

鞭子落了下来，接着又是一鞭子，之后再落下一鞭。

男孩儿厉声尖叫，高举起双手躲闪。

屋里的每个人都深感同情，却没有一个人走动。殴打还在持续，毫不留情。我能听到阿克顿因用力殴打而发出呼呼的气息声。有时，他会停下手用衣袖将眉头上的汗水擦拭掉，把两脚移得再开一点儿。接下来，他会再次重复暴行。伍德伯恩用双手蒙住了脸。

随着鞭子一次次的落下，那男孩儿的哭喊声渐渐变成小声的啜泣，之后不再发出任何声音。

人们从窗户边走开，没有任何人开口。只有吉蒂留在那里，仍然紧抓着我的胳膊。她的手指随着每一次挥鞭而深深地掐入肉中，就好像那鞭子抽的是她自己的皮肉。

你必须有所行动，一个声音在我脑海中响起。出于同情和怜悯，你必须做些什么。他只是一个孩子，他们正在你的眼前将他毒打至死。

那男孩现在双膝着地，在尘土之中蠕动着。阿克顿抬起皮靴重重地踹上男孩儿的后背。

"亨利！啊，天啊，不要！"吉蒂哭喊起来，挑动着我的神经。她身边那小小的孩子在混乱中被众人所疏忽，已经蹒跚走出咖啡馆，此刻跌跌撞撞地穿过院子向阿克顿和那条鞭子的方向走去，他双臂张开，咯咯地笑着。

我甚至还没有想到去拦住她，吉蒂就放开我的胳膊在孩子身后紧追。布雷萧夫人堵在门前："你阻止不了的，亲爱的！"她惊恐地喊道。"你只会给自己带来麻烦。"

"他只是一个幼儿，萨拉，"吉蒂嘘声道，"他以为那边在做一个游戏，你没看到吗？他以为他们在玩游戏！"她推开布雷萧夫人，向外急冲过去。

片刻之后，我发现自己紧跟在吉蒂之后。

我是着了魔吗？直到现在，我还是不明白。前一刻我还站在咖啡馆内，后一刻我就身在其外了。监狱的房屋在我四周旋转，热血在我耳边咆哮。吉蒂跑了出来，我也跟着她，就好像有一条链子把我俩拴在一起。

有人是智者，有人是懦夫。在危险的时刻，不管是智者还是懦夫都在退缩三思：懦夫会让吉蒂独自一人站在阿克顿的身前，为自己不施援手而羞耻，而智者则认为吉蒂不需要帮助——她想要去做的是在亨利目睹一场孩子本不应看到的血淋淋的惨暴行为之前把他抓住。

在监狱里的日子让我学会了很多东西，这次事件便是我的第一堂课，这我根本就没想到。我不能退缩着等待事情发生。我必须有所行动，不管会有什么样的结局。走出咖啡屋来到院子里的这几步给予了我力量，贯穿整个人生，之后再也没有发生相似的情形。我从看客之中站了出来，迈上了人生的舞台。那步履或许带有畏惧。或许那是最好的方式。

◇

监狱里所有的眼睛全落在了我们身上。

小亨利就在阿克顿几步之远的地方。阿克顿仍然在举着鞭子重重地抽打那个男孩儿，克罗斯在一旁看着。吉蒂大声地呵斥着亨利别再往前走，让他回来和她一起玩，可他却继续往那边跌跌撞撞地跑，自说自话，双脚啪啪地踏在鹅卵石地面上。

吉蒂根本无法及时地抓住孩子。我向前冲了过去，张开双臂把她环腰抱住往回拖。她尖叫起来，踢向我的小腿，用拳头击打着我的臂膀："放开我，放开我，该死的！"

"闭上眼睛,"我在她耳边轻声说,"不要看。"她靠在我身上无力地跌坐到地上,不过却仍没有转身。

我靠得如此之近,现在可以清楚地看到阿克顿。这是一个没有理性的男人,他这样致命地去毒打一个少年。然而从他的脸上看不到任何表情,没有恶毒,没有喜悦,只是一个男人在专心执着地做着他自己的事情。

亨利靠得更近了,他伸开了双臂。我屏住呼吸。

"爸爸!"

阿克顿转了个身,手中高举起鞭子。那一刻,我认为他手中的鞭子会落在那小男孩儿的身上,可是,接下来他的脸色有了转变,豁然地高兴起来。"亨利!"他大声呼叫,"保佑我的灵魂啊!你从哪里冒出来的,我的儿子?"他把鞭子扔到地上,把孩子高举起来,稳稳地放在自己的肩头上。亨利尖叫着笑起来,胖乎乎的手指紧紧地抓住父亲的假发。

"那是他的儿子?"我低声问道。

吉蒂点头。"我不想让他看到。"她小声地说。

"他太小了,还不懂。他不会记得刚才看到的这一幕。"

"希望主依你所愿。"

我拉着她的手,一言不发地把她拉向咖啡馆。

"站住,先生!"阿克顿咆哮起来,把他的儿子从肩上放了下来。他的眼睛瞥向跟班:"这人是谁?"

克罗斯的脸阴沉了下来。"霍金斯。"他一只手摸着肿胀的下巴,"我和您说过的那个人。"

阿克顿从口袋里掏出一块手帕,擦拭着手上的血迹和汗迹。他脸上坑坑洼洼,下巴肥厚,像妓院里的打手,不过他上下打量我时的那双蓝色的眼睛显得严厉而机智,敏捷地洞察着一切。他趾高气扬地向我走近,我能感受到他喷在我脸上的气息,有一股强烈的热乎乎的酒精味道。他的衬衫上有斑斑血迹。"霍金斯。"他喷出我的名字,仿佛极为讨厌这名字,"你为什么打我的看守?"

我们身后,他刚刚殴打过的人此时蜷缩在地上,身躯微微颤动。还活着,仅此而已。我重重地吞下口水。回答错了他的问题会要了我的命,我很清楚这点。我深深地吸了口气。"因为他是一个王八蛋,先生。"

阿克顿惊讶地眨着眼睛,接着——感谢上帝——他笑着吼道:"这倒是句实话!"他又笑了起来。

我松了一口气,差点跪到了地上。

"你为什么跟在我儿子的后面?"

亨利此时正在扔地面上的石头子儿,并没有在意他头顶上方所上演的剧情。我看出他和他的父亲长得很像,同样的四方脸型,同样的宽厚嘴唇。"我怕他会弄伤自己,阿克顿先生。"

他咕哝道,一副高兴的样子。"在马夏尔西监狱里,亨利肯定是安全的。"他扯下衣袖,拾起他的鞭子,"但我还是感谢你,先生。在我的地盘上,正派的绅士永远是受欢迎的。"他抓住了我的手,猛力地摇着。

我看到自己的手在他的手里,感觉胃部一阵翻滚。"谢谢你,先生。"

阿克顿指向监狱门房旁边的那间屋子:"明晚的晚餐你一起过来吃。"

克罗斯心生不满,表示抗议,两条粗眉愤怒地挤到了一起。阿克顿一个眼神便让他闭上了嘴。他指向地上的那个人:"把卡特关到这边的刑讯室里,戴上铁链和铁颈圈。上紧一点儿,克罗斯先生。让那些想逃走的小雏鸟们明白会有什么样的结果。"他抬头看向牢房的位置,看向所有那些从上面窥视一切的毫无血色的脸,轻声窃笑。接着,他拉着亨利的手,大步迈向咖啡馆。

阿克顿一离开,吉蒂就跑向杰克·卡特,用胳膊把他撑起。卡特的面部已经浮肿,身上的衬衫破碎得不成样子,被血浸湿。他的肋骨可能断了几根,我确信这一点——他身上几乎没有什么东西可以抵抗阿克顿抽下来的鞭子。他的情况看起来很糟糕,很不好。他虚弱地抬起头来,慢慢地睁开眼。

克罗斯把我推到一边,站在吉蒂身旁,身影落在吉蒂脸上。"走开,贱人!你听到阿克顿先生怎么说的,要把他关押到刑讯室去。"

她紧紧地抱住怀中的男孩儿。"你试试啊,约瑟夫·克罗斯!"她咆哮道,"我会把你两只眼睛从眼眶抠出来塞到你的屁眼里!"

克罗斯眨眨眼睛,然后不太情愿地看了她一眼,以示服从。

既然阿克顿已经走了,伍德伯恩从咖啡馆里走出来,热心地帮忙。"过来,约瑟夫,"他轻声说,"我们先给这小伙子清理伤口吧,嗯?快叫护士,或许……"

"你可真有善心啊,先生。"克罗斯嘲笑道,"你给护士付钱吗?"

"我来照顾他。"吉蒂说得很坚决。她用手沿着男孩儿凹陷的胸腔摸索,检查他的伤势。

克罗斯眼睛瞟向门房,"监狱长可不喜欢看到这情景。"

"监狱长不会喜欢,"吉蒂学着他的腔调说,"你套弄自己的鸡巴时也要先问问他的意见,是不是?"

"好吧,要是你坚持,就把他带走。"他耸着肩膀说,"伤口清理干净后我们就得把他关进刑讯室。"

我把那少年扶起来,将他的双臂架在我的肩膀上做支撑。他站起身来就痛得发出一声哀号。

"他的脚踝折了。"吉蒂说,"你脑袋里在想些什么啊,杰克?"

他靠在我身上往下滑。"阿克顿看到我爬上了围墙,他让他们把绳子割断。"

"我们可以把他带到教堂去照顾。"伍德伯恩指向审判大楼相邻的那间房子,"去拿些水来,吉蒂。"

"呵,我现在在为你服务吗,先生?"她低声道,不过还是照着他说的去做了。

伍德伯恩架住杰克的另一只胳膊,我们合力把他抬了起来。那少年很瘦,我自己就能轻松地把他架起,可如今阿克顿不在,那教士仿佛不顾一切地要来帮忙。

"你真勇敢,霍金斯先生。"他在我们去小教堂的路上说。

我一想到塞缪尔·弗里特在酒馆上面一定已经把刚才的一切尽收眼底,不由得皱起眉头。*我刚才很勇敢吗?或者该说是愚蠢?在这种地方,勇敢和愚蠢又有什么区别?*

一想到弗里特,我本能地回头去看酒馆的那扇窗户。他果然在那儿,身倚着露台,从上面注视着我们,当我与他对视时,他咧嘴笑起来,拍了拍巴掌,就好像这一切都是一场供他观看的好戏。他的掌声在空旷的院子里激起了回响。

"看他。"伍德伯恩咬紧了牙关,"那个黑心的家伙。要是逮住机会,我一定会拧断他的脖子。上帝,请宽恕我!"

第五章

监狱的教堂里宁静而整洁，四周是涂刷平滑的雪白墙壁，一扇大窗正面向院子。伍德伯恩把一张干净的毛毯铺在圣坛旁边的地板上，我小心翼翼地将杰克放在上面。当我把他往下放时，我能感觉到他在我的怀里颤抖着。

"可怜的孩子。"伍德伯恩叹息道。他坐到最近的教众长椅上，低着头开始向主祈祷。

杰克浑身哆嗦着，开始咳嗽。一小股血从他的唇间流出来。我希望伍德伯恩此时正为杰克的灵魂作祷告——其余的都已经来不及了。这种打击令我的泪水涌出眼眶。只有十三岁啊。我眨着眼睛阻止眼眶的泪水滴落，跪到杰克的身边。我在想自己究竟是怎么被卷入这一系列事件之中的。换一个日子，换一种心情，或许阿克顿就会给我戴上镣铐或是以殴打杰克一样的方式来对待我——谁又会站出身来救我呢？

杰克摸索到我的一只手："本……本在哪里？"

吉蒂带来了一碗热水和一杯酒。她把我拉走，解开杰克身上污秽的衣衫，迅速而专业地检查他身上的伤势，她的娴熟令我感到吃惊。杰克身上很脏，很难看出殴打的瘀伤在哪里，不过一经热水擦拭干净，阿克顿给他留下的那些触目惊心的伤痕便清晰可见。他全身遍布紫红色的鞭痕，残暴的殴打之下，伤口几乎深可见骨。

吉蒂尽力把伤口清洗干净，并把那瓶酒递向杰克的唇边。"只喝几口，杰克。"她温柔地抚摸着他的头发。

"他是你的朋友吗,吉蒂?"

她把酒放到了一边,点点头。"他之前一直在高级监狱这边清洗床单,直到后来染上了瘟疫发了烧,他们把他扔到了围墙外面。"她的手指在少年伤痕累累的身体上游走,然后看了仍旧在低头祈祷的伍德伯恩一眼。"看,"她摸着少年胸膛上一块呈青紫色瘀伤的部位,那形状像地图上的国家。"这些是以前被殴打的伤痕。"

我再次看向那少年。吉蒂是对的,阿克顿毒手所留下的鲜红鞭痕只不过是一个持续了数周的野蛮故事的高潮。杰克之前就被人毒打过,手段如此残忍,以至于他的身上几乎没有留下一英寸完好的皮肤。难怪他想要逃出去。

"他们为什么要这样对他?"

"他惹上了约翰·格雷斯的麻烦,他是阿克顿的书记员。"伍德伯恩说。他坐回了教众长椅,脸上呈现出和那少年一般的铁青。

"惹上了麻烦?"吉蒂在他周围转着说,"他的妈妈就饿死在这该死的监狱里!他们就让她待在自己的粪便中,没有毯子,没有床。什么都没有。杰克只是向他们要些应该有的东西。只是一点施舍。"

伍德伯恩面部扭曲,接着变得绯红。"注意你的语气,姑娘!"他从长椅上站了起来喊叫道,"我尽我所能地帮助杰克和他的家人,我为此事不知道和格雷斯先生及阿克顿先生谈过多少次。"

"几乎没什么用。"吉蒂反唇相讥。

伍德伯恩怒视着她。"这是塞缪尔·弗里特使的坏。"他眯着眼睛说,"罗伯特夫人和我说过,你为弗里特做事已经很久了……"

吉蒂一只手按向胸口。"抱歉,先生,"她的声音带有懊悔的情绪,"那只是……受了些打击……在看望可怜的杰克时。"

我差点笑出声来,这演技也太差了。然而,伍德伯恩却信以为真了。他轻拍着吉蒂的头,把弗里特的事情都抛在了脑后。"你是个好心肠的女孩儿,吉蒂。我们只需要冷静,不要发火,嗯?我要谢谢你,先生。"他向我鞠礼,"如果你愿意待在这里,我会去和阿克顿谈谈关押到刑讯室的事情。或许我能够让他改变主意。"

他摇摇摆摆地走向通道,轻轻地带上门。一瞬间,教堂陷入了寂静之中。

"道貌岸然的东西。"吉蒂边洗手边说。

就连杰克似乎也稍微打起了一点精神。

我对着那少年包扎好的脚踝点了点头:"你做得不错呢。"

"我父亲是一名医生。"吉蒂想都没想地说,接着惊呼了一下,像是有些后悔。她转过身去开始擦洗地板上的血迹。

杰克的伤口已经清洗并包扎好了,我们没有多少事情可做,不过我和她都不想去叫人。一旦他离开了教堂,就会被戴上枷锁关押进普通监狱那边的刑讯室里。除了骂要把杰克关押到那里的阿克顿是混蛋之外,吉蒂不愿意多说什么。

我们紧挨着在前排的教会座椅上坐下,什么也没有说。我因心中的震撼呆呆地发愣,之前所见到的那些残忍的暴行现在才撞击着我的内心。吉蒂的身体微微颤抖,奋力抗拒着恐惧。杰克再次陷入无意识的状态。

"他能活下去。"我说。

"不,他活不了。"她扯下头上的帽子,摇摇脑袋将头发松散下来,一缕缕红色的头发散落在她的肩膀上。

"他想见一个叫本的人。"

"那是他的弟弟。只剩下他们两个了。他们的妈妈一个月前发烧死在了监牢里面。"她双手捂住脸。

◇

我走下楼梯，回到了院子里。现在已是傍晚，太阳低低地挂在监狱大门的上方，在地上投下狭长的影子。伍德伯恩此时正坐在教堂大门口的长椅上，用他手杖的末端去戳那些从鹅卵石石缝里钻出来的野草。他看起来极为痛苦，心烦意乱；显然，他和阿克顿的交谈并不如意。对于"公园"里的其他人来说，好像什么也没有发生过。有人继续在法庭柱子下面玩着赌博游戏"九柱戏"，吉尔伯特站回到院子中间路灯下面他的老位置。

"这算是什么教会区，嗯？"伍德伯恩揉搓着两鬓说，"你说，如果我用心地祈祷，主就会大发慈悲让我去梅菲尔区[①]传教吗？"他的手指戳进了外套上的一个衣洞里。"事实上，我根本就改变不了世界。这里还有一些好工作去做。有那么多的灵魂需要拯救。"他小心地往上看，"我说这些，你听着是不是很愚蠢，霍金斯先生？在这些时日，教士谈论灵魂恐怕并不是件时新的事情。"

我笑起来，我比他所体会到的了解得更透彻。我曾经在牛津大学学习了三年以成为神职人员。三年的时间里，我黎明早起做祷告，日复一日地参与古罗马文学、神学和逻辑学的研讨会；长时间地伏案翻译，将古希腊文译成拉丁文，将拉丁文译成英语，之后急急赶回教堂做晚间祷告，最后才上床休息。在晚间祷告后到上床休息之前的那段时间里，我还得准备考试，然后壮烈挂科。要是上帝能够减短白天的时间该多好，要是白昼和黑夜只存在一个该有多好。

"呃，呃。我必须叫人把我接回家。"伍德伯恩撑着手杖从长椅上站起身来说。我也站了起来，向他鞠礼。他真够幸运，想来就来，想

---

① 伦敦的上流住宅区。

走就走。

他清了清喉咙说:"礼拜日教堂再见,先生?"

"当然。"我看到他的脸上洋溢着高兴的情绪。我已经有数月没有去教堂做过礼拜,不过去教堂也并没有什么坏处。"事实上,我在牛津大学学过神学。"

"是吗?"伍德伯恩正如我所料想的一样眼睛亮了起来,"那一直是我的一个梦想,唉,费用太高昂了……不过,你没有拿到学位?"

我垂下头。"我误入歧途了。"

"啊。"伍德伯恩点点头以示理解,"呃——你仍然还有希望,先生。浪子回头金不换啊。"

是啊……这句话同样适用于脾气温和的老教士们。我得以此把他团结过来,我能从他的眼中看出他的意愿。对于一个诚实的神职人员来说,不会有什么东西比教化一名忏悔改过的犯人更充满吸引力,而且还是一名神学的学习者。他多半儿会熬几个长夜坐在炉边做他的清秋大梦,坚持要把我的灵魂慢慢从罪恶的边缘拖拽回去,并讨论着神学中出色的理论观点。我几乎为自己这样欺骗他感到愧疚。仅是几乎而已。

伍德伯恩将帽子扣到头上。"你知道吗,我相信你肯定是有什么缘由才会被关到这里,"他平静地和我说,显得很诚挚,"上帝已经为你安排好了一切,霍金斯先生。我对此深信不疑。"

教士走了,我对着黑暗的苍穹以及缓慢飘浮的灰云深锁着眉头。"呃,他也能选择其他人作为教化的对象。"

◇

自打遇到阿克顿先生之后,我很想找到某个僻静的地方恢复自己的心绪,可是在马夏尔西监狱这里根本就没有隐私可言,更无法从其他人好奇的眼神下逃脱。我走回门房旁边弗里特的那条长椅坐下,闭上双眼,思绪飘向监狱围墙之外,一只小鸟从笼子里飞出来了。这是一种哄骗自己的小把戏,我小时候就会,如今我更是不假思索地去掩耳盗铃。一瞬间我感觉到自己并没有被关押在监狱里——我在萨福克,沿着海岸公路跑向牛津和海边,清新的海风令皮肤感觉到凉凉的,空气里有着盐的味道。

"霍金斯先生?"我睁开了眼睛。眼前出现了一张消瘦且苍白的脸,蓝色的眼珠冷冰冰的,上面罩了一副眼镜。"二十镑,十先令六便士?"

我眨巴着眼睛,不知道自己该怎么回答。

他用一根细长的手指把架在鼻梁上的眼镜往上推了一把。"你欠下的债务是二十英镑十先令六便士,对吗?"

"呃,是的。谢谢你来提醒我,您是?"

"约翰·格雷斯。"

"啊!"我跳起来,"阿克顿先生的书记员,肯定就是您啦。您帮我安排好监舍了,先生?"

"是监狱长的书记员,也是狱吏们的主管。"格雷斯答道,然后迅速地转身。

我跟在他身后穿过"公园",从离门房最近的监舍经过。他领着我往东墙的方向走去——那是条件最恶劣的监牢。

我们走过咖啡馆门口,就在一小时前,阿克顿在这里毒打了杰克·卡特,鹅卵石的地面上还留有新鲜的血迹。格雷斯从上面走过。

"你去救助那个男孩儿,"格雷斯转过头对我说,他说话的口气很空洞,就像一扇门兀自在那里吱吱嘎嘎般淡然,"完全是浪费时间和钱。"

我盯着他的后背看:"我不知道他能不能熬过今夜。"

"确实。"他话中没有一丝感兴趣的迹象。接下来,他说:"他的母亲欠下五英镑三令四便士。她死了。"

格雷斯把我安排到高级监狱这边最差的监舍,而且是最为污秽的牢房里最恶劣的房间,毫无疑问,他为此大费了周折。这地方满是垃圾,每扇门边都放着待人收走的装满粪便的马桶,熏得空气都是臭烘烘的。经过一间牢房时,我听到了床撞击墙壁所发出的熟悉的声音,之后是从喉咙里发出的长长一声。格雷斯的嘴唇抿得紧紧的。"鲁尔克。九英镑十二先令两便士。"他口中嘟哝着。

"不管我们会去什么样的地方,都会心存感激,格雷斯先生。"我绕开了顶层上一摊已经干涸的呕吐物。

"只要我们还清了欠下的钱,什么都好说,霍金斯先生。"他掏出一张丝质的手帕蒙住鼻子和嘴,并用手指向通道尽头的那一扇门。"你住那里。"他从被布蒙着的口中发出声音,然后什么也没有说就离开了。

我觉得有点奇怪,不过我已经做好心理准备去面对牢门之后的情形。与另外四五个人挤在一处狭小、封闭的牢房里绝对不会是一种令人愉悦的体验,不过我以前寄宿在学校里,我清楚该抱有什么样的期望。于我而言,我只需一张床、一个能在夜间锁上门的地方过夜,其他的时间我会一直坐在"公园",或者是布雷萧夫人的咖啡馆里。

没有人应答我的敲门声,于是我缓缓地推开了那扇门。一股夹杂着酸甜的臭气直冲向通道。那是没有清洗过的床单、衬衫、汗臭的味道,还有某些更难闻的味道——那是烂肉味,就同围墙边的普通监狱里那些死尸发出来的腐烂味道一样。我捂住嘴巴,那恶臭在我喉咙里翻涌。

如果我用口呼吸,估计还能忍受。我只用找到自己的床铺就可以走掉,下次再到这里时先用酒把自己灌醉,就不必闻到那股恶臭了。

在我走进去时,有什么东西在最远处的那张床上搅动。我很难看清楚室内的情形,那窗户上蒙着一张满是污迹的破布,没有点蜡烛,壁炉也是冷冰冰的。我摸索着往前探路,另外几张床上铺有肮脏不堪的床单,我从那几张床间挤了过去。到处都是虱子,这一点毋庸置疑。我身体微微抖动,开始用手往身上挠。

当我走到最后一张床边时,我看到一个男人蜷缩在床的一头,身上搭着一张薄薄的毯子,脸朝墙壁。我侧身再走近了一些,他在咳嗽,全身都在颤动,胸腔深处传出黏痰的呼呼声。

我在床边站了一会儿,不知道该做些什么。某些东西并不在这里——我能从骨子里感觉到。我清了下喉咙以引起他的注意。

就像是身处某个梦魇之中一般,他极为费力地、缓慢地将头转向我。他面容消瘦,脸上大面积长满了脓包,正往外渗出黄水。脖子上也是,一直蔓延到身体。他的嘴唇、眼睑,每一英寸的皮肤都已经被感染。

那是天花。我害怕地战栗起来,赶紧往后退了几步,举起手臂捂住鼻口。

"求求你……"他伸出一只手,疼痛和高烧令他神志不清,"谁在那儿?啊,上帝啊,发发慈悲吧,先生。不要抛下我……"

我飞也似的逃离,沿走廊跌跌撞撞地往回跑,下了楼飞奔到院子里。我跑得太快了,差一点撞到格雷斯身上,他正挺直背部,步履沉着地朝门房的方向往回走。我一把扯住他的外套,把他拉过来面向我:"天花!那个人……快死了……"

格雷斯面色很难看,狠狠地甩开我的手:"你碰过他没有?"

"没有。"我想起那只伸向我的手。**上帝啊!**"当然没有碰他。"

格雷斯扯平整了他的外套。"呃，那么，有什么事吗，先生？"

"什么事？"我不敢相信地盯着他。格雷斯耸耸肩膀，显得极为冷漠，接着准备转身离开。我再次抓住他的外套，这一次用了两只手，把他拉得更紧。他比我矮了一头，身体并不重。"你说有什么事？你必须为我换一间房！"

格雷斯张嘴道："那就是给你分配的牢房，你的钱所能支付得起的牢房。"

我放开了他的衣服。他身上根本没有一丝人道。他会昧着良心让我在那间牢房里死去，连想都不用想就能做出这样的安排。

"格雷斯先生。"塞缪尔·弗里特从酒馆的露台上探出身来，一只手里端着一杯酒，"怎么了？"

格雷斯皱着眉头向上看去："霍金斯先生对他的住处不满意。"说得像是我在挑剔周边的景观一般。

"那个人得了天花，就快要死了。"我望着上面说，尽管我知道他早已听清了我们刚才说的每一个字，"我花了两先令六便士一周的价钱来自寻死路。"

"真不幸啊！"他一只手放到了下巴上，黑幽幽的眼睛盯在我身上，缓缓地笑了起来，"我的牢房空着一张床，欢迎你过来住，先生。"

一种恐惧贯穿我的全身。每天夜里和一个曾经杀死过室友的男人锁在一间房里？这和被关在老虎笼子里有什么区别？"我……谢谢你，先生。不过，我——"

"我坚持这个提议。"

我从来没有听到过这么简短的威胁。弗里特并没有把他的目光从我的身上移开，甚至连眼都没有眨一下。我艰难地咽下口水，然后鞠礼以示同意。我还能怎么办？

伍德伯恩先生，你说得可真对，我郁郁寡欢地暗想道。上帝早就为我安排好了一切。在这里的第一个夜晚，我就会在自己的床铺上被人杀死。

"不行，不行，这不行。"格雷斯不耐烦地说。

"肯定还有其他的牢房，"我为自己抓住机会说，"要是我能和阿克顿先生谈谈的话……"

"一切都走流程，你得按规矩来。"

弗里特抬起一条眉毛。"金钱是这里唯一的规矩，格雷斯先生。"他将手伸出露台，一堆硬币从他手中倾斜而出，落在书记员先生脚边的地面上，"这些钱应该能够弥补上差额。"

格雷斯盯着那些硬币看了一会儿，然后过去把它们捡起来，用手帕擦拭着第一枚硬币，然后装进口袋里。他的脸上呈现出困惑之色，盯着我看了好一会儿，就好像他算错了现金总额，到现在也无法计算出正确结果一般。"好。你好像欠弗里特先生一个人情，先生。"他说完后就阔步走开了。

我向那位意想不到的施助者抬眼望去。鉴于他狼藉的声名，我心中很难产生感激之情。"弗里特先生，"我向他微微鞠礼，"我该怎么回报你？"

弗里特咧嘴笑道："好好活着，霍金斯先生，并且继续令我保持愉快的心情。"接着，他反身从露台走进阴影里去。

◇

过了一会儿，我感觉有人在拉我的衣角，是本杰明·吉尔伯特·汉德的那个小伙计，他回来了，手中拿着一包用旧毛毯包裹着的东西，还有一封查理斯匆匆写下的短信。

"亲爱的汤姆，"他写道，"不要绝望。我会想办法去帮你。我给了那个男孩儿一些多余的衣物,一只煮饭的锅,还有其他一些小东西。看在上帝的分上,你要小心。我会为你祈祷。爱你的朋友,查理斯。"

我把信折好放进口袋。本杰明已经穿过院子往我的新监舍走去。弗里特的牢房在监牢大楼的第一幢,就在监狱西北方向的角落里。我跟在他身后,发现他应该就是杰克·卡特的弟弟。卡特之前叫过本,现在在我看来,他们两人确实相像。我在监牢的门口让他停下,从他手里把包裹拿过来。

"你应该去看看你的哥哥。"我说,"他想让你过去。"

他一把抢回包裹,踢开大门。"我在干活。"

本杰明以做这种事情为骄傲,为自己能赚钱而骄傲。他不需要像他的哥哥杰克一样爬上高高的围墙越狱,他有自己的事情做。然而,他不能停下来,即使他知道杰克晚上就会死去。在我阻止自己之前,我掏出了半枚先令,对自己发誓这将是我在这个肮脏的地方所做的最后一件好事。那个男孩儿瞪大眼睛,屏住了呼吸动也不动地站住了。

"这个给你,"我把硬币放在他的手里,"你今晚要帮我做事情。快去你哥哥那里,我会和汉德先生去说。赶紧,跑过去,该死的!在我改变主意之前,赶紧!"

◇

弗里特的牢房就在一楼。房间比我之前的那个宽敞得多,里面摆放着两张床,还有一个大窗户,从那里可以俯看到犯人们玩壁球的那面墙和另一边阿克顿的住处。可是房间里面很凌乱,散落着杂七杂八的东西,让人迈不开步子。这里不像是居住的地方,更像是一个典当东西的铺子——一个精神错乱的疯子洗劫了一家当铺。成堆的书靠着墙壁堆积起来,摇摇欲坠;地板上是一堆不要的衣物,夹杂着用过的假发、凹陷的金属啤酒杯、抽过的烟卷,一条皮裤下面露出一个像是象牙的东西。

我在房间里收拾出一条路来，通向那张应该属于我的床铺。我清理出一个小小的图书馆来：有诗集小册子、宽面大部头、小说，甚至令我惊奇的是还有一本装有封面的布道神学。我可没有把弗里特归类为有信仰的人群。那本书的封皮背后有几行手写的字：

> 此乃有益之经卷，需认真对待。
> 可借阅他人，但不允许售卖，或是典当或是被某人收留过久，任何读者不得将此书内容用于不正当之处。
>
> 安德鲁·伍德伯恩牧师，1725 年

另外几页被人撕扯掉了。

我把杰克斯帮我担保典当得来的钱和莫尔给我的半基尼都拿了出来，把那些硬币放在床上。我刚刚抱着多赚点钱的目的去了"公园"，两小时后的现在就赢了差不多一先令的钱。

我脱掉了身上的外套躺倒在床上，闭上眼睛。当我醒过来时，太阳已经落山了，从镇里的某个地方传来了钟声。我费力地咽下口水，口中又干又燥。

我小心翼翼地用手指沿胸腔上的肋骨摸索，还算幸运，没有伤得很严重。有时候，夜幕降临就像是一个发烧的人所经历的噩梦，自我走进那条该死的巷子之后的几个小时里发生了那么多事情。然而，现在我发现当时的感觉又靠近了，那些记忆在我脑中转啊转，身上的伤和瘀青令我阵阵刺痛，就好像那些都是刚刚发生的事情。如果我当时没有跟着那个举着火把的少年走，如果我多加注意我们当时行走的路径……

想着这些我大叫了一声,跛着脚向窗户旁边的椅子走过去。窗外,守夜的人已经点亮了院子中间的灯,犯人们从那里经过时留下长长的影子。这是自我来到马夏尔西监狱后第一次感受到一种宁静的平和。

在我快要入睡之时,门口响起了轻轻的敲门声。我惊得坐起身来,看到一位矮小精悍、三十岁左右的男人,正倚在门口友善地打量着我。他穿戴整洁,上身是一尘不染的蕾丝领衬衫,下着一条质地很好的羊毛裤子。他像一位舞者一样从弗里特的那一堆东西中迈步穿过,向我伸出手,小小的眼睛呈现出柔和的棕色,眼光中闪烁着良好的幽默感。有些人,你在看到第一眼时就会喜欢。他就是这类人,我立刻喜欢上这个干净整洁的家伙。

"你好,先生。"

"你好,先生。"

"特里姆,就叫我特里姆。"他笑着说,"我是这里的理发师。"他竖起拇指朝向天花板上面。"我们是邻居。"

特里姆的牢房在另一层楼上,就在我的牢房的正上方位置。他租下了一处面积较大、比例合适的牢房。他与两位干净整洁、能把被子叠得像豆腐块一样摆在墙边的狱友同住,不过第二个床铺是空的。太阳的最后一缕光线在那扇没有污点的门以及吊在天花板上的那束花草之上跳动着闪烁着。那束花草散发出干净清新的味道,那是马郁兰和绣线菊发出的味道,它掩盖了这房内的烟草味和监狱里所有牢房都有的潮湿木头所散发出来的霉味。

特里姆将一把椅子放在房子的中间,示意我坐下。我走了过去,脚下的地板随着踩踏嘎吱嘎吱地作响。很明显,他很享受他的这份工作——房间如同梅菲尔区的理发室一样干净,不过他对于这里所有牢房内都会发出的霉味无计可施。他用铜盆端来了一盆散发出薰衣草香味的热水，小心地把它放在一张小桌子上。小桌子的另一边是一张大沙发，还有一面黑檀木手柄的镜子。他在腰间系上一件围裙，从夹子里掏出一把银光闪闪的剃刀。

想起自己曾经发誓不再浪费任何钱，我向前探身。"你人真好……不过，我不能确定自己是否支付得起……"

他挥挥手打断了我的话。"免费的。今晚你要请我们喝酒，霍金斯先生。"他将一块布搭在我身上，在我领上围好，"在那种场合你应该展现出你的最佳面貌。"

他用带着香气的水为我洗面，接着开始用肥皂清洁我的脸，手指灵活。我闭上眼睛，背往后靠，感觉到全身都放松了。这是自从我今天早上进入监狱大门后第一次感到放松。

接下来，他把刀片伸向我的颈部。

◇

"霍金斯先生？"

我睁开眼睛。我的手紧紧地捏住特里姆的手腕，猛烈地将那刀片从我的脖颈处推开。一秒钟的时间，我便把刀片打落在地，并狠狠地打了他。

"霍金斯先生，"他又叫着我的名字，声音很轻，"你还好吗，先生？"

我眨了下眼睛，深呼了一口气，放下我的手。"请原谅。"我面色尴尬地说。

"没关系。"特里姆笑着说，他的眼睛忽闪着，掺杂着好奇和担忧在里面。"我猜，你之前应该受到过惊吓。"

我用手在脑袋上摸索着之前留下的肿块儿。"我被人袭击了，就在昨天晚上。一个盗贼把刀放在我的喉咙上。"

"啊!"咔嗒一声,他把剃刀放下,"很抱歉听到这样的遭遇。"

我把所有事情统统地倒了出来——从那天夜里我离开莫尔咖啡馆之后所有发生在我身上的情节。我说了很多。

特里姆同情地摇着头说:"在这种情况下,你承受了这么多的事情,真让人钦佩。不过在这里,我或许能帮到你。"他往一个小锅里倒了一些红酒,把它放在炉子上煮,然后走到一排放满玻璃瓶和石罐的架子旁边,用手取下一个广口瓶,把里面的东西倒进石罐中,用杵将它们碾碎。

"你之前可真够倒霉的!"他耸耸肩膀以示同情。

"都怪我自己。我行事应该更加谨慎一些。"

他将碾碎的粉末放进锅里,一种温暖的香料味道在房间里弥漫开来。"你别再责备自己了。你又不知道那个少年会骗你。"

"也许是上帝在惩罚我。"我喃喃道,自己也感觉到惊讶,那是我父亲常说的话,现在竟然从我的口中冒出来。

"惩罚你……?"特里姆用长柄勺把酒舀起倒进一个木碗里,皱着眉把它递给我,"究竟是为什么?"

我吸了一口碗中的热气,丁香和肉桂的芬芳令我感到抚慰。我笑着说:"因为我以前曾做过太多蠢事儿。"

"哈!"他看着我,眼中闪现着评判的目光,"我能想象得出。"

不知道特里姆往酒里掺了什么东西,就像他说的那样令我感觉很舒服。我很快就放松了全身,不再对他把剃刀放在我皮肤上产生抗拒。刮完了胡子,他紧贴着我的头皮剪掉头发,以免头上生虱子。接着,他清洗着我头上的伤疤,并用他独门配方做出来的镇痛软膏涂抹最为严重的伤处。这些,他都不收取任何费用。难怪他会潦倒至此,也被关进了债务人监狱。

特里姆忙着清扫地板时,一个送货的带着从位于橡木屋上层那家名叫乳头娃娃的餐厅来的晚饭赶到这里。特里姆让我和他一起吃,我心怀感激地答应了。当送货员把那些菜咣的一声放下时,我嘴里泛起了口水。醋栗烧马鲛鱼,洋蓟炖牛肉,还有沙拉拌火腿。那些肉看起来虽然做得并不是特别好,但是我已经一整天没有吃东西了——而且是这么漫长的一天。

吃饭时,我向特里姆询问起我在监狱里见过的一些人,毕竟,有谁能比这里的一个理发师更为了解犯人的最真实本性?又有谁能见到一个人最为不堪的样子和最放松的时刻呢?在这充满芬芳、令人昏昏欲睡的地方,这是一种获取实情的最佳途径。

可能因为他们都是特里姆的客人,他口中对他们的评价比我之前观察得出的结论要宽容得多。那位安德鲁·伍德伯恩教士是一个好人,他尽自己所能感化众人。小缺点?呃……(他斜着脑袋,斯文地咬了一口马鲛鱼肉)或许有些缺点,不过他的心是好的。罗伯特夫人——你是不是觉得她很高傲,霍金斯先生?还是冷漠?不过,她才经历了失去丈夫的痛苦,而且那可怜的上尉是自杀死的,这给她的名声也带来污点……她高昂起头的样子不得不让人钦佩。约瑟夫·克罗斯这人不太守规矩,也很粗俗,这点确实如此——但那都是嗜酒造成的。要是他没有喝酒,在清醒状态时他肯定变成截然不同的另一个人,这谁能说得准呢?汉德·吉尔伯特这人像条鳗鱼一样油滑,但是人却充满着活力,勤快得不得了!至于阿克顿,呃,不可否认这人总爱欺负人,品性不端,确实——真的很坏。他停了一会儿,吞下一大口啤酒。可是……又停了下来。呃,据说弗里特监狱的监狱长班布里奇比他还要坏。

"你可真宽容啊,特里姆。"我夹起一块甜糕说,"那玛丽·阿克顿呢？她是个令人愉快的女人吗？"

"她……"特里姆想了一会儿说，"一个劲头十足的女人。"

我舔了舔手指上的蛋糕末说："确实如此。"

"她的父亲在很多年以前是这里的一名囚犯，被关押在普通监狱。"

"是的，弗里特和我说过这个。"

特里姆动了下肩膀。他推开面前的盘子说："弗里特先生说过？……是啊。"

我等着他往下说，空气中只有静寂。当看到特里姆不再说下去了，我向前探身道："我听说了我那名室友的很多事情。"**没有一件好事情**。"他是什么样的人呢，特里姆？他值得信任吗？"

特里姆拾起刀，清了下喉咙说："弗里特先生是一名极有教养的绅士。"他一边说得很大声，一边以一种特别的方式把手里的刀插向地面以示意。"他人很和蔼。"接着又压低了声音："……消息也很灵通。"

当然。我竟然忘了特里姆的房间就在我牢房的正上方，而这里的地板已是腐烂不堪。

吃完了饭，我们把椅子从桌旁拉回原位。特里姆满足地拍拍肚皮。"麦克夫人做的饭菜还真不赖，"他宽容地说，一边打了一个饱嗝，"为晚上的酒局先垫个底儿。"

"六先令够不够请这整个牢房？"我们这幢牢房里至少有二十个人，助兴加餐意味着要请这幢楼里的每一个人喝酒。

"估计这些钱恰好够请。"他笑着说。

"要是我不请客呢？"

特里姆站起身来伸了一个懒腰："那恐怕我们就得玩黑狗走路的游戏了。"

"黑狗……？"

"这是这座监狱的老规矩。你的狱友们抓住你,把你摁在地上,扒掉你身上所有的衣服,呃……"他咧开嘴笑,"然后,你就乖乖地付钱了……"

"哦。"

"我看过的最有意思的人,就是你的新狱友,弗里特先生。"他继续说道。

"他拒绝付钱?"

特里姆摇摇头。"他拒绝称这种规矩为助兴加餐。他就站在酒馆中间,把自己扒得一丝不挂,然后大步走到吧台为所有人点了两基尼的酒。"他停了下来。"我不得不说,作为他那个年龄的男人,他身形保持得还真不错。"

◇

我和特里姆说一会儿到酒馆去会面,然后回到我自己的牢房换衣服。弗里特正四仰八叉躺在他的床铺上,长袜跟马裤被揉成一团,皱皱巴巴地堆放在地上,幸亏身上还穿着睡袍。他一边抽着烟斗,一边看着一本书。那书的页角已卷折了起来,书名叫《关于鞭刑运用的论述》,经一名内科医生翻译成英语,而且里面加入了"关于阴阳两性人的论述"的内容。

他在页眉上做了不少批注,并加以醒目的记号。当我脱掉衬衫,换上查理斯送的衣服时,我能感觉到他此时落在我背上的目光。

"你被人揍得很严重,霍金斯先生。"

"我昨晚被人袭击了。"我将脸转向他,扣上这件简单朴素的白衬衫,"那帮人抢走了我的钱夹,所以我现在才会在这个地方。"

"是这样啊!"他喷出一股长长的烟雾。他的声音里没有惊讶,也没有疑问。"命运是残酷的。"

"我不相信命运。"我生气地说。

我的反应,或者说我这种火爆的脾气竟然很令他高兴,但是他什么也没有说,只是用一种怪异的、强烈的目光盯着我看。我突然冒出很想打他的念头,或者是想夺门而出。我从来没有遇到这样容易激怒别人的人,仅仅是用了一个眼神或一种心照不宣的微笑。不过,在这一天的时间里,我早已经受够了。我穿上查理斯送来的那套西装,外套有一点小小的磨损,但裤子和马甲都是全新的,而且衣服质量要比莫尔给我的那套好得多。衣服都是黑色的,上面没有金色的纽扣或是银色的针线。我直接穿上它们,不得不面对某个残酷的事实。

"我的上帝啊。这样穿,看起来像一名乡村牧师。"我戴好了假发和帽子,然后赶紧从玻璃前走开,否则我会从中看到自己父亲的身影。"你愿意和我们一起去喝酒吗,弗里特先生?"

"你请客吗?不好意思,我想我还是待在这里吧。"他冲着我诡秘地一笑,然后继续低头看他的书。

第六章

当我从"公园"向酒馆方向走去时天已经黑了下来。吉蒂大声地叫我,我才看到她。她正站在阿克顿住处外面的那棵树下。

"杰克现在怎么样?"

她将搭在肩上的披肩拽扯着,把自己裹得更紧一些,然后摇了摇头。

"你是往家走吗?那些看守们什么时候锁上大门?"

"很快就要锁了,"她的眼神滑向门房的方向,"我就睡在监狱。布雷萧让我在咖啡馆里面睡。"

"啊,你是被关押在这里的吗?和你的家人关在一起?"我还以为吉蒂的家在镇子里,仅仅是白天在监狱里工作。

"我没有家人。弗里特先生在照顾我,他四十五岁了。"她盯着我脸上的表情,"不是你想的那样。呸!他是我的监护人。"她的话中带着强烈的反感。"他供我接受教育。嘿,你别那样看着我。"她用手击打我的肩膀,"正规的教育。历史、自然哲学、语言、贸易。他曾和我说过,即使在我学完所有课程之后,也不会有一个英格兰的单身男人来娶我。"

我思索了片刻,想弄清楚她说的话:"你不想结婚吗?"

"当然不是。我会和我爱的人——"

那扇通向阿克顿先生住处的门打开了,罗伯特夫人从里面走了出来,脸上罩着面纱。她看到我和吉蒂一起时,神情很不自然,皱着眉头显露出失望的神情,然后挺直了身子。"吉蒂,为这类事情我责骂过你多少次了,你不要一个人待在外面和陌生人搭话。"

我向她鞠礼。"晚上好,女士。我是托马斯·霍金斯。我们今天上午见过面。"

她盯着我看,那眼神感觉像是我的穿着极不合体,她急于去裁缝那里帮我再做一套衣服似的。"我知道你是谁,先生。说得更确切一些,我很清楚你是哪类人。吉蒂,你先走,我有话要和霍金斯先生说。快走,孩子。"

吉蒂转动着眼珠看向我,然后提起裙摆跑向橡木屋,露出裙下一双精致的脚踝。

"她真是一个可爱的姑娘。"我说。

罗伯特夫人眯起眼睛。"她并不像她装出来的那样世俗,还是一个小姑娘。"她严厉地说。"如果她能保持纯洁的心性,我希望能为她做些什么事情。"她向后退了一步,像是要更好地打量我。"你是一名绅士,是吗先生?我听说了不少。伍德伯恩先生看起来对你很感兴趣,不过你看起来……"她向我的牢房的窗户瞥了一眼,"和弗里特先生住在一起并不是一个好的选择。"

我充满挫败感地叹了口气。"在这种事情上,我几乎没有选择,女士。我又不是有钱的寡妇。不管怎么说,我确信你很聪明大度,对那些闲言碎语你能充耳不闻。"

"我确实很聪明,我能看到事情本质之外的东西,先生。"她答道,"到我能从这个地方出去的那一天,我希望能把吉蒂带走。她会成为一名优雅女士身边的女仆。"她抬了抬下巴。"不过,得要她没有遇到某些无耻之徒,利用完后将她像扔烟头一样扔掉毁弃她,那才可以。"

我对她说的话很是惊讶,便笑着说:"罗伯特夫人,我能向你保证……"

"你不要再愚弄我了,先生。"她打断我的话。

"你也不用以你丈夫那种低下的标准来评价我,女士。"

她重重地用手扇向我的面颊。

我们相互对视着在那儿站了片刻,接着,她用手捂住了她的脸。"噢!我怎么这样?就因为……你那么……"她身子向后退,然后转过身径直向院子走去,黑色的真丝裙子拖曳在她的身后。

我揉擦着被她打过的面颊,一声低沉的嘲笑划破了黑暗。我在黑暗之中四处瞅着。什么东西在沙沙作响——窃窃私语的声音——然后回归于平静。我头上的毛发沿着颈部唰地竖起来。

"谁在那儿?弗里特?汉德先生?"

一片寂静。院子里吹过一阵冷风,卷起地上的尘土。或许那只是我的想象。我转过身去,快速地走向酒馆。要是确实有人在那儿,就让他们在黑暗里自己玩游戏吧。

◇

当我走进酒馆,传来一阵高声的欢呼。特里姆拍拍我的背,把我拉了进去,高叫了一声,像是在说,"就是他!请我们喝酒的家伙"。所有人都认为我通过了考验,或是赢得了某个有利的位置,没有被扔进伦敦那些臭名昭著的监狱里。是的,确实。干得好,霍金斯先生,我在心里挖苦自己。*你超越了自己!*

我径直走向吧台,酒保亨利·查普曼正在那里等着我。他的眼中可没有玛丽·阿克顿所表现出来的那种欣喜。他性情乖戾,面色阴沉,长着一张猪一般的面孔。他是阿克顿的人,我也只能从他大摇大摆的走路姿势来得出判断。一个"忠诚的狗腿子",和克罗斯一样——为监狱长做事儿的犯人。我掏出六枚先令,他快速地把它们抓到手里,像是硬币在他眼前消失了一样。

当我在靠近火炉边的一把椅子上坐下时,特里姆把我介绍给桌边的另两个人。理查德·麦克唐纳是一位思维敏捷、总爱喋喋不休的爱尔兰人,大家都叫他麦克。在身陷债务之前,他是一名画家。现在他和他老婆一起,在监狱里经营着那家叫作乳头娃娃的餐厅。我过来时,他已是情绪高涨,脸颊绯红,悦耳的声音在酒馆里回荡。这个晚上的大多数时间里,他那只手都颤颤地搭在我的肩上,试图说服我从他的餐厅里买餐。"用的是伯勒镇上最好的猪肉。"他一直在强调这个,这时,特里姆越过他的脑袋,对我做了一个喘不过气来的动作,目光与我对视,一边用手去掐他的脖子。

另一个人是吉宁斯先生,他是监狱的守夜人,身体消瘦,四肢细长,有些焦躁,不爱说话。"刚刚我是不是在院子里从你身边经过,先生?"我问道,"我想你应该已经开始巡视了。"

吉宁斯咬了一下上嘴唇。"我在那儿待了半小时,先生。你看到什么了吗?"他神色紧张地看向窗台。

"噢,别再胡扯鬼扯的了,求你了。"麦克打着哈欠,把手臂伸到头顶上面,"他以为这个监狱在闹鬼,霍金斯先生。你要是不打断他,他就会拉着你说一些鬼鬼神神的事情。"

吉宁斯在桌子那一边皱起眉头:"我知道我看到了什么。是那个上尉,他从坟墓里回来了。"

麦克哼了一声。"呃,下次你再看到他,提醒那个老混蛋还欠我三基尼。我向罗伯特寡妇要过几次都没有要到。"他摆出一张臭脸,"真是个吝啬到家的臭女人。"

"凯里夫人信誓旦旦地说过她听到了一些声响,就在几天之前的夜里。"特里姆摸索着下巴说。

麦克抱怨起来:"看在上帝的分上,你们能别再说这个了吗,你们两个!约翰·罗伯特的鬼魂不会在马夏尔西监狱游荡,他恨死了这个鬼地方,要是没有天使求他的话,他才不会回来!哈!酒来了!"

之后关于鬼魂的话题就没有人再提了。特里姆拿出一把骰子,我们玩了几轮游戏。玩骰子的时候,我向他们讲述了我人生中的冒险和遭遇,以及后来怎么被关押到马夏尔西监狱的经历。几杯酒下肚,其他人也跑了过来,酒后的言语就变得更加随意了。我和众人吹嘘着如何通过亲密的性关系把一对长相完全相同的双胞胎姐妹区分开来,这时吉宁斯把椅子推后,站起身来。

"吉宁斯先生有一点不合群。"特里姆说着,轻轻地摆了摆手,安心地喝着他的酒。我很高兴他在傍晚时帮我刮了面。

麦克冷哼道:"我们教堂的看守对这类事情可不赞成,你懂了吧?"

"不好意思啊,先生。"我说。我没想到他是伍德伯恩的助理。"我没想到要冒犯您。"

吉宁斯看着我说:"你应该向上帝寻求宽恕,霍金斯先生。不过我想你心里也明白。我该去巡夜了,绅士们。"他拿起帽子和木棍,对我们略鞠一礼后走开。

讲述完自己的经历后,我身靠椅背,听其他人接着说下去。每个人都热切地给出建议,我欣然接受——对这个监狱的情况了解得越多,对我越有益。一切都在欢快地进行着,众人兴高采烈,直到我提起了我的室友。谈话声戛然而止。

"告诉我,"我看着他们的脸,"弗里特先生是一个什么样的人?"

那些男人们相互看着,希望其他人来回答这个问题。

"他……并没有像旁人所渲染的那么坏。"最终,特里姆开了口。桌边的其他人开始愤然反驳。"他喜欢捉弄人,可能是。"

"捉弄人？"麦克的眉毛快皱到前额上了，"你认为这是在恶作剧捉弄人，霍金斯先生？"

桌上的人都跟着麦克哄笑起来，我注意到有一些人第一反应是先扭头看身后。我暗骂自己竟然提起弗里特来，在这之前应该是一个欢乐的夜晚。我几乎忘了酒局一散，我就得回到牢房去，与一个监狱里所有人最害怕，也最憎恨的人同住一室。

"我和你说，"麦克说，"我可不会和他住在一起，一晚上也不行。就算你给我还清二十次欠债，我也不干。"

"有点同情心吧，麦克。"特里姆戳了戳他的肋骨，"没必要去吓唬别人……"

"这不是好事，特里姆，他有权利知道！"麦克喊叫起来，拳头在桌上砸得砰砰响。他已经喝醉了，身子靠过来，一只胳膊圈在我的脖子上，带着酒精味道的气息喷上我的脸。"你的新室友杀死了罗伯特上尉。所有人都知道这个！"

此刻，其他的人都点头称是，除了特里姆。"我一点也不信这种说法，"他说，"弗里特根本干不了这种事情。"

我大口地吞下了一口酒。"很高兴听到这句话，先生。"

"他个子太矮，"特里姆继续说，"麦克，你好好想想。塞缪尔·弗里特怎么可能能将上尉这么高这么重的人一路搬下楼梯，从院子里拖到普通监狱那边，然后还能把他吊到刑讯室的横梁上去呢？不要忘了，罗伯特那时可是一个死人的重量。"他边说边把胳膊圈起来，像是怀抱着一个死尸一样地比画，然后摇摇头。"他一个人绝对不可能干得了这种事情。"

我掏出烟来，点燃一支。在我们的四周，都是兴高采烈的欢叫声，人们在一片喧闹中唱歌、叫喊，妓女们被从当地的妓院里叫过来，促使客人们花钱买更多的酒。不过,这里,就在这张桌子的旁边,气氛已经变得冰冷。"你并没有真的相信是弗里特杀死了罗伯特上尉,对吗,麦克?"

"当然不信。"特里姆赶紧接上话。接着对着麦克说:"他们晚上要睡在一个屋里,看在上帝的分上,别再提了吧……"

麦克没有理他。"你要搞清楚弗里特先生是一个什么样的人,他从不睡觉,这点大家都知道。可是,在罗伯特先生死的那天晚上,他却一直睡到了早上,他是这样说的。"

"睡得很沉。是为了方便吗,嗯?在我看来,要么是弗里特先生在**撒谎**,他每次一张嘴都这样说,大家都知道;要么,他那晚确实睡得很死,另有他人闯进房间把罗伯特先生打得血肉模糊、体无完肤,然后把他拖出去像吊死一只狗一样吊死他。"他的背靠了回去,"这些很有可能在你身上发生哦,霍金斯先生。"他冷酷地笑着。"你今晚就要睡在那里。弗里特称那个房间为'贝拉岛'。我认为那是他的一个玩笑。我和你说,你应该去格雷斯一开始给你安排的那个牢房,染上天花也比被那个恶魔在床上弄死好得多。"

◇

经过这样一番交谈后,大家的情绪很难再放松下来。不过在特里姆的尽力调动下,大多数人很快又恢复了精神,开始去讨论金钱、债主和遗产的事情——"哪天重获自由了就……""有朋友信誓旦旦地承诺……""律师确信能够……"类似的话题在桌上反反复复地被大家提起。

我静静地坐在那里,倾听着他们的希望和计划。和这些人不同,我没有什么期望,也没有遗产去继承。三年以前,我曾经回家到萨福克区去父亲的教堂担任助理牧师一职,这是他一直以来的梦想:自己的儿子能及时地加入他的圈子,成为他所在区域的教堂牧师。

有时我也能说服自己认为那也是我的梦想,但更多时候,我想高声吼出一个事实——我并非我的父亲。我不愿意自己的一生一成不变地在萨福克区做一名善良的牧师,为教民们尽职尽责地服务。一想到这种人生,我的胸口就像被人压放了一块巨石般疼痛。我尽所能地将这种想法深埋在心底,试着说服自己能够改变,并且暗自发誓只要自己按照这种人生轨迹去走,一切都会有所不同。

在我被任受神职前的一个月,我坐在教众之中,我的父亲提醒我要是有人以"我身上所沾染的任何一种恶习或是任何一桩丑闻"为由认为我不能接受神职,那么那人必须要说出来。当父亲的目光扫视整个教堂时,众人肃静下来。邻居们和朋友们微笑着看着我。在父亲的目光和我的目光相遇的那一刻,我看到了他眼中那微小的自豪感。*他为我感到高兴,我想是这样。一生之中,我也曾经做过在他眼中认为是正确的事情。*

接着,紧挨着我坐的同父异母的弟弟埃德蒙微微动了下身。在我阻止他之前,他就站了起来,高声地、颤抖着向众人讲述我在学校所弄出的丢脸的事情,把我描述成牛津大学里最声名狼藉、最放荡无耻的败类。短短的几句话,他令我在整个区域的教众面前声名扫地。之后,他坐下了,双手交织放在膝盖上。

"原谅我,哥哥,"他小声说,唇上现出了鬼一般的笑容,"我得为父亲负责任,得为上帝负责任。"

他的母亲把手伸过来,温柔地覆盖在他的双手之上。

我的父亲没有选择,只能把情况反映给主教。通过调查,埃德蒙的举报言过其实,但并非没有事实根据。就在主教的信到达教士住宅区的那一天,父亲把我叫进了他的书房。在此之前他什么也没有和我说，只是通过我那可怜的妹妹简来传达所有的指令，妹妹身陷两难之中。当父亲和我说我的所作所为令整个家族蒙羞时，我高高地抬起头站在那里，咬紧了牙关。"我这一辈子都在这个区域工作，"他颤抖着声音说，"而如今，他们都在我背后指指点点来嘲笑。"

"父亲，不是那样的……"

父亲的眼中充满了愤怒。"那你说事实是什么样的？"他叫喊道，"你整个的人生都建立在羞耻和欺骗之上！"

当我从父亲的房间里走出时，简从我身后追来，身子倒在我的怀里，她的脸上泪如泉涌。在继母狡猾的严酷对待下，她比其他人都经受了更多的折磨，而如今我却要永远地离开她了。

"你一定要写信给我，汤姆。让我知道你很安全，过得很好。"

我温柔地笑着吻她的前额。"我保证。"

可是，我从来没有兑现过自己的承诺。上帝原谅我，我食言了。当我来到伦敦，我就发誓我不会再联系我的家人。我的父亲和我脱离了父子关系；呃，我也不会再认他为父。我要在这个世界上走我自己的路，这意味着我也抛弃了简。我强迫自己不去想我那亲爱的妹妹，也不去想如果我那同父异母的弟弟当时没有当众揭露我的丑闻，我又会成为什么样的人。我在伦敦交了新的朋友，谈了恋爱，我告诉自己一切都是最好的状态。

而如今，我在这里，被关押在马夏尔西监狱，很难再说服自己状态有多好了。一想到父亲要是知道了我现在低劣的境遇，我的心中便生起一种惨淡的恐惧。我想，要是这样我宁愿死去，宁愿自己在床上被塞缪尔·弗里特杀死，也好过被父亲知道悲惨现状。可是，简呢，现在想到她，我为自己感到羞愧。她不能像我一样逃离，她除了待在那个家里忍受之外别无选择。在我走进监狱大门之前，她早就是一名囚犯了，一名被囚押在家中的囚犯。

我的肩上被人轻轻地拍了拍。特里姆面带焦虑地看着我："你还好吗，霍金斯先生？"

"很好，谢谢你。"我摆脱那些思绪，"可能有一点累了。"

他轻轻地笑起来。"在这里度过的第一个晚上都不轻松。我相信到了明天早上就会感觉好一些。"

我谢过了他，向其他人鞠礼。他们和我道过了晚安后，继续回到他们的酒局以及对自由的畅想中去。

◇

如果我不从众人之中脱离，我可能会整个晚上都待在酒馆里，这样要比我回到牢房面对塞缪尔·弗里特好。月光之下，我转向院子走去，想让自己的脑袋清醒一下，也拖延自己回到牢房里的时间。贝拉岛！今晚我到底要怎么睡？

就在今天上午，阳光之下的这座监狱让我想起了自己的母校。可现在，我知道这里的每一堵围墙都浸泡在鲜血之中。

仅在几个小时之前，我目睹了监狱长在这个院子里将一名少年毒打几乎至死，现在他就坐在他房子里那扇黄色窗帘后面和他的家人享用晚餐。表面上以教化的名义所发布的命令和责任现在看来极其阴险邪恶，令人心绪不宁，尤其是在这夜色之中。浅薄的表象之下隐藏着暴力和腐败。在我进入监狱的第一个晚上，我只能推测出这些来，可是用不了多久，我就会第一时间亲身体验到所有的残酷。

当我快走到位于"公园"中心位置的那处灯笼时，温暖的光亮之中进来了一个彪悍的身影。我吓了一跳："汉德先生！我还以为遇到鬼了呢。"

他咯咯笑起来。"刚才在酒馆里，他们往你的脑袋里填满了鬼故事吗？在这种地方，你需要担心的可不是鬼之类的东西，霍金斯先生。"

我们说了一会儿话，他提着灯笼把我送回我的牢房。

当我们走进大楼里面时，突然一声尖叫响起。

"上帝慈悲啊！"

我呆呆地停下了脚步，感到冰冷入骨。那喊叫声传自于围墙的另一面。我在一生之中从来没有听到过如此绝望的声音。那人又喊叫了一声，还有其他的声音，接着又是一声——那黑夜之中上百声向天而呼的哭喊声无一不包含着悲痛。我听到了另外的声音："宽恕我吧，主啊！""上帝，快拯救一个可怜的罪人吧！""拯救我们吧！上帝——拯救我们！"剩余的只是一些令人心撕肺裂的叫喊，那声音仿佛令整个监狱的围墙都在震动，那是身陷于地狱的鬼魂们发出的恸哭。

"上帝啊，"我说，"他们怎么了？"

吉尔伯特·汉德往地上吐了口口水："都是那些被锁在里面的可怜家伙们。阿克顿把监舍里面的犯人塞得太多，犯人们几乎无法呼吸，到酷暑时节尤其恶劣，每天早上我都看到有十二个人从里面被拖出来。"

"病了？"

"死了。"

我一片茫然地跟在他的身后，他把我领回到我的牢房。每个晚上要死十二个囚犯？那绝不可能。可是汉德又有什么理由说谎呢？我感觉到自己的胃部极不舒服，在往上上楼梯时，我只能用一只手撑住墙壁以免摔下去——正是因为想到那些男人和女人们是在没有充分理由的情况下死去，而且我如此轻易地看穿了自己也是他们中间的一员。在酒馆喧闹的高兴气氛中，我那一刻已然忘记自己有多么容易被人抛尸到围墙的那一边。我绝不能忘掉这一点。

我们走到弗里特的牢房,我拖着步子走向我的床铺,用手捂住自己的头。

"怎么样,弗里特?"汉德愉快地打着招呼。

弗里特的声音从室内飘了过来:"那孩子怎么了?酒喝多了?"

"没喝多少。只是听到晚上的哀号。"

"哦。"

我听到了硬币叮叮当当的声音和吉尔伯特·汉德离开房间轻抬脚步的声音。我向上看去,昏昏沉沉中不由得一震:弗里特正往一只精美的水晶杯中倒酒。他从房间穿到我的床前,把杯子塞进我的手里,什么也没说。我喝下那杯酒时,他专注地观察着我。

"谢谢你。"我喝完酒说,缓缓地揉搓着我的前额,手仍然在颤抖,"这样会好受一些吗?"

"那取决于你自己,霍金斯先生。"他给自己倒了一杯酒,像喝药一般一饮而尽。"在这里,要么会让你心痛难忍,要么会让你的心变得像石头一般坚硬,那都得看自己。"

"那你是什么样的心态呢,先生?"

"呃……"他咚咚地敲着自己的胸膛,"我没有心。一起喝酒的那些人们没有和你说过这个吗?"

这样的对话之后,我们两个都沉默下来。我仍然能听到来自于那边的哭喊声,一开始那声音是随风传来,之后就钻进我的脑袋,哀号声一遍一遍地在大脑里回旋。我想,那可能是由心而生出的声音。要是当时少给几先令,我可能就与他们那些人关押在一起了。我尽可能地保持清醒状态,与弗里特睡得如此之近令我感到害怕,也因自己睡在一个死过人的床铺之上。最终入睡之后,我的梦里便是令人痛苦的惨景,充斥着恐惧的场面。一条黑暗的巷子里,一个身着黑衣的男人从阴暗中走出来,月光下的刀锋上闪现出蓝光。

　　一股刺鼻的烟味令我从梦中惊醒。室内漆黑一片,可怖的深夜衍生出死一般的静寂。弗里特像一只妖怪似的蜷缩在窗边他那把椅子上,手里紧紧攥着那本簿子,贴在胸前,专心致志地盯着外面的院子。我在床单下轻轻地动了下身子,心脏怦怦地撞击着胸膛。他瞥向我,脸庞被身旁点燃的蜡烛所投下的光影遮盖,看不清楚。

　　"快睡觉,霍金斯先生,你的处境很安全,"他的脸被喷出的烟雾所围绕,"至少今天晚上。"

礼拜五,第二天

第七章

第二天早上,天色已亮,室内寒冷,我呼吸的气息也成了白雾。硬邦邦的床板上是一层单薄的被褥,我躺在上面几乎无法动动身子,仿佛夜间有十二匹马从我身上跨过:在圣吉尔斯被打劫的那次殴打在我身上显出了后续反应。

起来,我必须站起来。在这种地方我可不能躺下。我不能被人抛到围墙之外,我不能成为在黑暗中哀号的那群人中的一员。身上裹着毛毯,我缓缓地坐了起来,一只手搓揉着面颊。阳光成线状地洒落在我的床上。

"睡醒啦?昨晚你是睡着了,还是从死亡中爬起来了?"

弗里特已经起来了,一动不动地站在窗边,身上裹着他那件睡衣。窗户是打开的,难怪室内这么冷。

我冷得发抖,瘀肿的胸部也令我不由得呻吟起来。"关上那该死的窗户赐予我自由吧,看在上帝的分上。"

弗里特低笑了一声:"我可不记得以弗所书①里有这样的记载。不过你可是学神学的,霍金斯先生。最好还是忍一忍,身体要动,大脑要思考。这是警告。"他双手互拍,揉搓着。"我们今天有很多事情要做。"

我们?

---

① 基督教《圣经·新约》中的一卷。

这时，有人在轻轻地叩门。

"进来吧，吉蒂，进来！门没有锁！"弗里特喊道。我还衣不蔽体时，吉蒂就进来了，一手拿着水桶和刷子，另一只胳膊下面夹着几本书。那时我还没有穿上衣服，还是迷迷糊糊的状态，她看到我时低呼了一声，赶紧用一本《盗贼暗语》蒙住面部。我低骂了一声，立刻将双腿缩进被子里面。

弗里特笑了起来，我在被子下面穿上了裤子。"那么，我们接着上课，吉蒂。"他一只胳膊向着我的方向摆了摆，"看吧，一个高贵的人最自然的状态。"他斜了下脑袋。"不像人，更像是一头野猪，嗯？呼噜起来也像一头猪——这个我可以证明。你看到了多少？看来我们应该安排下素描的课程了……"

吉蒂把手中的桶和刷子扔到地上，将目光从我这边转开，对着冰冷的壁炉怒骂起来。她从围裙的口袋里拿出一团火绒，在铁上用力地点擦。

弗里特邪恶地笑起来。"不错，霍金斯。我敢打赌，你在男人堆中已经引起斯帕克斯小姐的注意，至少两年就会和她结婚。这也是一件好事，吉蒂。我对你的人生有更好的规划，比你整天带着哭哭啼啼的小孩子做苦力这样的人生要好得多。"

"做苦力？"吉蒂跪着双膝在生火。她两只手掩着黑乎乎、油腻腻的黑烟说："或许我有自己的计划。"

◇

我从床上滑下来，身上的每一块肌肉都令我感到疼痛。我站到窗户边，尽所能地伸展着身子。院子里空荡荡的，只有守夜的吉宁斯正准备交班，他的肩膀在酷寒之中缩成一团。昨天晚上的夜风肯定令他那把老瘦的骨头吃不消。约瑟夫·克罗斯在监狱门房那里，正举着一大杯酒豪饮。从这个距离来看，他的身影很小，我能把他拈在手指之中，这种想法让我很高兴。我正用手指对着他的下身狠抓，而他正粗鲁地对着吉宁斯吼着什么，他下流的笑声在监狱围墙内产生了回音。

我又望了一会儿，却没什么人走到院子里。不过，从太阳的位置可以判断出现在应该是八点钟了。我从窗边走开。"我们今天不允许出牢房吗？"

弗里特此时正倚着壁炉旁边的墙壁，看着吉蒂干活儿。和她在一起时，他有种异于平常的样子，脸色要好上很多，甚至显示出溺爱的神情。吉蒂曾说过他是她的监护人，他好像是在用他自己的方式保护她。

可是，若她确实受弗里特的监护，那她为什么要待在马夏尔西监狱干活呢？弗里特显然不会是因为欠别人钱才被关在这里，他有能力将吉蒂弄到其他安全的地方去。

"昨晚有什么事情发生？"他问她。

吉蒂停下手中的活，向后直起身说："三个人进了监牢里拖出一具尸体。杰克……"她没再说下去，转过身去。

杰克·卡特。伍德伯恩之前就说过那孩子熬不过昨晚，可他的死仍然让我备受打击，身体像被掏空了一样。他就在我的眼前被人弄死，整个监狱的人都站在那里围观……什么也没有做。"他的弟弟现在怎么样，吉蒂？"我问道。

她对着点燃的火苗轻轻地吹气，火焰闪烁，沿着木头起舞。"他整晚都待在刑讯室，陪在杰克身边。这件事情对他的打击很大，情况很糟糕。"她进来后第一次抬眼看向我，"不过，他很感激你。"

弗里特脸上露出惊讶的神色："本杰明·卡特……感激你？这究竟是怎么回事儿？"

"没什么好奇怪的，"我答复道，"我给了那个孩子半先令让他昨天晚上去刑讯室看他的哥哥。"

"可是……"他的目光绕过室内混乱的杂物看向我，眉毛皱成一条线，"你这样做是希望获得什么呢？"

"只是出于善心，先生。在杰克·卡特死前，希望他们两个都能得到一些安慰。"

弗里特面部的肌肉拧到一起，就好像他刚刚咬了一口生柠檬那般苦涩。"半先令？就为发善心？"他尖叫起来，"你究竟在想些什么，用这种愚蠢的方式去挥霍你的钱？真他妈的操蛋……要是我的室友是这样一个居高临下还浑身优越感的傻瓜，我还真应该去问下吉宁斯先生。"

"呃，如果我有冒犯之处，还请您原谅，先生。"我低声道。

弗里特烦躁地哼了一声，仿佛他在为自己早就应该考虑到这些东西而恼怒。

吉蒂拍拍手上的煤灰，从壁炉前站起来。"本昨晚看到鬼魂了。"

"什么？"弗里特立刻走到她身边，"什么时候？在哪里？"

"就在午夜十二点的钟声响起时。"

"**午夜钟声响起时，这时间真是无懈可击啊！**"

"本说，那时他刚经过刑讯室，墙壁上传来敲打声，还有复仇的哀号。"她用指关节敲在墙壁上，咚咚。"不要笑，"她看向弗里特说，"可怜的本都被吓得半死了。"

"是吗？怎么半死的呢？"

吉蒂没有理他。"他一路跑到院子里，那鬼魂就站在那里，月光下全身苍白，面容可怖，脖子上还圈着一条绳子。那鬼魂喊叫起来，'杀人凶手！可怕的杀人凶手！报仇！'"吉蒂边说边伸出手，这部分表演得很传神,"接着,那鬼魂就在他眼前消失不见了。"

"在他眼前,吉蒂?"

"他敲响了警钟,吉宁斯先生搜遍了整个院子,在围墙边上找到了一块手帕,上面绣有首字母缩写 J. R.,已被鲜血浸湿了。"

听到这里,弗里特哼了一声,然后焦躁不安地在房间里踱起步子,把地上的书和衣物踢到一边。"约翰·罗伯特上尉从坟墓里跑回来了。"他双手插在睡衣的口袋里,"和他说上一两句话,应该不错。"

我皱眉道:"你不相信?认为这是无稽之谈,是吗?"

"那可不是什么无稽之谈。"吉蒂伤心地说。

"相不相信倒不是关键,"弗里特说,"事实,我们必须要有事实依据。"他骤然拍手,像是要召唤某人一般。"本杰明现在在哪里,吉蒂?"

"就在隔壁的教堂。伍德伯恩先生现在在为杰克的灵魂做祷告。"

弗里特抿起嘴。"该死的蠢货,闲事管得真宽。我们必须马上把那男孩儿带到这儿来,在他还没忘掉什么之前。"

我想到了阿克顿,整个监狱都在他的血腥掌控之下。"在他还能开口说话之前。"

"嗯,确实。"弗里特咕哝道,"吉蒂,快跑过去把他给我找来。告诉他,要是他立刻过来,我会给他钱。"他抬了一下眉毛。"我想半先令已经不少了。"

◇

吉蒂走了,我鼓起勇气违逆了弗里特的意思,关上窗户,将逼人的寒冷拒之窗外。很快,我便意识到自己犯了错误,弗里特温和、宽容的一面随着吉蒂一并不见了。我发誓,即使我还没转身面对他,我也能感觉到强烈的怒火在炙烤我的身体。

"打开窗。"他发出低沉浑厚的声音。

那一刻,我愚蠢得想要去顶撞他,只是想看看他会怎么样。我比他小二十岁,高过他一头。接着,在看清他的表情后,我心想道:"他会杀了你,汤姆。他会这样做的。"

于是,我打开了窗户。

弗里特咧嘴笑开来。

我拾起查理斯送给我的那件黑色外套,尽所能地有尊严地走到门口。"呃,那我不坐在这里,免得被冷得冻死。我去'公园'。"

"你已经冻得半僵了,还要走出去?真没有理智,先生。"他像一个失望的老师一般摇了摇头。"你不能出去,今天是礼拜五。自己坐到火炉边去,抽支烟,我去叫早饭。别再生闷气了,真受不了。"

"礼拜五?"我在炉火边坐下,用力地搓着双手,并把手掌放在火苗上方取暖。

"今天是审判日。犯人们都不能到院子里去,不能惊扰了那些高贵的绅士律师们。那是一群可怜的、敏感的家伙们。"他将脖子探出窗外,对着下面的杂工喊叫,让他们送一些面包卷、牛奶、稀饭和咖啡来。接着,他又开始在室内来回地踱着步子。只有那么一会儿,他停下来,捡起一些丢在地上的衬衫、啤酒杯或是信件,对着那些东西凝视片刻。

在房间里绕步期间,他曾踢翻了一只靴子,一把旧手枪从里面叮叮咣咣地倒在地上。他把枪拾起,说了句"原来在这儿"。接着,他充满感情地吻了下那支枪,又把它放回靴筒中去,自己走到窗边。"我现在醒了,"他伸展开双臂,极为夸张地打了一个哈欠,"过去的几个礼拜里我都在睡觉,就像一头进入冬眠的野熊,或是一只刺猬。"

"确实。像一只野蛮的大刺猬。"

杂工带着早餐上来，弗里特和我一起坐到了炉边。我双手握着一杯咖啡，沿杯沿轻轻地吹着气，以嗅闻那浓烈的、带有苦味的香气。这咖啡出自萨拉·布雷萧的咖啡馆。咖啡的气味将我拉回了前一天站在窗边的情形，我第一次看到阿克顿扬起手中的鞭子，靴子踹上那个少年的背。

弗里特轻推了下我的盘子。"吃东西吧，先生。"

我端起稀饭，慢慢地吃起来。我的室友这时却点燃了一支烟，背靠在椅背儿上。他之前说过我们今天有很多事情要做，可是我不想去问他都要做些什么。我可没有为弗里特先生做事，他也不能支配我的时间，即便他希望如此。不过，我对本讲述的鬼魂故事很是好奇，从那时起我和他就站在同一阵线了。之后，我想自己应该去楼上和特里姆待上一天——虽不能走出这幢楼，但至少我这间牢房还没有被锁上。

我抬眼望了下，弗里特正以他那种奇怪的方式盯着我看。这种行为最令人感到不舒服。那双黑如煤炭的眼睛总是令人觉得不可捉摸，那颜色黑得很不自然，它们并非真正的黑色，没有人的眼睛是这种黑色，那可能是一种棕色，很深的棕色，如果走得很近就能看出来。

可是，又有哪个心智健全的人会去做这种事情？那双眼睛里隐藏着不为人知的秘密，属于他自己的笑料以及敏锐的观察力尽在其中。那可不是一双单纯天真的人的眼睛。

那是一双杀人者的眼睛，那么……或许是这样，不过绝不是鲁莽的那种。它们并不像阿克顿的眼睛那般险恶而胆大。弗里特并不是一个暴躁的杀人者。如果他想让一个人死，他肯定会提前谋划，再耐心地等待最佳的时机来动手。这就是我在这监狱待了一晚后对我的室友所得出的结论。在这一点上，如果没有其他因素，我的推断被证实无误。

"你为什么被关押在这里，弗里特先生？"我问道，只有发问才能打破他目光里所散发出来的魔咒，"肯定不是因为欠人钱，很明显。"

"当然。"他在喷出的烟雾中承认了我的看法，然后抓着下巴，手指刮擦起下颌上数日未清理的灰黑色须楂，在地上挑了一本书。他打开书的首页：

关于抢劫犯及盗贼马修·丹斯的真实描述

一小段文字描述了丹斯恶名昭彰的生活经历与死亡，之后是以下的几行字：

伦敦：

考文特花园拉塞尔大街S. 弗里特印制售卖

MDCCXXV

"你是一名印刷商。"

"印刷商、书商，也做翻译，算是个三流的文人。"弗里特又把书扔到地上，"主要身份是猥亵犯、杀人犯。"

这时，我想起在拉塞尔大街的另一头那一家店铺，绿色的店门，离莫尔家的咖啡馆只有几步之遥。那家店的书堆到橱窗那么高，店内的地板上也到处散落着书，就同这里的情形一般模样。"竖立的手枪！"我记起那家店铺门上方的标记，经营者就是 S. 弗里特，于是大呼出来，"你的店铺很棒，先生。"

弗里特很像那么回事儿地点了下头表示肯定。

"那你怎么来到这地方了呢？"

他愣住了，回想起一些痛苦的记忆——或是正在思考着编造一个新鲜的谎言。"我在去年冬天为朋友印制了一本书，那本书里有一些……煽动性的内容。我拒绝向当局报出那朋友的名字，所以就被以煽动诋毁的罪名逮捕，并被投送到这个地方来等死。"

真是不错的故事，我心想，没有比这更好的说辞了。我可不相信弗里特除了自己还对谁有这份忠诚。"文字诽谤？反对谁？"

弗里特耸耸肩膀，说："议会、教堂还有国王。"说完他脸上显出深思的神情，吸了一口烟。"这可不是我的错，只不过是给他们逮到了一个机会来抓我。我知道的太多了，霍金斯先生。多少年以来，我从杀人犯、盗贼、娼妓等人群中挖掘出了太多的东西，也听说了不少出身良好的先生小姐们出轨、淫乱的消息……知道这么多秘密，并不是聪明的选择。"他笑道，"不过，知道这些生活才会有乐趣。"

◇

九点钟时，通往门房的大门被人推开，马车从大门鱼贯而入，在鹅卵石铺成的院子里弄出咔嗒咔嗒的响声。律师们无所事事地闲聊起来，黑色的长袍在九月的秋风里如波浪般翻滚。而那些监狱看守和杂工们在一旁匆匆地忙活起来。阿克顿身着艳红色的外套，披着披肩在人群中四处行走，握手言欢，全然一副友好主人的形象——但，我看到有几个人掉头转向拒绝和他寒暄。约翰·格雷斯，阿克顿的办事员紧跟在他主人身后，手中攥着从门房拿出的黑色名单簿，向仆人们传达各种命令。他身上并无浓厚的血腥味，却令我的胃一阵不适，或许是因为想起前天他把我送进传染天花的牢房的情形，因为他对旁人命运无情的漠视。

几分钟之后，一名年约三十的绅士骑一匹黑色大马从大门穿过，冲着两边的人群大笑并挥手。当他从马上跃下之时，整个监狱仿佛都显得更周正了。他身上的衣服做工精良,剪裁时尚,口袋上有蕾丝绣边;手中那根黄金镶顶的手杖引起了旁边一个律师的注意,和他开起了玩笑。他们说了一会儿话,那律师凑近另一名律师的耳边窃窃私语了一番,接着两人大笑起来,握手致意。

弗里特也来到窗前,和我站在一起。"那是爱德华·吉尔伯恩,副书记官。"

"那是个什么样的职位?"

"光荣的书记员。"

我皱眉道:"不是约翰·格雷斯坐在那个位置上吗?"

"格雷斯是监狱的书记员,吉尔伯恩是法院的书记员,得循序渐进一步步往上升,霍金斯先生。你不能只是把犯人弄进监狱,让他们在那儿等死,那样做就很残忍了。犯人们必须有上法庭被审训的过程,案件得有人来听,债主也得传唤到法庭来呈辞……"他阴郁地咧嘴笑着,"之后,就可以等死了。"

此时,人群都围集在吉尔伯恩旁边,迫切地想引起他的注意。他礼貌地向所有人点头致意,但看起来却是急切地想离开这个院子。"他在律师圈里很受欢迎。"

"手中有权。"弗里特更正道,"他掌控着法庭上的一切,如果他愿意,规则就能改变。为了钱。"

"他这么年轻就坐上了这个位置?"

"是个天才。"弗里特不屑地耸肩讽刺道。他坐回了炉边的椅子上,看起来他已不想再看下去。片刻之后,罗伯特夫人从院子里走过,她从一堆工作人员和律师群中穿梭而行,径直走向爱德华·吉尔伯恩。他们的谈话简短而急迫,吉尔伯恩脸上全是关心的神情。过了一会儿,他拍了拍她的手臂,而罗伯特夫人把她那只戴着黑色手套的手放在他的手上。接着，阿克顿也走了过去，重重地拍了下吉尔伯恩的后背。吉尔伯恩立刻丢开了手，不过我注意到他和罗伯特夫人之间互换了一个简短的眼神，心照不宣，然后罗伯特夫人鞠礼走开。他们是情人关系吗，我心里在猜想。摸着自己的面颊，我想起了前一天她狠狠甩给我的那一巴掌。

那些律师们和工作人员们纷纷向审判大厅那边走去，这时一辆镀金的大马车冲进了院内，后面紧紧跟着一名骑栗色小马、黑衣黑帽的绅士。马车停下，身穿制服的仆人们从上面跳下来打开了车门，然后往通往法庭的方向清出一条路径来。一名头戴沉重假发、面部涂粉的绅士从车里挤出来，随着他从车上迈步而来，车身因他的体重倾斜到一边。此时，阿克顿站在一边，深深地弯下身子对那人鞠礼。男仆们簇拥在那人的周围，随时准备着搀扶。

"菲利普·梅多斯爵士，"弗里特在火炉边吟声道，"马夏尔爵位。"他连看都没有看，就知道是谁，我不知道是怎么回事，或许他是从马车行走的声音中辨识出来者身份的。

我的注意力全被菲利普爵士那宏大的出席排场所吸引，连那位身着黑衣的绅士从马上下来都没有注意到。当他摘掉头上的帽子，抬头望向监狱的窗户时我才看到那是谁。

"查理斯！"我把身体探出窗户叫喊道。

他看到了我，咧嘴一笑，然后挥动着他的帽子，一只手放在眼前挡住阳光。然后他停下了动作，我看到他脸上的笑容消逝殆尽——他反应过来了我们所处的环境。"稍等片刻。"他竖起一根手指说，"我去和监狱长谈谈。"

我点头，无法发出一句言辞。查理斯是我的朋友，也是我的兄弟。对我而言，他的建议比世界上其他任何人的都更重要。但现在的我在他看来，只不过是一个欠债的犯人，被关押在他的宗教赞助人所管辖的监狱里，很令他尴尬。我像是被人卡住了喉咙一般什么也说不出来，无法动弹。

在人生的道路上，查理斯和我选择了截然不同的路。但是直到今天，我仍然认为我和他是平等的。实际上，我一直认为自己比他幸运——我能靠着自己的能力来生活，不用过着神职人员那种单调乏味的日子。我成不了他那样的人，因为我没有他的耐心，也没有他平和的脾气。可是，我一直计划着有一天改变自己的命运。好吧，"计划"一词太过严厉，应该说，我梦想着有一天能改变自己的命运。说起这个，我曾立下誓言要去实现梦想的；可如何制订计划呢？上帝保佑，那可能需要很多时间和精力。只做决定而不去行动，梦想又怎么能够实现呢？我不知道。

可如今我成了一名囚犯，被关押在债务人监狱之中，要去依赖一个已经对我倾其所有的老朋友的善心。他给我的那些钱我已经弄没了，几乎没有拿回来的希望。站在牢房的窗户边，看着查理斯和阿克顿说着好话，我忍不住向院子里走去。此时，我才明白了自己有多堕落，我的人生有多失败！

"菲利普爵士的助理！"弗里特吃惊地看着我。他紧跟在我的身后，竟然没有发出任何声音。"你认识他？"

查理斯指向他上方的窗户，监狱长摆手耸肩表示歉意，连菲利普爵士都停下来看向我所在的方向，皱起了眉头。之后，他一脸不悦，慢悠悠地走开了。

一道银光从查理斯手中传递到了阿克顿手中，那监狱长突然就笑意盈盈地点起头来。"霍金斯先生！"他大声呼叫，示意我下来。

我不再需要什么勇气，就从窗户边一跃而起，披上我的外套。

弗里特点头示赞。"很好,你快跑过去。一会儿我自己来询问那男孩见鬼的事情。"

我都已经把本杰明·卡特和他见鬼的事情忘在了脑后。我相信那故事肯定有趣儿,不过那也比不上见到查理斯并离开牢房更令人兴奋。我攥住弗里特的手,现在我将要获得自由不再和他待在一起了,我心中突然生起一种感激之情。

"时间别太久了。"他发出警告。他的声音中有一丝尖锐,让我想起我还欠他的钱。"罗伯特死而复生完全是愚蠢的无聊闲谈。不过有人想以此来戏弄我们,还做得很聪明。事情最终会有变化的,霍金斯先生,我能感觉得到。我们得一起把这个马蜂窝抄下来,你和我两人一起!"

我冲他笑了笑,跑下楼梯朝着查理斯和自由奔去。片刻之后,我才开始揣摩他所说的"将那个马蜂窝抄下来"是什么意思。如果是一场斗智的游戏,我就应该猜到弗里特是一切事情的主导,不过,等到我意识到这一点时,已经太迟了。

第八章

我走到了院子里，查理斯冲着我挥了挥手臂。"汤姆。上帝啊，这是多坏的运气啊！我真不敢相信，你受伤了吗？"

"我还好。"我这样回答。事实上，我从头到脚都被人揍得青肿，一扭头，那头骨上鼓起的肿包现在仍还在跳动着作疼。"谢谢你的关心，"我一只手抚在黑色外套前面说，"我看起来还很精神吧。"

"还不错。"查理斯笑着说，可眼里却是悲伤。"阿克顿先生，"他转向监狱长，礼貌地向他点点头，"你允许我带着霍金斯先生去伯勒镇吗？也可能去乔治。"

阿克顿狡黠的蓝色眼睛里闪现出愉悦的光芒，但很快又暗了下去。哈，被一个赫赫有名的男人请求！他现在拥有了说不的权利！"抱歉，巴克利先生。"他摊开了双手，好像表示决定权并不在他手中一样，"霍金斯先生昨天才被带进来，我还不清楚他的情况。我相信他是一位诚实的先生……"

查理斯面露愠色。"这点毫无疑问。"他开始了反击，在这种情形下他只能这样做，虽然并不十分得体。

"……不过我允许他在我的地盘上四处闲逛。尤其是在法庭审判日这天，其他的囚犯们……"

阿克顿指了指从上方那些窗户往外看的男人女人们。那些人中的大多数对在院子里自由出入的我怒目而视，目光中充满了妒忌和愤恨。可是，这并非阿克顿拒绝的真实理由。他只不过是想对着菲利普爵士的人行使一下权力,提醒众人谁才是马夏尔西的真正主宰。

然而,查理斯看起来并不知晓这些。"要是给监狱先付一笔押金,是不是能消除您的疑虑呢,阿克顿先生?"他从口袋里掏出半个克朗,我的手指开始骚动起来。"我给他作担保。"

"你是要为他二十英镑的债务作担保吗,巴克利先生?万一他跑了呢?"阿克顿歪了下脑袋,颇感兴趣地问道。

查理斯叹了一口气,事实上他整个身体好像都发出了叹息,以至于在我眼前他好像看起来矮了几英尺。

阿克顿开心得露齿而笑:"说到底,你们也并不是很好的朋友嘛……"

◇

想在第一天就让阿克顿放我从监狱回去伯勒镇——我认为查理斯刚才提出的要求完全是奢望。特里姆前一天曾经和我说过,阿克顿曾经把一些值得他信任的犯人放出去,由警卫跟随。这样既可以掌控一切,又能保证有足够的钱流进警卫的口袋。从其他方面来说,这样也有意义——既给他挣得了一个绅士的好名声,有力反击了流传于萨瑟克区那些关于他凶残、变态甚至更坏的传言,同时也令囚犯们在狱中表现得更好,以受主的教化——没有人想失去这种特权。

从另一个角度来看,倘若有犯人从马夏尔西监狱逃走,作为监狱长的阿克顿便要承担犯人们所欠下的债务,因而客观说来,他有权利不相信我。目前我只在他的监狱里待了一整晚,一有机会,我就会逃到明特镇或是返回到莫尔咖啡馆那边,抑或是其他任何地方。如果阿克顿厌恶我,如果弗里特烦我,我会成为一个在普通监狱那黑暗的深渊边跌跌撞撞徘徊的家伙。我可没有忘记昨天晚上那响彻天际的痛苦哀号,那是来自地狱的尖叫。是的,我应该逃走,一旦阿克顿允许我走出监狱,上帝啊,我绝对会逃走,而且绝不会回头。

现在所有的牢门都关上了,监狱里的酒馆也打了烊,除了前往法庭大楼之外我们别无选择。走过法庭前面走廊的石柱,我看到萨拉·布雷萧的那间咖啡馆也没有开门,所以我们只能上楼去麦克的乳头娃娃餐馆。律师们、工作人员们和债主们都在那里等着被传唤,一大群人聚在那里争论着,将文件紧紧地攥在胸前或是当作武器一般挥打在彼此脸上。我们从人群中挤过去,他们的声音在围墙的回音下显得更为嘈杂。人们都在说着一样东西,钱。谁有钱,谁欠钱,怎么赚更多的钱?你的委托人欠我三英镑十先令。我们上个月答应还三基尼。签署这份文件?三便士,先生。他寄希望于他伯母给他留下二十英镑,而我现在可以证明他伯母生了病,而且病入膏肓。听到诸如此类的对话,你会认为这世界上没有其他的东西可谈,人的脑袋里也没有其他的东西可想——并非如此,只是不在这地方。

"霍金斯先生!"伍德伯恩叫道,他从最高的一层楼上往下看,在楼梯扶栏边挥动着他那顶宽檐的帽子。"在你身边的那位是尊敬的查理斯·巴克利教士吗?我的上帝啊!先生们,你们认识?"

查理斯低骂了一声然后高兴地大呼:"啊,是伍德伯恩先生!今天真是个好日子啊,先生。"

我们向他那边挤过去,往楼上去,经过了橡木屋——女囚犯的牢房。我急切地瞥向那扇厚重的双层门。之前还没有见过有教养的女犯人——酒馆那地方过于低俗,只适合小镇上的女人们。我也没想过会有女犯人去找弗里特喝下午茶。可惜的是,通往橡木屋的入口在庭审期间紧闭起来。

我想,自己的案子在某一时刻也会在这里审理,我会不会被押到这里来进行审判要取决于我那房东弗莱彻先生是否仁慈了,他正为我睡了他老婆而怒火冲天——也或许是为我没有动他那丑老婆而愤怒。不管怎么样，我都不期待他对我会有宽恕之心。我心里又在揣摩，究竟是谁写了那张揭露丑闻的信给他，然而这想法只是从我脑中一划而过，我也没有再去想这件事情。别去想它了，那对我来说是多么愚蠢的行为啊！

"亲爱的先生们。"我们上到最高一层楼时，伍德伯恩叹了一口气。他一只胳膊环在本·卡特稚嫩的肩膀上，紧紧地把他卡住，像是担心他从楼上滑下去一样。起先我并没有认出那个男孩，他的身体缩成一团，两人形成了一组很强的对比：衣衫简陋随意、年老肥胖的老牧师和一个神情与其年龄不符的、过于严肃谨慎的瘦小少年。

伍德伯恩丢开身边的本，紧紧地握住查理斯的双手。本因体力不支，身体摇摇晃晃。

"关于杰克的事情，我很难过，"我平静地说，"他很勇敢。"

本抬起眼睛看向我，眼眶已是红色。他和他的哥哥并不大一样。"我有消息给你。"

"从汉德先生那里传来的消息吗？"

"不，先生。"他的声音有些含糊不清，音调茫然，像是他这一生都在经历悲痛和折磨。"是罗伯特上尉的鬼魂带给你的消息。"

"真的？"我吃惊地盯着他，开始笑起来。

他的脸上现出愤怒的神情："我发誓！以我的灵魂发誓！"他把拳头紧攥起来。

"好的，本。"我轻轻地说。那可怜的孩子已经深受痛苦的打击了，我不能再戏谑他。"罗伯特的鬼魂想要我做什么？"

他的拳头松开了一些。"他说今晚必须和你面谈。午夜时候，就在法庭石柱的下面。你单独一个人。不能告诉别人。"

"什么?"伍德伯恩好奇地瞥过来。

"我们只是谈起了可怜的杰克。"我想起了弗里特对这位牧师先生的评价:爱管闲事。"我相信,在生命的最后有他弟弟在一旁,他很欣慰。"

伍德伯恩的神情放松了下来。"是啊,多亏了你啊,先生。"他转向查理斯说,"你的朋友真正体会了慈悲之义——那是这邪恶的世间稀有的珍宝。"

"是啊。"查理斯的笑卡在了喉咙里,咳嗽起来,"汤姆是所多玛①真正的善良之人。"

伍德伯恩茫然地点头称是。"呃,恐怕我们得先走一步。"他边说边将男孩儿推向楼梯那边,压低了声音说:"我们要去弗里特先生那里。他坚持要听鬼魂的事情,我可不能让本杰明一个人去见他。那人有些邪恶,邪恶到极点。"

"我的室友。"我向查理斯解释道。

他担心地看着我说:"你和塞缪尔·弗里特一个牢房?"

"你知道这个人,查理斯?"

他微微摇头,像是不想在这里说。

伍德伯恩扯了下颔上的领结,让他自己更舒服一些。"你们对这个鬼魂的事情怎么看,先生们? 我可不相信这种事情,不过那孩子看起来也没有撒谎。"他一脸忧虑地皱起眉头,"或许他确实看到了什么东西。《圣经》上说——"

"他只是昨天晚上正好守在他快死的哥哥身边,黑暗里就他一人。"

---

① 罪恶之地,源自《圣经》。

查理斯温和地打断了伍德伯恩的话,拍了拍老牧师的手臂说,"我们都会看到鬼魂,不是吗?"

伍德伯恩看起来并没有信服,不过还是一样地点头赞同。"确实,我相信你说的是对的。呃,还是不要让那恶魔等太久,嗯?"他向我们鞠礼以示歉意,拉过一旁默然而立的本。

◇

乳头娃娃餐馆面积很大,室内昏暗肮脏,烟雾缭绕,它就在法庭大楼的后面,位于这幢楼的顶层。坐在萨拉·布雷萧的咖啡馆里,监狱院子的情形似剧院舞台般一目了然:在监狱的酒馆里,不管是有意还是无意,你可以观察到围墙内外的一切情形,包括普通监狱那边;而这家餐馆的窗户高至天花板,仅能看到一部分天空以及那偶尔飞过的鸟儿在遥远的上空盘旋与俯冲。在马夏尔西监狱所有的处所之中,这里是一处隐蔽之地,身处于此,你会忘记自己是谁。就因为这个,这里的价钱要高出很多。我很幸运,有查理斯为我买单。

绝大多数的犯人目前都被锁在牢房中未能出来,这家餐厅现在很安静,只有一小撮儿客人在轻声议论着法庭上的公事,伴随一些个琐碎闲聊。一名胖律师正汗流浃背地大口地吞噬着未及时吃下的早餐,那是一份炖牛肚和炖牛蹄,白花花的油光一片;一名脸色苍白的工作人员从麦克夫人那里点了原味牛奶和面包。

"漫长的一夜啊,"他的手指沾染着墨水,黑乎乎的手搓揉着前额说,"多少钱,麦克夫人?"

"我可不同情。"麦克夫人愉快地接话,"主和上帝今天早上也在哼哼着同样的话呢。——应该是每天早上。"她纠正着自己的说法,对着我们笑起来。"先找个位置坐一会儿,先生们。稍等片刻。"

火炉边有一张比较安静的桌子,我们往那边走去。三个年轻的妓女正从酒桶中舀起一杯杯的酒,一边相互用手势比拟着夜里和看守们厮混在一起的堕落情形,她们已从一晚上的精疲力竭中渐渐恢复起精神。当身着黑色外套、颈系白色领结的查理斯从她们桌前经过时,她们相互碰了下胳膊,咯咯地笑起来。查理斯微笑应对,并摘下帽子。

"女士们。"

她们听到这声招呼,笑声更加热情,张口说出一串服务词,对于像查理斯这类的好心肠的牧师,价格当然更优惠。查理斯有教养地摇头拒绝,等他一转过身去,我便热心地对着她们鞠了一礼。

麦克夫人回身走到这边等我们点餐。她大体上与麦克不同,身材矮小、严肃冷静、寡言少语。我们点了一瓶酒,点完之后,查理斯陷入了沉默之中。

我点燃一支烟,等着他开口。过去的这些年里,他的外形已经变得成熟起来,但我总是回想起查理斯在学校时的样子:滚圆的面颊、腼腆的神态,眉头紧锁,一副忧心忡忡的表情,就好像他对于一些未知的事情总感到害怕一样。不过如今,他已成长为一个男人,对自己充满信心,也有了自己的地位,他青少年时期所有的忧虑早已茫然无存,或许也只是掩埋在心间,不再溢于言表。

酒送来了,查理斯为他自己倒了一杯,然后紧盯着那像天鹅绒一般的深红。"我已经和菲利普爵士谈过了。"

呃,我吞下一大口酒,然后等着他继续说下去。

"我很抱歉,汤姆。他拒绝帮助你。"查理斯把他的酒移开,他看起来很苦恼,"我求过他……"

"查理斯,"我拍着他的胳膊说,"我明白。"

我困惑地皱起眉头。我敢确定自己有生之年从未和菲利普爵士说过话……接着我想起来了,那是几个月之前的一个温暖的上午。那天我回家时从梅菲尔区经过,远远地看到查理斯正站在菲利普爵士的住宅外面,和一个年约十六岁的男孩儿一起,正准备登上一辆豪华的马车。我前一天晚上在河边喝了一夜的酒,脑袋里好像涌出了一个很好的想法,便沿着大街喊叫查理斯的名字。

"尊敬的查理斯·马修·巴克利教士!"我高亢地大呼小叫时,菲利普爵士正好慢悠悠地从路上走过来。

查理斯转过身来,面露惊色。我高举起胳膊,手中还拿一个酒瓶向他打招呼。

"啊,上帝啊!"想到这些,我不由得哼声道,"我当时究竟和他说过什么?"

"什么也没有说。"查理斯叹息道,"我还傻傻地把你介绍给他的儿子。他儿子和你说,他近期要进入牛津大学读书,你竟然问我有没有给他提供一张干净妓院的名单。"

"真够实用的问题。"

查理斯没有笑。"趁着你还没有弄出更伤天害理的事情之前,我把他推进车厢,可是你说的话菲利普爵士却都听到了。后来我花了很长的时间才让他相信,我这辈子从来没有出入过妓院那种地方。"

"可是你——"

"那不是关键,"他嘘声说,"我那时是一个在校的学生,一个傻乎乎的男孩儿。"接着他自我鄙视地窃笑道:"是你把我引入歧途。"

"是你自己要去的,我记得。"

"可是,我这样说会让自己丢了职位,汤姆。"他继续轻声道。"你知道吗?那件事儿之后我曾发誓我不会和你再有任何关系。"他以一种自嘲般的失望摊开了双手,"可现在我还在和你纠缠。"

"你是我的好朋友,查理斯。"

"你可真下流。"他说着,然后笑着痛饮了一口酒。"还好,上帝保佑了我,让我没有和你一起。"他凑得更近了,"那么,眼下要做些什么?你打算怎么还清债务?"

"我想过……"我的声音连自己都觉得含糊不清,"这个地方法庭石柱那里有赌局……"

"不行。"查理斯叹息着拉长了声音,然后压低了语调,愤怒地低吼起来:"不行,不行!不能那样做,汤姆。你不能再这样不管不顾地、肆意地活下去——看看你现在成了什么样子!"

我看了看周围,与其中一个妓女的目光撞到一起。她对着我眨眼,并举起了手中的酒。

"没有其他的办法,"查理斯说,"你必须写信给你的父亲。"

我的眼睛猛地瞪向了他:"我绝不会这样做。"

"他会出于情感原谅你的……"

"他是会,"我紧盯着桌对面的查理斯低声道,"他真是宽宏大量啊。我想你和他一直在保持联系,是吗?他一直很喜欢你。"

"拜托!"查理斯恼怒地喊道,"你就听我一次劝,求你了!你难道还不明白吗?你现在处境很危险!你的脖子正被绳索套着!"他的拇指和食指搓在一起。"如果我们不把你从危险之中拉出来,你会陷得越来越深,然后你这个人会永远消失!"他重重吞下口水,然后语气更轻地和我说:"给你的父亲写信吧,祈求他原谅你的过错。我向你保证,他会张开双臂欢迎你回去。"

"我的过错?"我一只手压向自己的胸膛,"我的过错?那他的过错呢?当他把那个女人与她那卑鄙的儿子带回我们家时,我那躺在坟墓里的母亲不觉得冷吗?她那儿子就是一条毒蛇……"

"是的,是的。"查理斯叹息道,"我知道这些。可是现在是你被关在监狱里,不是你的父亲。请原谅我这样说,汤姆——可是你现在的情形真没有什么可骄傲的。"

我阴沉地拉下了脸,什么也没有说。查理斯应该知道,最好不要再提到我的父亲。在他好意地给我劝诫时,我暴躁地扯下口中的烟卷,狠狠地挤压着。过了片刻,我意识到他没有再说话,于是抬头看他,他正看着我,眼中噙满泪水。

"我不应该放弃你。在学校时,你很照顾我。"他望向别处说,"现在我应该照顾你了。"

"胡扯!"我满不在乎地耸耸肩,点燃烟卷。"你又不是我的监护人。我们选择了不同的路走,就这样。你没必要为这个来自责。"

"可是我担心你,汤姆。在这种地方,死亡并不缓慢。你总会惹上麻烦。你自己必须小心阿克顿,他在这里翻手为云,只手遮天。"他把指节捏得啪啪作响。"你知道他在来马夏尔西监狱之前做什么吗?是一个屠夫!经过培训竟成了监狱长。你不知道他手中沾染着多少鲜血!"

我为自己再倒了一杯酒,然后一饮而尽。"那么,你那尊贵的恩主为什么会雇佣这样一头野兽做这份工作?"

查理斯的脸上闪过一丝不易察觉的羞愧。"他为了确保监狱不起乱子。"

我抬起了眉毛。

"也为了确保监狱的收益,"他不太情愿地说,"内情比你所能想到的更多。"他还想再说些什么时,麦克夫人拿着一瓶新开的红葡萄酒走了过来。等她走远之后,查理斯继续说:"菲利普爵士在那方面有一个想法。"他捂住了嘴。"汤姆,你能保证不在信中和你父亲提到这个吗?"

我透过烟雾对他怒目而视。

"好吧,"他叹了口气,然后看了看周围,压低了声音说:"你应该听说过罗伯特上尉的事情吧?"

"我现在就睡在他以前的床铺上,查理斯。"

他打了个哆嗦。"对,是这样。呃,他的遗孀想查清楚事情的真相,这令菲利普爵士很有压力。"

"被谋杀的真相。"

查理斯缄默地看了我一眼。"在这地方说这件事情并非明智之举,"他喃喃道,"不过,他确实希望事情能够解决。这种关于鬼魂和谋杀的言论……"

"对赚钱不利吧?"我用一种尖酸的语调说,"可怜的菲利普爵士。"

查理斯的脸刷地红了。"是的,我不应该提起这事——"

"不,不。"我急促地打断了他,"如果有什么交易可做,我愿意洗耳恭听。他想让我做些什么呢?"

"他……他想让你找出凶手。"

我眨着眼睛,有些吃惊。"找出凶手?我怎么能够找到真凶啊,上帝。"

"我不知道,"查理斯坦白道,"不过,要是我,就会从你的室友开始。"他厌恶地从口中吐出这样的话,"所有的人都不是独处一间牢房……"

"如果我成功了呢?"

麦克夫人又来到我们桌前,这一次端来了我们点的食物:一盘牡蛎,一份炒羊肩肉。想必她已经注意到每次走过来时我们都闭口不谈的情形,不过她没有过分地关注于此。

"在这里说话并不合适,"查理斯在她走开后说,"我今晚会让吉尔伯特给你带一封信。你一定要确认下封印是否被开启过。"他不高兴地嚼着一块软骨，然后吞下一口葡萄酒挟之下咽。"我还是认为你应该写信给你的父亲。"

"我向上帝发誓，查理斯——如果你再提到我的父亲，我会把你的脸摁到这盘牡蛎中去。"

◇

我们在乳头娃娃餐馆又待了两个小时，回忆着往昔的快乐时光，一同喝下了一品托的雪梨酒。天上的云朵成团地堆积在餐馆那高高的玻璃窗上方。之后，查理斯拿起帽子，说他去法庭的时间到了，他该走了。我心中突然产生了一股强烈的念头，我抓住他一只手腕，求他留下来。实际上，我是害怕在这个地方再度过一个黑夜，只能寄希望于弗里特、阿克顿及克罗斯之流能发发善心，不会加害于我。有人看起来有能力掌控这种危险的局面——类似特里姆和麦克，可查理斯所言极是，我总是会给自己惹上麻烦。尽管如此，我也不能因恐惧而一直畏缩在乳头娃娃餐馆里。

我们两人走出餐馆时，法庭审判仍在进行之中。院子里除了那位在夜间提着灯笼打更的吉宁斯之外空无一人。慢慢暗下来的天空让我想起本·卡特之前所说的话——罗伯特上尉会在今晚午夜来审判大楼下面找我。据弗里特所说，那应该是一名很守时的鬼魂。我对查理斯说："希望他会告诉我究竟是谁杀了他。那样的话，就会很有作用。"

查理斯一脸困惑地看着我说："罗伯特的鬼魂究竟想让你做什么？"

"或许他想为他的遗孀对我道歉。昨天晚上那女人毫无理由地扇了我一耳光。"

说着，我们两人走到了监狱门口的门房处。查理斯停下脚步，看着我思考了片刻，问道："你被关押进马夏尔西监狱多长时间了，汤姆?"

"一天。呃,是一天半。"

"一天半的时间。"他疑惑地低声道,"我认为你应该回到你的牢房,以后到了晚上,就躲在床下面。"

"不行。我受邀与监狱长一起共进晚餐,还有他的妻子玛丽。"我咧嘴笑道,抬眼望向监狱长的住所。窗户上的黄色窗帘紧闭着,透露出淡淡的光亮。"你见过她吗?"

"看在上帝的分上,别告诉我你在她身上打什么主意。那可是监狱长的妻子!"查理斯有些气急败坏,"你要是这样,只会加快你从监狱横着出去的节奏,我敢和你保证,你要这样,肯定会直接被人裹着布抬出监狱大门……"

"呃,那么……要不你今晚把我偷偷地带出去?肯定没有人为此责难你。"

查理斯的脸上血色顿失。"汤姆,"他紧紧地攥住我的一只胳膊,好像我随时准备从监狱大门处跑出去一样,"要是你逃跑了,阿克顿就会让我来担负你所有的债务。到时候我就一无所有了,连我自己都会被关进监狱里。"

"哈哈。"要是莫尔现在在这里,我想她肯定会说:那又怎么样?他会为自己找到出路的。你事实上又不欠他的钱。或许菲利普爵士会宽恕他。或许上帝会拯救他,上帝可能会更愿意拯救查理斯,而不是你,*汤姆·霍金斯*。

"我想我最好得赶紧回去。"查理斯急促地说。

我们待在门口时,克罗斯从他的房间里满口抱怨地走出来,把手中的钥匙晃得叮当作响,向地上唾了一口痰。不管他付给那些妓女多少钱,估计钱都不够用。当他打开监狱大门时,查理斯稍微和我间隔了点距离,然后朝我说:"晚上注意接收我的信。"他抓了一下我的手臂,随后走出大门。

克罗斯的脸转向我,他喉头的瘀青还在,那是杰克斯为了我把他掐出的伤痕;嘴唇上的伤口则是我拳头下的杰作。一瞬间,我几乎对他感到抱歉。

"你以为你的朋友会救你出去吗,霍金斯?"他问道。

我耸耸肩,不想让他给我惹出麻烦。"可能吧。"

他咧嘴笑着说:"呃,你还是别想了。到了这地方,就没什么朋友了。"

第九章

回到监狱的院子里,吉尔伯特正在灯柱下面站着,两只脚原地跺着小碎步取暖。从他脸上咧嘴欢笑的表情来看,我想他是在等着从我身上弄到消息。"你今晚要在这里和鬼魂碰面,我听说了。"他对着我说。

"本和你说了这个?"

"本什么都会告诉我,霍金斯先生。他可是我的人。"

"他肯定是在胡言乱语。"

汉德缓缓地摇摇头。"他可不是一个乱说话的人。"他扯过我的肩膀把我拉得更近一些,然后把嘴巴对上我的耳朵。我感觉到他灰白泛金的须楂在我皮肤上摩挲。"要是你看到了罗伯特的鬼魂,问问他钱弄到哪儿去了。"

"钱?什么钱?"

可是,汉德却已经从这里走开,和一名法院的工作人员站一起吸起烟来。

此时,我身体有一点不太舒服,之前和查理斯喝了太多酒开始有了反应,所以我走到布雷萧的咖啡馆里要了一杯咖啡。布雷萧夫人坐在她的椅子上已经睡着,只有吉蒂在火炉边忙活着,背对着大门。两名年老的法庭律师坐在靠窗的位置,正在食用并不令他们满意的餐食,他们用叉子叉起一块脆骨,像是要从中找到一个牛排的切割点。除此之外,咖啡馆里没有其他人,即使这一天都快要结束了,监狱的犯人们现在仍被锁在各自的牢房里。我在想那边是否也是同样的情形，毕竟所有的案子审判都在围墙这边进行，没必要把那边的犯人也都锁在牢房里，除非是故意刁难他们才会这样做——不过阿克顿那人总是会来这一套。

我感觉自己的脚上有什么东西，然后发现了小亨利，阿克顿的儿子。他正在地上爬，胖乎乎的小手拍打着地板。他在我的一只脚下流下了一长串的口水，然后又穿过一根根的椅子腿儿爬到其他地方去，一直动个不停。

吉蒂看到了我，灿烂地笑起来，接着她捂住嘴假装在咳嗽。

"一壶咖啡，吉蒂。"

她停止了咳嗽，瞪大眼看着我说，"我是你的奴仆吗？"

我看了看四周。"这里是咖啡馆，不是吗？你不是在这里工作吗？"

"是的。"她不情愿地承认了这一点，然后开始加热一壶新鲜的咖啡。弄好之后，她给她自己也倒了一杯，坐在我旁边说。"好了。今天晚上你准备好了吗？"

"今天晚上？"我盯着她问。难道她也听说了今晚鬼魂见面的事情？

"呃，你忘了吗？"她拍拍她的前额说，"和监狱长一起吃饭？和监狱长的老婆一起跳舞？"她一口气说了一大串的话。"你已经搅和进去了。"

"呃，谢谢你，吉蒂。你真令人感到安慰。"

"什么，先生？你需要安慰么？"她调皮地眨巴着眼睛，长长的睫毛在跳动着，"我确信阿克顿夫人会让你感到安慰。"

"亨利那样乱爬你不管吗？"

吉蒂立刻站起来把亨利从火炉边粗暴地拽过来。亨利尖叫着反抗，张开嘴巴，眼泪顺着脸颊淌下来。布雷萧被吵醒，大声地哼了一声，眨巴着眼睛看看四周。"啊上帝啊，亨利。"她抱怨道，懒洋洋地从椅子上站起身来。她从吉蒂怀里把男孩儿抱过去，亲热地贴身搂着抚慰，那孩子在她柔软的胸膛中有点透不过气，但还是停止了号啕大哭。

在这一阵哭闹声中，罗伯特夫人信步走进了咖啡馆。我想，在这法庭审判的日子里，她应当能来去自如，因为她并非犯人。她冲着布雷萧夫人点了下头，布雷萧夫人给了一个冰冷的笑容以示回应。随后，她扯下手上戴着的黑色麂皮手套说："吉蒂，来一杯咖啡。"

吉蒂皱眉现出不悦的样子，但还是回到炉边把咖啡壶弄出砰的一声，像是铁匠在锻造马蹄铁一样发出声响。

我以为罗伯特夫人会把我冷在一边，谁知她竟然径直走向我的桌子。"霍金斯先生。"

我起身鞠礼："夫人。"

"我……我可以坐在这里吗？"

我故作害怕地往后缩身。"那你可以保证不再动手打人吗？"

她挤出一个浅笑。"当然不会动手。你能保证不激怒我吗？"

"当然不会。"我向她回笑，示意她坐下。

她坐了下来，扯平她的裙子，挺直了背部直直地坐在那里，仿佛她现在身处法庭之上，而不是坐在一座监狱里的简陋咖啡馆里。"我必须为自己昨天晚上的行为向你道歉，先生。"

"确实应该道歉。"

"我可不认为，"她说着，然后笑起来，那一刹那她的双眼闪亮，"我们还会吵起来。"

"嗯，会的。"我笑着看向她，"不过，我得先让你放下心来，我现在对吉蒂·斯帕克斯可没有什么图谋，以后也不会。我可没有这种爱好，在这样的地方去泡一位小女仆。"

"不,当然不会。"她一只手抚向脸颊,显得有些尴尬。"我对你的判断太过于武断,是我错了。你说得很对,我怕是想起我那死去的丈夫了。你们两人长得很像,你看……"她从裙子里掏出一块黄金的盒式吊坠,打开扣子放到我的手中。吊坠的一面是一个年轻男孩儿的微型画像,看起来还不到四岁;另一面是一名男人的肖像,他身着黑色外套、芥绿色马甲,头戴短假发。"这是在他死后我的一种寄托,让我在面对自己的命运时,能够承担一切。不过,真的很像。"

罗伯特上尉。在我之前的想象中,他应该是身穿军装的样子。我把坠子高举在光线之中,眯起眼睛看。确实很相像。我们都是清澈的蓝色眼睛,浓黑的眉毛,同样苍白的苏格兰人肤色,这遗传自我的母亲。不过,他下颌的轮廓不像我那么强硬,前额也比我要高,看起来他的饭量比我要大很多。坦率地说,我们两个人之间,我的相貌要更好看一些。这些对比观察的结果,我并没有说给他的遗孀听。

我摸着吊坠的另一面问道:"这个小男孩儿是谁?"

她从我的手掌中拿过链子,充满柔情地盯着那图像看了好一会儿。"他叫马修,"她轻声道,"是我的儿子。"

"那他……"我欲言又止。她的眼中显出痛苦的神情,那程度如此之深,我担心她所悲痛的并非一人之亡,而是失去丈夫和儿子两个人的痛楚。

"是的,他已经不在我身边了。"她咔嗒一声合上吊坠。"不过,并不是你想的那样,霍金斯先生。"

吉蒂端着一壶咖啡走过来。罗伯特夫人微微点头接过了咖啡,然后挥手让吉蒂走开。

"我年纪轻轻便嫁给了约翰,"短暂的沉默之后,她继续和我说:"我的父亲为此大发雷霆。他之前就已经把我许配给他的一个朋友,一切都安排好了。他安排那场婚姻是为了攀高枝,对方有土地,有财产,甚至有封号。我当时十七岁,他的那位朋友都快六十岁了。"她厌恶地皱着眉头。"于是我就逃跑了。我的家里人当然不再认我这个女儿。我也不在乎,我那时已经恋爱了。"

说到这里,她闭上了双眼,自嘲地笑起来。

"恋爱又不是什么罪恶。"我说。

"不是罪恶,当然不是。"她对我皱起了眉头,好像在她看来我只是一个孩子,不过那时她的表情已然放松下来。"不,你说对了。"她的声音低沉下去,几乎只有她自己才能听到。"毕竟事情已经发生了——我们之前也曾有过快乐的时光,只是这很容易抹去。"

"他,"我清了清喉咙问,"背叛你了?"

"是的,毫无疑问!"她苦涩地笑着,微微晃起脑袋。

"男人并不是全都会做出这样的事情!"我开始抗议,可她将手指轻轻地放在我的手腕上,阻止我说下去。"霍金斯先生,我知道你接下来要说些什么,但是请原谅,你不用说下去了,我已经学会了从一个男人的行为来判断他的为人,而不是凭他所说的话。"

她那只手的触摸令我的身体里迸起了火花,我心中产生了一种欲望,想紧握住那只手,温柔地用我的双唇去亲吻它。我想知道如果我真的这么做了,又会怎么样?她的手又拍了一下,我不应该去想入非非。她把手拿开,那一刻的强烈欲望就这样消逝。

"那么,你后来已经不再爱你的丈夫了。"

"不是这样!"她皱起眉头突然喊道,"我们花光了所有的钱。有些人拥有赚钱的能力,而约翰只会花钱。那时我已经怀上了孩子,于是我就偷偷写信给我母亲,她尽她所能地给了我一部分钱。"她重重地咽下口水说,"我的父亲要是知道她给了我钱,肯定会对她采取暴行。"

"我想孩子出生后,一切都该往好的方向发展,约翰一定会担起一个父亲的职责。马修那么可爱,真的是一个很不错的孩子,约翰应该会在他身上倾注很多的爱。然而他并没有顾及这些。事实上,在我嫁给他之前,被家人告诫过的那些男人的种种恶行,现在在他身上都一一展现出来了。可是,我爱他。一直都爱他。即使到了最后我有各种各样恨他的理由时,我还是爱他。我们在一起生活了几年,约翰那时还在部队。之后,他的部队解散了,他被遣返回家,很快我们就什么也没有了。"她抬起头,那双清澈的灰色眼睛中还飘荡着对往昔的回忆。"你应该明白是怎么一回事,霍金斯先生。"

"你们什么时候来到马夏尔西监狱的?"

"一月份时。之前我还写信给我的母亲求她帮我,可是数周的时间里也没有听到任何消息。后来,我收到了一封信,就在我们来这儿之后的几天。那是我父亲写来的。"她在这里停了下来,这次沉默的时间比之前更久,然后她目光呆呆地看向远处。

当她再次开口说话时,她的声音已然没有了任何感情,仿佛只是在叙述某个旁人的故事,而非自己的亲身经历。"我的母亲在一次发烧中死去。她病得很重时,她的女仆把我的信拿到了父亲那里,暴露了这几年我和母亲一直在暗中联系的事实。我猜想,母亲应该是惧怕她所在的处境,或是希望一切还来得及时能调和我与父亲之间的关系。如果是这样的话,她根本就不了解我父亲这个人。"她苦笑着说,"我的父亲等到母亲死后,才写信给我。我永远不会忘记他信中的那些话,霍金斯先生,即使我已经把那封信烧掉了,我也会永远记得。'你已经亲手毁掉了你自己,我不会对你还有你称之为丈夫的那个无赖有丝毫的同情。不过,我不会让你像那些贱妇一样死在监狱里,那样会辱没了家族的名声。'"她用手捂住了口,不再说下去。最后的那些话令她回到了现状,思绪也被扯回到了咖啡馆里。

"说得太过于恶毒了。"

"是的……"她强打起精神,"他给我们了一小笔钱,能维持我们待在这里并安全地活下去。不过,他也提出了一个条件。他只有我一个孩子,你知道的。他没有其他的继承人。他给我们钱,但是作为回报,我们必须把马修给他。"

"他夺走了你的儿子!"这残酷的事实令我不禁皱眉蹙额——让一对母子分离竟然仅出于恶意的报复,或许他还认为自己已经是宽宏大量。我能够想象到自己的父亲在做出类似事情时候的想法,而且他还能让自己相信所做的一切都出自于慈悲之心。

罗伯特夫人点头称是,脸颊已然血色尽失。"一开始,我们并不答应。可是,我们又有什么选择呢?如果拒绝,我们就会饿死在这里,三个人一起。我不能让这种情形发生。约翰和我为这事吵了几天,我让他去普通监狱那边看看,看看那里面的人是怎么生活,怎么死去的。"她的身体战栗起来,"之后,我的丈夫同意了。不过,这件事给了他深深的打击。他开始责骂我,说我让他变了主意。我们两人之间的感情再一次变得很糟糕。一切都毁了,再也回不去了。"那一刻,她双手捂住了脸。"我的父亲命他的土地经纪人来这里带走了马修。那种感觉,就像是马修不是一个孩子,而是一只家养的牲畜一样。从那之后,我再也没有见过他,我的儿子。"她俯在桌上,触摸着那个合上的吊坠。

"那么,请原谅。你现在不是有钱了吗?你不能去找他吗?"

"我的父亲拒绝了我所有的联络。"一行清泪顺着她的脸颊缓缓淌下。"他现在是马修合法的监护人,我甚至都不能给马修写信。啊!一切都在我父亲的精明计划之中。你不是很想知道我怎么变得有钱了吗?

我母亲那边的一个姨母让我成为了她的遗产继承人,她去年十二月间去世了,就在我们被关进马夏尔西监狱之前的几周。当时我们要是知道有这笔钱,我们就不会经受这样的痛苦——约翰不会死,我也绝不会让我的儿子离开我。"她的手指紧紧地捏着下巴。"我的父亲拿钱收买了姨母家的遗嘱执行人,他等到约翰死了后才带着遗嘱前来,可那时我的儿子已经被带走……啊!"罗伯特夫人的全身都在抖动。

"现在还能做些什么?如果你告上法庭,你的遭遇肯定会得到多数人的同情,不是吗?"

她一脸倦怠地叹了口气说:"我的律师认为我可以去打这个官司,但我很清楚我父亲的为人,他权高势重,人又冷酷无情,一直以来都是随心所欲、为所欲为。他会想尽一切办法阻止我得到儿子。你看,他现在还在为当初我和罗伯特私奔而惩罚折磨我,都这么多年了……他肯定还要利用约翰的死亡令我名声蒙羞的事情来大做文章。"心中巨大的痛苦和悲伤令她的面部肌肉抽搐起来。"他的律师会说是因为我而导致了丈夫的死亡,那样一来我就不适合去养育马修,我只不过是一个自杀身亡者留下的并不光彩的遗孀。"

"所以你一直待在这里?"我终于弄清楚了,"并非为了你的丈夫,而是为了你的儿子。"

"是的。"她目光转向了窗外。今天的法庭审判已经结束,最后的几匹马车正隆隆作响地驶出监狱大门外,看守们这才打开了牢房。"上帝知道我有多恨这肮脏之地的每一块石砖,可是事情的真相就被掩埋在这里的某个地方。约翰并不是什么完人,不过他绝不会主动上吊自杀。他肯定是被这监狱里的什么人害死的。"不少罪犯刚刚被从牢房放出来,跑到了院子里,她眯起眼睛盯着院中所有的人。"我会找出凶手。"

◇

　　窗外，每个人都在尽情地享受着这迟来的释放时间，他们伸展腿脚，相互打探着新的消息。特里姆和麦克两人跑到阿克顿住所隔壁的那面墙壁那儿打壁球，特里姆赢球时，麦克会张开双臂和双腿大声地谩骂。我心里暗自把赌注下到特里姆身上，赌他会赢。我对着他俩点点头，把两只手插入外套的口袋中，心里想着罗伯特夫人的事情，信步走进酒馆。凯瑟琳，能与她再次处理好关系，这让我很高兴。

　　要是我能找出罗伯特先生死亡的真相该多好！我不仅能完成菲利普爵士的任务，而且还将赢得凯瑟琳的尊重和感激，或许还有爱情。这种想法偷偷地溜进了我的心里。爱情和自由，多么诱人的前景。伍德伯恩先生认为我被关进监狱只有一个原因。（是的，我的脑袋中响起了一个暗讽的声音：因为欠下了二十英镑的债务。）可是，如果被他说中了呢？如果这就是我的命运——找出杀人凶手，和凯瑟琳一起重新开始我的生活呢？

　　我从那位总是板着脸的查普曼那里要了一杯啤酒，走到酒馆的露台上抽起烟来，看着下面被高耸砖墙隔成两部分的院子。从这个位置往下看好像显得更残忍——一条长长的线将希望和绝望划分开来，那是生与死的分隔。吉宁斯在公墙那边的刑讯室发现了吊死的罗伯特先生。贝拉岛，也就是我和弗里特共住的牢房，就在去那边中途的西北角，与特里姆和麦克正在玩壁球的地方离得很近。我的目光扫视过整个院子，这两处相距甚远。我现在明白了特里姆昨天晚上在酒馆里所说的话：弗里特一个人绝不可能把罗伯特从牢房一路弄到那边，即使是拖过去也不可能。

　　"真是个困惑的难题，是吗？"

　　是弗里特，他像魔法一般出现在我的身边，把我吓了一大跳。他身上还是穿着那件睡袍，戴着那顶帽子。事实上，我开始怀疑这套衣服是不是他的日常服装。他身上带有那种不经常洗澡的男人的味道。他指向院子那边，牙齿间咬着烟卷。"肯定有两个人，你是这样想的吧？"

我皱起眉头，彻底地想了一通，说："一个人也能做到，如果他很强壮的话。"

"你有没有怀疑过我们那位令人敬畏的监狱长……？"他的目光从侧面扫向我，说，"我想，阿克顿一个人就能做到这些。不过，他会让他的心腹来做这种脏活儿。喜欢欺凌别人的恶霸们其实最为懦弱，只是自己不知道。"他将烟卷摁在墙壁的门上。"不管是谁干的，那人总得需要钥匙弄开刑讯室的门。"

就在普通监狱的院子里，正爆发着一场打斗。两个男人正彼此推搡着在泥土里翻滚。一个女人大声嚷着让他们停手，她身后一个孩子正号啕大哭。一圈人围着他们看，嘲弄般地喊叫着，弄出了声势。

"也可能是把锁撬开了。"

"对。"弗里特说，然后咯咯地笑起来。"你是要和我唱反调，是吗？"他张开双手去测量墙壁的厚度。"还可能是有十个人，一个个踩着肩膀像杂技演员那样翻过去的。"

阿克顿的四个手下冲进了院子里，手里高高举起了棍棒。他们把那两个打架的男人分开后，用棒子猛击他们的背部和肩膀，然后将两人一路拖走。那女人追在他们后面哭喊着。当她快接近时，其中一个看守对她动了手，狠狠地打在她的嘴上，她重重地跌倒在地，怀里抱着的孩子从胳膊中滑落出来。

"还有另一种可能性，"我说，"或许罗伯特确实是自己上吊死的。"

"胡说八道。"弗里特哼声道,"吉宁斯发现他时,他身上已是血肉模糊。可怜的家伙。"

"但也可能是在他遭受毒打之后,自己结束了生命。"

弗里特思考了片刻,皱起眉头。"我不会那样想,"他低下声音,"不太像,但也有这种可能性。那你告诉我……他为什么要自杀?"

院子里,那个孩子正嘶吼大哭。那女人把他从地上抱起来,跌跌撞撞地往围裙上抹着眼泪离去。"因为愧疚?羞耻?还是绝望?我能想出一堆理由来。"

"心存愧疚?"弗里特那双深黑色的眼睛紧紧地盯着我的眼。"那又是为什么事情心存愧疚呢?"

"因为放弃了他的儿子。凯瑟琳说他之后的情绪都不一样了。"

"哈。"他摆摆手,打断了我的话。"不,不会。罗伯特很爱他自己,不会自己下手结束自己的生命。我从来没见过一个男人能花那么多的时间在镜子前面打量自己。我有足够的理由认为,他确实是一个帅气的男人。"他一边说一边长时间盯着我看,让我很不舒服,接着他咧嘴笑起来,"凯瑟琳……?"

"她是一个漂亮的女人。"

"她是一个有钱的女人。"

"她是一个有钱的漂亮女人。"

弗里特笑了起来。"在这点上,我们倒是意见一致。不过,你怎么没有问我本·卡特的事情呢,我觉得很奇怪。你不想知道他看到了什么吗?"

我的神色一下子紧张起来,在牌桌上手握一对 A 时我想必也会是这样的神情。"关于鬼魂的事情?那都是胡说八道,不是吗?"

弗里特将吸完的烟卷扔到地上。"我恐怕这并非胡说,霍金斯先生。这件事非常重要。如果你还想在这里活下去的话,你最好聪明地记住这一点。"他走得更近一些,"有两个凶手在这个监狱里逍遥法外,而且,我想,今晚你会和他们其中一个共进晚餐。"

第十章

弗里特的话让我心神不定，不过这也正好证实了我之前所猜测的情形：阿克顿肯定与罗伯特的死亡有关。一旦将弗里特从罗伯特的死亡事件中排除掉（我并不确定自己能完全地将他排除在此事之外），那么阿克顿自然而然就成为了被怀疑的对象。他在这个监狱里有完全的自由，而且他的体力和性情也完全能够干出杀人的勾当。如果罗伯特确实为阿克顿所杀，我想这其中必定有金钱的关系，或许是凯瑟琳的父亲花重金买通了阿克顿，让他解决掉一直视为眼中钉的那位女婿。不管出于什么原因，我都清楚地知道，只要有利可图，阿克顿什么事情都能干得出。想到这些，今天的晚餐对我来说显得越来越没有吸引力了。

回到了贝拉岛，弗里特的情绪变得很是奇怪。他从自己那堆乱七八糟的衣物里面翻找出一套合适我今晚用餐的礼服，好像是想让我打起精神来。当看到他拿出的那套衣物的质地，我顿时对他心怀感激——那是一套裁剪讲究的衣物，黑色的外套配上相应的长裤，比查理斯送我的那套旧礼服要更精致？一双崭新的白色丝绸长袜，上好质量的鞋子配以镜面般明光可鉴的鞋扣，还有一件以银线刺绣的蓝色真丝马甲。我对着镜子打量自己，几乎要笑出声来。这一生之中，我还从来没有如此贫穷过，不过现在的我确实一无所有。看着镜中那位年轻英俊的绅士，如果我是女人，我肯定会嫁给他。

"今晚罗伯特夫人不在那里，真可惜！"我整理着领结说。

"唔……"弗里特以一种非常独特的方式盯着我。"你知道吗?"他加快了语速转换到另一个话题,直到后来我也没有产生任何怀疑。"本·卡特说,昨天晚上,罗伯特的鬼魂身上穿着一件芥绿色的外套,脚上是一双质地优良的皮靴。他手中提着一个灯笼,灯光在他脸上映出诡异的阴影。"他抬起手里想象中的火光,同时在脸上相配地做出一个鬼魂的表情。"你不觉得很奇怪吗?"

"哪里奇怪了?"

弗里特耐心地放下手中看不见的灯笼。"当然是那外套……"

我正想问他为什么这种衣着上的细节比一个死人从坟墓里爬出来回到监狱里游荡,并且敲门恐吓少年这样的事实更令他心绪不安,一个伙计送来了弗里特的晚餐和一封查理斯写来的信。我留下陷入荒诞不经的想象的弗里特,走到监狱的院子里。"公园"里此刻更为安静,几乎是无声的平静状态。太阳的最后一丝光线已然消逝,温暖的光从教化室那一排排的房间中洒溢出来,此时那些关押在高级监狱里的犯人们已点亮了火光,开始他们的晚餐。我身无分文,还要睡一张死人的床,监狱长也残暴如禽兽——然而我在这监狱待了一整天下来毕竟还活下来,这也算是一个值得庆贺的小小胜利。贝拉岛的光亮了起来,位于它上方的特里姆正坐在窗前抽着一支烟斗。我向他挥手示意,然后在路灯下的长椅上坐了下来,打开查理斯的信。

拆开信时,我注意到信封的底部有东西在闪闪发光,我把它从信封里扯了出来,好奇研究了一番。竟然是我母亲的那个十字架。查理斯肯定是在高街那边的当铺橱窗里看到它,并从它的形状和镶嵌在中心的钻石认出来是我的东西。我的手触摸到十字架背面雕刻的母亲名字的首字母缩写:M. H.,心脏不禁为查理斯的慷慨而加速跳动。然而我的感激之中还带着一丝羞愧,他比任何人都了解那个十字架对于我所具有的意义。在校读书时他睡在我隔壁的床铺，曾经听过我在母亲死后的数月里把头埋进枕头轻声啜泣的声音。他从来没有为此给予言语的安慰——男孩儿们通常不会具有这种同情心——然而，他在一天夜里，伸出胳膊把他的手放在我的手腕上。在那短短的一刻里，这代表了所有，已经足够。

如今，当他知道我被迫将母亲遗留下的唯一物品拿去典当换钱时，他又是如何看待我这个人以及我这已然残毁的人生的？此刻，我将那枚十字架放在掌心高举了起来，它这么快就回到了我的身边，这看起来像是一种不可能有的好运，仿佛母亲在天上凝视着我。我的上帝啊，怎么会有这种想法。我将十字架挂回到颈上，发誓再也不会和它分开。然而，尽管如此，我脑袋里还是响起了一个冷冰的声音：你之前也曾这样发过誓。

信的一开始用寥寥数语温情地回顾了我们的友谊。"汤姆，对于我来说，你堪比与我同一血缘的亲兄弟，以后也永远如此。"还有一部分大意是命运使然、自有天意，而且还请求我向父亲写信求助，这一部分我直接略过。信的第二页写了切实的希望所在，详细阐述了如何依靠菲利普爵士的帮助。

菲利普爵士对于监狱里阴魂不散的谣传相当重视。今年夏天弗里特监狱里流传的鬼魂现身的流言已经引起了巨大的恐慌，那里的监狱长班布里奇总是为暴乱而担惊受怕。

而阿克顿一直自大且傲慢，他总认为他的犯人们被束缚得很紧，不会出什么乱子，可伍德伯恩和其他人向菲利普爵士传达的却是另一番说法。实际上，在这座监狱里暴乱爆发的可能性微乎其微，如果确实发生了，上帝会拯救我们的。

汤姆，我坦白地和你说，菲利普爵士一直以来都能从马夏尔西监狱获取很大的金钱利益，在阿克顿的管辖之下获利甚至更多。他不希望看到因为鬼魂的流言使获利变得越来越少。这些说起来阴暗丑陋，可它毕竟是事实。而且罗伯特夫人和她的那些朋友日夜不停地向他请愿，希望他能调查罗伯特的死因，这也确实令菲利普爵士日益生厌。公务上的事情已经让他忙得不可开交了，他讨厌因这种在他看来极为琐碎的事情被人纠缠不休。

你知道，我已经把你的事情和他说过，如果你能够顺利地解决掉罗伯特死因这件事情并令那些危言耸听的流言蜚语从此消除，那么你就可以被释放了，这个可以保证。但是，你在这件事上必须要尽快采取行动，汤姆，菲利普爵士可没什么耐心。

给你一些提示：菲利普爵士最不愿意相信阿克顿会卷入此事。恕我直言，要么你对罗伯特的死因确认为自杀，要么是被塞缪尔·弗里特谋杀，这两种结论是最好的结果。你必须紧紧追随真相引领你的步伐，当然，如果调查结果涉及监狱长的话，那就那样吧。

我不能再假装这项任务没有风险，不过既然我认为自己不能帮你还上欠债，那么对你来说，这肯定是我能帮你的最好方式。我还可以动用职权，让执法警官杰克斯去协助你调查。他一直想着要为他朋友的死找出凶手，肯定会尽他所能地帮你。明天他会去监狱，然后和你面谈。

我亲爱的朋友：我祈祷这次机会能拯救你于黑暗的时刻。我只希望我能为你做得更多——当看到你在那样一种凄惨的情景中生存时,我的心都碎了,汤姆,我必须为你找到一个好职位。你这种教养良好的人才根本就不应该待在这种肮脏的环境里苟延残喘,我会尽我所有的能力来反转这种局面。

等到成功的那一天,我会为你向上帝祈祷。我必定会动用所有的权利来保障你的自由。

你挚爱的　查理斯·巴克利

附言:我随信附上你母亲的十字架。如果你再把它典当出去,我绝不会原谅你。

"希望带来的是好消息,对吗,霍金斯先生?"吉宁斯先生高高瘦瘦的身影突然从阴暗中冒了出来,他正提着灯笼守夜。

我想到弗里特模仿鬼魂行为的那一幕,挤出了一个笑容。"吉宁斯先生,你能帮我照明,去监狱长家里吗?"

吉宁斯走在前面,手里提着的灯笼摇摇晃晃。当我们走到位于监狱门房隔壁阿克顿的住处时,我突然想起了昨天晚上我听到的那种怪异的冷笑声。"吉宁斯先生,请告诉我,你是在这里看到鬼魂的吗?"

吉宁斯伸出一根瘦骨嶙峋的长指指向一片黑暗之处。"就在那里,"他颤抖着身体小声地说,"那鬼魂很吓人,全身灰白一片,像一具尸体。它在那里呻吟哀号,好像被来自地狱的恶狗在后面追着……之后它就消失不见了。"

"消失不见?"我的目光探向那处黑暗,"怎么消失的?"

"就在那黑漆漆的阴影里消失了。我还过去找了一个多小时,整个公园上上下下都找遍了,却什么也没看到。那些鬼魂肯定能穿过墙壁。"他猛地看向我,"你昨天夜里看到什么了,是吗?就在这地方。"

"我觉得我听到了什么声音,昨天一天经历得够多的了,太漫长了。"我摸摸后脑,被圣吉尔斯那帮强盗们击打的肿包还在。"黑暗之中,估计是思想在作怪。"

"不,"吉宁斯急切地说,"那边有东西,正盯着我们看,看着我们所有的一切,不管是善举还是恶行。"

他浅浅地向我鞠了礼,便返回到他巡逻的地方去了,把我一个人留在阿克顿家门口。一种习惯使我伸手去触摸戴在颈上的母亲的那枚十字架,想从指下那熟悉的物件上寻找些许安慰。我想知道我的母亲会如何看待吉宁斯所说的那些话。她以前是一名天主教徒,尽管在遇到我父亲之后信仰有所转变,但她还是会坚持某些古老的信念。奇迹和奇观,神秘之事和鬼鬼神神,每当夜里我难以入睡,她便会在我耳边和我讲述这些东西。如果被我的父亲知道,他肯定会说这是天主教的荒谬之谈。可是,我作为一个孩子,很喜欢听母亲讲这些鬼魂的故事。而现在……我挺直了背,轻轻敲响阿克顿的房门。此刻我应该忘掉所有的鬼魂故事,真实的世界其实更为危险。

◇

"霍金斯先生!欢迎,欢迎!"阿克顿粗野洪亮的声音因监狱围墙引起回响,整个院子里都能听到。他亲自打开了门,情绪高昂,单手端着一杯麦芽酒。我听到从另一扇门内传出的音乐声和交谈声,玛丽的笑声贯穿了整座屋子。阿克顿一条手臂搭在我的肩膀上,把我拉了进去。他在酒精的刺激下声音愈发响亮,说话也不太连贯了,要是莫尔在这里,肯定会低声骂着"看他那该死的德性!"他像一头公牛一般焦躁不安,拉着我跌跌撞撞走到大厅,踢倒了挡在他前面的一把椅子。

"幸亏你在这里!"他咆哮道,把我紧紧抓着,好像怕我像一只受惊的兔子一样从他手中蹦走。坦白地说,我心里确实生出了这种想法。"你到这儿来!"他把我推进一间房里,"新鲜的肉!"

阿克顿家的会客室显得很温暖,尽管有些令人压抑。客厅里有很多人在那儿,家具也不少。空气中弥漫着浓浓的烟草味、汗味,还有火炉里冒出的烟。两个喝得半醉的音乐家满脸通红、兴致高涨地正在演奏小提琴,随着阿克顿的吼叫,不时地变换着曲调。他们也是监狱里的犯人,从那边过来为今晚的晚宴配乐助兴,带着毋庸置疑的光荣,兴高采烈地进行无偿的演奏。在一个角落里,一对年老的夫妻已经吃完了晚饭,那女人滚圆身材,正兴致勃勃地啃着一只鸡腿,双手随着音乐打响拍子;而那男人看起来病恹恹、无精打采的样子,眼睛时不时地瞥向门口,好像在安慰自己那门还在那里,还能从那里出去。

屋子的正中心,玛丽·阿克顿正让小亨利踩在她的脚上一起欢快地跳着舞,一玻璃杯酒正高高地放在她的头顶上。我很高兴看到站在火炉旁边的麦克,他正和那位年轻的法院检察官爱德华·吉尔伯恩交谈,就是之前在院子里和凯瑟琳·罗伯特一起的那位。吉尔伯恩看起来很有修养,他性情平和,举止优雅,是个不错的谈话对象。他看到了我,礼貌地点点头。我急匆匆地向他们那边走去,却因过于急促而被一张低矮的桌子碰到了胫骨。

"小心一点儿,霍金斯。"阿克顿用一只脚把桌子踢开说,"你别把脚踢跛了。你不是答应过要和玛丽跳舞的吗?"他响亮的笑声令我感到一阵恐慌。"想和她跳就去跳吧,先生,"他招手让玛丽过来,"真受不了。"

一个仆人端着一坛新鲜的酒从我身边挤过去,酒水从坛沿洒落到地上。还没等酒坛放稳,阿克顿就攥着两只玻璃杯伸进坛内舀酒,并把其中一杯递给我。玛丽正跳着舞冲我们这边过来,她身上的裙子转得沙沙作响。

"好了,小骚货!"阿克顿咧嘴笑着,把玛丽扯了过来,"霍金斯先生打扮得这么风度翩翩，你觉得怎么样？"

玛丽笑着抬头看向她的丈夫，胳膊紧紧地搂在他的身上。她的目光在我身上扫过，从我假发上的带子到皮鞋上的鞋扣——不落，眼中闪现出光芒。"我见过那件外套……"她眯起眼睛，皱眉道。

"是从弗里特先生那里借来的。"我解释。

"哼。"她冷笑了一声，在阿克顿的胳膊下带有嘲弄意味地动了一下肩膀。

"那只可恶的癞蛤蟆，总是要在其他人的事情中掺和。威廉姆……"她轻轻地拍打着她丈夫的脸颊，用一种尖细、发嗲的娃娃音说，"我们肯定能为客人找到一个更好的室友。"

阿克顿亲吻了她的额头。"那要看客人自己的选择了，亲爱的，不是吗？"他的眼中突然微光一闪，"那么，你是巴克利的朋友，是吗？我敢说菲利普爵士给他的工资肯定不少……"他舔舔已被酒精浸染得绯红的嘴唇说，"他要帮你还清债务吗？"

就在这个时候，那两名演奏家放下了乐器到一旁倒上美酒休息，阿克顿刚才的问话沉沉地在安静下来的室内发出回响。也正是在这个时候，我看到了阿克顿的下属约翰·格雷斯正独自坐在房间远离壁炉的一处阴暗角落里。他没有吃东西也没有喝酒，只是静静地坐在那里，手里仍然攥着那本黑色的簿子。他枯瘦的手抚摸着簿子的表面，像在抚摸一只呜呜叫的猫咪。此时他正探出身来观察我的反应，眼镜后面那双冰冷的蓝色眼睛眨都没有眨一下。

这时，爱德华·吉尔伯恩穿过房间走到我们这边，这令我备感放松。"阿克顿夫人，你不向我介绍一下这位新客人吗？"他冲着我的方向投以友善的目光。阿克顿看着谈话内容已从金钱这一方面转至他处，便抽身离去倒酒。约翰·格雷斯把身子收了回去，直直地坐在那里，愤恨地盯着吉尔伯恩。这样看来，这两位检查官之间的关系并不和谐。这让我对吉尔伯恩的喜欢又增加了一个理由。

"这位是吉尔伯恩先生，我们的副书记官。"玛丽颤声介绍，好像在向人宣告某位新入法庭的外交官一般激动。

吉尔伯恩转动着眼珠。"法庭检察官，"他对着我的耳朵低声调侃道，"用不着向我跪拜。"

"这位是霍金斯先生，"玛丽继续说，"他是一名……"她停住了，嘟起嘴巴思索起来，"你的身份是？霍金斯先生？"

"我是一名绅士，女士。我尽可能地什么也不做。"

吉尔伯恩笑起来。"志向远大啊。"他一本正经地嘲弄道。"可是我才不会相信。在我看来，你应该是一个勤勉的小伙子，霍金斯。而且还平易近人。"他快速地加了一句，"伍德伯恩先生可是对着天空为你唱过赞美诗呢。"

玛丽悻悻地鼓起面颊，冲着那两位可怜的演奏家咆哮，喝令他们继续演奏。两位只好放下手中的酒杯，拾起乐器沮丧地再次演奏起来。

吉尔伯恩狡黠地眨了眨眼睛。"我们尊贵的女主人认为牧师是令人讨厌的谈话对象，"他笑着说，"总是讲经布道，却少了舞蹈。只要一提起伍德伯恩的名字，就能让她发起无名之火。可能是我太……"他思索了一下，抿了一小口酒。"可毕竟我们还是自由自在地交谈了一会儿。"

随着音乐的再次响起，玛丽在房间里四处回旋寻找着舞伴。阿克顿和格雷斯缩成一团在看那本簿子，正商量着什么事情；而此时麦克突然发现自己送来的食物并不充足，本应再多送一些。玛丽则在一名上了年纪的瘦弱绅士桌前停下，把他拉起来跳着小舞步曲，那老绅士显得极不情愿。

"那是威尔逊先生，玛丽的父亲。"吉尔伯恩解释道，"他的女儿在他身边跳了几年的舞。"

"他曾是普通监狱那边的犯人，我听说。"

"真令人不敢相信！"吉尔伯恩对我说的话备感惊讶，惊得退了一小步。"新来的犯人哪有你对这里的每个人了如指掌啊。"他对着我晃起一根手指，"你可真行啊，霍金斯先生，观察力够敏锐的。"

玛丽的父亲撒开一只手，掏出丝绸手帕擦掉从额头上冒出的汗水。"想必这对威尔逊先生来说很是煎熬，"我说，"一次又一次地回到这个曾经让他遭受过痛苦和凌辱的地方来。"

"我可没有想到这些，"吉尔伯恩皱眉道，"不过现在你这样说，我认为一点也不错。不过，那时……他可能已经忘记当年以一个囚犯的身份被关在这里的时光了吧？那都是很多年前的事情了。"

我清了清喉咙。"据我所听到的关于普通监狱那边的消息说，他的那段经历可不是那么容易能忘记的，吉尔伯恩先生。"

"那倒是。在这位监狱长官的管制下，情形不会好到哪里去。"他摇了摇头说，"我只希望自己能多帮那些可怜的家伙们做一些事情。"

"我想你已经做得很好了，先生。"我为自己把话题带到这样悲伤的情形中感到有些歉意，"要不我们坐下吃吃麦克家做的晚宴？"

我们在一张桌前坐下，很快就开始深入交谈。吉尔伯恩告诉我，他们家在英国东南部的肯特州，他很小时就来到了伦敦和他的律师叔叔一起生活，他那位叔叔自己没有孩子。

"我真无法想象你在农村干活的样子。"我对着他的衣服点头示赞。他身上的衣服很朴素，却剪裁得极为巧妙，正好与他瘦高的体型相配。他头上戴着一顶崭新的棕色假发，洒有少许金粉。温暖的巧克力色外套和马甲与他的眼睛颜色正好相同。整体看起来，这种清新的风格只可能出自于顶尖裁缝之手。

"我也无法想象你在萨福克①教区做牧师的样子,"他面带微笑回复我道,"看来我们都不适合继承父职。"他举起酒杯和我的酒杯碰在一起。"赞美我主上帝。"

吉尔伯恩是一个不错的交谈对象,诙谐幽默、思维敏捷,对事情有独到的见解。他还有一个优点就是对于他人的才能给予赞美,而绝口不提他自己,因而在短短的几年里,他就荣升副书记官这个职位。我很快就看出那是一个众人趋之若鹜的神圣职位,拥有至高的权力和丰厚的报酬,每一桩案例,对每一个债务人的逮捕和释放,都得经过他的发令和首肯;每一座监狱的经费、制度的更改以及监狱看守的任免也必须经过爱德华·吉尔伯恩的签字批准。

他轻松地坐在那里,谦逊地耸着肩膀,然而如今看来,我发现我当时还是低估了他这个人。他不仅是一个好的交谈对象,也能成为一个强大的同盟伙伴。查理斯能够从菲利普爵士那里打探出消息,可吉尔伯恩却能比其他任何人都了解马夏尔西监狱的内部运作,可能仅除监狱长的行动之外。

玛丽的母亲一直盯着这边,我们保持着较低的谈话音量。尽管如此,她看起来像是对那大片蛋糕的兴趣远高于对我们谈话的兴趣。玛丽已经把可怜的麦克拖去跳舞了,而阿克顿此时正随着音乐唱曲,身体跟随节奏一起摇摆。他紧紧地抱着他的老岳父,像拧一块湿布一样地把老头儿挤压在怀里。在一片嘈杂之中,小亨利避开了火炉,却不知怎地跑到了更危险的地方——格雷斯先生的脚边。那位检察官不耐烦地盯着阿克顿,嘴唇气得咬成一团,在他的手边是摊放在桌上的那

---

① 英国东部某郡。

本簿子。那个小男孩儿可能误把格雷斯干瘦的小腿当成了椅子腿儿,身体攀附上去,这时我警惕地看向了那边。格雷斯强烈反感地颤动起来,好像他看到的并非是一个小孩子,而是一只身患恶疾、爬上了他长袜的老鼠一般。他的目光一直落在他的主人身上,当他确定阿克顿没有看他这边时,他突然猛地将腿蹬开,把那男孩儿一脚踢到了屋子中央。

亨利在那一刻停住了所有的动作,就像所有小孩儿遇到这种情形时那样,先是被吓呆了,然后感觉到了疼痛,并想让全世界都知道。他深深地吸了一口气,然后哇的一声哭叫起来。他的哭声过于尖锐刺耳,以至于两名演奏家停下了手中的动作,麦克也在耳边拍手听声。

"亨利!"玛丽闷闷不乐地对着她年幼的儿子大呼,"别再像猫一样叫!妈妈!快让他停下来。唉!"她在地上跺起了脚,接着跺得更大声。"他要毁了这顿晚宴。"

威尔逊夫人从桌前起身,把她的孙子搂进了怀里。那小孩儿惊声尖叫,要往母亲那边去。玛丽赶紧把两人都往外推开。

"把他带到公园里走一会儿。赶紧!"她叫喊道。接着,她看着我的眼睛,一只手摸向自己的面颊,"我真不能忍受他这样撕心裂肺地哭,霍金斯先生。"她吸了一口气,说,"我的心都碎了。"

玛丽的父亲面露焦虑之色。"晚上外面很冷,亲爱的……"他大着胆子,懦懦地说道。

"把他带到酒馆去喝点威士忌!"阿克顿对着他的岳母喊道,"让查普曼再送两坛酒过来,该死的,我们这边都快没酒喝了。"

威尔逊夫人依照吩咐,把哭喊的孩子带出了门,当他们往院子那边走去时,孩子的哭声已经减弱。晚宴继续进行,不过麦克此时已经醉得不省人事,无法再动弹,而玛丽还在为她儿子刚才的淘气行为生闷气。

格雷斯清了下喉咙说:"那本簿子,阿克顿先生……?"

阿克顿阴沉着脸看着他。"很好,很好。邪恶的家伙们一个也没有留下,嗯?"他用一只粗指在页面上画出一条线。"他可以走了。"

"很好,先生……"格雷斯拿出他的鹅毛笔在上面做了一些标注。

吉尔伯恩注视着他们,一只手撑在一边的面颊上。"一个生命就这样被擦拭掉了。"他喃喃道。

"他们在做什么?"我问他。

"在黑色簿子上勾勾画画。格雷斯那里有每一个犯人的债务明细,他要向监狱长汇报。明天是缴租金的日子,他们正在核算,看哪些人的缴费已经超出。如果他们认为以后还能从那些人身上榨出油水来,就会给这些幸运的家伙为时一周的宽限时间。剩下那些缴不起钱的就会被吊死在屋梁上。荒谬至极啊。可是又有什么办法呢?"

格雷斯面露满意的笑容,鹅毛笔蘸上墨水,心满意得地在页面边缘上作了标注。笔尖划过纸面发出的沙沙声,令我的胃部一阵阵翻滚。我听说过太多关于普通犯人监狱里的事情,知道他正在为绝大多数那些不幸的犯人们签写一份死亡凭据。更糟糕的是,我的名字也会如此轻易地出现在他的勾画范围之内。塞缪尔·弗里特行事变幻莫测,这令我深受打击。等到他对我心生厌倦之时,他就会对我不管不顾,任我自生自灭,就像对待他那些物品一样丢放在一边。

我已经支付不起下一周在高级监狱这边的租金,即使是最便宜的牢房也住不起。不管阿克顿此时是如何的欢呼雀跃,一旦他从我身上榨出最后一个法新,他就会毫不留情地将我抛在高墙之外,让我和其他那些普通监狱里的可怜家伙们一起腐烂。在我病倒或是刀锋入肉之前还有多久的时间可以活?在他们将我的尸体拖到院子之前我又有多久的时间呢？

现在只有一个机会可以摆脱这般厄运——我必须尽快解决掉罗伯特上尉死亡之事。然而，我又该从何处入手呢？或许我应该向吉尔伯恩求助，他看起来性格棱角分明，而且机智聪明，以他所处的位置，他还可能比大多数人更深谙监狱里存在的秘密。可是，我能够信任他吗？我能信任其他人吗？

约翰·格雷斯又划掉了另一个人的名字，动作迅速直接。然后，他从簿子上抬起头，目光在我身上停留了很久。他眼镜上的镜片在烛光中闪烁出光芒，我没办法看清楚他的眼神，只能看到映在玻璃镜片上的火光。

室内已变得热烘烘的，我感到很难呼吸，于是摸索着脖子上的领结，颤抖着手指把它松开。

"霍金斯先生。"吉尔伯恩拍拍我的胳膊，他深棕色的眼睛里充满了关心的神情。"我们出去走一会儿吧。你需要呼吸点新鲜的空气，我想。"他压低了声音说，"还有一个私人事件，我们必须得讨论。"他小心谨慎地向阿克顿和格雷斯那边点头示意了一下。这时麦克正亲切地与玛丽踏着舞步，我们赶紧趁此机会溜出门外。

"真安静啊……"吉尔伯恩叹出一口气。他斜倚在阿克顿门外的那棵树上，闭上了眼睛。

我点燃一支烟，狠狠地抽了一口。我的双手现在还在颤抖，我已经忘掉自己身处险境多时。有美酒、音乐，还有像特里姆和布雷萧夫人这样已然以马夏尔西监狱为家的、乐呵呵的伙伴作陪，忘掉自己正身处险境确非难事。然而，这只不过是危境之湖上面的一层薄冰而已，一步踏错，我就会坠入黑暗冰冷的深水之下。查理斯会尽他所能地保护我，我因此深深感激，可是他毕竟身在监狱高墙之外。一个人要是想活下去,他需要在这高墙之内的朋友的帮助。现今,阿克顿对我还行,不过我已经与他的检察官和看守主管形成了敌对关系;约瑟夫·克罗斯那个混蛋脾气暴躁、心胸狭窄,可他毕竟只是靠拳头来出击;而约翰·格雷斯就是另一回事了,我甚至都不清楚他为什么这么讨厌我,不过我始终能感觉得到,那是一种持续的冰冷的恨意,一直伺机潜伏着,等待着最合适的进攻时机。想到这里,我后颈上的汗毛不由得都竖起来了。

空气中弥漫着一层浅浅的薄雾,使得监狱在此时看起来柔和了许多。皮肤上留下了潮湿的气息。月亮仍挂在天空中,在迷雾背后微微发亮,我视力所及处只能辨识出公园中间灯柱上挂的那盏灯笼发出的微弱亮光。监狱外面的伯勒镇里,大钟已经敲响了十下,那声音并不响亮。我的目光扫视着整个院子,位于公园另一端的审判大楼在迷雾之中几乎看不到它的轮廓。萨姆之前说那鬼魂会在午夜时分与我碰面。**好吧,只要它愿意,它可以在那里等**,我心里暗暗想着,有些焦躁。**我不会去那里**。除了鬼魂之外,我还有很多需要担心的事情。

"巴克利先生已经写信给你了吗,先生?"吉尔伯恩轻声问道。

我暗自吃惊,查理斯的那封信此时还叠放在我外套的口袋里。

"菲利普爵士给了我一个消息,"他解释道,"他命令我以我所能的任何方式来帮助你。"他笑着说,然后浅浅地鞠了个礼。"我现在为你做事。"

我对他回以微笑,不过听到这些,我心中有些不安。吉尔伯恩看起来诚实可靠,他在监狱里的职位与权力对我来说应该大有裨益。可是,关于我暗中调查这种事情,越少人知道越好,监狱里消息散播得很快。"你和其他人提过这件事没有?"

吉尔伯恩看起来有些不太高兴。"对什么人都没有透露过,请相信我。"

"敬请原谅,我没有冒犯之意。只不过……这是我唯一从这个地方离开的机会。我不能有任何闪失。"我重重地吞咽着说,"我的命运也依托在这件事情上,先生。"

"我能理解。"迷雾之下,他脸上的表情很难看清,不过他的声音听起来极为诚恳。"你这样谨慎行事是明智之举。如果罗伯特是被人谋杀,那么杀人凶手很可能还在这监狱之中。要是让他发现你正在调查此事……呃,在马夏尔西监狱里杀死一个人简直轻而易举。"

我皱起眉头,又吸了一口烟。酒馆那边传出一阵爆笑声,一小伙儿醉酒的家伙正摇摇晃晃地从那边走到院子里,雾中现出他们黑暗模糊的身形。"快给我们点亮,吉宁斯先生!"其中一个人对着监狱门房那边大喊,不消片刻,一盏灯笼亮起。那些人跟在灯笼后面前行,一边哼唱着并相互窃笑。那些人是阿克顿的心腹,他们正往小教堂下面的看守寝室走去,随行的还有几个从镇上领回的姑娘。那些人一路上跌跌撞撞,从这里经过时并没有看到我们。吉宁斯没有做声,只是摘下了帽子。

"有人要是知道这个消息,肯定会毫不犹豫地把它当成赚钱的渠道。"吉尔伯恩等到那帮人走远了,继续轻声说下去,"他们不会顾及和考虑你的人身安全。比如说汉德先生,再比如说你的室友。"他的目光滑向我和弗里特共住的那间牢房。一丝暗淡的光亮从窗户透出,但是那光线太过于暗淡,加上夜里的迷雾,根本看不到弗里特现在是否站在他通常所站的位置上。"你知道吗,我恰恰喜欢弗里特先生。他是一个行事怪异的家伙,总是做出出乎意料的事情,不过在他不带有那种阴暗情绪时,他也算得上是一个正派的人。只是,他不被人所信任,在这件事上不能信任他。"吉尔伯恩把拇指和食指拈在一起,中间不留任何空隙。"贝拉岛,"他说着,然后自己笑起来,"你有没有体会到其中的涵义?把这两个词连在一起。"

我想了一会儿。贝拉岛①。我一直都以为它只是对破旧不堪的牢房的讽刺说法。"彼列②。"我低声念着。确实,恶魔,地狱中最为卑劣、淫荡堕落、罪恶满盈的魔鬼。没有比它更堕落的天使了。

"聪明,嗯?"吉尔伯恩说道,"不过如果我是你,我会把这个当成一种警告。他很聪明,以他的方式行事也算得上是不错的同伴……不过不要想着靠他来帮你,他很有可能会将你出卖。"

我惴惴不安地皱起眉头。"他并不需要钱。"

"他可不会因为钱来出卖你。他这样干是为了高兴。"

我叹息着将吸了几口的烟卷从烟管里弹掉。*为了高兴*。是的,这种说法听起来才像是弗里特的行事方式。

"在这件事上你要低调行事,"吉尔伯恩低声说,"而且行动要迅速。关于监狱凶手和游荡阴魂的传言总会令人惊恐。"他将下巴斜向普通监狱那边的围墙。"气氛有些不太对,我几乎能感觉到。要是普通监狱那边发生暴乱,估计你身在哪边都无法安然入睡。"

"那边的状况有多糟糕?"

"我从来没有去过那边。"他的话令我感到吃惊。"那边并不安全。我当然听说过一些事情。令人震惊。上周,他们无缘无故地把一个人戳死,就为了一块面包皮。像我们这样的绅士根本无法忍受那样的黑夜。"

一个半蹲着的宽大身影在迷雾中出现,把我们两个吓了一跳。

---

① 原文为 Belle Isle。
② 《新约全书》中**魔鬼撒旦**的别名,弥尔顿的《失乐园》中的堕落天使之一。

"查普曼！"吉尔伯恩咬牙切齿地说，"该死的，竟然偷偷摸摸地躲在这里。"

查普曼斜睨了我们一眼。"先生们，我只是送酒过来。这并没有违犯法律，对吧？"他大步从我们身边走过，进入阿克顿的住所。

"粗野无礼的野蛮人。"吉尔伯恩抱怨道，"当一座监狱由一个屠夫来管理，就会有这种事情发生。我们最好在他们留意到之前回去。"

"吉尔伯恩。"我扯住他的手臂让他留步，"你相信罗伯特是被人谋杀的吗？"

他迟疑了片刻。"我是这样想的，是的。"

"那你认为是谁杀了他？"

他折回了数步，吃惊地看着我说："当然是阿克顿了，还能有谁？"接着，他转身走进了监狱长的房子。

◇

回到阿克顿的客厅，那里已是一番醉酒之后东倒西歪的景象。我在玛丽丈夫那双泛红眼睛中冰冷目光的注视下与玛丽共舞，而麦克此时正在洗漱间呕吐。玛丽的父亲坐在火炉边不时地打起了瞌睡，演奏家们则在继续工作，并且提高了他们的嗓门。这个时间正好是普通牢房的犯人们被锁进室内开始恐慌哀号的时候。我们开始玩起扑克，"让他赢"。吉尔伯恩在我们坐下时在我耳边嘘声道。于是，阿克顿每局都赢钱，我把莫尔给我的那半枚基尼都输了出去。刚过十一点，克罗斯走了进来，提醒阿克顿高级监狱那边已经准备锁门，并询问是否需要他护送我回牢房。阿克顿打了一个嗝，骂克罗斯侮辱了他妻子的客人，然后把他推出门外，接下来又赢了我半个克朗。我数次提出自己应该返回牢房了，柔弱的声音却被对方的嗓门儿压了下来，还被嘲笑一番。在这期间，格雷斯先生一直坐在那个角落盯着我们，眯起眼睛看着我们喝酒、输钱、说话，却始终不发一言。

"笑一笑吧，该死的，霍金斯！"阿克顿在又赢了一把牌时对着我大声叫道，"你现在又没有被关进普通牢房。"

玛丽过来邀请我和她再跳一支舞，我欣然同意。要是再和阿克顿玩一个小时这种扑克游戏，我估计自己的口袋都要被输空。尽管喝得已经够多了，我还是又喝下一杯酒。找不到其他的方式让这个夜晚结束得再快一些，喝得晕晕乎乎才是最好的办法，麦克已经醉得躺倒在桌子下面。我和玛丽一起跳舞，整个屋子好像都在和我们一起旋转，燃烧得低矮的蜡烛已经扑扑地喷溅起来，阿克顿的拳头和着音乐节奏砰砰地砸在桌上，使得桌上的玻璃杯颤颤地抖动起来，令他的老岳父吃了一惊。他正对着吉尔伯恩在吼叫什么，而吉尔伯恩礼貌地以笑回应，并点头示意，然后抬眼瞥向钟表。玛丽正和我说一些关于她丈夫的事情，说起他那双手在数年的屠夫生涯中是如何粗糙得龟裂。

"他的那双手可不像你的手，霍金斯先生。"她喷吐出气息，手指在我掌中摩挲，颤颤地盯着我的眼睛。"我们俩才是一对儿，不是吗？相配的一对儿。"她咯咯地笑起来，频频晃动着她那一头黄色的发丝。"你知道吗，在这个监狱里，我认为你是最英俊的男人。我喜欢罗伯特……"她风骚地旋转起她的裙摆，"不过，我还是更喜欢你一些。"

"玛丽。"阿克顿低沉的声音在室内响起。他已经没有像之前那样敲打桌子，不过他的手还是捏成了一个拳头。

玛丽跳了起来，然后像一个小孩子那样噘起了嘴，朝火炉边的一把椅子走去。我发现自己一个人站在屋子的中间，监狱长目光冰冷，脸已经阴沉得皱了起来。音乐声戛然而止，而阿克顿耷拉着眼皮儿的眼睛还在打量着我。"这就是对我热情好客的回报，先生？"他的声音像石头一样沉甸甸的，"你这么自由随意地和我老婆一起快活，你把她当成可以背着我骑在身下乱搞的婊子吗?"

我重重地咽下口水,口舌发干。我和他之间的气氛仿佛充盈着暴力,就同昨天在院子里,杰克·卡特在阿克顿的重鞭之下如婴儿般蜷缩于冰冷地面时那样剑拔弩张。火炉边,玛丽的父亲像在狂热祷告似的把双手紧紧合在一起。

"请您原谅,"我结结巴巴地支吾着,"我并没有……"

"哈哈哈!"阿克顿一跃而起,一只手指指向我。之后他拍拍双手,向后甩着脑袋,狂笑一声。"哦,那就好。"他擦掉眼中笑出的泪水。室内其他人都没有笑。"看到没有,吉尔伯恩?他现在像一只狗一样开始呜咽!或许我们应该把他送回狗笼,你说呢?"

吉尔伯恩微微挤出了一个笑容,然后又喝下一杯酒,而阿克顿正趾高气扬地向我走过来。他紧紧地把我拥抱在胸前。"我喜欢你,霍金斯!"他大声嚷嚷道,"你是一个好玩儿的家伙。我们是朋友,嗯?"他将他的嘴巴凑近我的一只耳朵。

"你有不少有权有势的朋友,是吗?真是幸运的小伙子。你觉得,没有我的庇护,他们有能力保护你吗?"

我赶紧摇头。我的心现在正在加速跳动,我能感觉到自己的身体在他的紧拥之下已开始战栗。他当然也能感觉到。我不是一个懦夫,可此时的阿克顿正在像玩骰子一般地随性出牌。让他赢吧,吉尔伯恩之前这样说过。这是一个不错的建议。

◇

在这之后,晚宴的气氛已然破坏殆尽。吉宁斯提着灯笼赶了过来,两名演奏家赶紧跟着他匆匆离去返回牢房,步履轻得在囚犯之中几乎少见。阿克顿将麦克踢醒,两人蹒跚着走向王冠餐厅,口中哼起不成调的曲子,踏入夜色之中。格雷斯像一个幽灵般紧随两人其后。玛丽还在生闷气,暴躁地盯着炉中的火苗,即使威尔逊夫人抱着趴在肩头熟睡的小亨利回来时,她还是一动不动。这个夜晚并没有像我们亲爱的女主人所计划的那般度过,她深信我们都能理解,而且我们俩都会为刚才的事情感到耻辱。她的父母亲看起来已经习惯了这种境况,亲吻着他们的小孙子,和他们的女儿道过晚安之后,就打算让预订的马车送他们回镇里。

"回去的路程并不近,"玛丽的母亲有些疲倦,"不过,威尔逊先生不会在这里过夜,是吗,亲爱的?"

这话勾起了威尔逊先生埋藏已久的记忆,他脸上的肌肉抽搐了几下,在他们离开时,他拉着我的手臂说:"上帝保佑你,先生。"

◇

现在只剩下吉尔伯恩和我两人了。"表现不错,霍金斯先生。"我们走出了屋子,等大门在我们身后关上时,吉尔伯恩说:"你还活着。"

我虚弱地靠在阿克顿门前的那棵树上,"还活着吗?"

吉尔伯恩咯咯地笑起来。"差不多还活着。"他的笑容渐渐消逝。"我不能确定巴克利先生是否了解他让你陷入了多大的危境之中。我想他本意是好的,可是……"

"……可是,如果我控告监狱长是罗伯特死亡的真凶,我也等于是同时签署了自己的死亡文书。是的,我了解。那你认为阿克顿知道这些吗?"

"霍金斯先生。"他轻轻地将手搭在我的肩膀上,"就算阿克顿只是怀疑你正在他的地盘上调查一桩杀人案,他也会对你施以鞭刑,然后把你扔到刑讯室。要是你运气好,可能有点机会活命。不过如今,你还有一些价值。你是查理斯·巴克利的朋友,而巴克利是菲利普爵士的心腹。阿克顿是一个聪明人,不会就这样对你下手。一个人不可能单凭着心狠手辣的暴行就成为马夏尔西监狱的监狱长。他做了二十年的屠夫，他知道什么时候该出手，也清楚什么时候该退让。"

我搓揉着下颌。经历这个夜晚，我已深感疲惫，心神不宁。我害怕自己的疑心会将我领向那处未知的境地。我一点也不怀疑阿克顿杀人的能力。当我和玛丽跳舞时，我已经从他的眼睛里看出那种杀人的眼神。他虽然把它当成玩笑带过，可那种威胁依然存在，只是掩藏在表象之下。或许罗伯特欠了他钱，或许是令他受过羞辱，也可能是打扑克时让他输了不少。也可能是罗伯特像可怜的杰克·卡特那样试图逃跑，在盛怒之下，阿克顿无疑会将罗伯特上尉殴打至死。不过，罗伯特是一位绅士，他有朋友，有妻子。他们这些人会提出质疑，坚持问清真相，所以阿克顿直接把罗伯特勒死在刑讯室，再买通验尸官称其为自杀。一个凶手在自己的地盘上如此行事实在太简单不过，马夏尔西监狱也并非正义公平之地。唯一的问题是，阿克顿为什么允许罗伯特夫人待在监狱里找麻烦？要是他确实杀死了罗伯特，他肯定希望那个女人离监狱越远越好。不过，阿克顿一向狂妄自大，这儿又是他的管辖之地，他不怕一个女人会弄出什么事来，即便这个女人聪明又果敢。也可能是他清楚这个女人不可能查出杀人真相，而且还能一直从她那里弄到钱。如果凯瑟琳准备为自己住在橡木室那里出高价，那么阿克顿必定会从她手上不断地拿到钱。

"我想和你说些事情。"吉尔伯恩轻声道。"要是你找到了足够的证据能让他被施以绞刑，我本人就为你还清你的欠债。那个人简直是一个魔头，比那些不可预知的魔鬼还要坏，就让他的暴行随他一起消失吧。对监狱来说这是不利的，在利益层面也是不利的。在弗里特监狱那边，事情就比这里缓和很多，狱长班布里奇以前是一名股票经纪人，他借泡沫经济大赚了一笔。而马夏尔西监狱这边却大量地搜刮钱财。"吉尔伯恩边说边点头,"完全是一个商人的模式。"

"要是我找出证据证实那是自杀呢?"我思索着,并没有按照吉尔伯恩的思路来,"要是阿克顿只是借以某种毫无瑕疵的理由毒打了罗伯特……而之后罗伯特自尽而亡呢?"

"谁在那儿?是什么人?"

那声音有些刻意的压抑,可我立刻就辨识出那种清晰的、命令式的语调。凯瑟琳·罗伯特夫人。她听到我刚才说的话么?我胸腔内的羞耻燃烧起来。把那件事直接定论为自杀可以拯救我于危难之中,却会令凯瑟琳和她的儿子永远分离。

"谁在那里?"她喊道,"吉宁斯先生吗?"我松了一口气,她并没有听到我们的谈话。"凯瑟琳,"我说,"是我。"

她纤细的黑色手指滑向了我们这边。阿克顿屋内的烛光仍在闪烁,透出的光亮足以让她找到我们所在的位置。当她从迷雾之中现出身影时,我能看清楚她的脸。夜间潮湿的空气在她的皮肤上留下些许水痕,她的脸颊在寒气之中微微泛红。此时在我看来,她比我这一生中所见到过的任何尤物都要柔软美丽,太过于完美了,这样的地方根本就不该有她这种女人的出现。

"凯瑟琳。"我又叫了一声,然后伸出一只手去搀扶。

在那甜美、令人心动的时刻,她眼中闪现着欢愉之光。可是,接下来她的面部表情呈现出悲痛和恐惧。"啊!"她叫喊道,一只手捂在胸前。"啊!什么人?"她急步后退,被自己的长裙绊倒,膝盖一软,半跪半跌了下去。

在我还未动弹之前,吉尔伯恩赶紧向前走了几步,在她身前屈膝而立。"夫人,不用害怕。你现在很安全。"

她抬眼望向吉尔伯恩的脸,茫然而害怕。"吉尔伯恩……先生?"

她认出了他,随之放松塌下双肩。她让他将自己扶起,然后重重地倚在他身上。"呃,吉尔伯恩先生,那边站着的是谁?"她小声地问,双眼恐惧地盯着我,"你看到了吗?"

吉尔伯恩困惑地笑了笑。"什么啊,没什么好害怕的。"他轻柔地说,"那里只有托马斯·霍金斯。你看?"

她盯着我看了很久,而我只能像一座雕塑那般站立不动,害怕再次把她吓着。我猜想,她在迷雾之中肯定把我错认成她那已故的丈夫,以为是他的鬼魂回到监狱院子里游荡,就像吉宁斯和本·卡特描述过的那样。可是,我真的看起来很像罗伯特上尉吗,像得连他自己的遗孀都会认错?从她给我看的那幅罗伯特肖像来看,我和罗伯特顶多有六分相像。

"为什么……为什么他会穿成那样?"她问道,尖厉的声音有些颤抖。"这是残忍的恶作剧吗?"

我看向吉尔伯恩,可他只是面带惊讶地摇头。我伸出手放在她的手上。"凯瑟琳……"

"啊!你别碰我!"她哆嗦着向后退去,就像她的皮肤碰到火一般。此刻,之前的恐惧和惊异已转变成一种冰冷仇恨的怒气。她双眼紧盯着我,眼中尽是鄙夷之色。"你这个无耻之徒!你怎么敢去穿我丈夫的衣服!他被人杀死时就穿的这身衣服。我以为……啊,上帝啊!"她的声音变得断断续续,一行清泪从她的面颊上滑落下来。"这太残忍了!我以为是他回来了。我以为是他回来找我。"她转过身去。

吉尔伯恩对我怒目而视,狂怒之情溢于言表,先前的温和友善在一瞬间消失殆尽。"你做出多么可怕的蠢事,先生?"他抑制住气息嘘声道,"你是想以这种邪恶的无聊作为来愚弄我们吗?"他一只手紧抓着我这身借来的衣物,满脸皆是厌恶。

我沮丧地抬起双手。"吉尔伯恩先生,我求你……我不知道这些情形。我以我的生命发誓。"

他双眼凝视着我,目光冰冷而遥远。"在这种危险重重的地方做这种事情并不合适,霍金斯,"他说,"这是为你好。"说着,他向凯瑟琳伸出一只手臂搀扶她离开。凯瑟琳在那短短的一瞬间转身看了我一眼,眼神中明明白白地透露出她此时的情感。没一会儿,他们两人的身影便在迷雾之中消失,只留下我一个人在这里。

我一下子就失去了他们两个人,失去了在这种肮脏堕落之地我真心爱慕钦佩的两个人,而且是最能救我于水火之中的两个人。吉尔伯恩会是一个位高权重的朋友和帮手,而凯瑟琳……一团气息堵在我的喉咙里。要想查清楚这桩谋杀案,没有罗伯特遗孀的帮助肯定很难查出真相,可是在我心里,我清楚自己所失去的比这个更为重要。自打我和她在咖啡馆里交谈后的那个下午起,我就想知道关于凯瑟琳·罗伯特的一切事情,而且心中生起了一个希望。她不是那种我能够得到的女人,可是,我可以想象和她一起生活的情形,在她的身边我会成为一个更优秀的人。从另一方面来说,和她在一起我也会成为有钱人。而如今,就在瞬间,希望被就此浇灭,我恰恰知道是谁在捣鬼。

"塞缪尔·弗里特,"我对着夜色喃喃道,"我向上帝发誓,我一定要让你为此事付出代价。"这时,午夜的钟声响起了。

第十一章

我还有一个约会，一个与鬼魂的约会。要是不去赴约，好像不太礼貌。为什么不能不去呢，我穿过夜雾往法庭审判大楼那边走去，心中忿然不平。这个晚上还能带给我什么呢？还有一个选择就是返回我的牢房去杀掉我的室友。我往下打量着自己身上的衣服，这身衣物想必是从罗伯特血迹斑驳的冰冷尸体上扒下来的。弗里特竟然让我穿着死人的衣物去阿克顿的住所赴约，而我竟然愚蠢地以为弗里特是出自于好意。

"我要扭断他的脖子。"我喃喃道，接着一脚踢到了一面墙上。我大声地咒骂，然后走进一片黑暗之中，摸到了一根大圆柱子。我肯定是走到法庭下面的走廊里了。这里的黑暗和夜雾更加浓郁，要是有什么人或是什么东西在此候着我，这儿肯定是最好的藏身之地。我感觉一股战栗正顺着我脊柱而下，心中生出一种强烈的感觉：我正被什么人或什么东西盯着。我小心翼翼地轻轻向后退。

那一刻四周静寂无声。接着，在最黑的那个石柱角落处，夜雾之中，闪现出一丝光亮。

我惊骇地屏住呼吸，问道："谁在那儿？"

那光亮向我这边靠近来。

"我手里有刀啊，别过来！"我谎称道。

片刻的停顿之后，一张脸在阴影之中显现出来，面色如雾一般灰暗，一道道脏痕印于其上。一只毫无血色的手举高了灯笼，然后我看到……

那绝不可能！

"罗伯特！"我惊恐万分地盯着他。就是上尉，不用怀疑，看起来和肖像上的完全一样。可是，这怎么可能？我摸索着母亲的十字架，小声急促地念起祷告词。

那幽灵向这边靠得更近了，它在轻声呻吟。我的身体开始抖动起来，这离奇出现的幽灵在黑暗之中与我如此之近，几乎触手可及，我不由毛骨悚然。它的脖颈之上仍然挂着一条绳子，面部的瘀肿之处呈暗黑之色，身上的衬衫血迹斑驳。

"凶手，"幽灵的声音在颤抖，"凶手！"

还有那件马夹，那件芥绿色的马夹。

塞缪尔·弗里特，我暗想道，该死的，你可真够精明！

那鬼魂口中发出一阵疯狂的厉叫："替我报仇！"

"希望能如你所愿。"我把双臂交叠于胸前，"告诉我，是谁杀害了你？"

那鬼魂顿住，思考了片刻。"替我报仇……"幽灵重复着这句话，显得更加犹豫。

"过来，罗伯特上尉。"我倚身在那廊柱之上，"是谁杀了你？你一定记得，是吗？"

那鬼魂咳嗽了一声。"那晚天很黑……"

"是的。"我想起了吉尔伯恩的提议，"钱弄到哪去了？"

"钱？没有什么钱。那是……？"那鬼魂带着希望问道。

我失去了耐心，一步跃向前去，正好抓住幽灵的尸身，然后把幽灵强扭着压在石柱之上。幽灵轻吐出了"哇"的一声，一阵气息从幽灵的肺部喷出。灯笼跌落在地。

"你是什么人？谁派你来的？"

"放开我！"他叫喊起来，"救命，救命！"

我挥起拳头砸向他，可是他却不知道怎么地躲了过去，转身便盲目地一头扎进夜雾之中。就在这同一时刻，另一处光亮出现了，我看到吉宁斯正提着灯笼快步向我走来。"谁在那儿？"他喊道，"霍金斯先生吗？"

我赶紧抓过他的灯笼，往一片迷雾中伸去。"我刚才看到了那个鬼魂。"

他那两条锥子般细长的腿因惊愕不定往后退了几步。"上帝保佑我们！"

"那鬼魂是人扮的，吉宁斯。他不会伤害你。他现在肯定还在这院子里，我们去捉住他。"

接下来，我和吉宁斯两人在这一处迷雾之中花了大半个小时搜寻那扮鬼魂的人。尽管我一再和他说那鬼魂并非真的幽灵鬼怪，吉宁斯还是惊恐不定。我们又从监狱门房处拿来另一盏灯笼，甚至劝说值夜班的狱吏和我们一起搜索，可是罗伯特或是曾经的罗伯特已然消失不见，只留一片神秘。

"它肯定是穿过围墙逃走了。"吉宁斯小声道。那名狱吏瞪大的眼睛望向监狱四周的围墙，眼中尽是惊恐。

"**穿墙逃脱。**"他惊异不定地也这样说。

"胡说八道。"我冷哼道，"那人肯定有门房的钥匙。"

"如果是那样，我们应该能听到它开门的声音。"吉宁斯坚持他的想法。

"普通监狱那边呢？他会不会以某种方式翻过墙去了？"

"逃到普通监狱去？"吉宁斯对着狱吏皱眉，摇摇头。

他们的说法不错，可这些都毫无意义。那人块头很大，不可能来自于围墙那边的监狱。而且又有谁会跑进普通监狱那种地方去呢？他肯定是从另一面围墙那儿翻走，但我又如何能搞清楚这些谜一样的情形？还有，那人怎么可能和罗伯特上尉长得如此之像？我需要一个更加敏捷的大脑才能想明白这所有的事情。

　　我轻声对自己说，需要弗里特来帮我。

第十二章

"快起来,该死的家伙!"

我扯着弗里特长袍的一角将他从床上拽起来,几本书滑落到地上。他咧嘴笑着看我,眼中闪烁着兴奋的光芒。

"有事情发生了吧!"

我开始扯着他摇晃,随着他身体的晃动,长袍有一部分脱落下来,露出他的身体,我可不想看到这一幕。"看在上帝的分上,快系好你的袍子。"

"我这样让你分心了吗,先生?来吧,就在这里,让我们像希腊的勇士一样决斗!"说着,他直接抖掉身上的袍子,赤裸着身体,提起拳头。

我愤怒地转过身去。我本应该狠狠地揍他一顿,他那样耍弄我,就应该被我狠打。可是,我绝不会和如此赤身裸体的塞缪尔·弗里特搏斗,这世上所有的人都不会这样做,他也清楚。我扯掉头上的假发,将它一把扔到角落。不,那不是我的东西,这才是关键所在。这些都是罗伯特上尉的衣物,而且是他被杀死时所穿戴的衣物。在极度的反感之中,我气到浑身发抖,从后背处一把撕扯掉身上那件马甲,好像那上面滋生了细菌一般心生厌恶。

站在镜前,我解开了领结,瞟向弗里特,他正把滑落的长袍拉回去,并把它系紧。感谢上帝。我将手中的棉布领结撕扯得嘶嘶作响。此时此刻,我真想用它勒住弗里特的喉咙。监狱里几乎有一半的人都认为是他杀死的罗伯特,如果我把勒死他的行为称为自卫反击,又有谁会怀疑呢?我指认他为杀人凶手,明天早上就能被释放出狱。想到这些,我的胃里突然一阵抽搐。我真能就这样毫不费事地弄死一个人吗,只为了拯救自己?领结从我的手间滑落到地上。

"一个明智的选择。"弗里特从镜子里面看着我说。他一只手里拿着一柄匕首。

我旋过双脚面向他,心中惊慌得怦怦直跳。他向我走近了几步,匕首高举,面色平静,几乎没有什么表情,可他的目光却没有从我身上离开。"你是傻瓜吗,先生?"

我吞下口水,紧盯着匕首的刀尖,它离我的心脏仅有一步之遥。"不。我不认为我是傻瓜。"

"那是疯子?"

我往后退缩了一步。"不是,先生。"

弗里特思索了片刻。"那么,你为什么想要杀了那个把你从普通监狱救出来的人?不,不。"当我开始反抗时,他猛地停住。"不要否认。当我注视你的时候我能看出你的想法,霍金斯先生。我已多次从镜子中看出这种想法。"他皱眉道。"请不要再盯着那边的靴子看。几小时之前,我已经把枪从靴子里取出来了。告诉我,"他声音低沉地迫近,"有什么人在接近你吗?给你钱?我的敌人太多……"

"没有,我发誓——"

随着一声怒吼,他一跃而起,以一种不可挡的力量把我直推到墙壁之上,那速度比心跳之速还要快。墙面上的石膏粉末簌簌而落,粉尘呛进了我的肺部,令我唾沫四溅,一阵窒息。等恢复了意识我才发现,弗里特的那把匕首已经紧压在我的喉咙处。"快说,"他再次嘶声问道,"我死了你能得到什么好处,霍金斯先生?"我挣扎着将刀锋往外推，可是他的力量比表面上看起来的更强大。他手中的匕首逼得更紧。"嗯，先生？"

我深吸了一口气，想对他说出查理斯那封信里的内容，以及暗中调查的事。这时，我想起爱德华·吉尔伯恩的告诫。

要是我把事情真相告诉了弗里特，到了明天早晨，他就可以有无数机会向阿克顿告发我，不管是为钱还是仅为开心。我努力迫使自己正对着他的目光，在心里提醒着自己我是什么样的人。一个赌徒。我知道如何从一个人脸上轻微的表情中读懂他的意图——即使那人如塞缪尔·弗里特那般性格怪异、谨慎独行。此刻，我盯着他看得更紧，从他那双深黑色的眼睛里我并没有看到真正的愤怒或是伤害，这令我感到不可思议。

在那眼神中……我只看出了先发制人的预期与好奇。

他在试探我，这是他使出的计谋。我意识到了这一点儿，幸亏没有向他透露出实情，使得他对这件事情更为上心。

我深呼了一口气，那把匕首正滑向我的皮肤。"是你杀死了罗伯特上尉吗？"

他眨了眨眼睛，然后笑起来。"反应很快嘛，不错。"

我一把推开匕首，他并没有想杀我。即使是，也不会在这种地方，以这种方式。"你杀了他？"我又问了一遍。

"没有。"他的回答很简短。

就这么两个字的回答，我就能确定。当一个人想在赌桌上赢钱时，他就会学会如何从某个面部表情来判断出对方心中的想法，如同从《伦敦公报》上获取消息。只需要看一眼弗里特的那双眼睛——多看反而无益——我就能得出这样的结论：要么他是这世界上演技最为精湛、最善于伪装的家伙，要么他说的就是实情。除此之外，我心中有一种强烈的感觉，如果确实是他杀害了罗伯特，他肯定会给出答复，给出简短的两个字："是的"。

接下来，他会对我做什么呢？我不愿意去想。

我从墙边踱着步子走开，拍下我衣衫上的石膏粉末。"你肯定看到或是听到了什么。"我用手指向我们两个各自的床铺，"你的床离他的仅有六英寸距离。不要告诉我你一觉熟睡到了天亮。"

弗里特的脸上浮现出痛苦的表情。他一只手反转着匕首，令其在指间翻飞旋转，一边考虑着下一步要做什么。"很好。"最终他低声挤出下面的话，"我会和你分享我的秘密。不过，我还是要警告你，先生。"他邪恶的眼神直盯着我，"你要是敢向其他人透露一个字的话……"

我赶紧摇头。"痛苦以作惩罚。我知道。那晚究竟发生了什么事情？"

"我……"他脸上的肌肉在抽搐，样子显得有些畏缩。"我被人骗了……"

我咬了下面颊内侧，露出一丝笑容。在我看来，要是可以，他宁愿欣然承认人是他所杀，也不愿坦白那晚的经历。"被人骗了，"我重复着他的话，在这整个晚上第一次感到高兴，"不可能，绝对不可能。"

他愤然看向我，"有人在我的酒中下了药。"他停了下来，用匕首的顶部摩挲脸上的须楂。"要是找出那畜生，我一定要拧断他的手。这么多年以来，我是第一次睡得那么沉。"他目光转向别处，然后四处张望，直到看见一瓶还剩下一半的酒。

"那你为什么不把这些告诉别人？"在他向我递过来一杯快要溢出杯沿的酒时，我问他。

"这样说不就损坏了我作为冷血恶魔的名声了？"弗里特指向窗户，

"在这种地方，让别人对你心存畏惧是一件好事。被人看成是一名杀人犯总比被人当成傻瓜要好。"

"那个对你下药的人肯定就是杀害罗伯特的凶手。"我凝视着玻璃杯，微微一嗅。"要么是你在撒谎。也可能是你自己给自己下药。"

弗里特不可置信地眨眼问道："我自己给自己下药？为什么要这样做呢？"

"你可能清楚，那天晚上有人会杀死罗伯特。"

弗里特皱眉道："我给自己下药是为了避免看到那可怕的罪行，是吗？那你告诉我——要是你知道有人想在晚上偷偷溜进你的房间去杀死你的室友，你会把自己弄得毫无意识吗？"

我感觉自己刚才的伟大理论瞬间樯崩栋折。"那是谁干的？"

弗里特紧咬住牙关，仿佛想把从他唇间蹦出的另几个字紧扣在口中。"我不知道。"

"你肯定有什么线索，"我反驳道，"可能——"

"我不知道！"弗里特嘶声道，然后神情凄然地倒在床上。他双手紧捂着头说："我这三个月来，日夜都在想这件事情。"他疲惫不堪地说，"任何人都有可能。"

"你没有在监狱里询问其他人吗？"

他放下双手。"那我怎么去问，对那晚的事情不做丝毫解释地去问别人？"他的拇指在掌心中一阵猛搓。"要是就这样问，不出片刻，监狱里就会传遍。接着，监狱里的每个人都会知道我被人下了套，没出息！"他吼叫道，"要是这样，我宁愿让那帮杀人犯们逍遥法外。"

"你开玩笑。"我不假思索地说。

"不，霍金斯先生。"他轻声回复道，"我刚才的话都很严肃。要是你想在这座监狱里活下去，在这个世界上，你就一定要让别人认为你是他们所认识的人中最残忍无情、老谋深算、阴险狡诈的家伙。这样的话，他们肯定认为你什么事情都能干得出，就算是那些他们无法想象的穷凶极恶的暴行。如果你的敌人获悉你其实很弱，那么他们必将摧毁你。这就是这个世界的规则。"

"我可不想被人当成冷血无情或是残暴行凶之徒。"我说，"而且我也不信我会有什么敌人，除了克罗斯，还有格雷斯之外。"我皱起眉头，"可能还有一些我不知道的人。"

"那些人都是最危险的家伙。"弗里特从空地走过。

我放回手中的酒杯，然后开始解起身上上尉的衬衫和短裤。越快脱下这些死人衣服越好。我把这些衣物和外套一并扔在一个阴暗的角落里，然后在上面搭上一件旧睡袍，用一条宽腰带把它们箍紧。那件睡衣的做工可不如弗里特身上的那件精良，尽管它被洗得干干净净，不过毕竟这件睡衣没被死人穿过。"你为什么要让我穿戴那些该死的衣物？"我指着罗伯特的那堆衣物问道。

弗里特正在聚精会神地生火。"我认为这样可以惹出一些事端。"他抬眼望向我，对着我的脸挥舞手中的拨火棍。"你和罗伯特长得很像，尤其是在烛光下。神情相似，举止行为也一模一样。"

"什么？"我又给自己倒了一杯酒，愤然哼道，"我们是在演《哈姆雷特》的戏剧吗？你以为杀人凶手会在看到我之后就尖叫着跑出房间，因罪过而遇难死亡吗？"

"有这个可能。"弗里特耸耸肩膀，然后转身对着火炉。"无论如何，这可是历经时间考证过的。"

"时间考证？你一边提醒我，我要和一名杀人凶手共进晚餐，一边让我穿上受害人的衣物去赴宴，就是为了帮你通过时间的考证？"

他用嘴吹着火引，说："在监狱里时间考验极为重要，请相信我。"

我看着他的背部，怒火燃烧。"阿克顿可能会拧断我的脖子，该死的。幸亏上帝保佑，他好像并没有意识到什么蛛丝马迹……"

"阿克顿？"他对着自己咕哝道，"不，我可不认为他会做出这种事情。"

"而且，那可怜的凯瑟琳会怎么看我这个身着她亡夫衣衫的人？"

"罗伯特夫人看到你了？啊，天啊。太遗憾了。"弗里特说道，明显是缺乏悔意地在敷衍。

"我想她不会再和我说话了！"我愠怒道，一想到这个我就再次心生痛苦，那种感觉比之前更甚。我开始在意她，比之前的仰慕怀有更多的情感。命运对她如此残忍。我想帮她寻回正义公平，让她的儿子回到她的身边，并非是为了图她的钱财，而是因为她在历经如此的痛苦之后，她理应得到幸福快乐的生活。呃，坦白地说，或许我对她的钱财有那么点儿兴趣，然而，对这样一个极为富有的女人产生爱恋之情不能说是我的错。我的心是自由飞翔的。

"受到这种惊吓，她几乎昏厥过去。"我继续说道。弗里特听到这些还是无动于衷。"幸亏吉尔伯恩在那里。"

"吉尔伯恩？"弗里特将一铲子煤炭丢进火中，慢慢地拨旺火源。"对于你的装束，他是什么反应？"

"出于对凯瑟琳的考虑，他很愤怒。"

弗里特将拨火棍探进火中更深。"他还真会献殷勤啊！"他低声道。

"你不喜欢他。"

"我喜欢的人一只手就能数得出来。根本用不着多想。"

"我认为他是一个好人。他很喜欢你。"

"难道他真的……"弗里特眨巴着眼睛说，"真是独特。"

"他也提醒我不要相信你。"

"非常正确。你不能相信这里的任何一个人。"他拾起那只旧皮靴，倒出他的那支手枪，咧嘴笑着向我挥舞，然后把它扔在他的床上。"这里可是卑鄙无耻、满口谎言之徒的大本营。不过，这样也最有意思。令人着迷！"他示意我放松，"坐下吧，把所有的事情都告诉我。"

我穿上一件蓝色真丝绒睡衣，然后在离火炉最近的椅子上坐下。"我记得你说过，寒冷的环境能让思维变得更活跃。"

"我可不用你来提醒。"他说，"实际上，要是你不坐在那里，我就会坐那儿去。只管说事情。"

我将在阿克顿家度过这一整晚发生的事情事无巨细地和他讲了一遍，令我惊讶的是说出这些事情的过程比夜晚本身更让人觉得愉快。弗里特沉浸在惊骇所带来的刺激之中，从格雷斯狠踢亨利，到麦克醉酒瘫倒在桌下，再到玛丽卖弄风骚，然后嘬嘴愠怒。当我说到我和玛丽一起跳舞时，弗里特竟然跳起身来，满屋子地踱着步子，完美地再现了玛丽当时的每一个动作。"啊，霍金斯先生，你的手像丝绸一样顺滑！"他颤抖着声音说，一边将手指滑向自己的胸部，模仿着一种下流的销魂动作。接着，他退回到床上，拿着一本书表现出一副傲慢的样子对着自己扇风。

"我想阿克顿会杀了我。"我笑着自嘲地说。

"啊，不会。只要你还能付得起牢房的租金，他就不会让你死。他把他的利益看得可要比老婆重。而且，巴克利也算是一个手握权力的朋友，阿克顿可不会冒险行事去得罪他。所以，这也是我为什么认为你穿着罗伯特衣服去赴宴也不会有人身危险的原因。"他的身子向前探出，突然变得严肃起来。"我不会让你陷入真正的险境，汤姆。你必须得知道这点。"

在弗里特对我说过的所有话中，只有这一句令我感到出人意料。

还是陌路相逢之人，我几乎对他产生了完全的信任。

他一只手插进睡衣的口袋中，掏出一根细绳，一个被啃掉一半儿的卷饼，一对同花色的扑克老A，还有一块银表。他把前三样东西搭在肩上，然后对着火光举起那块表。"快两点了。你今天经历得可不少啊，想必现在也困了。"

"有点儿。"我打了个呵欠，然后将双手放在脑后。

他盯着我看了片刻，然后脸上慢慢浮现出一丝笑容。"还有其他事情，是吗？你还知道些什么，你这个狗东西？你还有什么事情瞒着我没说？"

我咧嘴笑着看着他。"有什么代价么？"

"值吗？"

"很值。"

他用拇指搓揉着嘴唇，一边思索着。接着，他伸出手，将那块银表塞进我的手中。我凝视着那块手表，不由得感到惊愕。那是一块做工良好的物件，在我的手中像一个有生命的小东西一般安静地发出滴答滴答的声响。它的外盖上精致地镌刻着两只小鸟，还有 J. H. 的首字母缩写。这是偷来的，毫无疑问，或者是在赌博中耍奸赢来的。我打开那块银表，在烛光下眯着眼来看它的做工。这种暗淡的光线之下，我没有找到制作者留下的标记，不过我能看出，也能感觉出这个东西至少也要值两三英镑的价钱。啪的一声，我将它合上。我很清楚，就算弗里特以某种理由把它给我，从他手中将此物拿走也并非明智之举。可是，我身上还背负着二十英镑的外债，为此我身陷监狱，现在根本无法拒绝这样一个礼物——它至少能让我在数周之内不会被关进普通监狱。于是，那块银表便滑进了我的衣袋。

"我看到鬼魂了。"

弗里特听到这个显得极为兴奋，欢乐的神情溢于言表。新的戏剧性情形的出现令这里的无聊厌烦一扫而空，对他来说，这比那块银表的价值更大。他一跃而起，然后随着我的讲述在房间内来回地走动。

"那并不是真正的鬼魂。"

"呃，当然不可能是！"他挥舞着双臂叫喊道，"也正因为如此，它才会只在惊恐万分的年幼孩子和像吉宁斯一样容易受骗的竹竿面前现身。"

"它的脖子上还套着一根绳索，而且衣服上血迹斑斑……"

"……不过他穿错了马甲！"弗里特得意地把我后面的话说出来，"罗伯特被人杀死时穿的就是那身衣物。"他指向堆叠在地上的那件蓝色丝绸马甲。"那是我在他被杀之后的第二天早上凭借自己聪明的才智从牌局中赌赢过来的。更重要的是，罗伯特最讨厌那件芥绿色的马甲。就算是死也不会穿着那件衣服死。绝对的。"

"有两件事情我还不明白。"我坦白道，"那个人究竟是谁，他可是真实存在的活生生的人，身上血迹斑驳。看到他时，我都被吓了一跳。"

"精彩！"

"可是，他不知道以什么方式竟在薄雾中凭空消失了。他从监狱门房穿过，也没有在'公园'里。我们到处都搜遍了。即使有雾，我们也应该能找出他。我认为他很可能就是这里的一个犯人，不知用什么方法从牢房里溜了出来，不过，他看起来很像罗伯特。目前肯定有人发现了他们长相的相似之处。这让我想起另一件事情来，弗里特——他不仅仅是看起来像罗伯特，他和罗伯特本人根本没什么两样。有没有可能他们是孪生兄弟？除此之外，我想不出还有其他的解释。"

弗里特笑起来。"你想不出？告诉我，你怎么知道罗伯特长什么样子?"

"他的画像。凯瑟琳今天下午给我看过他的画像。那幅画像就在她脖子上戴的那条盒式吊坠里。"接着,我停了下来,再作思索,真相就像一块石头那样很难击破。凯瑟琳吊坠里面的图像或许并非罗伯特的肖像,而是扮成罗伯特鬼魂的那人的画像。"啊,上帝啊,我简直是一个白痴。"

"我怀疑她有一段时间了。"弗里特承认了这点,"不过,我认为还是让整个事情发展下去为好。这件事中你看到有什么伤害没有?"

"可是,她为什么要这样做?她究竟被什么人所支使?"

"她想得到正义和公平。她想要回她的儿子!她已经绝望得什么事情都能做得出。有什么能比让她亡夫的鬼魂在监狱里游荡更好的方式来令每个人都因她丈夫之死饱受折磨?如今,这里所有人的兴趣都在于找出杀人凶手,不是吗?谁会想和一个含冤而亡的鬼魂同处在一所监狱之中呢?而且,她可能是希望通过这种方式恐吓真凶,逼他出来认罪。就像我今晚所做的一样。"

我微微皱眉,思绪回转到和凯瑟琳在咖啡馆里的谈话。她说,她找我是为了道歉。我那时就应该意识到她是在骗我,什么时候有女人会为扇了一个男人耳光而道歉呢?这只不过是她想找时间让我看到那幅假肖像所玩的伎俩,她耍弄我的手段要比莫尔店里的那些女孩儿们高明得多,真该死。

"呃。我今晚真被她差点吓晕过去,"我说,"那冷血无情的女人。"

"嗯,干得好!"弗里特欢声道,"不过,还是得佩服她的勇气啊。还有她不懈的坚持。"

"不,我可不这样想。"我抱怨道。

"知道吗,这件事情很奇怪。"弗里特昂起头说,"我觉得她对罗伯特的爱在他死后反而比他活着时要更强烈。他们以前总是在争吵,那种争吵的方式简直可怕;我以前总是跑到楼上的特里姆那里躲避他们,可是在楼上还能听到从楼下传来的各种声音。呃,现在,她在记忆里总会把他往她所希望的好的方面去想,在她的心中,他已然成了一名穿着难看马甲的、品行优良、诚实可靠的绅士。可怜的老罗伯特啊,如今他死了,才会事事顺她所意。他本性可并非如此。"

礼拜六,第三天

第十三章

天还未破晓,我便被一阵钥匙插入门锁的声音给惊醒。弗里特已经站在门边,急躁地跳着脚想出去。他昨晚睡觉了吗?门一打开,他便跑了出去,随身带出一股香烟、汗水和陈酒的混合气味。看守一字未发地再次关上牢门,然后走到隔壁牢房去。

我叹了口气,用手摸索着我新得来的银表,欢愉地感受着它在我手心那份沉甸甸的重量。现在还不到六点,我继续小睡,在沉寂之中愉悦地等待着天亮时分。弗里特总是在焦躁不安地来回踱步,说话,抽搐,令我几乎忘掉自己心中的那份宁静和喜悦。

我也需要时间来思考。今天,我就会开始着手调查罗伯特上尉的死因。翻了个身,我仰卧在床上,直盯着天花板,想知道该从何处入手。一想到罗伯特就是夜间躺在这张床上被人杀死的,我的心就颤颤跳动。他并没有和他的妻子共处一个牢房,罗伯特夫人在橡木屋有自己独立的房间,就和她现在一样。他们的婚姻究竟是怎么样的呢?

现在,我仍旧对凯瑟琳欺骗我的事情耿耿于怀,不过在半睡半醒之间,我想到她此时正独自一人躺在橡木屋的床铺之上,之前所考虑的调查之事便被抛之脑后,思绪飘出很远……

门口响起敲门声时,我还处于思绪混乱的状态。我还没有来得及把自己捂严实并转身面向墙壁,吉蒂就走进来把桶里的水洒在地上,准备打扫屋子。

"霍金斯先生,"她嘘声道,"你醒了吗?"

我假装还在睡，默然地对这种打扰暗骂了一声。在这种鬼地方，连隐私都没有了吗？

"真是一条懒狗。"吉蒂嘟哝了一声，然后开始在我周围干起活来。既然已经骗过了她，我就像在睡着时那样轻轻地翻身，半睁开眼睛偷偷地盯着她看。她叠放好弗里特的衣物，然后把他的报纸杂志分类整理，将他那堆乱糟糟的东西整理得井然有序。我再次被她收拾东西的这种麻利能干所打动。我也说不清楚为什么这些如此吸引我，只是感觉到在她满屋子晃来晃去时，我躺在那里很高兴。凯瑟琳说得很对，要是她能学会控制自己的那条舌头，她一定会成为一名优秀的侍女。或许凯瑟琳可以在菲利普爵士的豪宅里帮她谋求一份好工作，我也会和菲利普爵士提出这个要求，这总比她待在弗里特牢房里干这种并不合适的活儿要好得多。

吉蒂开始清扫壁炉，一缕缕灰尘在空气中弥漫。我装出一副被呛得咳嗽的样子，伸了一个懒腰，表现出像睡醒的模样，然后穿上裤子，再在衬衣外面套上马甲。弗里特堆在地上的那堆乱七八糟的东西几乎已经被清理干净，他的报纸杂志、衣物还有那些破旧的玩意儿此时正整整齐齐地堆放在墙边。估计到不了晚上，它们又会散落得到处都是。不过，此时的这种整洁场面还是令我感激。"吉蒂，你做得真不赖。"

她愣在那里，用后背应对我的表扬，然后继续她手中的活计。"你需要生火吗，先生？"她问道，连身子都没有转过来。

"不，谢谢你。我一会儿去布雷萧那边吃早餐。"

"好的，先生。"她用力地把刷子朝壁炉上磕，把火炉上的灰尘给磕下来。咔，咔，咔。

我站住不动，对着她的后背皱起了眉头。今天早晨她看起来情绪不太对啊。"吉蒂，有什么事情吗？"

她哗啦一声丢下了手中的刷子，然后拍落两手之上的灰尘。接着，她起身上下打量着我，"你有什么事情吗，先生？"

"呃，确实有！你对我不太满意，我能确定。"我愤然地快言道，"当你和一位绅士说话时，请你注意你的言辞。"啊，上帝啊。为什么我要说这些？听起来简直就是我父亲的口吻。

吉蒂紧闭着双唇，显然咽下了她想说出的话。她直直地看着我的眼睛，高昂起下巴。"那我乞求您的原谅，先生。"

如此粗野的道歉方式，言辞之中缺乏应有的悔意，顿时令我忍俊不禁。"道歉要优雅，斯帕克斯小姐。我原谅你了。"还没等她有所回答，我就鞠礼离开了房间。当我走到楼梯口时，我转过身去看她，她正在我身后盯着我，困惑地紧皱起双眉。我对她眨了下眼睛，然后走开。

◇

极富诱惑味道的咖啡香味、煎炸过的培根气息，还有新鲜出炉的面包清香从布雷萧夫人的店门口飘出，可是当我走到门槛处时，她从她的椅子上起身穿梭过人群，双臂交叉在宽阔的胸前，对我嗤鼻道："这里没有位置了，你去楼上乳头娃娃家看看。"

我从她身子后面窥视到店内还有不少空着的桌子，抬起眉毛问道："我对您有什么冒犯之处吗，女士？"

"哈！装得像你什么都没有干过一样！你应该为自己感到羞耻！可怜的罗伯特夫人，她昨晚痛苦不堪！"她怒吼道，脸上看起来倒很是享受这种回忆，"她还以为是上尉从坟墓里回来了！愿上帝让他的灵魂安息。我只能给她一颗安眠药平静她的情绪。你怎么能干出这种事情呢，先生？穿着上尉吊死时的衣服。呃。我对你极为失望，霍金斯先生。我以前高看了你，确实如此。不过，我早就应该看清楚你的为人了，莫尔的朋友。"她将我拒之于门外,然后在我身后猛地关上了店门。

我正想碰碰运气到楼上去,就在这时,我看到杰克斯正大步地从院子里走过来,天上是黑压压的乌云。我都忘记昨晚查理斯说过今早让他过来的事情。于是,我向外走出,在法庭的走廊那里和他碰面。

"杰克斯先生,"我伸手抓住他的一只大手,"很高兴见到你。"

"霍金斯先生。"他咧嘴笑着说,"听说,你昨天夜里很忙。"

"啊,我想整个监狱都知道了吧。"难道这就是弗里特今天一大早就跑出去的原因?

杰克斯耸肩说:"巴克利说你总是会惹出麻烦,让我把这个给你。你要把它放好,不然那些看守们会把它拿走。"他从身边的口袋里掏出一捆东西,把它递给了我。

我打开外面的布层,看到了一把短匕首,样式简单却做工精良。我把它放进马甲里。"有你来帮我就好了,杰克斯先生。我希望查理斯为此事付你工资。"

"很荣幸能帮上忙,先生。罗伯特上尉是一名忠实的朋友,我欠他一条命。"他低头垂向地面,然后抬起头又笑了起来,眼中闪烁着光芒,"是的,巴克利付给我工钱。"

"据我所听闻的罗伯特上尉来看,他肯定会同意你为此事挣得相应的报酬。"

杰克斯开口笑起来。"啊,确实如此。"

"那么,"我两只手合拍在一起说,"我们还是找个地方来询问一些相关事情吧?酒馆现在开门了吗?

"你在那里不会找到答案的,我有一个更好的主意。"出于一名士兵的本能,他的目光向身后扫视。"你吃过早饭了吗?"

"还没有。"

他用一种阴郁的眼神盯着我。"好。"

◇

杰克斯为人很固执。要是我们想知道关于罗伯特死因的任何线索，就必须去普通监狱。"他的尸体就是在那儿被人发现的。那地方还有不少秘密。要是有人知道些什么，我们就得越过围墙去找。"他紧攥着手中的木棒，"和我在一起很安全，先生。"

我皱眉道："阿克顿可不是傻瓜，要是他听说我跑到那边去问东问西，他肯定会有所怀疑。"

"哈。"杰克斯用下巴努了努监狱的大门，下颌的肌肉一阵抽搐。"我早已经想到。"

令我心慌的是，伍德伯恩正踉跄着步子出现在我们视野之中，他的一只手扯紧了头上的帽子，免得它在狂风之中被吹落。

杰克斯又看了一眼我的表情，忍不住笑出声来。"他的心脏还在正确的位置，先生。而且他能在一无所知的情形下帮到我们。"据说，伍德伯恩经常会定时去普通监狱造访，安慰那些病人，引导那些犯人们做祷告，并且向他们分发教区教民捐赠的食物。"不过，你得自己保守住秘密，"杰克斯嘀咕道，"不然阿克顿很快就能获悉一切。"

"霍金斯先生！"伍德伯恩颤巍巍地走过来，快喘不过气儿来。"亲爱的小伙子。杰克斯和我说，你想帮我做今天的早课工作？"

我看了杰克斯一眼。他瞪大了眼睛，缓缓地点头。"啊……是的。确实如此。"

"霍金斯先生过于羞怯，所以没有亲自和你写信说这事儿。"杰克斯解释道，"不过，他很想和你一起去帮忙。"他转向我，脸上的神情相当的镇定。"尊敬的教士的所作所为让你受到了鼓舞，是吗，先生？"

"受到了鼓舞，是的……"我应和着，伍德伯恩的脸上充满了自豪之情。"我想我能从一些细小的方面减轻他们的痛苦……"

"通过祈祷的方式。"杰克斯加了一句。

"通过祈祷的方式。"我可悲地附和着他的话。

"赞美主啊。"伍德伯恩脸上堆满了笑容。

此时,约瑟夫·克罗斯正转动着一串钥匙从那边闲逛过来。"嘿,霍金斯,我听说监狱长昨天晚上嘲弄你啦。"他窃笑道。"听说你吓得差点拉出屎来。"

杰克斯踩着重重的步子走向他。"约瑟夫,这几天你的脖子又好了,是吗?"

"绅士,绅士……"伍德伯恩提醒道。

克罗斯装模作样地看了看他的四周说:"这里可没找到想被拧断脖子的人。"

◇

克罗斯身边聚集着阿克顿的六个亲信,其中包括守夜的吉宁斯,还有酒馆里的查普曼,他能一下子负重几坛酒。当我们走到通往普通监狱围墙上的那道小木门时,克罗斯转过身去叫来了那些人。你们知道规则,孩子们。拿上棍棒。不要和那群婊子养的多说废话。他将钥匙插入锁槽内。"只需要用嘴出气就行。"

我让那些亲信们先走,然后是伍德伯恩。杰克斯硬着头皮从那小门处挤过去。我犹豫了片刻,身上的每一处神经都在厉声尖叫着让我回去。

"霍金斯!"杰克斯轻声喊道。

我深吸了一口气,平稳了气息,然后步入普通监狱的地盘。

◇

这里大有不同,是真的吗?我的目光扫视着四周,心在怦怦直跳。

天空低矮、灰暗、厚重，同围墙的另一边一样。脚下破损的鹅卵石道感觉也相似。不过这里的空气……空气的感觉有所不同。空气厚重而令人倒胃口，像是有毒的气体一般。我扫视了其他几个人，看出他们也感觉到了，即便是克罗斯也是如此。

"上帝啊，我讨厌这个地方。"他嘟哝道。

我们一路走向石块剥落的监狱牢房——那是一处颜色混杂的古老木屋，近乎坍塌状态，倚着远处的南墙而建。高级监狱的牢房有一小时以上的时间可随意出入，而在这普通监狱里，犯人们只能被关在各自的牢房内不得自由。三百多名囚犯被三十、四十、五十人地分关在各个牢房，在这种污秽不堪的地方挨饿受冻，被迫呼吸他人呼出的污浊空气，整晚如此。当走近牢房时，我们能听到他们咚咚地敲击门板的声音，用嘶哑的声音在乞求放他们出去透气，那情形可怜至极。

"安静点儿，你们这群狗东西！"克罗斯从那里经过时咆哮起来，手中的木棒重重击打在牢门上。"不然就把你们锁在里面一整天！"

哭喊声变成了啜泣声，最后陷入寂然无声。克罗斯对着查普曼做了一个手势，查普曼开始把他随身携带的酒倒进木杯之中。杰克斯抓过一杯，然后递过来。"先别喝。"当我把酒送到唇边时，他制止了我，然后递给我一块帕子，"捂住你的鼻子和嘴巴。"

其他人也都在做着同样的事情，将布在酒中浸湿，然后用它紧蒙口鼻。

克罗斯迎着凄厉的寒风，大步向远处东南角那边的楼房走去，"去病人牢房今天可是第一次！"他扭过头喊叫道，然后把整个脸都捂在帕子下面。"最他妈不想去的地方……"

伍德伯恩在我后面，已经开始在帕子下轻声地祷告起来。

另几个人在门口站定了位置。克罗斯从圈上找出一把钥匙，插入锁槽内。"退后!"他对着里面的囚犯们大喊。查普曼和其他几个人掏出酒来迅速地吞下一口。

牢门摇摇晃晃地打开了。

一股令人厌恶的腐烂气息迎面直扑出来,那气味如此强烈,令我们同时尖叫起来,把脸转向一边。因疾病引起的溃烂化脓产生的恶臭、身体腐烂感染而产生的异味,以及犯人们被迫在空气本就不足的牢房里排泄的大小便混杂上汗臭的怪味儿。这种气味没办法逃避,不管我把帕子在脸上捂得有多严实,那味道还是直往我鼻孔里钻。我开始控制不住地恶心,然后一次又一次地呕吐。我跌跌撞撞地走开,无能为力地瘫趴在地,边用双手和双膝在鹅卵石道上爬行边呕吐,直到胃里吐得一无所有,只剩下胃中的酸液和胆汁。

最终,我还是站了起来,晕晕乎乎,眼眶中充盈着泪水,胃疼得像从里到外被翻出来一般难受。到现在,他们才把男囚和女囚们的牢房全部打开,并把昨晚死掉的犯人尸体从里面拖进院子,脚踝一路刮擦着泥土。我拿下捂在口上的手看向别处,不过余光所及之处还是能看到那被排成一排的已无生命迹象的暗灰色尸体,即使闭上眼睛,此情此景还是映在眼底。我的胃又一次地疼起来。

克罗斯从我面前走过,我以为他想借此嘲笑我,可是他只是拿起我的杯子,给我倒上满满一杯酒。

我照着他们说的喝了下去。当酒顺着我的喉咙流下去时,我的双手一阵颤抖,咳嗽起来。不过,酒的味道凛冽而清爽,减轻了那种骇人的恶臭对身体的刺激,让人感到一阵舒缓。

克罗斯直接拿着酒瓶牛饮起来,大口大口地往口中灌,然后吞下去。

"感觉好些了吧?"

我虚弱无力地点头回应。

他那双充血的眼睛盯着我,半是好奇半是怀疑。"你跑这儿来做什么,霍金斯?"

我又喝下一杯酒。"做上帝的工作。"

克罗斯一口喷出还未吞下的酒。"呃,那么,"当他恢复常态时,他开口说,"上帝肯定特别恨你,肯定是这样的,先生。还有其他烂肉吗,吉宁斯先生?"

守夜的吉宁斯此时正在搬运一具尸体,尸体上裹着一块出于女囚室的、散发恶臭的破布。那尸体看起来很瘦很轻,不像正常人。吉宁斯将尸体紧挨着其他尸体轻放在地上。"就这七具尸体,约瑟夫。"

只有这七具。我的上帝啊。难怪这人对鬼魂表现得那么恐惧。

忽然,天上响起轰隆的雷声。大家抬头望向天空时,克罗斯悠悠地从一具尸体前晃到另一具尸体处,眼睛眯起看。"五个男的,两个女的。"他用一只脚踢了踢离他最近的一具尸体。

"这个看起来像是在监狱里染上瘟疫高烧死掉的。"

"一派胡言。"杰克斯凑近我的耳朵,低声说,"这些人大多数都是饿死的。"

这时,天上开始落下雨点来。

查普曼从牢房里带出了一个犯人,那人颤颤巍巍地站在那里,全身冒着虚汗,瘦得像一具骨架,估计离死也只有一两天的时间了。查普曼小心翼翼地尽量不去碰他,只是用手中的木棒戳着犯人迫使他往前走。那人盯着摆放在地上的那一排尸体,无疑从眼前的情形中看到了自己的未来——被扔在他眼前的那处尘土之上。

"这些人都有家人吗?"克罗斯问道。

那犯人点了点头。他浑身颤抖得厉害,显然是高烧之后的癫颤。

"指给我看。"

他伸出一只暗灰色的手指,指向了其中的四具尸体。

"好的。"克罗斯皱眉指向靠近公共围墙那边的一座小房子,"把它们和其他的尸体一起弄到刑讯室去。"

我紧张地问道:"其他的?还有其他的尸体?"

"让他们的家人付费,不然就不给尸体。这是监狱长下达的命令。"克罗斯端起酒瓶长饮了一口酒,懒散地说,"杰克·卡特的尸体还放在这里。"

"什么?"伍德伯恩吃惊地叫喊道。他一直都默不作声,可此时他却一把抓住了克罗斯的手臂。"肯定是搞错了,我给过本杰明钱让他换回那孩子的尸体。"

在伍德伯恩和克罗斯为杰克的尸体以及有没有付钱的问题大声争吵时,几名亲信们已然打开了剩下的几间牢房。此时的雨下得更大了,闪电在伯蒙塞东边上空划过。然而,监牢里的囚犯们还是一涌而出想呼吸新鲜的空气,不顾一切地从牢房里面挤出来。院子里很快就挤满了瘦弱而茫然的身影,有些人的状态比其他人要好,他们是那些在高级监狱做搬运和杂活的工人们,住在较好的牢房内。另外的一批人看起来和摆放在地上的尸体没什么两样,只不过是行尸走肉而已。

当我看向周围时,不由得因这种令人触目惊心的场景惊骇万分。一个年轻的女人正拖着步子从一旁走过,泪水顺着她的脸颊默然淌下。她一定曾也美丽过,可如今她的皮肤已被一层疮痍所覆盖,就像是从肉里长出了数百张因饥饿而张大的嘴。此时也有几个孩童跑到了院子里面,半裸着身体,头皮上赤红一片,暗黄污秽的头发中虱子遍布,不时的抓挠使得头皮上出现了条条血痕。最小的那个男童比阿克顿的儿子还要年幼,正摇摇摆摆地向我走来,手里举着一块粉色的绸布,胆怯地对着我挥舞。

我走向杰克斯,如鲠在喉。我们相互对视了许久,大雨把我俩淋得透湿。

"再喝上一杯吧,"他说,"然后我们就可以开始了。"他大步从人群中穿过,走进了其中一间牢房。那几名看守已经把新拖出来的尸体移进了刑讯室。他们用几块破旧的脏布把三名没有家人的尸体裹住,然后把它们弄到了墙根处。接着,他们以最快的速度往高级监狱那边走。

伍德伯恩急匆匆地跑过来。"霍金斯先生,我不在时你可以开始布道吗?我必须跟着克罗斯一起走,去弄清楚杰克尸体的事情。那孩子的尸体昨天就应该运出去的。"他把身体探得更近一些。"告诉安德森上尉,今天晚上六点钟,我们会把食物放到格栅那里。阿克顿那时候忙着收钱,不会发现的。"他停下来,深深地盯着我的脸看,眼中满是担忧。"你已经受过惊吓,忘掉吧。"他拍了拍我的手臂,"你表现得不错,先生。我第一次来时晕倒了。"

"可你还是又过来了。"

伍德伯恩叹了一口气说:"这是我的职责所在。我怎么能扔下这些人不管?"他鞠礼之后,便匆匆离开。

我感觉到自己的外套被人拖着。那个手拿粉色绸布的小男孩儿已经跑到我身旁拉着我的衣角。"面包。"他乞求着,将手中的那块布塞给我,好像把它当成了钱。

我摇摇头,说不出一句话。

他开始啜泣起来,将瘦小的拳头里捏着的破布举得更高。"我饿……"

一个上了年纪的女人费力地走过来,一巴掌重重地扇在小孩儿的头上。"对不起，先生。"她一边把他从我身边拖走一边说，污黑的指甲嵌入了小孩子的手臂。"你不要告诉监狱长，好吗？"

"这些人被规定只能在格栅那里乞食。"杰克斯突然冒了出来说了句话，令我不由得吓到跳起来，我刚才可没有听到他走过来的声音。"快过来。我找到问话的人了。"

◇

拉尔夫·安德森上尉此时正像一头野兽般在牢房内来回地踱着步子。即使杰克斯在他一旁谨慎地盯着四周的情况，他还是如此。一道宽宽的伤疤从他的左脸颊一直延伸到唇边，伤疤愈合得很差，留下深深的印迹。那可能是在一场战役或是斗殴中留下的痕迹（究竟是怎么回事，我并不打算过问）。要是一个面容姣好的人脸上弄出这条伤疤，必然是容貌俱毁；可是在安德森那张粗野多褶的面孔上，这条疤痕却与之相配。他眼中的那种神色，我曾在被诱入陷阱的好斗野熊眼中看到过。啊，就是这种。很好。

安德森负责他所在牢房的治安，手下管着三十来人，全挤在一间并不比贝拉岛大出多少的牢房里。当我们进入牢房时，有两人正抬着一只装满了屎尿、臭气烘烘的大桶从旁边摇摇晃晃地走过。

"要是你们洒出一点，就叫哈里·米切尔过来！"安德森在他们身后怒吼道。

这里是普通监狱里最好的牢房，当中摆着六张床铺，还在墙上挂着几张吊床。现在室内已经空了下来，火炉上炖着牛肉汤，咕嘟咕嘟散发出的气味盖过了这边监狱里的那股恶臭。这地方还算干净，我再次想道。安德森把这个地方弄得像军营。他身上仍旧穿着他在军队时穿的蓝色制服，那是第三龙骑兵的军服，杰克斯说。他曾经在比利时拉米伊打过二十多年的仗，然后退伍回来。身上的这件军服能卖出个好价钱，够他吃上几顿像样的大餐，可他一直都保留着它。

安德森示意我们在火炉边挨着他坐下。杰克斯还是站在窗户边，不肯坐。我想，主要是因为安德森给他安排的那把椅子年代已久，并且被虫啃噬得相当厉害，一坐下估计椅子就会散架。

"你们是要找出杀害罗伯特的凶手吗？"安德森紧皱起眉头看着我，我惴惴不安地坐在那把吱嘎作响的椅子上。"我有什么好处呢？"

这是信息的交易吗？很公平。"我是菲利普爵士的助理牧师查理斯·巴克利的朋友。我能担保菲利普爵士会听到所有投诉。"我的声音有些微弱。

安德森看向我的眼神暗淡了下去。

"你说你知道一些事情？"杰克斯不耐烦地从窗户那边问道。

安德森把身子靠在椅子上。"在这个世界上，没有什么东西是免费的，杰克斯，你清楚这一点。你继续说下去，霍金斯先生。"

"我能把你的案子转给吉尔伯恩先生，"我迅速思索着说，"他行事正派，会帮上忙。而且，他早已知道我在调查这件事情。"我停了下来，安德森正盯着我，惊恐地半张着嘴巴。

"吉尔伯恩知道这事情？"他一只手猛地拍下他的前额，"好极了。"

我困惑地皱起眉头。"不能信任他吗？他看起来是一名值得尊敬的正直绅士。"

"啊，是的，我能保证他从外表看起来就是……"杰克斯嚷嚷道。

"只要他愿意，吉尔伯恩能装出任何样子来，奸滑的混蛋，他就是一条蛇。"

"更为糟糕的是，"安德森叹息道，"就是吉尔伯恩杀死了罗伯特。"

第十四章

　　此刻，大雨已变成冰雹，哗啦啦地砸上屋顶，仿佛上天猛然掷下数以千计的骰子。院子里的人群赶紧跑回监牢寻找避身之所，却只能被喝令再次跑进暴风雨之中。"这是秘密谈话！"随着安德森的一声怒吼，那些囚犯因惧于安德森的暴躁脾气而匆忙退出了牢房，"米切尔死到哪里去了？"

　　"正在忙他的事情。在……另一边干活儿。"其中一个人呼哧呼哧地答复道，然后咳嗽得弯起了身子，看来疾病已侵入了他的肺部。

　　我当然对安德森的话有不少疑问。你怎么知道是吉尔伯恩杀死的罗伯特？他为什么要杀罗伯特？怎么杀的人？为什么你对此事闭口不谈？他对我置之不理。杰克斯看起来一副怒不可遏的样子。我能看出他正在权衡机会对这位老兵一击而破，让他透露出他所知道的全部。而我很想知道，如果一会儿我躲进床下，会不会有失尊严？

　　经过一场漫长而紧张的等待，哈里·米切尔现身了，他衣衫褴褛地从雨中跑过来，矮胖身材，健壮结实，年纪四十左右，面色暗黑，我猜他要么是犹他州的康沃尔人，要么就是威尔士人。

　　他看起来很适应普通监狱里的生活，不过却因过度的活计而显得疲惫。

　　我看着他，感觉很是面熟，后来才想起他在高级监狱那边做跑腿的活儿。我被关进监狱的第一天晚上，就是他给特里姆送的晚饭。

　　"你要见我，先生？"他的话中带着康沃尔人的音调，站得笔直，好像安德森是他的长官一样。

安德森一动不动地盯着他,说出一个名字:"吉尔伯恩。"

米切尔紧张起来,他先是盯向杰克斯,然后目光扫向我:"可靠吗,他们这些人?"

杰克斯将他那只宽大的、伤痕累累的手放在胸前。"以我的灵魂发誓。"

"我也发誓。"我赶紧将手放在母亲的那枚十字架上,跟着发誓。

米切尔从鼻孔里重重地吸了一口气,什么也没有说。

"看在上帝的分上吧。"杰克斯低声道,然后扔给他两枚便士。

米切尔从空中一把抓住硬币,对着我笑了笑,突然间就对我们深信不疑了,真令人不敢相信。他在离火炉最近的一张床铺上坐下,双手搭放在膝盖上。"呃,爱德华·吉尔伯恩。"

米切尔直接抛出一句让人意想不到的、充满戏剧性的话,"他杀了上尉,不是吗?"

"哈里是罗伯特的仆人。"安德森解释道。

"我以前帮他做饭,"米切尔点头称是,"帮他洗衣物床单,出去办事,传达消息。说好一周四便士工钱,第一个礼拜,他就向我道歉,说他没有钱付。我说,'别往心里去,上尉,我知道你是一位值得尊敬的绅士,等你有钱时再付我工钱。你觉得这些羊肉汤味道怎么样?'他一下子就把那碗汤喝得底朝天,这时我和他说,'顺便说一下,上尉,刚才忘记提醒你。我在那汤里撒过尿。从现在开始,你想从普通监狱里找任何一个仆人都会干出这种事情,除非你弄到四便士。'对我说的,他并没有见怪,而是欣然接受。从那件事情之后,他再也没有耍过我。他是个骗子,不过——"

"哈里……"安德森有些冒火地提醒他,"吉尔伯恩……?"

"就在他被害的前一个礼拜,"米切尔平静地继续讲下去,"上尉一把把我抓住,说,'哈里,我和你说,我在这几天里就要离开马夏尔西监狱了,你得为自己找一个新的活儿干。'我只是笑笑没有说什么,他那人总是会胡言乱语。"

杰克斯轻声笑起来。"这个倒是真的。约翰大半生的时间都在做梦去弄钱,却一无所成。"

"我对他就是这种看法,杰克斯先生!"米切尔坐在床上喊叫起来。"这只不过是他种种事情中的一例。不过他说,'你等着瞧吧,哈里。我手里弄到了吉尔伯恩的把柄,能让他彻底完蛋。我会从他身上榨干最后一法新!'"米切尔紧攥着他身上脏得发黑的衬衫衣角,骤然将它拧成一团。

"敲诈。"杰克斯咕哝道。对于他这位老朋友的行为,他看起来一点儿也不惊讶。

一阵雷声轰隆隆地从天空滚过。"吉尔伯恩做了什么?"我问米切尔。

"上尉说我还是不要知道的好。可是他说过不是什么好事,是极为歹毒的事情。那足以让吉尔伯恩名声扫地。"

他停顿了下来。"你们不要……你们不要告诉任何人我告诉你们的这些事情,好吗?"他惴惴不安地问道,"之前我从来没敢说过这件事,我不想自己被人割了喉咙……"

"什么人会割了你的喉咙?"我皱眉问道。

米切尔盯着我说,"当然是吉尔伯恩。"

我笑起来,不太相信。我想象了一下爱德华·吉尔伯恩切开某人喉咙这种事情……真是荒谬可笑。

安德森沉下脸来盯着我:"你不相信我们说的?"

"呃……你看。"我犹豫着,想着如何回答才不会把安德森惹毛,同时也不能让他们觉得我认为米切尔并不诚实可靠。"我不认识罗伯特,不过据大家所说,他爱撒谎和欺骗。即使是他最好的朋友也不否认这一点。"我加了一句,对着杰克斯耸耸肩,"不过,我见过爱德华·吉尔伯恩。他可没有对我痛下过杀手。"

"那又是怎么回事儿,该死的?"安德森突然暴怒地吼叫起来。

"因为他身下跨着良驹?因为你喜欢他打着领结的那种作派?"他从椅子上跃身而起,将椅子拎起重重地砸到墙上。千万别把我也扔出去,我心里这样想着,身子不住地往后缩。那把椅子被摔得支离破碎,哗啦一声掉在地上。

"拉尔夫。"杰克斯温和地叫了一声,不过我们都能听出他声音中警告的意味儿。

他们两人在室内互相对看,又一阵雷声响起,随后亮起一道闪电。我不无担忧地看着他们两个。要是公平打斗的话,杰克斯肯定能打赢这个比他老的男人。不过在这围墙之内还有三百多名囚犯,要是安德森发出命令的话,这些人足以把我和杰克斯撕扯成碎片。

"安德森上尉,"我举起双手说,"请原谅我刚才的话,我无意冒犯。我能看出你是一个诚实可靠的人。你要是说吉尔伯恩这个人不值得信任,我就应该相信你。"

安德森盯着我审视良久,然后叹了一口气。他找了另一把椅子坐下,"给我们倒酒,哈里。"

米切尔拿出了一些廉价的啤酒。杰克斯松懈下来,转动着双肩,并松开了握紧的拳头。他看着我的眼睛,使了一个眼色表示对我刚才的认可。

"致爱德华·吉尔伯恩……"罗德森举起啤酒杯说。

"……希望他在地狱里腐烂!"米切尔接着安德森的话头兴高采烈地说下去,"我们应该把那笔慈善捐款的事告诉他,"他指着安德森刚才扔椅子的那面墙壁上的一处说,"这样他就会相信我们所说是真实的。"我只能从那些不成样子的框架中看出那是一堆破旧的木架子,铁支架以螺丝固定在木头里,看起来好像因某种外力被折得弯曲。

安德森上尉坐在那里,脸色瞬间阴沉下来。"杰克斯——你告诉他。我可无法面对。"

杰克斯给自己又倒了一些啤酒,然后慢步走向那堆破架子前。他触摸着铁架,用手指去擦拭架子上面生出的黄色铁锈。"普通监狱有六个牢房,每个牢房里都有一名治安管理员,是里面的头儿。"他指向安德森说,"他就是一个。犯人们推举出管理员来代表他们的利益,并分配慈善捐助,食物、钱、衣物、药品都有。上一届的管理员名叫马修·皮尤。他自己本身并非囚犯,不过他还是站在犯人们一边。这里面关押着他的一个表弟,或是一个朋友。"杰克斯挥动起一只手。"呃,这个不再细究了。他向犯人们承诺,他要向监狱长和菲利普爵士上请愿书,让他们改善监狱里的环境。"

"他是一个好人。"安德森点燃了一支烟卷,说,"只有善良的好人才会跑到这种恶臭的地方来做事儿。"

"这只是一个开始,接着……五年以前?"杰克斯说。

"是的!"安德森咆哮道,"那时候阿克顿还只是监狱里的看守头目,就像今天的克罗斯一样,只不过比你所能想象的还要穷凶极恶!即使是在那时,他走路都是横冲直撞的样子,就好像自己是这个地方的主人一样颁法施令,'削减高级监狱里的开销支出,把屎扔到墙那边,小子们!'"

杰克斯皱起眉头说:"皮尤那时开始怀疑慈善捐助方面有些问题。"

我向前探身问道："怎么有问题？"

"没什么。"米切尔和安德森异口同声地答道。

"被人偷了？"我猜测道。

杰克斯点头。"管理员有他自己专用的印章，这就能向慈善机构证明那笔慈善捐款已经发放到犯人手中，没有被装进监狱长的口袋。然而，阿克顿和达比——以前的监狱长，还是将这笔钱款偷走。他们弄走了钱，两人把钱给分了。"他接住我的目光，"一年多达一百一十五英镑的善款。"

我惊得张大了嘴。

"远远不止那些！"安德森叫喊着，一把将烟斗扔到地上。烟斗从地上弹到火炉边碎成了两半儿。"我敢拿命来赌，他们拿的是那两倍的钱！那帮狗杂种们偷拿了那笔钱，霍金斯先生，他们让监狱里的囚犯们活活饿死，一天又一天，一周又一周，成百的犯人们活活饿死！"

"匪夷所思，嗯？"杰克斯苦笑着说，"在大街上杀死一个人，他们就会把你绑到泰伯恩刑场①施以绞刑；在这监狱里弄死上百的犯人，他们却会让你当上监狱长。皮尤花了三年的时间为公平正义而抗争，他最先向吉尔伯恩求助……"

米切尔扭着身子，假装去看他衣衫上的污秽。"'啊，皮尤先生，我很希望自己能帮上忙！'"他学着吉尔伯恩的样子叹息道，要是那名法职人员再老上十五岁，身高长低一英寸，就完全很像了。"'唉，我也是身不由己，无能为力啊！啊，先生，对于自己无法帮到你我感到痛心至极。'"

"皮尤也去找过菲利普爵士，"安德森挥手让米切尔别再说下去，

---

① 伦敦的行刑场。

"三年里他一直恳求爵士听他面述,却屡次被拒。之后,巴克利先生就插手进来。"

查理斯。我抬起眼,心中一惊。啊,不,求上帝慈悲——要是他们告诉我,查理斯也掺和进这件事中,我绝对承受不了。我转向了杰克斯问道:"他知道这件事情吗?"

杰克斯吞下一大口啤酒。"皮尤给他写信求助。他劝说菲利普爵士重新制作一个慈善印章。"他看了一眼安德森,抬起一条眉毛。"在这件事情中,除了皮尤还有其他的善良之辈,拉尔夫。"

"巴克利并不坏,我想。"安德森说。"我和你说这些的理由只有一个。"他怒视着我继续说下去,"即使巴克利并未作恶,事情后来又有什么不同,嗯?"

室内陷入了沉寂,雨水咔嗒咔嗒轻柔地落在屋顶上。那锅牛肉汤咕嘟咕嘟地冒着汤泡。除了我们的说话声,其他一切声响都被暴风雨所淹没其中。然而此时,风雨已过,我听到了囚犯们在院子里相互叫喊的声音。我突然产生了一种冲动,想跳起来立刻离开这里,跑到围墙那里狠狠地砸开门,返回到高级监狱那边。这个故事不会有好的结局。"后来怎么样了?"

安德森像是从梦境中走出来一般。"我们一有了新的印章,皮尤就开始自己筹集善款。我们决定就将那笔善款放在普通监狱这边保管,这样我们可以自己防护。皮尤有一个带有七把锁的柜子,每个治安管理员各有一把钥匙,最后一把钥匙在管事手里。我们就把那个柜子放在墙那里,"他的眼睛盯住那破损的支架,"而且我们所有人都发誓要为了整个监狱犯人的利益,公平地利用这笔善款。这样确实起了作用。长达数周的时间里,没有一个犯人饿死。可是,却惹得阿克顿大发雷霆,你还记得吗,米切尔?他在监狱里狂怒不止,弄出一场大风暴。

他狂骂我们拿了他的钱,他的钱!"

"后来呢?"

"后来?"安德森冷哼一声,"他向法庭投诉。你猜怎么着,霍金斯先生?这一次,那位副书记官可没有身不由己了。一点儿也没有觉得无计可施。"

米切尔口中用康沃尔方言嘀咕着什么,听起来不像是什么善辞。

安德森站起身来,从他的床下面扯出一个破损生锈的桌盒子,抬起盖子时发出嗞嗞的刮擦声。他从中抽出了一封信,把它递给我。那信出自于副书记官之手,时间是1725年的7月,上面盖有法庭的印章。

> 据监狱看守人所上报之信息,马修·皮尤在监狱中的工作经常行为过激,在囚犯之中频频引起暴动,鉴于这种放肆鲁莽的行为,法庭和书记官一致认为,即日起马修·皮尤不允许再自由出入监狱,且需由犯人们再选出另一个人接替他的职位,并接手他留下的所有东西。
>
> 法庭宣
爱德华·吉尔伯恩,副书记官

我摇头不敢相信。"可是,吉尔伯恩为什么要帮阿克顿呢?他对阿克顿那人极为反感。"接着,我就想起了弗里特的那条法则。"金钱。"

"等到下一次皮尤进监狱时,遭到了阿克顿手下五人的袭击。他们抢走了慈善印章,然后把他扔到了大街上。"安德森颓然坐在椅子上。"那个卑鄙的杂种三年时间里都在和我们争斗,他们将皮尤像一条狗一样地踢出了监狱大门。后来皮尤一周里都咳到吐血。"

我又看了一遍吉尔伯恩签发的函文。"这里面说，犯人有权利自己认定一个新的管事。"

安德森干笑了一下，说："是的。阿克顿给了我们自由，让我们选格雷斯先生。你见过他吗？"

我顿时想起阿克顿的那名管事在晚宴上勾画人名的情景。昨晚看起来已是残忍，而现在我亲眼看到了那被他勾画的犯人们将会被送往的地方，更是残暴。一股细小的战栗在我脊背上从上至下滑行。"我见过他。"

"我们拒绝将那笔慈善捐款的钥匙交给他。于是，阿克顿气势汹汹地带着二十个人前来，把那个装钱的柜子从墙边扯出来，扛在肩上大笑着带走。'这是吉尔伯恩先生的指令。'他说。一年之后，阿克顿就弄够了钱，从达比手中花钱买了一个管理人的职位。而吉尔伯恩也有了一匹好马，骑着它出入法庭。"

我再次看向手中的那封法庭公函，尤其是底部那个确认签名。签名书写流利，可以看出没有丝毫的犹豫——吉尔伯恩肯定清楚，他所签下的是一份普通监狱里无以计数的、处在饥饿边缘的男女犯人们的死亡文书。我心里极不平静。他那么轻易就以他的圆滑和魅力愚弄了我！一切都是空洞、奸滑、毫无意义的言辞。他当然要去动手分那块蛋糕，这又有什么值得惊讶的？我之前曾经羡慕过他的那匹好马以及他身上做工精良的衣物，我也看到过那些律师对他皱眉鄙视的行为。我一直为自己能从一个人的面部表情辨识出谎言而扬扬得意，却被他像玩弄一个初次进城见世面的乡下小子一样玩弄于股掌之中。"该死的，我早就应该看出来！"

米切尔拍了拍我的肩膀。"你不是被他骗过的第一个人。"他好心地说，"你要知道，他在高级监狱那边一直表现得像一位绅士那样举止有度。我见过他。他能装成你所希望的样子。不过,所有的一切都是假的。他总是戴着面具。要是不得不为之的话,他连自己的祖母都敢搞。"他一脸信誓旦旦的样子。

我把那封公函折好。"可能罗伯特就是在这件事上发现了他的把柄。"

米切尔咯咯地笑起来。"哈!可能!呃,先生,有一件事情我很清楚。不管吉尔伯恩做了什么,都和普通监狱没有关系。没有人知道这里发生了什么。说不定我们今晚都会死,我们中的每一个人。他们只不过是耸耸肩,满不在乎,然后让另外三百个可怜的家伙住进来。"

现在确实真实可信。我想弄清楚罗伯特究竟发现了什么。丑闻,可能是。难道那还不够可耻吗?我记得自己第一次见到吉尔伯恩时,他正在院子里和凯瑟琳·罗伯特交谈。我那时曾在想他们是不是情人关系。真的吗?罗伯特是打算毁掉他妻子的名声从监狱里逃脱吗?凯瑟琳说过,他因为她劝说自己放弃儿子而一直不肯原谅她。或许他并非因此事不肯原谅她,而是出于其他原因。或许他已经下定决心报复吉尔伯恩和凯瑟琳两个人呢……

"我和上尉说过,让他小心一些。"米切尔叹息道,"我告诉他,吉尔伯恩那人很危险,可他却不听。他说,'我才不会在乎,哈里。要是能让我从这鬼洞里出去,我愿意铤而走险,孤注一掷。'"他停了一会儿,又说:"没过几天,他们就发现他吊死在刑讯室。可怜的家伙。"

"对他来说,也算不错的,死得很快。"安德森低声说。

杰克斯眉头微皱,望向窗外。"雨已经停了。我们最好回去,免得伍德伯恩先生又要担心。"

"啊!"我大呼一声,想起了伍德伯恩让我传的话,于是和安德森说,今天晚上食物会放在乞讨格栅那一块儿。

安德森松了一口气，"感谢上帝。"

"我听说过一个传言，"杰克斯说，"伍德伯恩说有人曾悄悄地给过他善款，这是普通监狱里的一个朋友告诉我的。我想可能应该是马修·皮尤。"

安德森摇摇头说："皮尤可没有那种闲钱。"

"钱有多少？"我问道。

"五英镑。"安德森回复道，"不过我们可不敢把那笔钱放在这里，阿克顿随时能冲进来搜刮。伍德伯恩每周采购一次食物和药品，把它们从乞讨格栅那边塞进来，要是我们支出有度的话，那些钱足够持续我们维持个几年的生活。这毕竟能让一小部分人不会活活饿死。"他扯住我的手臂，将我拉得近一些。"你发誓不会向外吐露一个字。"

"我发誓！"我畏缩地发下誓言。安德森比表面看起来还要强壮，他满意地放开我。"阿克顿真的会偷走普通监狱里的食物吗？"我揉搓着手臂问道。"那样做有利可图？"

安德森把一只手探进牛肉汤里想尝尝味道，听到我的话立马拉下了脸。"他想饿扁我，霍金斯先生，那样一来，我们就更容易被他所控制。而且，这边的条件越恶劣，他就能从你们那边收取更多的费用。你知道为什么那家酒馆要建在能俯看普通监狱的位置吗？他就是想让你们这些绅士小姐看到我们的生活，不是吗？看到我们居住在污秽之中，疾病、饥饿时时伴随。你只要看我们一眼，就会毫不犹豫地倾己所有付钱给阿克顿，以避免同样的厄运发生在自己身上。你知道吗，我们这边还有五个牢房是空着的，根本就没有必要将我们像畜生一样挤成这样。可是，只要我们在这里死人越多，像你们这样的人就会付出更多的钱。聪明的做法，嗯？"

这一切都是实情，我能确定。这样的做法所制造的恐惧确实起了作用。我会把所有的一切都给出去,做任何事情去避免自己被关押在这种地方。喉咙里翻涌起一股呕吐物,我能感觉得到。"或许事情会有所变化。如果我和菲利普爵士说起这些,如果我能证明是阿克顿或是吉尔伯恩杀死了罗伯特上尉的话……"

"所有的圣人都他妈操蛋!"安德森怒骂道。"你不要让他在高级监狱那边这样信口开河,杰克斯!要是监狱长听到他说出这样的话,"他停顿了一会儿,死死地盯着我的眼睛,"去年夏天,他们把一个敢于顶撞阿克顿的人锁进刑讯室,锁了三天,那人成了一具尸体。他们把他从里面拖出来时我看到了。他们去除了尸体身上的锁链,这并没什么关系。阿克顿用手按尸体的皮肤,在尸体手臂上挖凿出一个鸡蛋大小的洞。他说他想要挖出死人的触觉神经。"

杰克斯咳嗽了一声说:"没必要去吓他。"

安德森看着他说:"我是在吓他吗?"

杰克斯皱起眉头,走到门口。一只手按在刀上快步踏进院子。安德森一把把我拉了回去。"霍金斯,"他在我耳边低声道,"你听我的,找另一条路从这里出去。孩子,你会被人杀掉的。"然后他放开我,善意地把我推到院子里,走回他的牢房。

◇

从一群因瘟疫而高烧着的无精打采的犯人中,杰克斯和我一路挤了出去,走向围墙处。在普通监狱里,在牢房里,有安德森的庇护;可现在,我们处于无防护的状态——我们两人所要面对的是三百个绝望的囚犯。当我们从人群中走过时,他们撕扯着我们的衣服,瘦削的手指插进口袋之中,插入衣衫之下,像蛇一般地在我们身上游走、紧攥或是推搡。我紧紧地攥着挂在胸前的母亲留下的那枚十字架,我害怕它被人从我颈上扯下。当我们走到围墙的那处小门时,墙的那一边没有人打开门让我们通行。我俩焦虑不堪地敲了几分钟的门,喊人放我们出去。约瑟夫·克罗斯正借机报复我俩。正当杰克斯用他手中的木棍对着门猛击时,一只手从我身后抓住我的胳膊,我奋力将它推开,才发现那人是哈里·米切尔。他身子凑向我,口中陈腐啤酒的酸气直喷到我的脸上。"我知道吉尔伯恩的秘密,"他说,"那封敲诈信。给我钱,我就会告诉你。"

要是可以,我真想掐住他的喉咙摇晃他,让他吐出实情。可是我们周围挤着太多的人,我可不想因为对哈里·米切尔动手而被众人撕成碎片。"要多少钱?"我不太情愿地低声问道。

"随便。和你的价码一样。"

门晃悠悠地打开了,克罗斯将他的脑袋探了进来。"赶紧,快点进来!"

米切尔贴着我的身体,突然显得很绝望。"要是吉尔伯恩发现是我说的,他一定会弄死我。把我从这里弄出去,霍金斯先生。你要让菲利普爵士出面解决。我发誓我会把所有的事情都告诉你。"

我把他推开。"我会的。"

他退进了人群之中。杰克斯把我从人堆中推到了门内,克罗斯迅速地关上了门并插上门闩,那感觉仿佛是合上了地狱之门。我认为就是这样。我这一辈子从来没有为刚才迈出的那三步而感觉如此高兴。回到了高级监狱这一边,我还活着!如此放松,我真想去亲吻地上的鹅卵石小道。

第十五章

暴风雨说来就来，说走就走。天空已经晴朗，经雨水的冲刷之后愈发显蓝。地上的鹅卵石光滑无比，整个监狱里弥漫着青苔潮湿的味道，空气更加清新，东风将普通监狱那边飘过来的臭气吹散荡净。这么久以来，我第一次希望自己置身于郊野，从闪亮的水洼上方一跃而过，让泥泞飞溅在我的长袜之上，我正赶往自己教士住宅区的家里，那是一个安全、宁静且平和的世界。那是我父亲的地方。然后，一个突如其来的奇特想法从我脑中迸出——或许我的父亲一直以来都是对的。或许我根本就不应该离家出走……

"那我礼拜一再过来。"杰克斯的一只手在我的脸前挥动，他又重复了刚才说的话。明天是礼拜日。"你能好好地活到下周一吗，你会吗？"

我心不在焉地点点头，然后他不大信服地离开了这里。杰克斯一走，就像丢了一把随身的匕首或是一个鼓鼓的钱包。现在，我没有了他的保护，可是，我可不希望他和我一样总是在监狱里度日。他在伯勒乐镇里有他自己的生活，有一个妻子和两个年幼的女儿，他绝不会把他的家人们带到马夏尔西监狱里来。我突然很想知道他的女儿们长什么样子，然后想象着两个缩小版的杰克斯小姐穿着裙子的模样，扁扁的鼻子，带有疤痕的眉毛，壮实的手臂。

我从内兜里掏出弗里特的那块银表，感叹着它没有在墙那边的混乱之中被人抢了去。

已是两点钟了，难怪我的肚子在咕咕地叫，我这一天还没有吃东西。杰克斯走后，我决定去找弗里特，把所有的事情告诉他，希望我们能一起解开谜题。

最好是在吃晚饭时讨论这件事情。毫不猜忌地把事情告诉他是一个危险的策略，一定要对他绝对的信任。我需要他的帮助。此刻，我想起弗里特一直以来对吉尔伯恩的猜疑。他在让我穿上罗伯特的衣物时，肯定知道吉尔伯恩会去阿克顿处吃饭。回想起来，我记得他曾经特别在意吉尔伯恩的反应。

他对我隐瞒了什么事情？

我开始四处寻觅他的身影，这时听到从监狱门房处传来一阵骚动的声音。*走开，汤姆，不关你的事情！*

那是安德鲁·伍德伯恩牧师的声音，盛怒之中显得尖厉而刺耳。"卑鄙的坏孩子！你怎么能这样？你怎么能这样？"

呃，要不我去看一眼怎么回事？我还没来得及迈出步子，本杰明·卡特就从门房的大门处跑了出来，急匆匆地想逃走，一下子绊倒在公园中。随着他跌落在地，他手臂下夹着的两个木头盒子也掉了下来。它们哗啦一声摔在石道上，正好落在我的脚边。

我拾起一个，好奇地摇了摇。硬币碰撞在盒子内侧的哗哗声响起。几个站在附近的犯人被这声音所吸引，向我这边走来。

本很快就站了起来。"把它还给我！"他一边吼叫，一边把盒子从我手中夺去，紧紧地抱在胸前。当他转身想去捡起另一个盒子时，伍德伯恩用尽了全身的力气，气喘吁吁地冲进院子。吉尔伯特·汉德紧跟其后，双手插在口袋中。

"你能放这孩子走吗，伍德伯恩？"他温和地建议道。

牧师举起了手中乌黑的手杖，在那一刻我甚至以为他会用手杖直接把汉德的脑髓给砸出来,很是吃惊。

不过,之后他看到了我,镇定了下来。"呃,霍金斯先生,"他说着便往我这边蹒跚走来,"这是一场肮脏的交易。"

"这是**交易**。"汉德指出,"你可不能去指责本杰明靠他自己诚实的劳动挣钱。"

"**诚实**?"伍德伯恩的双眼瞪得老大,我担心那两个眼珠会从他脸上挣出来,滚落到石道中去。

"好吧。"汉德往后退了几步。"诈骗是一个很严厉的词儿,你说呢,霍金斯?年幼的卡特先生不在这里,"他一把抓过男孩儿瘦削的肩膀,"他已经向监狱长付过一先令,获得了在伯勒镇周边乞讨善款的权利。而且,做这件**光荣**的事情,他可以留下乞讨得来的十分之一。你是在嫉妒他吗?"

伍德伯恩暴躁地在地上敲起手杖来。"那么剩下的钱呢,汉德先生。剩下的钱去哪儿了,你说?"

汉德做出一个无辜的眼神。"啊,那些钱当然是分到普通监狱那边了。"

"根本就没有这回事!"伍德伯恩气愤地喊叫道,"那钱直接流进了阿克顿的钱夹。"他用一根手指戳向汉德马甲口袋继续说:"还有你的口袋!汉德先生。"

"这完全是诬赖。"汉德申辩道,"你这是诽谤,我敢说。我倒想知道阿克顿先生会怎么处理这事儿。"

伍德伯恩抓住了本杰明的一只胳膊,将他从汉德的身边扯开,好像是从悬崖边把他拉回一样。他弯下身子,好正对着那少年的脸。"我为杰克给过你一先令,让你领回他的尸首,本杰明……他现在还躺在刑讯室里,和其他几具……"他停一小会儿,又说,"他的尸首现在还被扔在那里都是因为你干的好事儿。"

本的脸上浮现出一种内疚的颜色，可是却转瞬即逝。"杰克已经死了！"他粗声愠怒地说，"我还活着。我必须得照顾我自己。"

"哦，本杰明。"伍德伯恩不由叹息道，"上帝会照顾你，要是你相信主的话。"

本愁容不展，但很快怒目相视："他都没有去照顾杰克，不是吗？也没有照顾我的妈妈。我不想像妈妈和哥哥那样死去！"他奋力从牧师手中挣脱，飞快地跑回门房处。

伍德伯恩看着他跑开，然后转过身来，擦拭着眼中的泪水。

"你已经尽力了，先生。"我说。此时，汉德对着我得意地笑起来。

伍德伯恩叹了口气，拖着沉重的步伐走开，低垂下头，什么也没有说。他很难过，就像听说自己的房子倒塌了一般难受。

"天啊，天啊。可怜的伍德伯恩！"汉德大声地笑着说，"他总是把他的信念强加在错的人身上。"然后，他狡黠地看了我一眼，信步走开。

◇

弗里特并没有坐在门房旁边的那张长椅上，所以我径直上楼去了酒馆。玛丽和麦克正坐在吧台处，身边还围着其他的几个爱慕者，一如既往地爆发出阵阵歌声和笑声，声音大得令整个房间都沉浸在酒醉的气泡之中。在这种地方，不会有怀疑，不会有担心和焦虑，也不会有遗憾和悲叹，直到最后泡沫破灭，除了肮脏的真相什么都不剩下，人们在最后的痛饮中痛哭流涕，去冥思苦想自己是怎么又一次让钱流进了监狱长和他老婆的口袋里。我朝玛丽笑了笑，她看到了我，然后对着麦克的耳朵说了些什么。于是麦克从椅子上溜了下来，摇晃着向门口走来。

"有麻烦了，霍金斯。"他从我身边经过时喃喃地说，"我很抱歉。"

我的心顿时一沉。难道在这种鬼地方我连五分钟的宁静都没有吗？我究竟怎么又惹到玛丽了？我和她一起跳过舞，不是吗？至少我没有像麦克那样在跳舞时踩着她的脚。

我四下寻找弗里特的身影，他并没有坐在他一贯所坐的靠窗座位处，而是和一个同伴挤缩在一处阴暗的角落，那人背对着我。弗里特也是一身盛装中，穿着那套最合身的衣服。他的日记摊开在两人之间的桌上，他们正谈得兴起。等我走到离他两步的距离时，他才看到我，然后猛地合上本子，对着同伴使了一个眼色。

"霍金斯！"他叫道。眼神从我的身上溜到了那位陌生人身上，不过他并没有给我们做介绍，那人也没有转身露脸。

"弗里特，我有话和你说。我有新的消息。"

他把身子靠向椅背，笑着看着我。"你当然有新的消息。你一直都有新的消息。你就是一个名符其实的吸铁石。你吃饭没有？等我和……史密斯先生在这里谈完事情，就和你去布雷萧的咖啡馆。"

"就因为你干的好事，我已经没办法走进布雷萧的咖啡馆了，先生。我处处被人憎恨也是因为你。布雷萧夫人，罗伯特夫人，阿克顿夫人……就连吉蒂·斯帕克斯也给我甩脸色。"

"四个女人！"弗里特大声说，"这儿有一只手，不过，把她们四个都得罪我可不会全部承担责任。"他斜着脑袋。"就没有可能是你自己把吉蒂惹到了？"

"我会在贝拉岛等你。事情很紧急，弗里特先生。"

弗里特点点头，然后一只手微微动几下示意我离开。我咬紧了牙关转身就走。当我从那里走开时，我听到弗里特的同伴用一种怪怪的腔调低声说，"那年轻人是个麻烦，萨姆。"

"我知道。"弗里特回答道，听起来很高兴的样子。

◇

一种放松的氛围弥漫在院子里的犯人中。人们四处站着闲聊、欢笑，这让我想起了大学考试过后，或是我父亲做完一场教义布道之后站在教堂外面的那种感觉。这是一种劫后余生的、令人晕眩的喜悦。这与跟前那些正排成一行等着走上阶梯进入法庭的男女囚犯们全然不同——绝大多数人站在那里紧盯地面，迷失在忧郁中。丈夫和妻子们紧紧地攥着彼此的手，随着队伍向楼上前移一起颤抖。一个男人掏出了硬币，一遍遍地数来数去，好像希望它们在自己的手中变得更多。

"那是他们这周的费用。"一个声音在我身后响起。

我转过身去，简短地行了个礼。"罗伯特夫人。"

她摘下脸上的面纱。"约翰和我也会一起站在那样的队伍里。"她轻声道，目光落在那排缓缓走进法庭的队伍上。"他也会紧紧地攥着我的手，即使我们当时还有钱，心中还是会害怕……格雷斯就是一个魔鬼，只要阿克顿需要，他就总能弄出新的收费和债务。在这种地方待着，有太多的担惊受怕，有时甚至感觉这种恐惧都已经从四周的墙壁中渗漏出来。"她将一只戴着手套的手搭在我的肩上。"我欠你一个道歉，先生。弗里特先生和我说，是他出的主意让你穿上罗伯特的那身衣服。他还说……"她咬了一下嘴唇，"你知道了鬼魂事件的真相。"她双手捂住了脸。"你会怎么看我这个人呢？"

"我的想法对你来说重要吗，夫人？"

她放下双手。"很重要，"她轻声说，"你愿意与我一起走一会儿吗，先生？"

"要是你希望的话，我很乐意。"

她将手臂滑落在我的胳膊上，领着我穿过院子。"你对我很生气。"

"你利用了我，罗伯特夫人。要是你对我以诚相待，我会很乐意去帮你。"

我们从吉尔伯特·汉德面前走过，他正靠在灯柱下抽烟。我们经过时，他咧嘴笑着点头示意。

"你是对的。"一走出汉德听力所及的范围，罗伯特夫人便叹息道，"不过，我已然绝望，而且我……我已经不再有信任。吉宁斯先生和凯里夫人的话并不被人们所重视，而且他们只用看一眼那鬼魂就知道是假的，这两个人对约翰再熟悉不过，很难被我骗到……可要是你看到了那鬼魂的话，那就不同了。如果你见过他的样子，而且信誓旦旦地说那鬼魂完全和肖像相同……我想人们会听下去。"

"那么本·卡特呢？你把那孩子吓得魂不附体。"

她的脸刷地一下红了。"这是我做错了，我知道。不过他是一个性格乖戾且聪明的小伙子，我知道他会慢慢恢复如常。啊！"她紧紧地抓住我的胳膊喊叫了一声。"这如何解释，我怎么变得这么不顾一切？去调查事实真相，最后离开这个地方，再次把我的儿子搂在怀中——我相信我做的一切都是为了这个。"她的声音在颤抖。

我们寂然无声地走了一会儿，直走到阿克顿门前的那棵树旁边。"你就是在这里扇了我一个耳光。"我说。

她停下脚步，一只手摸着树皮。"也是在这里我看见了穿着约翰衣服的你，我差点被吓死。"

"我们把事情弄得多么混乱啊。"

她笑了。"或许我们应该重新开始，霍金斯先生。"

我们转过身，向贝拉岛走回。当走到牢房的入口处时，她将手臂从我身上滑下。"那么，我们现在是朋友了吗？"

我迟疑了片刻，然后点头。她微微一笑，灰色的眼睛中闪烁着愉快放松的光亮。昨天，就是那双眼睛让我的心跳加速；今天，我学聪明了。如果阿克顿或是吉尔伯特·汉德或是其他任何人得知是她弄出了鬼魂的事情，在这座监狱里引出了这么多的恐惧和不安，她肯定会被人极不体面地扔出监狱大门。她对我这份友谊的需要远远多于她的意愿。简而言之，我仍然是在被她利用，不过我并不真正地介意她这样做。我理解她的动机，虽然她的行事方式——用莫尔的话来说，就是有些下流。毕竟，我又凭什么来评价别人呢？

"有一件事情我不明白。你弄出的那个鬼魂是怎么从监狱逃走的？"

她笑道："可怜的西蒙斯先生。他是约翰的一个老牌友。我答应他，如果他帮我的话，我就替他还清债务。他是一名演员，恐怕并不是演技很好的那类，不过他知道如何扮演这个角色。那张惨白的脸就是他的主意，我想，应该是用面粉涂成那样的。"

"可是他去哪儿了呢？我们把监狱里的每一个角落都搜遍了。"

"弗里特先生也问了我同样的问题，他打破砂锅问到底。"她咬了下唇，说，"你非要和他同住一室吗，霍金斯先生？他的名声很差。你不怕他会把你带坏？"

"罗伯特夫人，"我严肃地提醒她，"凯瑟琳。告诉我，西蒙斯先生是怎么逃脱的？"

"哦，好吧。"她皱着眉头说，"不过，你发誓不能透露一个字。"她瞟了下周围，确认没人看向这边，然后一只脚跺了下地，说："放东西的地下室。"

我用鞋子踢了踢脚下的木板。阿克顿把酒馆里所有的酒都存在地下室里，那里面塞满了板条箱装的红葡萄酒和便宜的桶装麦芽酒，这些酒都被他以双倍的价钱卖出。"可是，昨天晚上我们也搜了那下面。"

我反驳道,"什么也没有。"我没有告诉她,吉宁斯恐惧过度,只是把电筒往下照探,根本就没有把每一处地方照全。要不然,我肯定会偷偷地顺个三瓶葡萄酒藏在外套里面带走。

"在远的那头还有一扇门,出口通向阿克斯包托大院。没人知道出口在那儿,那里被封了好多年。地下室里面很黑,也没有人想到要进那里面去看……"她注意到了我脸上的表情,然后停下话来。"不要问我。"

"我能逃脱。要是今晚你帮我的话。"

"我没有钥匙。你要去哪里,霍金斯先生?你知道,要是你逃了出去,阿克顿就有责任背负你身上的债务,他会掘地三尺地把你找出来……"泪水充盈着她的眼眶。要是她在表演的话,演技肯定远远好过西蒙斯先生。

我在想,像这类消息,莫尔会付多少钱?她肯定会直接找人去撬锁。自由出入于马夏尔西监狱的秘密通道?哦,这个消息肯定值一大笔钱。

"求求你,"凯瑟琳低声道,"你发誓不会告诉任何人。快发誓!"

"谁借给你的钥匙?"

她细声道:"要是我说了,你会发誓不说出去吗?"

"肯定的。"

她向我靠过来,将唇凑近我的耳朵:"爱德华·吉尔伯恩。"

◇

说完,她提起裙摆和内衬离开了,向法庭和橡木屋牢房的方向走去。交易毕竟已经办妥,我以沉默换取她的消息。吉尔伯恩,当然是他。这监狱里所有的事情背后都有他昧着良心的参与,可能比起阿克顿来有过之而无不及。在我昨天从窗户看到他们时,他应该正把地下室的钥匙交给她。回想起来，吉尔伯恩在和她说话时，面部表情中的确掺杂有某种奇怪的神情。他看她的那种方式，就像我看到一手好牌时的那种方式：强烈的占有欲、偷偷摸摸且诡秘。

那么，罗伯特夫人意在勒索吉尔伯恩，而吉尔伯恩知道这座监狱里的秘密通道，他只要高兴，随时都能从那里进进出出。我的眼睛闪着光。那么，事情就弄清楚了！该死的，没有弗里特的帮助，我也搞清楚了。吉尔伯恩杀了罗伯特灭口，让凯瑟琳·罗伯特成了寡妇。现在，他正一步步地努力向她求爱，在鬼魂事件这种愚蠢而无意义的事情上对她施以援助，以换取她的感激，并让她对他有所亏欠。并且他一直以来都很清楚，西蒙斯先生扮成鬼魂不可能达到恐吓真凶并逼其坦白罪行的目的——因为他自己就是真凶。

当然，他还可能有帮凶。吉尔伯恩不可能自己一个人将上尉的死尸抬出院子，并一路弄到刑讯室里。我猜，肯定是某个有普通监狱钥匙的人。我把赌注下在约瑟夫·克罗斯的身上。呃，如果需要的话，他们会拉吉尔伯恩出来顶包。从一个人身上挤出真相的方式并不少。

我必须立刻给查理斯写信，可是，又有谁值得我信任到把信送出呢？杰克斯礼拜一才会过来，吉尔伯特·汉德肯定会偷看信的内容。吉宁斯先生吗？直到萨拉·布雷萧穿过院子向我跑过来时，我仍站在地下室木盖旁边推想着事件的来龙去脉。"哦！霍金斯先生！你能原谅我吗？"她喘着气，拉过我的一只手紧压在她宽阔的胸膛上。"我早该知道，那件事情是弗里特先生的主意，让你穿上那身衣服。那个魔鬼！过来，让我为你准备晚餐。不，不，我坚持要为你做顿晚餐！"她根本就没有给我时间来拒绝。"可怜的宝贝，你该有多痛苦啊。你又会怎么去看我们呢？"

我一路跟在她的后面。排在法庭前面的队伍已经缩短了不少。我在酒馆里看到的一个人排在队伍的最后,他正将自己的帽子放在手中旋转。

"快坐下,先生!"布雷萧夫人招呼着,把我推进了咖啡屋,为我清理出一张靠近窗边的桌子。吉蒂在炉边忙活,几个犯人正在室内的一个角落里赌钱。麦戈尔特夫人仍坐在她常坐的那张桌子旁,正在用餐,食用一个牛头和一份沙拉。她的手边放着一大杯酒,已经喝掉了一半,看起来她已经有些醉了,可是我搞不懂像她这种麻雀般矮小的身材,那些酒都装到了哪里呢?她看起来很高兴,这并不像她的风格。

布雷萧夫人从乳头娃娃餐馆里定下了一份小牛肉和一份猪肉,又让吉蒂给我泡上一壶新鲜的咖啡。吉蒂看起来好像还没有从早上与我的争吵中恢复心情,看都不看我一眼,不过我正忙着给查理斯写信,也没工夫注意她的表情。要是这封信能够尽快地到达查理斯那儿的话,说不定今晚我就能出去。这种想法令我不由得心跳加速。查理斯说过,只要我被释放出去,他就会想尽一切办法帮我。呃,我已经栽过一次跟头,不能再弄成这样。我得重新开始新的生活,找一份让人尊敬的好工作;再不济,也得找份薪水不低的事情做。想着这里,我又吃下一块肉。要是吉尔伯恩被逮捕入狱了,我还有机会坐上他的那个位置,那样就能恢复那个人的名誉。那人叫什么名字来着?马修·皮尤,对。让马修·皮尤再回来管理慈善捐款,理所当然要给他一小部分管理费。托马斯·霍金斯,法院副书记官……

不行,听起来一点也不好。一名光荣的法官?呃,有些东西是该改改了,我得提些建议。

"麦戈尔特夫人,你会占卜未来的事情,是吗?"我从口袋里掏出了一个硬币问,"能看看我的命运吗?"

她斜睨了我片刻,然后招手示意我过去。"Rien àpayer."我在她对面坐下后,她冒出这样一句话,突然欢快地将一只牛眼放进口中大嚼起来。那牛眼被舌头从左边脸颊顶到右边脸颊,来回地咀嚼,然后被艰难地咽下去。此刻,我离她如此之近,完全能感受到她呼出的气息,口中并没有酒味儿。她两只瘦削的爪子一把将我的手攥过去,掌心向上翻开,用她的长指甲从我肉上划过。"吉蒂!"她战栗的声音使得整个咖啡馆都为之一缩,"过来翻译。"

"我会讲法语,夫人。"

"吉蒂!"她再次尖叫起来,根本无视我刚才的话。

"哦!来了!"布雷萧应道,拍拍两手然后从桌间穿梭过来,来到这张桌子。"我还以为你不赞成这类占卜之事,霍金斯先生。吉蒂,快过来帮我翻译,亲爱的。"

吉蒂从火炉边转过身来。"我不愿意。"她轻声说着,双臂叉在腰间。

"快过来,宝贝儿!"布雷萧颤声叫道,不过在请求的声音背后带有一分严厉。

吉蒂慢吞吞地往我们这边走过来,脸色苍白。

我担心地蹙起眉头。今天早上要不是我懒得理会她的脾气,我们可能会打起来。这种情绪可不像她平时的样子。"你不舒服吗,吉蒂?"

她咬了一下嘴唇。"我很好,谢谢,先生。"她小声答复。这是她第一次称我为先生,而且带有别样的意味。

"我看你的命运……"麦戈尔特夫人用她那长长的、蓝白相间的指甲在我手掌处刮擦,口中低吟起来,"阿维·特里斯·克利尔……"她的眼睛往后翻动,凝视着远处,像是灵魂出窍的状态。

我心中暗想,就是一个老骗子。

"她被附身了。"布雷萧夫人敬畏地低声说道:"哦!上帝啊!我会被吓死。"她急切地捅了捅吉蒂,"她在说什么?"

吉蒂磨蹭着在我和那老巫中间的椅子上坐下,开始翻译那老巫的语言,声音有些孱弱。她的双手不时地在围裙前后绞拢。

"我看到了你的家人,"麦戈尔特夫人以一种高亢且无感情的声音大声说道,"他们住在乡村……你的父亲……他是一个信主之人,是吗?"

我笑道:"夫人,知道这些信息并非什么难事儿。"

"你忤逆不孝,肆意欺骗,他没有宽恕你。而且他永远也不会再原谅你。"她的眼睛迅速地看向我,"在有生之年,你都不会再见到他,先生。"

站在我身后的布雷萧夫人按了一下我的肩膀。"哦,真抱歉听到这些,先生。或许你能改变这一切,如今你已经有所醒悟。"

"不会!"麦戈尔特夫人得意地笑道,"命运不会改变。"她闭上了双眼,继续说道:"你有一个朋友……他想帮你,可是太迟了。你的秘密已经被人发现。"她的眼睛猛然睁开。"被人出卖!"她颤声道,然后声音低了不少。"被你身边亲近的一个人。很亲近……"她开始咯咯地笑出声来,并奇怪地打着嗝,双肩随之上下起伏。

吉蒂翻译着她的话,眼睛一直盯着地上,声音支离破碎的低沉。当她翻译完后,布雷萧夫人尖叫了一声,"这意味着什么?哦,我感觉脊背都冷飕飕的。你就不能说些让人高兴的东西,麦戈?婚姻……?钱财……?"

"没有婚姻,没有钱财!"麦戈尔特夫人欢快地说,"你所有的计划都将落空,你所有的梦想都将毁灭。而且,你会为此而亡,就在今夜!"

"呃。"我的手指轻敲在桌面之上,"你别希望得到小费。"

令我惊讶的是，吉蒂的眼泪破眶而出，已经浸湿了她身上的围裙。我碰碰她的胳膊说："别这样，吉蒂。这只不过是愚蠢的戏言而已。"

"并非戏言！"麦戈尔特夫人边喝着水边喋喋不休道，"可怜的先生，今晚你就会死去。"

"夫人！"布雷萧夫人大声喝止她说，"你不要再说这些话！哦，霍金斯先生，我不知道该说些什么！她以前从来没有像今天这样刻薄妄言。她还曾和我说过我应该在新年之前弄一条小狗养着。"她茫然地将目光移向别处。

吉蒂跳了起来，跑出了房间。她咚咚咚地踩着楼梯冲上去，随后从我们上方的橡木屋的某处传来猛烈的关门声。

布雷萧夫人开始咯咯地笑起来，用肘碰我，正好撞在我的瘀肿之处，疼得我咬紧了牙关。

"亲爱的，"她窃笑道，"我怕你已经把她迷得神魂颠倒了。她对你有好感，只是她不愿意承认罢了。你一定要把你的那份牛肉吃完。接着，她会听到你和罗伯特夫人说你对她毫不在意，我说，他当然不会这样，你这个傻姑娘，他是一位行为正派的绅士！他不会给你片刻的思考时间，他到底该怎么做？不过，她会跑去偷听，把自己弄得头脑混乱，她没有地方可以……她的父亲是名医生，这个我向你保证；可是她的母亲，呃，这个我得怪弗里特先生，总是往她的脑袋里面灌输一些古怪的想法。"

还没等我想好该如何应对她喋喋不休的八卦言谈，格雷斯已经走了进来，将那本黑色的簿子紧攥在胸前。"霍金斯先生，你还没有来做财务验收。"他那如蛆般惨白的瘦削手指咚咚地敲在簿子的封面。

"你很清楚，我的房钱已经付了。"我愤然道，"弗里特先生已经把钱给你了。"

他傲慢地发出一阵鼻息声。"这是规矩,霍金斯。即使你有一些有权有势的朋友,你也不能凌驾于规矩之上。你必须过来亲自和监狱长解释。立刻过来。"

"好。"我懒洋洋地站了起来,给查理斯写的信还装在我的口袋里,在黄昏之前我很有可能没有机会让这封信到达查理斯手里。即便我再怎么努力,还是要在这种令人难受的地方再待上一晚。

当我走出咖啡馆时,麦戈尔特夫人双手捂口咯咯地笑着,她的眼中闪现着恶毒的光。"就在今晚,先生。"她乌鸦般地聒噪着,"我保证,就在今晚!"

第十六章

上楼去见监狱长时，我尽量让自己保持快乐的心情，这并非易事。约翰·格雷斯走在我前面，我仿佛正被他领着去刑场行刑一般。我暗自告诉自己不要去相信刚才命运占卜那一套，尤其是像麦戈尔特夫人那样的老巫的胡言乱语。可是，在她预言之后，我这么快就被阿克顿传唤过去，这总会令人心绪不宁。

格雷斯把我领进了一间狭长的屋子，就在法庭主场下方。那里很安静，是一个专为法官和律师中场休息，而不会被那些可怜的犯人或是他们那些一心求情、不顾一切的家人们所打扰的地方。法官们的那些工作长袍此时在墙壁的衣架上挂成一排，像是蜕下的一层人皮。房内没有窗户。

阿克顿坐在房间另一头的一张桌子后面，克罗斯站在一旁，正拉扯着挂在他肩上的铁链，旁边还有酒保查普曼和另一名名叫威尔士的看守。我的口中已然发干。这么多的看守在这里，只是为了我的费用问题吗？在他们的身后，三名犯人面色惨淡地挤作一团：一个男人和与他紧紧靠在一起正轻声啜泣的妻子，还有一人是我在来这里的第一天时看到过与吉尔伯特·汉德交易的那名绅士，他已被吓得面色呆滞，紧紧地扯着手中破旧的三角帽，双眼茫然地看着地面。

走到桌前的那段距离很是漫长。阿克顿一言不发地看着我走近，双手紧扣在身前，那双蓝色的眼睛一眨不眨地闪闪发亮，眼中全然一片冷漠。

我向他鞠礼，"阿克顿先生。"

"你来迟了。"

我的目光扫过他身后的那些人，克罗斯盯着我看，然后眼神从我头顶上方转向他处。"抱歉，请原谅。"

"册子拿过来，格雷斯。"

格雷斯向前几步，将那本黑色的簿子摊开放在监狱长面前，用手点了一处然后又退回去。阿克顿装模作样地看了一会儿，然后摇头说："你还没有付牢房的租金，霍金斯。"

"我敢肯定我把下周的钱都付好了。"我皱着眉头说，"格雷斯先生可以证明。"

阿克顿故作惊讶地瞟向他的书记官。"你是不是弄错了，格雷斯？那肯定是你昏了头，先生。我可不能容忍我的监狱里会出现这样的错误。"

格雷斯从苍白的双唇中挤出一丝邪恶的笑容："我认为是犯人记错了，监狱长。"

我的心立时沉了下去，这可不是开玩笑，我的不幸就要在此降临了。"阿克顿先生，恐怕这中间有些混乱。周二的那天下午弗里特先生已经将我的房费付给了格雷斯先生，就是我来这里的第一天下午。如果可以，我叫弗里特先生来做解释……"

阿克顿一拳头砸在桌上。"这个监狱是归我管理，不是弗里特！"他咆哮着，声音轰轰地在四面墙壁上回响。接着，他咬着嘴唇说："也不是查理斯·巴克利！"之后，他一脸暴戾之气地看着我，眼中闪现着权力欲望的光亮。"嗯，霍金斯？"

我艰难地咽下口水。"我向您发誓，先生，以我的生命发誓。弗里特已经帮我向格雷斯付过钱了。"

格雷斯咳嗽了一声。"那你有付钱的收据吗？"

我盯着他，说："你很清楚我没有。"

阿克顿点头示意了一下，克罗斯和查普曼便走过来抓住了我，我奋力反抗，于是他们将我双臂反扭，紧攥双肩压下身去。

阿克顿缓缓上前，举起拳头重重地砸在我的下巴上，我感到一阵眩晕，不由得双膝一软跌落在地。

"把他拖起来，克罗斯先生。"阿克顿按压着指关节发出了命令。

他们拽着我的一只胳膊，猛地将我从地上提起。

"你们不能这样！"我哑着嗓子叫喊起来，口中的鲜血喷洒到地面上。"我付过钱——"

阿克顿又重重地打了我一拳，我的身体往后跌撞。那群走狗再次将我从地上拖起来。"只要高兴，我想怎么样都行。"阿克顿轻声说着，将他的脸凑向我，"这是我的地盘。没有人会对我隐藏秘密。"说着，他伸出一只长满老茧的长手掐住我的喉咙，"可怜的霍金斯先生，到处走动，制造麻烦。"他下手更加用力，我已开始感到窒息。"你只不过是一只小老鼠，不是吗？一只落入狮子手中的小老鼠。"

血液流动的声音在我耳边翻腾，房间里的一切在我的眼中暗淡下去。

"监狱长。"那是克罗斯的声音，从很远的地方传来，带着提醒的意味。

阿克顿一把将我甩开，扔在地上。

惊厥之中的我躺在地上，肺部像火烧一般炙热。我大口大口地呼吸着空气。查普曼踢了踢我的脚，我茫然向房内四望，目光扫过克罗斯、威尔士以及另外几名犯人。而格雷斯此时正盯着我看，那双冷酷无情的眼中满是得意之色。我口中咒骂着刚往他那边爬过去，可查普曼那家伙却迅速地出手按住了我。

阿克顿已返身回到他的桌前。他脸上荡漾着笑意，像是什么事情也没有发生过一样，手里握着一封信。

我的胃里一阵翻腾。那是前天查理斯写给我的那封信，信中给我交代了任务。它怎么落到了阿克顿手里呢？我在哪儿把它弄丢了？我闭上眼睛，口中呻吟，脑子飞快转动。之前，我把那封信放在罗伯特上尉的外套口袋里。那件外套在昨天晚上被我扔在贝拉岛的地上。

这肯定是弗里特干的好事，肯定又是他！正因为如此，他才会在今天一早急匆匆地离开牢房。这是一局新的赌局，不管代价会是什么，我都得付出。我怎么变得如此愚蠢呢？

"我管理马夏尔西监狱已经有很长一段时间了，霍金斯先生。"阿克顿说，"在我还没有当上监狱长之前就已经在这里操作一切很久了，是我制定了这里的规矩。我能决定谁可以活，也能决定谁要去死。"

"阿克顿先生，"我从瘀肿的喉咙中发出微弱且粗哑的声音，我能尝到自己口中鲜血的味道，"要是我能解释……"

阿克顿做了一个手势，克罗斯立马重重地一拳击向我的腹部。

阿克顿的手指拧在一起，说："你已经污蔑过格雷斯贪污，这是很严重的罪行，先生。格雷斯先生在这座监狱里一向忠心耿耿，值得信任。他是监狱长的书记官，是被普通监狱里的囚犯们选举出来的人，绝不会干出这种丢脸的事情。"

格雷斯奉承地微微点头。

"我一定要让你受到惩罚。"阿克顿继续说下去，身子靠向椅背。"克罗斯先生，给这个犯人铐上锁链，带到刑讯室去。记得用上铁帽子和铁项圈，把他套得紧一点儿。"

克罗斯立刻在我的手腕上套了一副手铐，冰冷而沉重。"堵上他的嘴吗？"

"不，不用。就让他和其他那些人一起大声嘶叫吧。"阿克顿窃笑着说，"不要给他吃的，一定不要给。我可不想让墙那边的那些烂骨头们对他同情起来。"

"多久不给吃的，监狱长？"

阿克顿眯起眼睛，像盯着一块只待挂起的肉一般看着我。"时间长一些，看他能忍受多久。"他拿起格雷斯的那支鹅毛笔，将它蘸浸在墨水里。"我帮你把这个人名划掉，格雷斯先生。"

他在我的名字上画上了粗粗的一笔，感觉像是一把刀从我的喉咙上划过。

格雷斯一动不动地只是看着，然后指向缩在角落里的那三个犯人问："那些人呢，先生？弄到普通监狱？"

阿克顿像是第一次看到那三个犯人一样盯着看了一会儿，说："不。让他们再在这边住上一个礼拜。"然后起身走过去，拍拍那妇人的肩膀。"我是一个慷慨的人。"说完，挥挥手让他们趁自己还没有改变主意之前赶紧离开。那三人从我身旁经过时，没一个人正眼看我。

◇

克罗斯和威尔士将我领下楼走进院子，而查普曼跑到拘禁室去拿铁帽子和铁项圈。我们本可以从法庭后面的走廊穿过而不会被人看到，可克罗斯却一意复仇，把我直接推到公园的正中间，让我像史密斯农贸市场里的一头畜生一样展露在公众的视线之中。楼上的窗户里露出一张张惊骇、兴奋的面孔，站在院子里的人也聚成一团，议论纷纷地盯着我看。

我的大脑在快速地运转，想找出什么方法来避免这一切，不去围墙的右边。然而，当时的我已被之前的事吓呆了，根本没法思考。他们要把我锁进刑讯室去,那是罗伯特和杰克·卡特死去的地方,是死人们待的地方。我的双膝变得僵硬起来。"快点,霍金斯,像个男人点吧!"克罗斯兴奋地说,在我还没有跌倒在地之前一把抓住了我。"我之前说过给你一个礼拜的时间,不是吗?"他在我耳边低声道,"不过权势要改改这个限度。"

吉尔伯特·汉德此时正和麦克站在距我几步之遥的灯柱旁边。"真倒霉啊,霍金斯!"他叫喊起来,没有一丝同伴儿的情谊。麦克冲着我远远地点了点头,没有再靠近一步。我已经不属于他们的那个世界了。

只有特里姆跑到我跟前。"上帝啊,"他惊恐地看着查普曼胳膊下夹着的沉重铁帽和项圈,"你们是要把那些东西用在他的身上吗?"

克罗斯开始将我向普通监狱围墙那边推。"这是监狱长的命令。"

特里姆跟在我们身后。"先让我看看他身上的伤!他的喉咙怎么了?看起来像是被掐得半死的样子!该死的,克罗斯,你的良心哪儿去了?"

"我可没有什么良心。"他示意威尔士去开门。

"特里姆!"我大声喊道。他把身子凑过来,我试图将那封写给查理斯的信塞进他的外套。"告诉他发生了什么事情。求你了,告诉他——"

克罗斯扭头对我便是狠狠一击。"不准传信。"他一只手指戳向特里姆的胸膛,"你小心点儿,理发师。你想和他一起被关进去吗?"说着,他抓过我的肩膀把我硬往门里推,这时弗里特一下子从酒馆里冲到露台上。

"汤姆!怎么了?发生什么事了?"

我对他怒目而视,胸中的仇恨之火熊熊燃起。要是可以的话,我肯定会把他撕成碎片。

特里姆向露台那边跑去。"你干了什么，弗里特？他们要把他带到刑讯室去！"

弗里特的脸色瞬间变得苍白，惊讶得一句话也说不出来。接着，他从露台上一旋闪过，噔噔噔跑了下来，像只猫一般敏捷。"等等！克罗斯先生。我这里有钱！"

太迟了。查普曼已经把我推出了门外。我感觉膝盖上全是灰尘，门砰的一声关上，一把钥匙将锁拧紧。

◇

接下来的那一会儿，我隐隐听到弗里特的声音从围墙那边传过来，他在喊我的名字，那声音像是来自另一个国度。接着，一阵尖叫声在普通监狱荡开，压过围墙另一边传来的一切杂音。他们透过破裂的窗户叫喊着，从院子里的每一个角落赶过来围在我四周，急切地想看到是什么样的鲜肉被扔进这口烂锅里煎熬。查普曼和威尔士举起手中的棍棒让那些人闭嘴噤声。

"他回来了！"

"免不了的事儿！"

一阵哄笑声响起。当那些人靠得更近一些时，我闻到了那种没有洗过的身体上所发出的腐烂恶臭，于是用胳膊捂在口鼻之前。

"哈哈，我们冒犯你了吗，先生？不出几天，你也会和我们一样臭不可闻。"一个女人高声叫喊，露出腐烂的牙龈，其他人跟着再次哄笑起来。"就算是绅士到了这里也会发臭。"

克罗斯举起了木棒，那些人们赶紧退后，闭上了嘴巴，一脸愠怒。不过，我能感觉到我们之间的气氛已经紧张起来。

查普曼踢着我的肋骨说："起来。"

我挣扎着站了起来。一小部分身体强壮的男人目光凌厉地盯着我，已开始慢慢地再次向我逼近。我能感觉到他们的目光已然落在我的鞋子上,我的衣服上,还有我脖子上的金十字架上。

"哦,他们喜欢你的长相。"克罗斯哼道,他从我的外套里搜出了那把匕首,把它掏了出来,满意地掂着它的重量。

"谁给了你这个?杰克斯吗?"他问道,自以为猜对时,喉咙里发出呼噜呼噜的声音。他将刀锋压向我的喉咙。"你自己可没有这么大胆,嗯?"说着,他将刀锋压得更重,一缕血珠从我皮肤上冒出,滴落在地。"要是我心地善良的话,我就会在这里立刻划开你的喉咙。"

"克罗斯先生……"我的身子颤抖起来,自己都看不起自己了。

"哦,现在叫我先生了,是吗?"克罗斯笑起来。他戏耍般地在我喉咙上划出一条血痕。那匕首的刀尖触到了我脖上的十字架。他犹豫了,然后放下匕首,将它塞进皮带。"把他锁起来。"

威尔士和查普曼抓着我的胳膊把我从院子里一路拖走。那短短的一瞬间,我看到安德森上尉正站在他牢房的门口。我们目光相遇,然后他退到阴影中,摇了摇头。

◇

刑讯室只是一间粗陋的木屋,挤在院子远处的一个角落里。当我们走近那屋子时,一股热烘烘的腐臭之气直扑进我们的喉咙,令人窒息。雨水已经将排泄物冲成一些黏滑的黄绿色稀糊,并喷溅到院子里,与垃圾和泥土混作一团,苍蝇在那里成堆地乱转。

一个老人背倚着木屋门,完全无视那股恶臭。他看起来正发着高烧,胸前有一道青灰色的疹子。

"监狱里流行的瘟疫发热症状。"威尔士嘀咕着。

克罗斯往后退了几步。"赶紧把他从这里弄开。"

威尔士一脸愁容地说:"我不碰他。让他来做这件事儿。"

我的身子向后退缩，可他们却用匕首逼着我往前走。

我能怎么办？我打不过他们，也逃不掉。我不得不登上开往刑场的马车，为自己之前做出的所有选择买单。我跪下身来，用戴着手铐的双手尽可能地把那个老人从路上推开。当我把他弄到墙根时，他一把抓住了我的手腕。他的皮肤灼热。"我要死了吗？"他发出微弱的声音，精神错乱中有些含糊不清，"我要死了吗，先生？"

我赶紧甩开他的手，踉跄后退。就在这时，我听到迸出了一个声音，随之而来的是一阵愤怒的嘶叫。是老鼠！就在木屋和公墙中间那条狭窄的缺口之间，到处都是老鼠。它们从水洼处逃窜开来，所经之处臭水飞溅，相互撕扯抓刨。

"啊，上帝啊！"我叫道。那帮家伙们笑着把我推进木屋。

我不顾四周，身体开始轻微地颤抖。室内那股臭气简直令人无法忍受。

那是肉腐烂的味道。死亡的味道。这里面也有老鼠，我能听到它们在黑暗之中啃噬东西的声音。杰克·卡特就死在这里。他的尸体现在也还被放在这里，就在黑暗之中的某一处。我不由得膝盖一软，跌坐在地。

克罗斯亮起了火把，拿着一块布捂住口鼻走进室内。此时，我看到了那些尸体，它们被旧布裹着堆放在远处一个角落里，看起来像是一堆引火之物。尸体之上挤满了老鼠，正吱吱地叫着啃噬东西，撕扯着尸体上的破布。

裹尸布已然被它们的利齿撕裂。

啊，祈求上帝，不要这样！

"把他吊起来，查普曼！"克罗斯猛然开口，踢起脚下的皮靴吓退老鼠，"弄紧点儿。"

查普曼扯掉我头上的假发，将那顶铁帽子强行扣在我脑袋上。那铁帽重达二十多磅，整个扣在头上重得让人疼痛难忍。可是，他接着还开始上紧螺丝，金属的螺丝尖头扎进了我的头骨之中，一直往里紧压，令我感觉自己的头盖骨都要裂开。我苦苦地哀求他们停下来，他们只是再次哄笑起来，将我一把推倒在地。我的后背重重地撞在那面阴冷潮湿的墙上。

"你们不能这样做！"我叫喊道，"你们不能把我扔在这里，克罗斯！看在上帝的分上，发发慈悲吧！"

他们将铁帽背面以螺丝紧紧地固定于墙壁之上，我很快就被钉在那里，脑袋再也无法动弹。接着，他们将那个铁颈圈紧紧地套在了我的脖子上。我的喉部被阿克顿掐过的地方早已瘀肿起来，而那粗糙的铁边已被挤压得嵌入我的肉里。我惊恐万分，费力地呼吸。这时，克罗斯检查着我的手铐，仍然一手用布捂住嘴。他得意扬扬地点点头，然后起身离开。其他几个人早已站到了门口。

"克罗斯，求你，我求求你。我快要窒息了。"我绝望地一把抓住他的外套，所有的尊严在这一刻消失殆尽。随着我身体前倾，那铁颈圈嵌入我的肉里更深。"你们是要弄死我吗，先生？"

他迟疑了一会儿，然后伸出手将铁颈圈弄松了一些，让我能够勉强呼吸。我正准备谢谢他，这时他却将手探进了我的外套，掏出我所有的硬币，直到最后一枚法新，甚至包括弗里特给我的那块银表。之后，他举着火把向门边走去。

"发发慈悲吧，先生！"我大声叫道，"给我留点儿光亮吧。"

"*发发慈悲，先生！*"他用抱怨的口气尖声模仿着说，然后猛地甩上门。我陷入了黑暗之中。

◇

我短时间内陷入了疼痛和不可置信的晕眩之中。事情发展得如此迅速，而且如此残忍，我根本没有时间保护自己不受侵害，也没有时间和他们讨价还价远离麻烦。那铁帽子像一把钳子一样紧扣着我的头盖骨，令我的头碎裂般地疼痛。即使是最轻微的动作，都会令金属凿进我的皮肉之中，直到血水滴落到我的脸上。自从在圣吉尔街遭人痛击之后，我元气大伤，遍体瘀肿，如今在这冷冰腐烂的木屋之中，更显疼痛难忍，不时地抽搐。

在一片昏暗之中，我几乎什么也看不到。然而我能够感觉到那些堆放在黑暗之中的尸体，它们离我只有几步之遥。此时那些老鼠又慢慢地爬了回来，我听到它们在黑暗中移动的声音。一只老鼠从我腿间擦过，我一脚把它踢开，直到它跑回到另一边堆放尸体的地方时，我还在不断地踢。那些尸体是它们最容易到嘴的肉。我将腿在身下弯起，默然啜泣。

慢慢地，我的眼睛已经适应了这处黑暗。这里没有窗户，但在门的上方却有一道狭窄的缝隙，房顶上还有几个破洞，渐渐淡下的光亮从中透了进来。要是我能保持情绪镇定的话……我让自己的大脑放松下来，力图去设想自己远离……可这完全没用，屋内的恶臭、潮湿以及被困于此所带来的恐惧已深入我心，与铁颈圈牢牢箍在我喉咙上一般感受。

罗伯特上尉也是在这里被人发现悬挂于栋梁之上的，尸体已是支离破碎，没有一块完整的地方。我为他祈祷，希望他被人拖到这里时已经死亡，不用再受这酷刑之苦。

老鼠厉声尖叫，狂怒地在那些尸体上面翻涌。我听到有一具尸体从尸堆上砰的一声跌落下来。

那些老鼠一窝蜂地扑在它上面，裹尸布已被撕扯开来。我看到一条手臂，灰白得毫无血色。那是杰克·卡特吗？可能是的。在这种黑暗之中，很难确定。不过，我知道他就在那里，我能听老鼠的撕咬声。我知道它们就在我几步之外啃噬着尸体。

我惊声尖叫起来。我叫喊着，咒骂着，怒号着，让人放我出去。那叫声极大，足以让整个监狱都能听到我撕心裂肺的声音。

并没有人过来。

◇

最后，连心中的恐惧也荡然无存，我背靠着墙，精疲力竭，已然麻木。

当太阳落下后，整个房间陷入一片彻底的黑暗，思绪自发展开，各种想法在我心里碰撞盘旋。我想到了吉尔伯恩和弗里特，想到了凯瑟琳·罗伯特，想到自己从进入马夏尔西监狱后所犯下的所有的错误。之后，我听到了普通监狱里响起了夜间的哀号声，凄然泪下直彻天际。我也随着他们一起哀号，与另外那些陷入这人间地狱的可怜灵魂们一起痛哭。

"你个蠢货，你个蠢货。"我在黑暗之中对自己说。因为此时此地，不管我怎么骂阿克顿以及在圣吉尔斯袭击我的那帮劫匪都没有关系，我知道我的错误在哪儿。我的父亲早已经预料到了，早在那麦戈尔特夫人预言之前。*你所选择的路只有一个结局，托马斯。*

在某一个时刻，可能正是午夜时分前后，一道灯笼的亮光从门上方的那个洞里透过，一个声音轻轻地响起。"上帝会拯救你的，霍金斯先生。"是吉宁斯先生，那个守夜的看守。就在我想着要回复他时，那道光已经消逝。

礼拜日，第四天

第十七章

就在那天夜里，我知道了什么叫绝望。它冰冷、不灭的手指裹住了我的心脏，直到我不再有恐惧和疼痛，不再有任何感觉。潮湿腐烂的地面令我寒冷彻骨；毒虫爬满了我身上的皮肉；铁颈圈紧紧地勒着我的脖子。老鼠在黑暗中争斗，还有那些已经溃烂的尸体，我很快也会成为它们中的一具……某一时刻，我已然屈服，而夜晚仍旧在一寸一寸地、一刻一刻地流逝。

我闭上眼，当我再次睁开时，罗伯特上尉正悬挂在我前方的一根横梁之上。可是，我看到那是我自己的面孔，近乎窒息，粗糙绳索紧扣在我的脖颈之上，我双腿乱蹬，挣扎着还想呼吸。随着绳子啪的一声响，我跌落在地，可是我的身体已变得冰冷且死一般的苍白，一群老鼠从墙上蜂拥而至，成百上千只都趴在我身上吱吱地厉声尖叫，牙齿如匕首般锋利，眼睛如同地狱之火一般通红。它们的牙齿狠狠地切进我的肉里。有人正在砰砰砰地敲门，可一切都已经太迟。什么都没有留下，只余一堆人骨和一摊鲜血。

"快开门！"

是查理斯。

我睁开了眼睛，噩梦随之消散。白天的光亮从门上方那道狭小的缝隙里照了进来。

外面的声音提高了。片刻之后，门豁然打开，我眯着眼睛，被光亮照得一阵目眩……

"我的上帝啊!你们对他做了什么?"

"等等,巴克利先生,你别给自己染上什么瘟疫。"那是伍德伯恩的声音,"让查普曼把他从那里弄出来。"

接着是又一阵声响,之后查理斯跪在我的面前,口鼻之上蒙了一块气味香甜的布。他咳嗽着,用颤抖的手指将我颈上的铁颈圈螺丝松开。等卸下了铁颈圈,他又开始旋开我头上那沉重的铁帽,他的眼睛一直盯着我的眼睛看。"你安全了,汤姆。我在这里。"他轻声说。"你,过来!"他转过身大声地吼叫起来,遮脸布后的声音有些嘶哑,"赶紧解开他的手铐,该死的东西!"他拧松螺丝,扯下了铁帽,然后将我的头托在他的胸前。查普曼解开了我的手铐。

查理斯抓着我的一只手。"我的上帝啊!他冻得像块冰!汤姆,听我说。"他摸着我的脸,我止不住地颤抖着身体,"你要试着站起来,我会帮你的。"

他将一边肩膀放在我的手臂之下,我摇摇晃晃地站立起来,房子在我四周歪歪扭扭地旋转起来。特里姆和伍德伯恩两人正候在门外,那老牧师惊骇万分地闪到了一边。

"上帝啊,拯救这可怜的孩子吧。他只剩下半条命了。"

特里姆赶紧冲上前来,帮着查理斯把我扶到院子里去。当日光照射到我的双眼,我不由得向后畏缩起身子。

"他得取暖和冲澡,快!不然他就没命了。"特里姆说。

"看到没有,巴克利?"伍德伯恩跟在我们身后喊叫道,"你看看他们以菲利普爵士的名义都干出了什么事情?"

"你先走,先生!"查理斯猛地打断他的话,"去叫人弄些热水,大量的热水。"

我的膝盖软了下去,双臂紧抱着自己的身体。我仍然能感觉到那顶铁帽子压在我头上的重量。我用手指摸索着自己的双鬓,黏糊糊的全是血。我的身体又一次地开始颤抖,比之前更剧烈。我仍然不能确定这是不是一个梦,或许等我再次醒来时,发现仍被锁在那面墙上。

他们那帮人正在院子里打开牢门,并从中拖出死尸。今天只死了三个人。特里姆和查理斯赶紧转过身去,开始呕吐。

安德森的那间牢房最后才被打开。那些犯人们一直在砰砰砰地砸着牢门,怒火冲天地喊叫着放他们出去,所以威尔士就故意刁难,留他们到最后。当他打开牢门时,所有的囚犯们从牢中一涌而出,像是原本和一头落入陷阱的野兽关押在一起一样。安德森最后一个出来,他正沿着地拖动某样东西——那又是一具尸体,正沿着石路洒下一路血迹。

"谁他妈干的?"他对着和他同一牢房的室友狂怒地咆哮起来,唾沫在空中横飞,"是哪个杂种王八蛋杀了他?"

他将尸体放到几步之外的院子里,是哈里·米切尔。我的胃部一阵抽搐。他被人用刀戳进了心脏,眼中还保留着最后一刻的恐惧。我看着他那张毫无生命气息的苍白的脸,感觉四周的高墙开始向里迫近,越来越近。特里姆弯下身来,将一只手搭在我的肩上。"呼吸,"他低声说,"只用呼吸。"

"这全是你害的,小子!"

我抬眼望向安德森,他的身影模模糊糊出现在我眼前,那张脸因愤怒而激动得通红。我知道他说的是实情。米切尔之前为了某种交换条件答应要帮我,可如今他已成了死人。"我很抱歉……"

安德森呸的一声朝我脚边吐了一口口水。"我发誓,要是你再到这边来,他们一定会把你的尸体摆放在院子中间!你明白吗?"

威尔士此时正朝着这一排尸体走过来。他走到米切尔的尸体旁边,仔细地察看了死者胸部的伤口、因疼痛而扭曲的双唇，以及将尸体拖向牢房入口一路上的血痕，然后摩挲着下巴，给出了结论，"死于监狱瘟疫。将他的尸体和其他几具一起弄到刑讯室去。"

◇

在楼上特里姆的房间里，吉蒂正在室内生火。当我跌撞着走进房间时，她一声哭叫扑向了我。

"在外面等着，吉蒂！"特里姆一边厉声命令，一边将她推出门外。这时杂工已经到了，将冒着热气的桶装热水倒进火炉边的铁桶之中。"我一会儿把他的衣服拿给你，你必须立即把它们烧掉，明白吗？"

吉蒂出去后，特里姆催促查理斯走开，去火炉边忙活，然后将我身上爬满毒虫的潮湿衣物剥去。我站在那里，双眼放空，恐惧令我仍然处在晕眩之中。我还能闻到自己皮肉之上的那股死尸所发出的恶臭气息，那气息像是钻进了我身体上的每一个毛孔一般挥之不去。"我闻到了死人的味道。"我说着，房间开始旋转起来。特里姆一把抓住我，轻轻地压下我的身体，让我蹲进桶里。我一阵战栗，热水刺痛了我身上的伤口。他一碗一碗地舀水浇在我的身上，冲洗我的皮肤，并帮我擦拭身体，洗净我身上的污秽和跳蚤。在他觉得满意之后，又在我的伤口和瘀肿之处擦上药膏，打上绷带。接着，他帮我套上一件干净的睡袍，搭上一块毯子，把我安顿在火炉旁边。

"你想吃点什么吗？"他轻声问道。

我摇了摇头，目光空洞。

他摸着我的肩膀说："那么你先休息一会儿。好好照顾他，巴克利先生。他现在需要安静。"

查理斯点点头，皱起眉头。"我很抱歉，汤姆。"特里姆离开后，查理斯小声对我说，"我从没有想过会让你陷入如此危险的境地。"

我叹了口气，然后伸出一只手。我并没有怪查理斯的意思。可是，之前发生的一切已经令我精疲力竭、身心俱损，此刻无法以言语来回应他。所以，我们沉默无言地坐了一会儿，凝视着燃烧起来的火苗跳跃的样子。温度又回到了我的骨头之中，尽管那个夜晚总是莫名其妙地萦绕在我的心头。我希望自己能走进烈火之中，将那个夜晚从我的皮肉之上烤炙成灰。

"汤姆，请原谅我，我现在必须得走了。"查理斯开口打断了我的思绪，"我一小时之后有一个布道会要主持。在我离开这里之前，我会去找阿克顿谈谈。"他攥紧了拳头说。

我等到他关上门离去后才站起身，拖着脚步走向床铺。床上的用品全是新换的，闻起来有薰衣草的香味。我拉过毛毯裹在身上，将双膝弯在胸前，整个人缩成一团，手中握着颈上挂着的那枚十字架。片刻之后，我听到楼下的牢房里传来弗里特的声音，接着是查理斯更大的声音，"你还想怎么样？别再靠近他，该死的！"

我闭上眼睛，陷入了沉沉的睡眠。

◇

我是被一阵铃声从沉睡中惊醒的。那是吉宁斯扯响的召唤下午教堂集体活动的铃声。我感觉到自己像一只新生的羊羔那般虚弱无力，头部异常沉重，然而相对于可怜的米切尔来说，我还算幸运，我还活着。我应该去教堂祈祷，去感谢上帝对我的眷顾。于是，我缓慢地让自己从床上下来，每用一下力都令我全身抖动不止。特里姆已将一套干净的换洗衣服整齐地叠放在椅子上，我在镜前缓缓地穿衣，此时壁炉中的火已熄灭，寒冷令我颤抖起来，新的瘀肿贯穿了我整个胸部、腹部，嘴唇也被打到开裂。最糟糕的是我的颈部，那晚曾被那铁颈圈粗糙的边缘深深地嵌入肉中，这会儿已瘀肿得厉害。而且，被阿克顿那双手掐过的地方已变了颜色。

我小心翼翼地用一条干净的亚麻领结把伤处遮住,看着镜中陌生模样的自己一遍遍地调整着领结的位置。那个夜晚改变了我。不知怎地,我看起来更老了一些,沧桑感愈增。我的一部分模样陷入了自己的眼中,就像一只陷入琥珀之中的小苍蝇。

当我走出房门时发现公园里几乎没什么人,我朝着教堂走去,习惯性地往弗里特常坐的那把长椅那儿瞟了一眼,此时他就坐在那儿。当他看到我时,他从长椅上一跃而起,然后挥动着他那顶红色天鹅绒的帽子。我断然转身,径直向教堂走去。我知道他不会尾随在我身后,弗里特那人什么事情都有可能做得出,但他绝非伪言伪行之辈。

同样的人还有克罗斯。此时他正坐在教堂里,在前面第二排的位置,深低着头,好一幅虔诚教徒的画面。约翰·格雷斯就坐在他的旁边,瘦削的背部直直挺立。书记官和看守头目坐在一起,我的上帝啊!在这片土地上,没有一个神父能够洗净他们肮脏的灵魂。教堂仪式已经开始,所以我只能悄悄溜进去坐在后排。凯瑟琳·罗伯特坐在最前排的位置,与玛丽·阿克顿坐在一起,在她们后几排的座位上,亨利正在吉蒂的膝盖上扭动个不停。特里姆也在那儿,和麦克与吉尔伯特·汉德坐在一起。吉宁斯站在圣坛的一边,从一个守夜人的身份转变成一名教堂看守。看到我走进来时,他抬眼望着我,并轻松地对着我笑,庆幸我还活着。教堂内只有阿克顿和吉尔伯恩未到。

当那些熟悉的宗教腔调向我扑来时,我闭上了眼睛。再次听到它们,令我的心灵感到了些许的安慰。自从我那继兄弟在教堂中对我当场口伐之后,我就再也没有去参加过一次完整的教堂活动。于我而言,教堂不再是一处令人感到平和安宁的地方,而是一个我被人出卖和当众羞辱的地方,一个父亲对我彻底失去希望的伤心之地。

我无法全身心地投入到仪式之中，我的思绪一直在监狱高墙及高墙另一边的普通监狱之上回旋。我的目光凝视着自己被解开手铐的手，双手合十进行祈祷，回想起那些破布裹着的尸体，被丢垃圾一样丢弃在刑讯室的地上，我的头开始变得沉重，尽管头上并未有那紧压在头盖骨上的铁帽的重量。从眉头拭去了汗水，我深深地吸了一口气，再次安定下心绪。

"有人说这座监狱实际上就是地狱。"伍德伯恩凝视着他的教众们，一脸严厉地说，"然而并非如此！还记得那挥霍无度的浪子吗，只有当他变得一无所有，一贫如洗地成为可悲的乞讨者，衣不遮体地在泥土中爬滚之时，他身体之内的血液才会冷却下来，内心深入罪恶的欲望才会有所减缓。只有那时，他才会忏悔，得到主的救赎。"他仁慈地笑着，停顿下来。"所以，你们这些可怜的欠债人也会在这座监狱里被洗尽贪欲，荡尽那引领人类直入地狱之门的干扰和诱惑。你们在这艰苦的地方所遭受的一切苦行，以及对你们身体上的一切严厉惩罚，都是上帝在拯救你们的灵魂！"说着，他松开了颈上白色的围巾，减轻折起的衣领对皮肉的摩擦。"疼痛，"他接着说下去，盯紧我的眼睛，"疼痛即为良方。疼痛是上帝为把我们引回正途所给我们的训示。"他举起双手。"我们该为此感到庆幸，为上帝所赐予你们的神圣之礼感到高兴！为你们所经受的痛苦感到庆幸！为你们所遭受的羞辱感到庆幸！让我们感谢上帝，感谢他把你们带到这里经受痛苦的洗礼，然后幡然悔悟，最终找到进入天堂的道路。阿门！"

众人之中传出了咳嗽以及低吟阿门以示回应的声音。

我双眼凝视着地面，什么也没有说。伍德伯恩那天早上曾去过普通监狱，他怎么敢说出那些可怜的灵魂应该感谢上帝让他们腐烂至死的话？阿克顿弄出这样一个令精神和身体同时遭受折磨的地方还应该被人盛赞吗？伍德伯恩真的认为上帝在俯看身在马夏尔西监狱之内的众生，而且还为他所看到的一切感到高兴吗？我反感地站了起来，拖着步子从教堂走出去。

弗里特正在院子里等我。"给我七分钟时间。"他举起那块银表说。他肯定是从克罗斯那里把那块表弄了回去。"呃，你在里面坚持的时间要比我长。这次是做什么？赞美上帝清除痛苦的权力？我真想对那些伪君子们揭露痛苦的真正意义。"

我没有理睬他，跛着脚从院子里穿过向酒馆走去。要是我长得足够强壮，我肯定会把他狠狠地揍倒在地上。

"汤姆，等等！"他喊道，"你受伤了吗？"我并没有停下步子，于是他追了过来。"我出钱帮你找医生。"

我停了下来，在那一刻闭上了眼睛，我身体里的每一块骨头都在疼痛。"是你拿走了那封信？"

弗里特迅速地将目光移向别处，然后清了清嗓子说："我承认我是拿过那封信。麦戈尔特夫人想捉弄你，所以我就让她看了那信。我以为那样捉弄你一下……会很有趣儿，绝没有想到那老巫婆竟然把信卖给了阿克顿。"

"等我完全恢复了，"我轻声说，"我想我会弄死你。"

他斜起脑袋，黑色的眼睛紧紧地盯着我。"你早就想过要弄死我了。"他思索着说。我刚想转身离开，他一只手伸向我胸前，挡着我的路。"我只看了信的第一页。我发誓，如果我知道情况有那么危险的话……"他皱着眉头说，"真的，汤姆。你到底在想些什么，随意把信放在衣服口袋里让别人拿走？要是你想做成一份出色的侦探工作，那么你必须得学会……"

我瞪眼望向他。

他闭上了嘴巴,从我的胸前将手移开,放在他自己的心脏上面,脸上露出一种我从来没有见过的严肃。"请原谅我。我的所作所为确实糟糕透了。我们还是朋友吗?"

我摇头道:"我们绝不会是朋友,弗里特先生。"

他放在胸前的手垂了下来,那一刻,我看到他眼中的失望之色,不过那种目光转瞬即逝。"很好。"他浅浅地低了个头,然后转身准备离去。

"嘿,你们两个!"查普曼从门房里走出来,边向着我们喊,边傲慢异常地大摇大摆走过来。快走近我们时,他将大拇指插进口袋里,迈开了大步,对着我俩怒目而视。这种目光要是在阿克顿眼中出现,那么情况就会不妙了。而在查普曼脸上出现,只不过看起来……显得有一点傻兮兮。

"监狱长要见你们,就现在。"

◇

阿克顿此时正在王冠餐厅用餐,所以我们得过去见他。在这三天之内,我第一次自由地在监狱之内走动,不过我却得硬撑着打起精神去面对监狱长,好好享受在监狱之外的街道上那短短的一段时间。我考虑着可能要对他说的所有话,以及可能要去做的一切事情。现在的我很虚弱,不过我认为自己还有力气去声讨他之前对我的所作所为。我要从他那张宽大残忍的脸上看到震惊和惊讶的表情。

这样又能达到什么目的呢?短暂的满足之后,我就被查普曼又一次地拉过去,锁链加身。查理斯这次也没能及时地帮到我,阿克顿肯定确认了这点。我会死在那老鼠成群的刑讯室里。

人行道在我脚下晃动起来,我已是半瘫的状态。要不是弗里特冲上前来一把扶住我,我肯定会直接跌倒在地。我勾着身子一阵反胃,可我胃里什么东西也没有,只从嘴角吐出了一串胆汁,滴落在路边的杂草之中。

"赶紧的!"查普曼吼了起来,"监狱长还在等着呢。"

弗里特绕到了查普曼身前说:"他现在很虚弱,看在上帝的分上。"

我一把将他推开,一只手颤颤地抹净嘴巴。"我现在很好。"我不需要塞缪尔·弗里特的同情。

◇

阿克顿独自一人在餐厅用餐,正盘腿坐在楼上的一间包房之内。查普曼待在吧台,女店主斯皮德夫人带我们上楼,一路上喋喋不休地说着天气。我跟在她后面,胃里一阵阵的恶心。

那包房很小,令人感觉很压抑,四面的墙壁上挂着一些关于狩猎的画作及一副有些裂痕并坏掉一只角的雄鹿头骨。阿克顿坐在一扇大窗前面,耀眼的阳光在他背上投下一片金色的光影。在他身前,是一张堆满了盘碟的桌子,盘中的菜已被吃过一半:一份煮熟的羊腿配绿色蔬菜,一张鸽子饼,鲟鱼炖牡蛎,大量牛奶搭配着奶酪,足够普通监狱那边一周的食物分量。还有一瓶红葡萄酒,覆盆子酿造的白兰地。壁炉里的火熊熊燃烧,使得房间里热气腾腾。

"先生们。"阿克顿啧啧地吸食着牡蛎,并用他的袖子擦拭着那一道油光的痕迹。他邀请我们和他一起吃,弗里特立刻坐到了阿克顿的右手边,毫不客气地拿起一大块饼,并为自己倒了一杯葡萄酒。我待在门口没有动,感觉脚下的房间正歪斜向一边。

阿克顿吞下一大口白兰地。"嗨,霍金斯,你来了,还活着嘛。没什么痛苦的感觉,嗯?"他那双冰冷的蓝色眼睛紧紧地盯着我,谅我也不敢反驳他的话。

"你想对我怎么样,先生?"

他给自己撕了一块面包，涂上奶酪。"罗伯特最终还是被人弄死，"他一边说着，口中发出很响的嘶嘶声，"听说米切尔也死了。我可不想犯人死在自己的地盘上。"

"看来情况并没有如您所愿，最终。"

弗里特呆住了，等着接下来的爆发。然而阿克顿，就像听到我讲了一个好笑的笑话一样，只是拍了拍大腿笑起来。"好，好，好。我的审讯室让你变得更加无畏了，是吗，霍金斯？"他背靠向座位，掏出查理斯的信把它丢在桌上。"巴克利今天早晨和我谈过。他说你怀疑是吉尔伯恩杀的人。"他笑着说，"这个结果我还能接受。"

"他和你想法一样，阿克顿先生。"

"这个确实。"他脸上的笑容消逝了。"弗里特。"他在桌下踢了弗里特一脚，"这个事情你怎么看？"

弗里特此时正忙着看查理斯那封信，茫然地皱起眉头。"是吉尔伯恩。"他平淡无奇地说，像是在谈论着洒出来的牛奶，而不是一个杀人凶手。

阿克顿哼了一声，搓起了下巴，看了我一会。"两条腿儿的麻烦，就是你。"然后他对着弗里特沉下了脸，"难怪他会对你感兴趣。你最好尽快从我的监狱里滚出去，不管是被裹尸布抬着出去还是坐着马车出去，对我来说都一样。"他的手掌拍着桌子。"先生，我给你开个价，你把这事坐实在吉尔伯恩身上，我很乐意亲自列队把你送出监狱的大门。"

我将背挺得更直一些。"这个倒是不用，你知道的。"我已经无所畏惧了，恐惧已然在昨晚遗留在黑暗之中的某一处。"菲利普爵士已经答应过，要是我真的找出了杀人凶手，他会将我从这里释放。"

阿克顿的眼中闪过一丝敬畏。"那么，先生，你想怎么样？"

"不要再被人毒打,被人欺凌。管好你的看守们,尤其是克罗斯。"

他又咬了一口沾着奶酪的面包说:"还有其他条件吗?"

"只要调查需要,我必须能出入监狱。杰克斯会守着我一起。"在他反驳之前,我赶紧加上一句:"而且刑讯室里的那些尸体必须立刻找人埋了。"

阿克顿打了一个嗝,耸起肩膀说:"不,不——不行。那些家伙的家人们还没有付过钱。"

"那就从你自己肥得流油的口袋里掏钱来付,你个婊子养的贪得无厌的家伙。"

"汤姆……"弗里特轻声地提醒我注意言辞。

我绕到他身前。"那里有五具已经开始发绿的尸体,已经能引起一场瘟疫。我听到老鼠们在上面啃噬——"

"呃,好嘛!"阿克顿暴躁地打断了我的话。他对着并未受我刚才所描述情景影响半分、正卷起奶黄馅儿饼塞进口中的弗里特挥了挥手。"你去帮他。他还不够狠,就凭他自己也干不了这事儿。"

我怒声道:"我宁愿自己一个人去干这事,先生。"

"你宁愿?我可不在乎你想怎么着,先生。"他又为自己倒上一杯白兰地。

"那么,如果是他杀了罗伯特呢?半个监狱里的人都认为是他干的。"

阿克顿将目光滑到我的室友身上。"呃,这是一个问题。"他退让了,问道:"你杀了上尉,你这卑鄙的狗东西?"

弗里特放下手中的汤匙,看向阿克顿。房间内陷入了沉寂,只有火炉中的火焰发出噼里啪啦的爆裂声。

"回答我,该死的!"阿克顿还是发火了。"不然我就动手揍得你全招出来。"

弗里特缓缓地露出了笑容。我的脊背上生起一股寒意,尽管我背对着门站立在离他几步之遥的地方。"我希望不要那样。"他说。

阿克顿将身子凑倾得更近一些,伸出一根手指重重地戳向弗里特的脸。"不要威胁我,先生!我可不吃那一套。我根本就不会在意从你身上能弄到多少钱。"

弗里特对着阿克顿的脸笑了起来。"很好,监狱长。我一个月还是会付五基尼,你可以把我锁进你的刑讯室,并让克罗斯毒打我,就像在那里打那个可怜的小伙子一样。让他拧断我唯一在乎的脖子,把我的尸体扔在那里让老鼠啃咬。等到把我弄进监狱的那帮人再次需要我的时候……你认为他们还会给你一笔酬金来酬谢你的所作所为吗?"他斜着脑袋问,"那时,你要怎么和他们交代呢?"

"我可不怕他们。"阿克顿冷哼道,"我有我自己的关系——"

"那么接下来就是我的兄弟了。"弗里特继续一脸平静地说下去,再次举起汤匙,"我可不确定他会做出什么事来。他只算得上我的半个弟弟,这个当然。或许他只会将你的心割一半儿出来,玩刀他可是行家。"

阿克顿震惊地将身子往后一顿。"他已被弄走了,"他嘶哑着声音说,"报纸上也是这样报道的。"

"大西洋,辽阔的大海啊。"弗里特来来回回地挥动着手中的汤匙说,"两边都可以航行回来。现在——我们这沉闷的斗嘴也该结束了吧,阿克顿先生?"

阿克顿从弗里特手中夺过汤匙,把它扔在闪现着火光的地上。"你的兄弟现在在美国,"他坚定地说,"即使他回来了,也不会关心你的状况。说不定他会像我们一样,在你的坟墓前吐上一口痰。罗伯特上尉的这件事我不想再多说了，弗里特——你明白我的意思吗？我已经受够了，我给你们两天的时间，两天之后要是还没有结果，我发誓会让你背这个黑锅，承认是你杀了人，而且把你绞死。而你，霍金斯，我会以比你撒尿还要快的速度把你再次弄进刑讯室。现在，不要再和我讨价还价，你们两个！"

◇

我们两个什么也没有说，直接往外走。查普曼将他的脸从刚拿起的一杯麦芽酒中抬起，赶紧跟在我们身后。与阿克顿的碰面似乎令弗里特极为高兴，往回走向监狱的一路上，他口中含着烟斗，一直在低声地自言自语。

我暗自咒骂着他，心中恼怒阿克顿迫使我们两个又待在一起。此时，我仍为弗里特偷拿查理斯那封信出卖我的事情耿耿于怀，也埋怨自己不够聪明，没能让那封信远离他那双贼手。我为什么不把信毁掉呢？当时只顾着责备弗里特骗我穿上罗伯特的衣物的事，他这人就是一个大骗子，为了自己高兴和获利能把他身边的每个人都弄得晕头转向、心绪不宁。感谢上帝让我在牌桌上从来没有遇到过他。

另一方面，我很清楚自己应该暂时放下骄傲并接受他的帮助。从他所有的恶行来看，他不失为一个聪明又狡猾的人。而且，现在他是出于自身利益迫切想要找出凶手，在很长一段时间里他可能不会再恶意行事，而让真相继续隐藏下去。阿克顿只给了我们两天的时间。我不应该再这样生闷气而让时间白白浪费掉。

"你打算要惩罚我多久，汤姆？"当我们一起上楼走向贝拉岛时，弗里特客气地询问道。他有一种神奇的本领，总是能看穿的我心思。

我没有理他，从乳头娃娃餐厅那边叫了一份晚餐。弗里特得为这个付钱，毕竟他之前给我惹出了那么大的麻烦。我站在窗户边等着送餐的人过来，而他躺在床上又抽起了烟卷。我能感觉到他的目光落在我的背上，也能听到他口袋之中的那块银表发出的滴答滴答的声响。他是怎么从克罗斯那里弄回的这只表？他的那本日记又去了哪里呢？我想着这一切，又暗骂自己还有心情去想这些闲事。这便是他的引诱方式，就像一个渔夫放好了鱼饵然后只管耐心地等待鱼儿咬饵上钩。在弗里特身上，并没有什么耐心可言，我从他口含烟斗不断吧唧的声音便能得出这样的结论，在我被他轻率、考虑不周的出卖行为激怒的同时，我此时的沉默也已令他怒火冲天。这样很好，我心里想着，然后摇了摇头。我和他只认识了三天，现在却像一对已婚的老夫妻一般冷战。

隔壁的门吱嘎一声开了，伍德伯恩出现在院子里，最先映入眼中的便是他隆起的肚子。他从头上长长的假发上取下帽子拍了拍，然后倚身于手中的拐杖，往前一步步地走。我从上面叫他，主要是因为我知道这个举动会令我的室友恼怒。那牧师一只手搭在眼睛上方以遮住阳光的直射，满是惊讶地往上望过来。

"霍金斯先生！"他喊叫道，"你痊愈啦！"

"当然不可能，你个愚蠢的老东西。"弗里特在我身后的床上嘀咕道。

"已经好多了，先生，谢谢你。我今天下午去听过你讲经。"

床上传来一阵喘不过气来的咳嗽声。"虚伪！"

伍德伯恩露出了笑容，摇晃的身体站得更直了。"我很高兴听你这样说。"他伸长了脖子，提高了音量，"很遗憾弗里特先生今天没有过来。不过，据我这么长时间观察，可以看出那些最需要教堂指示的人们对拒绝来教堂听经也最为顽固……"

"呃，伍德伯恩先生，"我将头偏向一边，对着他做出一副尤为虔诚的表情,"要是你知道弗里特先生那里有一套你布道讲经的复印本,你肯定会很高兴的……"

"……我用它来擦屁股……"

"……他每天晚上都在看经书以慰藉灵魂……"

"是这样吗?"伍德伯恩顿时皱起了脸,试图去弄明白这不可思议的事情。"呃,呃。我很高兴我的言辞能给他带去些许的安慰。"他走得更近一些,说:"其他事情怎么样,先生?"他用舞台上的嗓门儿高声道,"你的调查进行得怎样?我想监狱长会制止你调查下去。"

"没有,先生。"我压低了声音说,"现在只是让我们继续调查。"

伍德伯恩看起来很是吃惊,向后退了几步。"是吗?你是说,你现在和弗里特先生一起调查吗?"

我正想着给出答复,这时弗里特一下子从床上跳了起来,猛地关上窗户。"看在上帝的分上,"他嘘声道,"我是不是应该帮你找一个喇叭对着整个伯勒镇大声地宣扬这件事情?"

我绕到了他的身后。"整个监狱都已经知道了我想做什么,这可多亏了你啊。要是你没有偷拿走那封信,我的调查现在估计还能在秘密中进行。"

"哈!"他从外套口袋中抽出了那封信,在我面前挥了挥。"要是你对我信任的话,我早就会在它落入坏人之手之前把它烧毁。"

"这都是你说的!"我咆哮道,一把从他手中夺过那封信并把它扔进火中。"昨天我去酒馆找你就是要把所有的事情告诉你,可是你却把我像只狗一样地赶走。顺便问下,你们昨天在谈论什么事情?和你说话的那个人是谁?"

"一个家人。"弗里特轻松地回答道,然后停顿了一会儿说,"我们得好好地再讨论下这件事情。"

我将双臂交叉在胸前，"我并没有原谅你。"

"你已经原谅了。只不过你还没有意识到。"他伸出一只手。

我知道我不应该有反应，到了明天我会再次被他骂——要是我还能活到那个时候的话。他就是一个魔鬼，这点毫无疑问。我应该让布雷萧夫人将"不要相信塞缪尔·弗里特"这几个字绣在我的手帕上，并别在我胸前。然而，事实上我需要他；更为糟糕的是，我身体里赌徒身份的自己正趴在耳朵前一遍遍地说："接住这只手，冒险一搏。"因为在他身边所有的危险都将会有所回报，那回报不仅仅是银表和房租费用。生活是如此的简单，应该更有趣味。毋庸置疑，美好的生活总是过于短暂，然而却总是精彩纷呈。

"我想，做你的朋友要比你的敌人更安全一些。"

"这可未必。"

我握住了他的手。

"很好！"他紧紧地握住了我的手，用力地摇晃，使得他睡衣的袖子滑落到手上。"我相信，你最终还会再生一个小时的闷气。我们去弄点酒喝吧。"他注意到了我脸上的表情，赶紧加上一句："喝点酒有助于我们把精力用到一块儿。"

◇

尽管我喉咙上的瘀肿使得我无法吃下太多东西，我还是不费力地咽下了涂着黄油的烤面包和水煮蛋。我仍旧为昨天夜里的情形而闷闷不乐，我试着不再去想那整个晚上都被我吸进肺里的令人作呕的腐烂恶臭，可单单是想想，就足以让我把胃里所有的东西都给吐出来。

弗里特喝了不少的宾治酒。

吃完这顿饭后，我和他在火炉边坐着抽起了烟卷。食物和香烟从某种程度上恢复了我的神经，被人毒打和监禁所带来的恐惧最终还是淡去。我打着哈欠,伸着懒腰,尽量忍住身上的伤口和瘀肿所产生的疼痛。

弗里特一只手撑着下巴。"和我说说,你为什么怀疑吉尔伯恩?"

我和他说了罗伯特夫人透露的监狱地下通道,以及她那位演员朋友西蒙斯先生是如何借助于吉尔伯恩的钥匙在监狱里自由出入。弗里特认真地听我的讲述,手指拱起,那双黑色的眼睛像抛过光的玉石一般闪闪发光。"那么说,吉尔伯恩可能在没人看到的情况下偷进院子,即使是看守也没有发现。你确定只有他那里有钥匙吗?"

我点点头。"他肯定还有同谋,尽管——你同意吗?有人带着钥匙进入这个院子,并且进入了普通监狱。还有一个身强体壮的人帮他把尸体从院子里弄走,我敢打赌那个帮凶就是克罗斯。"

弗里特咯咯地笑起来。"当然是这样——难道你认为他真是上吊自杀?可是,克罗斯为什么要杀罗伯特呢?他们两个几乎互不相识。"

"为了钱。什么事情都能和钱扯上关系,你是这样说的。"

"呃,我不可能在每件事情上总是正确……"他的声音弱了下去,连自己都不再信服。

"吉尔伯特·汉德曾让我去问那鬼魂,钱去哪儿了。"我坚持自己的看法,可弗里特挥手抛弃这些不相干的细枝末节。"哈里·米切尔说过——"

"哈里·米切尔?"弗里特厉声打断我的话,"就是才被人弄死的那个哈里·米切尔?你和他有过交谈?什么时候的事情?"

"昨天上午,在普通监狱那边。"

"**昨天上午。普通监狱**。当然是这种结果,我怎么这么愚蠢。那么,米切尔都和你说过些什么?我问过他,他说他知道一些事情。"他皱着眉继续说下去,"我给了他半先令,弄到一些惊人的真相。"

"呃，他和我说罗伯特上尉打算敲诈吉尔伯恩一笔钱。这个消息他没有问我要钱。"

弗里特叹了一口气，然后将头深埋在双手之中。他用手指揉搓着眼睛，似乎疲惫得面无表情，就这样在那里坐了很久时间。我从来没有看到过他如此颓丧落败的样子。这是一种打击，事后我才明白过来。弗里特总是希望自己能成为最坏的那一类人，并为此而得意，可是自己却从来没有为此做过什么。"罗伯特，"最后，他轻声叹道，"你个蠢货，你个该死的蠢货。"

"米切尔说他知道吉尔伯恩做的事情，还说要是我能确保他被自由释放的话，他就把事情原原本本告诉我。在他还被关在监狱里时，他很害怕向我透露任何事情。他害怕吉尔伯恩会杀了他。而如今，他人已经死了。"

另一边的门哗的一声被人猛地打开，砰砰的脚步声从楼上的地面传来，木板发出嘎吱嘎吱的声响。特里姆返回了他的房间。弗里特愁容满面地抬眼望向天花板。"米切尔那么谨慎并没有错，"他说，"我们不能再冒着风险在这里说话。"

"我认为你说得对。"我的目光落在楼板上说，"不过，我确信特里姆值得我们信任。"我指向靠近窗户的一小块潮湿处，那里的木板已经开裂，即将垂落下来。"他没有从这里掉下来扭断脖子，真是个奇迹，这地方都已经腐烂成这样了。"

弗里特伸出一根手指放在唇边，"到处都腐烂得不像样子了。"他喃喃自语道。

第十八章

在我们安全地从贝拉岛出去之前，弗里特连一个字儿都不肯再多说。即使从牢房里出来了，他也不吭声。唯一能确定的就是，有些事情迫在眉睫，他希望和我探讨，而且我们必须得离开监狱才能说。

"接下来，我们必须去找杰克斯。"我指向外面。阿克顿已经同意我们可以离开监狱去进行调查，前提是必须有守卫在场。

"杰克斯应该在教堂里。"弗里特并不赞成。"或许他要在那里跪上一整天，这样对我们并没有任何益处。"他笑得咳嗽起来，"为什么我们不带上克罗斯或者是查普曼呢？"

"我不信任他们。"而且我也不信任你。一想到克罗斯和弗里特两人混在一起就令人感到不安。

他眉头微皱，道："要不然就得花很久的时间才能出去。"

"他就住在几个街区之外的地方。"

弗里特跺着脚，张嘴便要辩驳……然后他注意到了我脸上的表情，想必当时我的脸全黑了下来，因为即使是他看到后也吓得往后一跳。他举起双手表示屈服，然后去找来了汉德手下的一个少年去外面送信。我坐到放在门口的一只麦芽酒桶上，闭上眼睛。就在那里，我回忆起被关押在审讯室的那个死寂无声的晚上……

"霍金斯先生。"我耳边响起一个轻柔的声音。

我睁开了一只眼睛，然后是另一只。"吉蒂。"

她身上穿着她最漂亮的礼拜服饰，那是粉蓝色的礼服，用纽带扎系，肩上披着一块干净的白色方巾。她的头发半松开，金铜色的长卷发滑落在她的脸上，胸部起伏不断。她肯定是一直从院子里跑过来才追上我，她的一只手捂在腹部，大口地喘着气。

"你看起来真漂亮！"我不假思索地说。

她眨了眨眼睛，往后退了几步。"你看起来有些迟钝了。"她说着，用手指摸着我的太阳穴，那里被铁帽子深深地嵌入过皮肉。她的眼中含着泪水，"有些事情你一定要知道——"

"吉蒂·斯帕克斯。"弗里特回来了。他看起来很是生气，令人感到危险的气势。

绝大多数十八岁的姑娘们在遇到这种情形时都会惊恐得尖叫起来，但吉蒂并不在此列之中。她直直地站在那里，将双手捂在唇上。"只要我愿意，我就会和他说，"她抬起下巴说，"你又不是我的父亲。"

我等待着尖刻的回应，却什么也没有。弗里特的肩膀耷拉下去。"是的。"

吉蒂带着惊愕向他跑过去，将双臂搭在他的脖子上。他对着她的耳朵小声地说了些什么，然后她摇头。"那样不公平。"她噘起嘴来说。

弗里特瞥向我，然后转动着眼睛说："我们一会儿再讨论这个，吉蒂。"

她一只脚狠狠地跺地。弗里特咯咯地笑起来，她重重地往他手臂上打过去，然后再次拥抱他，接着跑回院子里去。

我看到她离开，刚才的情形让我觉得备受煎熬。"那女孩变得比天气还要快。"

他抬起眉毛。"为什么会是这样呢，汤姆？"

我举起双手以示反驳："我可没有做过什么鼓励她的事情来。"

"二十五岁的英俊年轻男人根本什么也不用做，就在这里就够了。"

他将昨天夜里克罗斯从我身上夺走的那把匕首递给我。"只要杰克斯那个麻烦一过来，我们就能自由地离开了。"

"你为什么反感杰克斯？他可是一个好人。"

"就因为这个。"

我将匕首插入腰带。"我很高兴他能和我们一起，我可不能再败下阵来。对你来说也是件好事情，不过我得考虑到自己的外貌问题。"

弗里特笑了起来，搔刮着头上竖起的毛发。他的头发较之以往灰白得更厉害了，这无疑又是一个难熬的夜晚。或许他是为自己出卖了我而感到内疚，可是，如果是这份内疚令塞缪尔·弗里特清醒，那他肯定会真干出一些恶魔般的事情来。自从我来到这里，我就没有发现他睡过觉。"我们不要在杰克斯面前讨论事情。"

"为什么不能？你该不会是在怀疑他吧，是吗？"

"关于谋杀罗伯特的事情？"弗里特想着事情，声音弱了下去。他从唇间挤出了一个笑容。"你要知道，他能够干出这件事情。他可以进入看守们的房间，拿到所有的钥匙。而且，他完全能够将罗伯特扛到审讯室去。"他拍起手来，"好极了！杰克斯就是杀人凶手。"

"呃，现在他过来了。"我对着门房那边点头示意。杰克斯正从走廊里走过来。"你愿意获取逮捕他的殊荣吗？或许他可以以法警的身份自己逮捕自己？"

我以为这样说会让弗里特闭嘴，可是事实是，我应该更深入地了解他这个人。

"今天过得不错，先生！"当杰克斯走近我们时他叫喊道，"告诉我，是不是你杀了罗伯特上尉？"

杰克斯盯着他，显得目瞪口呆。"你说什么？"他吸了一口气儿，出声问道。

"我们刚才正在讨论所有的可能性。汤姆不这样认为,不过他只是一个轻信别人的年轻人。"他碰了碰我的胳膊,"我们必须得打到你吐露实情为止。"

杰克斯将双手捏成了拳头。"你敢!"他大声喝道,"你敢这样诬陷我!罗伯特上尉是我的朋友,我的兄弟!你认为我会杀死曾经救过我性命的人吗?我花了三个月的时间试图找出证据证明他是被人谋杀而亡。那时候你又做过什么,你这狡猾的狗东西?当整个监狱的人都认为是你杀了人时,你一屁股坐在那里什么也不做——什么也不做——只想维护你恶人的声望。"他一把揪住弗里特的衣领,将他扯了过去,"告诉我,弗里特先生,是你杀了罗伯特上尉吗?"

他从容地问道:"要是我承认了……"

杰克斯举起他的拳头。

"手下留情啊!"我猛然喊道,快步走到他俩中间,一只手拦住了杰克斯的拳头。"我们没有时间浪费在这些事情上!要是你们想彼此撕扯的话,那也要等到我们找到真正的凶手以后。我需要他的脑瓜,"我对着杰克斯说,"要是把他的脑袋打烂在这院子里,对我一点好处也没有。"

◇

当我们一行人走入高街的喧嚣集市中时,我的心里瞬间高兴了起来。马夏尔西监狱就像一座孤岛,有它自己的时间和空间。我被关押进去后的这三天里,几乎都已经忘记在监狱之外还有另外一个世界。在出入王冠餐厅的一路上,我总是心神不定,无暇去感受那短暂的自由时刻。

这条街道里挤满了渡河而来的外地人,他们渴望来此地体验萨瑟克区臭名昭著的低级乐趣:斗熊与斗鸡,戏院和赌场,杂耍表演和命运占卜，低廉的啤酒和更为低廉的佛兰德妓女。可能是万能的上帝在他休息的这一天里不想去理会这些肮脏的世事。

弗里特很高兴，兴奋得有些忘乎所以。

"要是我们两个分别往相反的方向逃跑的话，"他好奇地抬起眉毛问杰克斯，"你会去追捕哪一个？"

"看看这些人吧。"我看着街上的人群发出一阵叹息——那些在萨瑟克街道上马车车轮间奔波的少年，从车流中出出进进穿梭不息的挑夫，在礼拜日精神焕发行走在路上的女人们，"他们知道自己有多幸运吗？"

"别灰心，汤姆。"弗里特扯着杰克斯的外套说，"我很认真地问你，你会去追我们中的哪一个？"

杰克斯一只手拍在弗里特的肩膀上，狠狠地掐住。"每一家酒馆客栈都有阿克顿的眼线，你们中的任何一人逃了，他们都会去追捕。而且，当他们再抓到你时……"他的手用了更大的力气，弗里特疼得眼泪都涌了出来。"呃，他们那帮人可不会像我这样温柔。"说完，他放开了弗里特。

弗里特戏剧化地搓揉着被捏痛的肩膀，然后对我眨了眨眼睛。

"说起酒馆……"我说，"乔治酒馆？"

弗里特摇摇头。"你没听他说吗？那里面都有阿克顿的人，不比马夏尔西监狱好多少。我们需要找到一处安静的地方，无法被人偷听到谈话的地方。'雪原'那边的人要少很多。"

杰克斯同意了他的提议。

弗里特警惕地盯着杰克斯。"万能的上帝啊，我们竟然能达成一致的意见，杰克斯先生？这反而让人感到担心了。"

◇

我们向右拐进了斧瓶大院,那地方沿着马夏尔西监狱的南边围墙延伸开来。三人顺着一条在监狱里面就听人提起过的鹅卵石小道前行,沿路有一家糖果店和一处杂货铺。那条能通往监狱里面地窖的通道,想必就隐藏在这堵墙的某一处,正是罗伯特夫人弄出的鬼魂出入监狱的门户。那地方肯定被隐藏得很好,因为我根本没有找着。再往院子前面走,我闻到了一股温暖且诱人的香味,于是驻足不行,胃里一阵翻滚——那是新出炉的面包所散发出来的香味。

杰克斯指向前方往上的那家面包店。"尼希米·惠特克面包店,是萨瑟克区最好的面包店。"说着我们走了过去。接着,他将身子凑过来在我耳边低声说:"那是监狱长的一个朋友开的店子,别乱说话。"

在杰克斯和尼希米的老婆闲谈之际,我给自己买了两个面包卷,当场便就着一碗巧克力酱把它们吃下去。回到院子里时,弗里特正沿着我们来时的路往回慢走。

杰克斯手持他的短刀,说:"弗里特先生,要是你想着逃跑的话……"

"我正想着要去买点东西在外面吃,杰克斯先生。"弗里特说着,径直走进了杂货铺。

在小路的尽头,我们攀过了一道低矮的木门,进入一处荒芜的场地。我停下脚步,放眼朝着这数英亩之大的"雪原"四周望去,这地方并无特殊之处,从这里可以踏上通往伯蒙塞的所有道路。在我们的正前方是一片果园,以及几处零零星星的小菜园,有些菜园看起来维护得还不错,另外一些已然荒废,到处是水洼。在远处,我看到一处挂着布架的地方,呈巨大的四方形状,伸展开来的布匹晾在暮光之中。

走到那地方时,我一下子被绊倒,差点摔了个四脚朝天。这块开阔的地面并不平整，遍布着起伏的丛丛野草和凸起的土堆。我看向四周："这是一块坟地吗？"

杰克斯鼓起面颊说："看起来像是一处坟地。伍德伯恩认为就是。他经常到这里来练习传经布道。"

"他练习讲经？"弗里特看起来很惊讶。

太阳已经在我们身后缓缓落下，在野草上投下长长的光影。杰克斯在一棵老橡树下坐了下来，倚着树干。那棵树年代已久，树身上长起了木瘤，在风雨侵蚀下显得疤痕累累。树上有一根最粗的枝干比其他树枝伸展得更远，仿佛一只手正指向远方的某处，进行警示或控诉。

"那树枝上可以吊死人。"我说。

弗里特斜了我一眼，那眼神就像一名医生刚刚发现了患者身上令人担忧的新症状。"我们再走远一点。"他将手环绕在我的手臂上，牵着我向前走。

"我会在这里盯着你，弗里特。"杰克斯发出警告。

"你可真可爱！"

我们走到了一处平整的地方，弗里特将臂下夹着的灰色毛毯摊开在地，然后四仰八叉地躺在上面，双手枕在脑后。"这样无拘无束地仰望天空真不错。"他轻声说。我挨着他坐下，开始吃苹果。"你和吉蒂达成了什么协议？"

弗里特看着天空流动的浮云，什么也没有说。在我们头顶上方的树枝上，鸟儿啁啾作声，呼朋引伴，阵阵微风从原间野草上抚过。如果不转身望向身后的伯勒镇和马夏尔西监狱，我们能够自认为身处任何地方。我凝视着正前方，或许远处那些白色的方形并非晾在木架上的布匹，而是轮船上的巨大风帆。在我小时候，我曾跑到海岸边看着风帆——从我眼前滑过，那是一幅寂然且宏伟的情景。记忆之手把我扯入往昔岁月,我在牛津的海岸线上畅然奔跑,头顶是碧蓝天空,我体味着空气中咸咸的味道,海浪在呼啸,海鸥迎风翱翔,越飞越高。

我醒来时,太阳已全然落下,空气中有一丝寒意。弗里特仍然仰卧在原地,抬眼凝视苍穹。我坐起身来,身体感觉有些无力,精力却很充沛。"你就让我在这儿睡着了?"

"你需要好好睡上一觉,而且你的鼾声有助于我思考问题。"

"现在几点了?"

他将那块银表递给我,已经快要六点整了。我把表还给他时,他推开了我的手。

"你以前有过爱情吗,汤姆?"

只有弗里特才会在没有铺垫、没有歉意的情形下问出这样的问题。这是一种非常聪明的问题,他能从他提出问题的那一刻就从我的脸上看出答案。在人以面具伪装之前的那一秒钟里,你能从一个人的眼睛中看到真实,不过你必须在对方措手不及之时迅速地抛出问题才会有效,而且还得接受他在你问过之后直接照着你的下巴狠狠来上一拳这样的可能性。

"并不真诚,也没有认真。"他喃喃地替我给出了答案。他说得很对,但是我却不想肯定他的答案而让他为此得意。他拿起一瓶葡萄酒,长饮了一口。"吉蒂是我一个老朋友纳撒尼尔·斯帕克斯的女儿,他在五年前去世了。"他擦拭着无名指上的金戒指,就像阿拉丁在召唤神灯一样。片刻之后,我才意识到他已经回答了我一个小时之前问过他的问题。"吉蒂说,她的父亲是一名医生。"

"是的。他是一名出色的外科医生,这份职业让他赚了不少薪水,成为有钱人。不过,恐怕如今什么都没有了。"他高举起手中的酒杯,将酒迎风洒落。

"发生什么事情了?"

他笑了,笑容酸楚。"吉蒂的母亲艾玛,那是一个非常美丽的女子,极具魅力。不过,她都靠纳撒尼尔维持稳定的生活。当纳撒尼尔知道自己快要死的时候,他让我答应在他死后照顾艾玛和吉蒂。"他停顿下来,垂下了头。

在这之前,我从来没有见过弗里特如此模样,此时的他没有像平常那样耍心眼儿。我知道,一切都将源自于此。我等着他继续说下去。

"纳撒尼尔是非常优秀的男人,勇敢而忠诚。"他摸着太阳穴上的那条小疤痕说,"他本应该安心地过着宁静的生活,尤其是在吉蒂出生以后。可是艾玛不愿意离开伦敦,而我……我希望他离我近一点,你明白……人总有私心……"他对着地面低声说着,"我那时还没有那间印刷店。我……"他扭过身,望向树下杰克斯坐着的地方。

"你以前是名间谍。"我说。我从他和阿克顿在王冠餐厅的谈话中看出了不少端倪。

"更糟糕的是,"他喃喃道,"我喜欢这样,汤姆。那是一场赌局,危险却令人感到刺激。要是我因此而死,也是命该如此。你应该理解。"

我点点头。

"可是,我不应该把纳撒尼尔拉下水。他不适合干这个。我没有想到……不,不是那样。"他纠正着自己的话,"我很清楚。可是我并没有在意。我不准备放弃,所以把他和我拉到一起。后来他死了。"

他陷入了沉默,死死地盯着远处。

"悲痛会将你拉向某处黑暗的地方。"他终于还是开了口,"可内疚总会像条鞭子一样不断地抽打在你的背上,促使你不断地往前走。纳撒尼尔的死是我的过错,于是我逃脱出来去寻找自我。等我回到伦敦，已经是五年之后了。他家的房子已经卖给了别人，艾玛和她的女儿都不见了。我很容易便找到了艾玛，尽管那时我差点没有认出她来，她的变化很大，在圣吉尔斯那地方卖身。"他苦着脸说。"我给她钱，给她带去食物和衣服。只要她开口，我就会给她钱。"

"那吉蒂呢？"

"逃跑了，在几年前。艾玛连她的名字都记不起来，更别说让她记起最后一次见到女儿是在什么地方。我花了几个月的时间去寻找，都没有消息。在去年二月，我被送到监狱受安全监管——直到雇佣我的那帮人做出继续用我或是杀了我的决定后再处理。她就在那里，在萨拉·布雷萧的咖啡馆里，不得不说这真是个奇迹。就好像她一直在那里等我一样，从未改变！我的上帝啊！"他一只手挠着头皮。

一只麻雀落在旁边的篱笆上。我把一些面包屑扔了出去，它跳得近了一些。"可能她父亲的在天之灵一直在守护着她。"

"胡说八道。"

"我只是说——"

"你是在为我之前抛弃她而找理由开脱。呃，不用这样！"他吼道，"我没有遗弃她，汤姆！她靠着她自己的聪明和勇气生存了下来，别无其他。不要否认她自身的努力。"

那只麻雀跳进了草丛，从那里飞走。"她是你的吗，弗里特？"我轻声问道。

弗里特浓黑的眉毛皱成了一团。"我的？"

我的脸红了。"你说到了爱情，就在刚刚。我情不自禁地只是想知道……"

"万能的上帝啊！"他大呼起来，一双黑色的眼睛瞪得大大的，满是诧异。"你到底在想些什么啊？她刚出生几个小时，我就把她抱在了怀里！不，不，不！她不属于我，她不属于任何人。"

"那你刚才是什么意思，关于爱情？"我困惑地皱起眉头，"我没有搞懂。"

弗里特神色哀伤地看着我。"没什么。"他向后瞥向仍然坐在树下打瞌睡的杰克斯，压低了声音，"下次再说吧。不过，我必须要和你说说关于罗伯特和吉尔伯恩的事情。先给自己点支烟吧，你会需要这个的。"

◇

"罗伯特并不是一个坏男人。"我一点燃了烟卷，他就开始说。

"据大家所说，他是一名出色的军人，英勇无比，颇受人尊敬。"

"他曾经救过杰克斯的命。"

"呃。我们不要对他心存偏见。"弗里特抓起第二瓶酒，用牙齿咬开瓶盖，对着瓶口痛饮一番，然后用袖子擦净嘴上的残渍。"他品行并不坏，只是一旦遇到关于金钱的事情，他就犯蠢。要是他口袋里有两枚先令，他就会想着把它们变成三枚。而且他很确信自己会变得富有，总认为只用转个弯就有大笔的财富在等着他，然后是下一个，再下一个转角处。总是这样可笑。在角落里等着罗伯特上尉的只有他的那群债主们。"

这就是一个赌徒不顾一切的信念，全是注定。对这种心理，我再熟悉不过。

"我最受不了他的懊悔模样……"弗里特揉了揉眼睛继续说下去，"他趴在枕头上一哭就是几个小时。啊，我到底做了什么，我到底做了什么？他跪在教堂里数小时之久，对着上帝啜泣。请宽恕我吧，主啊！我发誓我一定会改！再给我最后一次机会，我求你了！求求你，主啊！我猜测拥有无限智慧的上帝也在怀疑他所发出的誓言究竟有几分的可信度。我和他说,罗伯特,你这完全是自找的,不要这样哭哭啼啼地打扰上帝了,你只会让他为此而恼怒。"

"那样想必能带来不少安慰。"

弗里特笑到呛出来。"我猜,他和大多数人不一样。"他让步说,然后伸出拇指往回指向监狱那边。"那里面关押着的人中,有一些一直在那里等了十年之久,等着自己时来运转。明天我就会打赢官司,明天我的债务就会一笔勾销,明天我亲爱的叔叔就会死去,并把他大笔的财富留给我,我最终会从这里释放!"

我叹息着将烟从肺部呼出,想起莫尔曾经和我说过的话,就在我被关进监狱的前一天晚上。你总是想着明天,汤姆。

"明天来临之后,它的胳膊下面并没有给你带来任何东西。于是,你只有恐惧,暴怒,绝望!"弗里特向上伸起双手,"之后你便像中毒了一样。希望,像蛇一般蜿蜒钻进你身上的每一处神经,然后一切又重新来过。这是人们自造监狱,自我囚禁,吉尔伯恩深知这一点。作为捕食者,他会比他的猎物更明白猎物自身的本性。"

"吉尔伯恩想从罗伯特那里得到什么?"

"他的妻子。"他又饮下一口酒,"有一天我回到贝拉岛,发现罗伯特跌坐在地上,双手紧捂着脑袋。吉尔伯恩向他提议,他付给罗伯特十基尼,这笔钱足够让他从监狱释放;作为回报,罗伯特得同意吉尔伯恩与他的妻子凯瑟琳亲密接触。一次一基尼。"

"我的上帝啊。"我轻声道。吉尔伯恩这种奸诈残忍的行为让我屏住了呼吸。凯瑟琳即使哭诉自己被人强奸,没有她丈夫的支持,谁又会相信她?而且,罗伯特要想保全她的声誉,只能以承认自己的罪过来维护。

弗里特歪起脑袋。"我猜此事于吉尔伯恩来说具有最大的意义。你想啊，他整天坐在他的办公室里，设置出各种费用并做交易，这里一先令，那里一基尼，要是他愿意的话，何不去付费从一个男人手中直接买下他老婆呢？"

接下来是长时间的沉默。弗里特的想法是对的：吉尔伯恩在他的一生之中已经习惯于花钱铺路。他会从一个快要饿死的人手中抢走一块面包，只要这样的行为能确保他的锦衣玉食。然而，这种行为和上述行为又有什么本质的不同呢？在阿克顿家里吃饭的那天晚上，他就曾为了自己的消遣欺骗过我，让我误以为他如我看到的那样正派。他假装出来的谦逊质朴吸引着我，令我着迷。是的，霍金斯先生，所有的这些都是愚蠢而无意义的东西，但是我们已经看穿了，不是吗？弗里特刚才称吉尔伯恩为捕食者，然而他捕猎并非为了填饱肚子，只是为了高兴。

我原本以为自己阅历丰富，饱经世故，但这样的想法已是对自己的过度褒奖。罗伯特想以此事来勒索吉尔伯恩吗？这就是全部吗？为什么不看在上帝的分上直接用刀尖刺穿他的身体呢？

"罗伯特曾让我给他建议。"弗里特的话将我从凶残的想法中扯出来。他冷冷地笑着说："我猜，那是他已然绝望，想不顾一切去拼命的信号。吉尔伯恩很聪明，他利用了凯瑟琳。罗伯特对于她曾劝说过自己放弃他们儿子这件事责骂她，而且那笔从她父亲那里拿到的钱仅仅只够他们付监狱里的房租，没有余钱，他那时若是接受了吉尔伯恩的条件，就能弄到足以让他俩出狱的现金，而且是一千倍之多……罗伯特总是在责备他人，除了他自己之外的所有人。"

"可是，你阻止了他。"

"我告诉他，要是他这样做的话，他就会受地狱之火焚烧之苦。我的话似乎起了作用。"弗里特耸着肩说，"他并不是一个过于世故的男人。"

"而凯瑟琳永远都不知道事情原本的真相。"

弗里特摇摇头说,"几天之后,他就死了。我推测是吉尔伯恩出于恶意杀害了他。可是如果罗伯特曾勒索过他,那就等于是给了他一个更好的杀人动机,嗯?可怜的罗伯特。他真是一个傻瓜。我见过许许多多的危险人物,吉尔伯恩是最坏的人中的一个。"他停顿下来,我从他脸上的表情看出他正在回忆以前死里逃生的经历。"我们必须有所防范。如果他怀疑我们知道事情内幕,我们就是拿命在做赌注。只要他愿意,他可以来去自如,而且他还有一个同谋,就在这座监狱里工作。我们必须——"

身后传来谨慎的咳嗽声,就在几步距离之外。弗里特以惊人的速度一跃而起,从我身子一侧抽出匕首,高高地举起来。"大难降临在你身上了么,先生!"弗里特怒吼道,"你那样鬼鬼祟祟地溜过来?"

杰克斯看着弗里特手中的匕首就像看着布雷萧夫人的缝衣针一般不以为然。"我答应过克罗斯,天黑时候把你们押送回去。"他平静地说。

弗里特放松下来。"呃,我们不会让克罗斯先生失望的。走吧,先生。"

◇

一路走回斧瓶大院,我询问弗里特我们是否应该提醒罗伯特夫人要对吉尔伯恩有所防范。"我试过提醒她。"他说,"可是,如果不说清楚整个事情的真相,很难让她能理解我的提醒。她一直认为她那可怜的丈夫很圣洁,我想,她并不愿意接受他的任何负面传闻。"

我和弗里特的看法一样,认为下一步的行动应该是在与吉尔伯恩对立之前,收集更多关于他的证据。弗里特的建议并没有什么特别之处,"我们得去找吉尔伯特·汉德谈谈,"他说,"罗伯特也曾向他征求过建议,所以他才会让你去问问鬼魂关于钱的事情。"

"他还向吉尔伯特·汉德透露过?"我感到惊奇,"这件事到现在还没有传到美国那边去,还真是个奇迹。"

"吉尔伯特知道什么时候该闭上嘴巴。他可不想自己像罗伯特那样被人杀死在床上。而且他确实没有透露出去,不是吗?看看可怜的米切尔吧。"他蹙眉道,"不过,若是阿克顿答应保证他的人身安全的话,他会把实情讲出来。当然,我们得付给他一笔钱。"

"这个当然。"

"调查这件事可不会确保我的自由。"他神色黯然地补了一句,然后偷瞄了一下正走在前面几步的杰克斯,"或许我应该直接往他脑袋上猛击一下,然后逃走。"

"你没有那么高,够不着他的后脑勺。"

"你可以举起我。"

"那样你就再也见不着吉蒂了。"

"哈哈。"弗里特一只手拍下胸前,"这个倒是真的。她还有很多东西要学习,历史、哲学、解剖学……"

"……良好的礼仪课程呢?"

"呸!"弗里特吐出舌头,"学这些有什么用?我教过她怎么用法语骂人,那还不够吗?"

"学解剖学?"

"那是我的责任,汤姆。"他给我留下了最为真诚的良好印象,"所有的女孩子都应该去学解剖学。我们不能在没有预先教授士兵如何打仗的情形下就把他们送到战场上去。"

我笑着摇摇头,无法判断弗里特是大英帝国里最差的护卫还是最出色的那位，或许两者皆有。走出院子进入高街时，我们仍在大笑。刚走上大街几步，弗里特就死死地停住，低声咒骂起来。

一名个头高高、衣着精致的男人正骑着一匹毛发光滑的黑色大马进入监狱，是吉尔伯恩。我的心顿时下沉。如今在深知他真实面目的情形下再次看到他，令人感到心神不定。他的外貌并没有什么改变，还是同样的英俊潇洒，举止优雅，与我在两天前的那个夜晚一起参加晚宴时完全一样。可是现在我对他的感觉却截然相反，对我来说，这很奇怪——我并没有从他亲切友善的举止和时尚华丽的衣物掩盖之下看透他的心，却颠倒了之前对他的美好印象。他就像一枚被你从衣袋中掏出的劣质伪造硬币，令你惊慌失措，并为它竟然在某一刻骗过你的眼睛而感到诧异不止。

当他走到监狱大门狭窄的入口处时，他看到了我们，举起帽子向我们招呼。

"鞠礼……"弗里特给出了旁白，而我却莫名其妙地也弯下了脖子。吉尔伯恩从马背上跳下来，伸出一只手向我走过来，他的眼中充满着友善。我握着他柔软白皙且被精心修饰过指甲的那只手，感觉怪怪的。

"我亲爱的朋友，"他的声音里真诚满溢，"这可真是一次幸运的相会。打扰到你，我深感抱歉，先生。"他的目光越过我的肩膀瞥向弗里特。"不过，这位不就是那个骗你穿上罗伯特上尉衣物的无耻之徒吗？"

"正是在下，先生。"弗里特浅浅低头，承认道。

吉尔伯恩谨慎地看了弗里特一眼，像是认出了一个令他感到厌恶却又不容小觑的对手。"你已经宽恕他了，霍金斯先生？我可不认为那是明智之举。"

"我已经原谅他了，先生。弗里特先生的做法确实令人不齿，不过我相信他做那件事情的出发点是正直的。"

"真是宽宏大量。"吉尔伯恩喃喃说着，眯起了眼睛。

"太过于宽宏大量了。"弗里特附和他的说法。"说我狡猾或是奸诈我都接受，可是正直？在我看来，正直的人都会死得很快。"他对着吉尔伯恩笑着，"所以正直的人才会这么少。"

我们此时正从两家已经打烊的商店之间步入一条通往马夏尔西监狱的小巷子，那里潮湿且荒芜。吉尔伯恩的马喷出鼻息，不住地跺着马蹄，迫使它的主人艰难地拉起缰绳。我可不能责骂那可怜的畜生，要是我可以的话，我也会这样做。

还没走到门房时，监狱大门就已经被人打开。本·卡特从里面冲出来，紧跟在后面的是吉尔伯特·汉德。他们从我们身边挤过去，惊得吉尔伯恩的马暴跳起来。我们紧紧地贴着墙壁，害怕被那畜生的蹄子踢死。

"怎么回事？"吉尔伯恩叫喊起来，奋力地想制服那畜生。

吉尔伯特·汉德已经跑到了那条巷子的入口处。"尽量跑快点，孩子！"他对着街道喊着，"他的性命就靠那个了！"

"谁的性命？"弗里特身子还紧贴在墙壁之上，急切地问道，"汉德先生！以上帝的名义，快说，发生什么事了？"

汉德紧张起来，仿佛是第一次看到我们。他的脸像粉笔一样苍白，衬衫上沾染着血迹。"是伍德伯恩先生。他被人用刀捅了。"

第十九章

监狱里人声鼎沸,一片喧嚣,看守们正奋力将犯人们关进各自的牢房,而犯人们在大声地抗议。阿克顿的看守们和我们一样刚刚赶到监牢,在混乱之中精神抖擞地挥举长鞭和棍棒,砸向一些倒霉的家伙或是犯蠢挡在道上的犯人。尖叫声、咒骂声,还有酒馆中酒杯摔砸在地的声音,除此之外,从围墙另一边的普通监狱里还传来囚犯们集体发出的如雷鸣般的低沉吼声。为他们这些人说话的人本就为数不多,伍德伯恩是其中一个,他偷偷地从外界捐助者那边弄来食物和药品分发给普通监狱里的犯人们。眼前的场面,要是阿克顿不加以阻止的话,那些普通监狱里的犯人们会把墙都推倒。我心中这样想着,突地生出一个强烈的念头,想冲到上面的酒馆露台上去为那群人欢呼打气,甚至在院子中间小跑了几步。杰克斯攥着我的胳膊将我往安全的高级监狱那边拖过去。

吉尔伯恩沉下脸观察着周围的情形,骑在马上后退,当他打算从监狱里往外疾驰时,一些犯人和看守挡在路上开始攻击。就在这个时候,阿克顿冲进了院子,径直奔向人群纠集处,拧住犯人,像对待死尸一般用绳索套住。我相信,要是被允许的话,他会把那些人像猪肉一样直接挂在肉钩上去吊着。

弗里特转向了我,他的眼中闪烁着兴奋的神采。"暴乱了,汤姆!"他从地上拾起一根被人丢弃的棍棒在手中挥舞起来,"上帝保佑安德鲁·伍德伯恩牧师!坚持到底!"一名囚犯摇摇晃晃从他身边走过,眼睛上方的伤口处流出很多的血。杰克斯让他去教堂那边躲避，之后再回来。

高墙的那一边传来一阵狂暴的喊叫声，暴乱已经蔓延开来。我听到那边上空传来一个声音，"团结起来！团结起来反抗屠夫！"那是安德森上尉的声音。

我惊恐地看向四周，我知道该如何保护自己，可是经过昨晚在我身上的混合折磨，我现在身体还很虚弱。我只能凭感觉从身上抽出那把短匕首，定定地站在那里。此时，弗里特已经用手中的棍棒清出了一条路来，杰克斯在后面护着我们。就在我们走到贝拉岛门口的时候，看守们已经赢得了高级监狱这边的争斗，阿克顿正召集着他的人冒险冲到围墙那边去处理另外的暴乱。那些看守们会将暴乱压制下去，我以自己对普通监狱那边简单的了解能得出这样的结论。阿克顿手下的那帮人虽然在数量上处于劣势，却在力气上有所弥补——当你的肚子里填满了羊肉和美酒时，去对付十到二十个弱不禁风的骷髅般的人并非难事。

在楼道上我们正好撞上了查普曼。弗里特一把抓住他，把他压在墙上。"伍德伯恩人呢？"

查普曼在对方还未动手之前赶紧向隔壁方向抬了抬下巴，那是特里姆的房间。我们跑了上去，冲进房门。

伍德伯恩正躺在我数小时之前养伤躺过的那张床上。特里姆将牧师身上的衬衫撕开，拿起一块布缠住他左肩上正汩汩往外冒出的鲜血。随着每一次痛苦的呼吸，伍德伯恩肥胖的胸膛不住地颤抖。他们身旁的地上放着一只桶，里面装满了废弃沾血的烂布。

吉蒂正在壁炉边烧热水。弗里特向她走过去，她抬起头来。看到弗里特，她如释重负，脸上的表情柔和了下来。她从围裙的口袋中掏出一把长长的锋利匕首。那匕首已被擦拭干净,可是刀锋之上仍残留着少许暗色的血迹。她将匕首递给弗里特,弗里特的手指在匕首上抚过。

"这是一把军用匕首。"杰克斯从弗里特手中拿过匕首,在窗户边仔细地观察后说。

"特里姆在教堂的圣坛边捡到它。"吉蒂说,"是在争斗中落下的。我们在楼道没有看见有人离开。"

弗里特点点头,紧攥过她的手,急切地大步走向床边去检查伍德伯恩肩上的伤势。要是以前,我可能会对他这种亲密的姿势产生误会,可现在我知道了他和吉蒂之间的事情,立刻能够理解所有。弗里特并非吉蒂的监护人,也不是她的老师,他们的关系要更为稳定而重要。他们的感情系在一起,两人深深地明白,不能失去对方。这是一种别样的、更好的生活情感。

"发生什么事情了?"弗里特在床角问牧师。

伍德伯恩的眼睛眨了几下,看着弗里特,他呻吟了一声,然后再次闭上。

"他被人用刀捅了。"特里姆转身面向我们说,他身上的衬衫上沾染着伍德伯恩的血迹。

"真是这样吗?"弗里特敲敲伍德伯恩的一只脚,低声说。

"是谁伤了你,先生?你还记得他的相貌吗?"

伍德伯恩痛得发出呻吟,身体不住地抖动。"我正在教堂……做祈祷……"他脸上的肌肉在抽搐,手指紧紧抓着床单。

特里姆轻声说了一些安慰的话,然后将一杯水递到伍德伯恩的唇边。"有人在他身后偷袭。"

"他还能活下去吗?"我轻声问。

特里姆连忙摆手说:"伤口并不深,不过可能会感染。我已经去请了斯蒂芬·西多尔,他是伯勒镇上最好的医师。"他站起身来,一脸疲惫地擦拭着前额的汗水。"怎么会发生这种事情?"他自问道,用一块湿布擦去衬衫上沾染的血迹。"为什么会有人想去伤害伍德伯恩?"

"可能他们听过他的某场讲经?"弗里特喃喃道。

杰克斯一直站在窗户旁边注视楼下的混乱场面,可现在他却一步转身,没有任何警告地向弗里特一拳打过来,出手很重,直击面部。弗里特双腿弯曲,跌落在地。

"亵渎神明的狗东西!"杰克斯用嘴舔舐着手上的血迹。还没等我有所反应,他已经把被打得晕头转向的弗里特拖到脚边,像拖一堆旧衣服一样直接把他扛在肩上。

"狗杂种!"吉蒂叫喊着,从火炉边操起一根拨火棍恶狠狠地朝着杰克斯的背部、腿上扫过去。

特里姆赶紧跑上去,想从她手中把棍子夺过来。弗里特看起来似乎很享受被杰克斯扛在肩上往楼下走,带着关爱的眼神看向吉蒂。他们四个滚成一团从楼梯上下去,只有我自己和伍德伯恩留在房间里。伍德伯恩先生现在几乎没有什么意识了。他肩上的伤口仍在往外渗血,不过最严重的地方血已经止住了。特里姆说得对,伤口并不深,可是那毕竟是用刀捅出的伤口,不是被刀锋擦出的破皮。那匕首要是再低上一英寸,就会正好落在他的心脏位置。

我小心翼翼地趴在床沿上,看着牧师的胸口断断续续地起伏。这就是上帝对他忠实仆人的犒劳吗?伍德伯恩将他的生命都献给了生活在这苦不堪言之地的可怜犯人们。他一直尽他所能地去拯救他们的灵魂,而现在他躺在了这里,他所做出的一切努力被残忍地扼杀于此。

我垂下眼睛,吃惊地发现伍德伯恩其实已经清醒了过来,他的目光落在我的脸上。我端起杯子递向他的嘴边。他感激地喝了几口，可接着他的脸上浮现出一种令人怜悯的恐惧神色。"啊！"他呻吟道，"主啊，请发发慈悲。"他指向房间的一个角落，那角落的椅子上搭着一件特里姆的外套。"宽恕我吧，宽恕我吧！"他沙哑着嗓子喊叫道，眼中却满是惊骇。"你没有看到他吗，先生？啊，上帝啊？"

"伍德伯恩先生，"我轻轻地晃着他说，"那里没有人。"

"我早应该去阻止他。上帝啊，对我的灵魂发发慈悲吧。"他再次喊道，然后倒在了枕头上，胸膛的伤口开始冒出更多的血。

"阻止谁，伍德伯恩先生？"我听到了脚步声，有人正跑上楼来，片刻即到。"阻止谁？"我将身子凑过去，对着他的耳朵说，"吉尔伯恩？"

他没有回答，那一刻我才知道他根本就没有听到我的话。不过，他伸出手来抓住我的手腕说："我想我能拯救他。"

特里姆冲进了屋子，身后跟着那位西多尔医师，他胳膊肘上绕着一个大皮袋子，急匆匆地直向病人奔来。

我向旁边移开了位置，还在为刚才的情形而愕然，没有开口出声。特里姆碰了碰我的手臂说："你脸色很苍白，肯定是因为晕血。为什么不去休息呢？过会儿我喝点东西也得去休息。"他指向床那边，西多尔先生正在检查伍德伯恩肩上的伤势。"我觉得我们太过于颓废了，不是吗？"

◇

回到贝拉岛，弗里特已安然地坐在火炉边抽起烟来，伸手可及之处放有一壶咖啡。他下巴右边已变成红色，被杰克斯那一拳打到肿起来，不过除此之外，他看起来完全是一副悠然自得的样子。事实上，我从来没有看到过他如此高兴——监狱里因暴乱引起的喧嚣以及伍德伯恩被人捅伤的谜题就像在圣诞节那天同时到达的两个妓女那样让人兴奋，唯一面临的问题是他不能确定要先搞哪一个。

  吉蒂躺在我的床上看书，她金铜色的头发松散顺滑地披落在肩头。她并没有听到我进来的声音，眼睛仍然盯在书上，一副昏然欲睡的模样，唇边露出最轻柔的笑容，那一刻她的四周散发出一种甜蜜而宁静的氛围，我突然产生了一种想法，想在她的身旁躺下，用我的胸膛抵着她的背，胳膊搂着她的腰，让我的脸深埋在她那温暖的卷发之中。

  "塞缪尔？"她开口道，目光仍然停留在书页上。

  "嗯，亲爱的？"

  "男人的生殖器长得像白色的香肠布丁，这是真的吗？"

  弗里特听到这话后，呛得吐出一连串的烟雾。"呃……从某种意义上来说，我想应该是这样的。"他的目光滑到我的身上，"为什么不让霍金斯先生实际证明一下呢？"

  吉蒂猛地坐了起来，那双绿色的眼睛惊慌失措地亮了起来。当看到我就站在门口时，她愤怒地尖叫了一声，冲出了屋子，从我身边跑过时，她身上的裙子从我腿上扫过。

  弗里特放下烟斗，将手指放入口中，然后大笑起来，直到笑得眼泪从脸上滑落。我拾起掉在地上的那本书，看到了封面上的内容：

审美学派，
或女士乐趣，
实用规则缩减版
法语译本
S. 弗里特译制我无所事事地翻开看看，正好看到一张令人相当兴奋的插图，画着一对男女正在做爱的场景。

"都是我的作品！"弗里特自豪地叫道，"这可是全本的翻译哦，可不是什么下三滥的东西。我非常相信地狱里有一处特别的地方，专门囚禁那些承诺过要出版一本充斥着淫秽猥亵内容的大作却并不履行的出版商。"

我随后将那本书扔到我的床上。"伍德伯恩对我说了一些奇怪的话，就在你们离开后。"

"呃，看来是房间里有令他战栗的东西离开了。"弗里特挥手让我坐在他对面的椅子上。当我向他转述牧师当时的忏悔之语时，他拱起了手指，眼睛眯成一条缝。"他是在说吉尔伯恩吗，你怎么看？"我说完后，他这样问我。

"可能是吧……不过他那时为什么不肯说出名字来？"我摇摇脑袋。"我觉得事情没有这么简单。我有一种感觉……"我停顿下来，几乎不敢去相信，"我认为伍德伯恩在那天晚上看到过什么，他可能……他脸上露出了一种愧疚的神情，弗里特。我现在还没办法捉摸透这件事，可绝对还有什么事情我们不知道。"

弗里特靠回了椅背，目光落在天花板上，陷入沉思。"我觉得伍德伯恩看到了那个害他的人。"他一只手放在自己肩上，手指轻敲伍德伯恩伤口所在之处。"他不可能被人以那种方式从身后用刀捅成那样。"他拿起烟斗模拟着匕首刺入的动作。"他们肯定是面对面站着。在那人用刀捅他时，伍德伯恩应该是正对着那人的眼睛。"

一种微弱的冰冷贯穿了我的脊梁。"那人是谁，弗里特？"

他摇摇头。"不是你，不是我，也不是杰克斯。"他扳着手指挨个列数，"那个时间段，我们几个正在从雪原那边返回的路上。"

"也不是吉尔伯恩。"我哀声说道,"我们回来时,他也刚到。阿克顿,那么……?该死的,我们一直在绕圈子!"

"不管那人是谁,我们今晚都没办法解开这个谜题。"弗里特推断说,"吉尔伯恩已经走了,阿克顿正忙着处理监狱暴乱的事情,我能确定的是,斯蒂芬·西多尔会给伍德伯恩开出一些安眠药,然后向他收取一基尼的出诊费。"

"那么,接下来我们只剩下一个选择了,弗里特先生。"

他抬起了眉毛。"宾治酒?"他一脸期待地问道。

我咧嘴笑道:"宾治酒。"

◇

监狱的酒馆现在已经没有营业,暴乱的时候被人砸得支离破碎,不过没有什么能够阻止在马夏尔西监狱喝酒的人群。在这里,卖酒这个行当简直是暴利,不管怎样,谁又想自己头脑清醒地待在这种地方呢?布雷萧夫人和玛丽·阿克顿两人在法庭大楼那间狭长低矮的休息室中临时设置了一个喝酒的场所。我并不想去那里,就是昨天晚上,我在那里被人毒打羞辱了一番。于是,我冒险跑到院子里想去找一个愿意干活的杂货工把酒买来送到贝拉岛。

在那场短暂的狂暴行为之后,公园里已恢复了原来的寂静,但这寂静却令人感到心神不安。寥寥可数的几个人看起来像是犯人和看守,正在处理身上的伤口,不过好像并没有人伤势严重,至少在围墙的这一边是这样。尽管此时天色已渐渐变暗,空气中已有了寒意,麦克还是在法庭的走廊上开了牌局。我对着他微笑并点头示意,却并没有走过去和他打招呼。随着对他了解的深入,我对他的好感变得越来越少。他是阿克顿的人,在我被人拖向普通监狱那边时,他并没有像特里姆那样去帮我,连手指都没有动过一下。

吉宁斯正举着灯笼在院子中间巡察，看起来更像是例行公事。我大步走过去感谢他在我被锁到刑讯室墙壁上时喊出的一句祝福。在那漫长的恐怖之夜，他简短的一句话给了我莫大的安慰，我不会忘记。

"我真希望自己能做得更多，先生。"他的眼睛扫向四周，在确认没人能听到的情况下，开口说道。"如果我是另一种身份，我就会反对他们的所作所为。"他紧咬着下唇说，"他们那帮人根本就不像基督教徒，霍金斯先生。现在，可怜的伍德伯恩先生在上帝的教堂中被人刺伤，而且是在礼拜日这样的日子！"

我们两个为此摇头叹息起来。我害怕自己并不像吉宁斯所期望的那种基督教徒，不过，在看待伍德伯恩被人捅杀这件事上，我俩态度一致——对此极为震惊。一名神职人员在自己的教堂里做祈祷时被人用刀捅杀，究竟是什么样的人才能做出这种该受天谴的恶行啊？不过话说回来，要是一个人早就算计着要残酷地行凶，那么他又有什么干不出来的呢？等伍德伯恩一恢复，我必须得再去和他谈谈此事。他有责任把事情的真相说出来，等他有足够的心理承受能力时，我还得向他透露一些事情。明天——应该可以，他醒来时我就得去问，已经没有时间可以浪费了。我可不想再次被关进那刑讯室。

我叫来一个杂工，让他帮我买四先令的宾治酒和一些食物。除了在雪原时吃的面包和水果，我们还没有吃晚饭，于是我选了几样菜打算和弗里特一起用餐，并额外付给那人一便士让他快去快回。当然，这花的都是弗里特的钱，不过我想他并不会为此介意，他多的是钱。

正当我准备返回贝拉岛时，我感觉到一团柔软之物搭在我的肩头。我旋过身来，看到凯瑟琳正仰望着我，灰色的眼中闪现出焦虑之色。她身披一件炭灰色的大斗篷，以纱巾遮面。

"罗伯特夫人。"我对着她浅浅地低头鞠礼。

她的头偏向一边，眼睛却直直地看向楼上的窗户，像是害怕我们被人看到。"听说你昨天晚上受尽了折磨，这让我心烦意乱。"她将一只戴着手套的手搭在我的胳膊上。"你现在已经恢复了，是吗？"

"是的，谢谢你。"我并没有对她说实话，我昨天的新伤加上在圣吉尔斯所遭受的旧创，肯定得花上数日时间才能痊愈。抛开身体上的伤痛不说，还有其他的影响。现在我没有时间去考虑这些将会对我造成的影响，不过我知道那些影响总归是会来的，就像是等在门口的市政官员，随时会进来。"你在暴乱中被人抓到了吗？"

"我待在房间里。"她说着，然后陷入了沉默。

我在等待接下来的谈话，与此同时也意识到我俩之间已有一道墙正越垒越高。我曾经想过——就那么一小会儿的时间——她可能对我有些爱意。我也曾想向她证明，自己比她所看到的还要优秀，比她那已故的丈夫更出色。我可能会为了她改变自己的人生轨迹。可能，或许。无论如何，她与她表面看起来的样子绝非一致。实际上，我一点也不了解凯瑟琳·罗伯特这个人，她总能为她所做的事情找出很好的理由。我对她的遭遇很是同情，尤其是现在，在我已经知道她丈夫是如何差一点以一种最残忍的方式将她出卖的事情之后，对她的同情就更多了。然而我不能确定，她是否真的值得我信任。

很意外的，我和她正好站在地下酒窖的那块木门附近。自从两天前的晚上，我识破了西蒙斯先生的表演之后，就再也没有人看到过鬼魂了。可是，我确定凯瑟琳正在酝酿一个新的计划以洗脱她丈夫的污名。至少我相信，她希望能够从罗伯特死亡这件事上去除自杀的污点，以便再要回她的儿子。

她深深地吐出一口气，继续说："有人下令让你查出我丈夫的死因，这是真的吗？"

"是的。菲利普爵士亲自下的令,而且阿克顿先生也授了权。"

她的脸上露出一丝细微的得意笑容。"那你……你有怀疑的对象吗?"

"现在还不能透露。"

她一脸严肃地抬头望着我:"即使是对他的遗孀也不能透露?"

我没有说话。

她犹豫了一会儿,扭过头向肩后望去,然后一只手伸进斗篷。令我惊愕的是,她掏出了一把匕首。就在半个小时之前,我还曾在特里姆的房间里见过它。那匕首已被彻底地清洗干净,可是它就是那把曾捅进伍德伯恩身体的匕首,这点毫无疑问。

"杰克斯把它给了我。"她说,"他当时就认出来了,这匕首是我丈夫的东西。"

"看在上帝的分上,快把它拿开!"我嘘声说着,一边把她的手按到她斗篷的下面。虽然她背对着院子,不过只要有人从窗户往外看,就能看到她手里拿着匕首。

"我会把它藏在房间里。"她说着,把匕首放进衣裙之中,"约翰一直在他枕头下面放着刀,所以我想我也应该这样做。我能记起他所做过的事情并不多,这是其中一件。他们总是打牌赢走他的东西,你知道吗?这就是为什么那个……恶魔,能够让你穿上他的衣服的原因。"

强烈的厌恶感令她的身体颤抖起来。

我没有心情、也不想为弗里特在两天之前的那个晚上所做的事情进行辩护。要不是因为那个恶魔的忠告,她亲爱的丈夫约翰可能早已经为了那十基尼将她卖给了吉尔伯恩,尽管这件事情令我感到震撼,但我还是不想为弗里特辩驳什么。"谁拿走了那身衣物?"

她无助地摇摇头。"霍金斯先生，你要知道，整日里都有仆人和其他的来访者们进进出出，一想到这么轻易就能在这里弄死某个人，而且凶手还不会被人发现，我就万分恐惧。"

"在这种地方有一千种之多的方式死亡。"她以前从来没有想到过这个吗？我为此感到惊讶。"只要死亡之神高兴，它随时都能从这里溜进溜出，连钥匙都不用。"我对着地窖的木板轻跺了下脚。"你知道吗？就在昨天晚上又有三个人死了，和米切尔先生一样失去了生命。"

她异常惊骇地喘息着问道："昨天晚上？怎么死的？"

"活活饿死的，我估计，也可能是死于监狱的瘟疫。吉尔伯特·汉德说在盛夏时节这种死人的情况更严重——"

"哦，是普通监狱那边。"她不屑一顾地摆摆手。

仿佛与我们所在之地只距五十步之远的普通监狱对她来说是一处遥远的地方。我礼节性地牵起她的手并鞠礼，实际上是一种排斥，而且我从她脸上的表情看出她已经感觉到了我的意图。她的双唇惊讶地微微张开，然后紧闭成一条线。接着，她转身往她住的地方大步走去，灰色的斗篷渐渐融入黄昏的光线之中。

我听到从楼上的房间里发出的一声浅浅的窃笑。

"偷听别人说话的行为可耻。"

弗里特从窗户中探出了双臂。"在监狱里，可没有什么隐私可讲。特里姆在楼上的房间里都能听到你睡觉时发出的呼噜声，不是吗，先生？"

特里姆从窗台上伸出脑袋，用力地点头称是。接着，那两人都朝着我身后望去，咧开嘴笑起来。

"午餐！"

"晚餐！"

三个杂工正大步地走过来,一人提着一大桶宾治酒,另两人肩上扛着的木头大托盘上是各式各样的美味菜品。我拿出弗里特的那块表查看时间,现在七点半,这时间对于晚餐来说太晚了,而对于宵夜来说又过早。

"赶紧的,汤姆!"弗里特催促道,"快迈开你那健硕的长腿赶紧上楼来!"

等我回到贝拉岛时,弗里特和特里姆把桌子移到了屋子的正中间,而杂工们已经将菜碟在桌上摆放好了。我在订菜时就已经感到饥肠辘辘,现在拿着别人的钱来付饭钱或许有一点过分,不过弗里特对此并不在意,实际上他此时正围着那桌酒菜满带希望团团打转,催促着那些杂工们赶紧离开以便他开始用餐。这是一桌盛宴,已经算得上是马夏尔西监狱中最好的酒菜:令人口水直流的羊肩肉掺蔬菜、牛肉汤、大腊肠配黄油和厚块儿面包片、配着沙拉酱和小黄瓜的牛里脊肉、颜色鲜艳的三文鱼,还有精致的苹果布丁。

弗里特用长勺给自己舀了一杯宾治酒,把它放在身边的一杯红葡萄酒旁边,同时对着两杯酒想了想什么,然后拍拍宾治酒桶:"你确定这桶酒是四先令的价钱,汤姆?"

我高兴地点点头,其中一先令付的是额外的半品脱覆盆子白兰地酒的价钱,它和宾治酒混在一起。特里姆抿了一小口,拉下了脸。"放的糖不够,"他说,"我到我房里去拿些过来。"

"伍德伯恩先生现在怎么样了?"在他急匆匆赶到门口时我问道。

"还在休息。"他指着楼上说,脸上掠过一丝担忧的神色。"我们得小声点,别把他吵醒。"

弗里特哼了一声,"吃了西多尔开的最好的安眠药,他早就睡熟了。就算我们在他床上跳舞,他今晚都不会醒过来,我们得弄得晚一点,嗯?"他将椅子向后倾斜,看着特里姆跑上楼去,然后用阴沉警示的眼神盯着我:"在我们的好邻居面前说话要小心一点,汤姆。你要是闲着,就多吃点菜,把盘子堆起来。"他一边往自己的盘子里堆了足足三人量的食物,一边继续说道:"特里姆就像一头猪一样能吃,在这一点上我可有足够的依据,他的裁缝光是今年就把他的外套尺寸改大了三倍。"

"你不信任特里姆?"我问道,然后自己回答了自己的问题,"你从来不信任任何人。"

"我信任你。"弗里特将刚刚放在他盘中的食物一下子塞进口中,"不过,你别把这个当成是对你的夸奖。"

"我不会。"我说,然后顿了一下,问道,"为什么不是夸奖?"

"我信任你是因为在你那轻浮、放荡的外表之下……"他对着我的衣服挥着叉子说,"你是一个诚实可靠的人。不要表现得这么忧虑,我不会和别人说的。"他咧嘴笑着,又往嘴里塞进一块牛肉。"当然,这是你父母的问题。他们肯定在你还小的时候,就对你灌输善良和诚实的道理。看看这种教育把你引到了什么地方来了!你这种人并不适合在底层人群中混。在这个世界里,只有像吉尔伯恩那样的人才能混得风生水起,而且以后也是这种情形。不过像你这样的人,我敢打赌你不会在赌博时出老千,汤姆。你能活到现在简直都是个奇迹。"

我伸出双手对他的话表示抗议:"我根本不需要在赌桌上出老千!"

"那就是你不会出老千的理由?"他反驳道。

我颓然在椅子上坐下,不再吭声。他说得对,主要是我不喜欢欺骗这种行为。弗里特揭露了一个连我自己都一直未发现的事实,这个事实一直存在于我的心底深处,像一块静止不动的顽石一样坚硬又令人讨厌。那就是诚实。"或许我就应该去做一名牧师。"我嘟囔着将我盘子里的食物推到一边。

"胡说八道!"弗里特喊道,双手高高举起,像是在奋力地将某种东西阻挡开来。"你觉得你应该去做那些诡计多端、双重面具的主教和神父?他们会把你当成早餐一样吃进肚里。不,不——你不要把你的……你的处境想得如此艰难。我们只需要给你找到一个受人尊敬且有话语权的职位就行了。"他斜着脑袋问道,"你骑马技术怎么样?做拦路抢劫的强盗应该很出色。"

特里姆带着一根杵和装着糖末的研钵,还有一些带香甜气味的药草过来了。"这是我自己的配方。"他笑着将这些东西倒进宾治酒中,并掺进白兰地。

弗里特从特里姆新添加过配方的酒中舀起了一勺,然后递给我。"帮我尝尝。我不相信那些药草。"

"你自己尝吧!"我愤愤不平地喊道,"我又不是你的试验者。"

"你们到底在说些什么?"特里姆困惑地说,"你们不会以为我在里面下过毒吧,对吗?"

我正想向他解释说弗里特在夜里被杀害罗伯特的凶手下过药,这时弗里特朝我看过来,要是他的目光是匕首,我肯定会被它们刺穿直插进远处的墙壁上。"好吧。"我低声说着,吞下一大口酒,然后又吞下一口。

"嘀,他很聪明,我喜欢。"过了一会儿,特里姆说。

弗里特一脸疑虑地看着。

一时间,我们默然无声地喝酒吃菜。尽管肚子一直在咕咕作响,我却吃不下多少东西。隐藏在领结之下的肿胀喉咙令我面对美食也难以下咽,尽管如此,我还是尽量喝下了两碗肉汤。

特里姆就像弗里特之前说过的那样,确实食量惊人。不过我才不会对他心生揶揄，自从我来到马夏尔西监狱，他对我一直千般友善，更不用说那天早上他是如何细心照料我的伤势。要是食物像燃料一般能够使他的善心之炉燃烧得更加旺盛，那么这样的吃法也正好符合。而且正如我之前说的那样：我又不用为这些食物付钱。

我将那块银表放在了桌上。表上显示着九点过一刻时，我们听到了楼梯上传来两个人的脚步声。克罗斯先走了进来，像平常一样连门都没有敲，就用他穿着靴子的脚踢开了半掩的门，怒冲了进来。"过来看看。"他一边哼着，一边给自己倒上一大杯宾治酒，弗里特愤愤不平地看着这一切。片刻之后，查理斯走进了房间，当他看到我坐在桌边时，脸上露出了笑容。我站起身，和他紧紧地拥抱在一起。

"你看起来好多了。"他用胳膊将我拥在怀中。"这个上午，我都很担心，极度地担心。"

我笑着，没有和他说我并没有好多少。事实上，除了我的思绪还会返回昨天夜里，而且那铁制的帽子因扣入过我的头骨之中令我的头仍然疼痛之外，我的情况确实好多了。身处这群朋友之中，夜晚的恐惧像是离我远去。不过我担心，一旦我吹灭了蜡烛，闭上了眼睛，依然会看到那夜的恐怖情形。

看到宾治酒快被喝完了，查理斯让克罗斯再去弄上一桶，就在那一瞬间，他的一个手势就让弗里特改变了对我这位少年时期朋友的看法。

"您可真够绅士，先生。"弗里特的脸上堆满了笑容，"欢迎您从这个房间里带走任何东西以示感谢。"

看着地上堆着的那一堆皱皱巴巴的衣物、淫秽下流的书本杂志，还有那象牙色的獠牙，查理斯眨着眼睛一一扫视，然后从中穿过，在火炉边找了一把椅子，两手空空地坐下。我跟着他走到那边，一起吸起烟卷来。而特里姆和弗里特继续坐在桌前清扫着最后的那些菜。

查理斯向弗里特瞄了一眼，倾身靠近我，压低了声音说："我很惊讶你竟然原谅了他，汤姆。你能在昨天夜里活下来，也真是个奇迹。当我今天早上第一次走进刑讯室时，看到你被锁在墙上……你的脸色那么苍白。我以为……"他面部抽搐起来，不住地摇着头。

我向查理斯说起伍德伯恩语无伦次的忏悔内容，我并不能确定他当时在说什么。而且我还向查理斯说起我获悉了吉尔伯恩的一些事情，以及他与罗伯特上尉达成的交易：十基尼出卖他的妻子。查理斯看起来对这些感到恶心，双手绞在了一起，眼光游离地凝视着火苗。"我们必须把你从这种该死的地方弄出去。"

"我们明天早上会去找伍德伯恩再问问，"我的表达听起来比我感觉的更理智，"要是有人能从他的口中哄骗出实情来，那这人肯定是塞缪尔·弗里特。他现在很愿意帮我。"

查理斯几乎没有听我在说什么，他的目光仍然落在那炉火上。"我希望自己能够多帮你一些。"

"你为我所做的比我期望的还要多。"我第一次感觉到了事实的真相，"困在这里是我自己的错，查理斯。我必须自己来找出路。"

克罗斯带着一桶新鲜的宾治酒赶了过来，咣的一声将酒桶放在桌上。"他们锁上了前门，"他对查理斯说，"你最好和我一起走。不然的话，你想在这地方过夜吗，先生？"

查理斯拿起帽子，对着房内的人道了一声晚安。我跟着他走进院子，想在夜间锁上牢房的钟点前，走去外面再多看最后一眼。查理斯把手搭在我手臂上对着我笑，神色却很焦虑。"看在上帝的分上，万事小心，汤姆。你知道这地方现在有多凶险。我不能保证下一次还能及时赶到来救你。另外，对弗里特保持警惕——他不——"

"谢谢你,查理斯。"我紧握住他的双手打断了他要说的话。我无法接受针对塞缪尔·弗里特的表里不一所做出的又一些评论,尽管这些有可能是真的。

查理斯面带笑容,可是看起来却并不高兴。"我会为你祈祷。"

克罗斯一直靠在墙壁上,现在从黑暗中走出来,一边低声窃笑。"祈祷不会给你带来任何作用,巴克利先生。"他向上瞥了一眼,望向从贝拉岛窗户中透出的昏暗光亮。"**在这个地方,一切都由魔鬼来主宰……**"

◇

当看守们锁上监狱牢门时,我又点燃了一支烟。普通监狱那边又响起了夜间的哀号以示抗议。

"霍金斯先生?"

是吉宁斯,他提着灯笼,拿着钥匙,正打算走过来锁我这边的牢门。杰克斯站在他的身后,巨大的身影融在黑暗的夜色之中。我将吸完的烟卷扔到地上,疲倦地向门口走去。杰克斯跟着我走上楼梯来到贝拉岛,观察着室内的情形。而吉宁斯拿着钥匙站在门外徘徊。

"这地方……可没有谋杀!"弗里特大声地说着,然后咯咯地笑起来。他和特里姆两人正在痛饮第二桶酒。

我给自己倒上了一杯,又为杰克斯倒上一杯。他摇头不接。

"我们之中得有人保持清醒。"

"好人啊!"弗里特高兴地说,他已经喝醉了。

"今晚我就站在楼下。"杰克斯说,"有什么情况,直接从窗户喊。"

吉宁斯清了清喉咙说:"请原谅,先生们,我现在得锁上门了。"

特里姆摇摇晃晃地站起身来,步履蹒跚地向门口走去。走到楼梯时，他差点被绊倒在地，要不是吉宁斯一把扯住他的外套将他的身体拉了回来，他肯定会从楼梯间滚下去。弗里特看着他离开，晃了晃脑袋。"不胜酒力啊。"他说着，打出了酒嗝。

杰克斯皱着眉头看着我："照我说的做，直接从……"

尽管特里姆和弗里特喝了那么多的酒，那桶里还是剩下了一小部分宾治酒，看到这个，我高兴起来。特里姆肯定将他那剩下的配方也倒了进去，这酒闻起来比一开始混合后的酒更香醇，酒劲儿也要烈一些。这样更好——我的身体还在因那顿毒打而时时作痛，没有什么东西可以像那半品脱的白兰地一样止住我的疼痛。

我曾打算和弗里特讨论一下明天的计划，可是他这时已经没剩多少意识了。两杯酒下肚之后，我的情况也好不了多少。一开始我还想着是自己胃里没有装下多少食物才会如此，可是当房间开始在我眼前模糊起来时，我才发现自己已经站不起来了，而且意识到我们都出了问题。我伸手去够弗里特，他现在已跌坐在桌下，脑袋重重地垂在他的肩膀上。

经过努力，他费劲地抬起了头，我第一次从他的眼中看到了恐惧的神色。"汤姆……"他呻吟着，努力地发出声音，"有毒……诡计……"他紧抓住我的一只手，指甲深深地陷入我的手掌之中，刺痛令我稍微清醒了一点儿。接着，他的头再次垂了下去，手从我的掌心滑落。

不知怎地，我拖着身子努力地站了起来，摇摇晃晃从房间穿过，双腿如钢铁般沉重。要是我能走到窗户那边去喊杰克斯就好了，可是整个房间在我眼前旋转起来，声音也卡在了我的喉咙里无法发出。我磕绊着行走，却跌落在地。再一次站起来，再一次跌倒。在那之后——就什么都不记得了。

礼拜一，最后一天

第二十章

我醒了。头疼欲裂,口干舌燥。

房间里仍是一片黑暗,在黎明前的这一个小时里,灰暗的晨光透了进来。我躺在自己的床铺之上,和衣而卧。我是自己躺在这里的呢,还是有人将我抬到了床上?

我没有死,没有被人杀掉。我直直地躺了一会儿,眼睛盯着天花板,全身所有的细胞都放松了下来。我还活着。

"弗里特。"

我能在室内辨认出他的身形。他还在睡。我坐起来,呻吟了一声,感觉房间在摇晃,之后又平静了下来。随着脑袋慢慢清醒,我深呼吸了一口气,起身摸索蜡烛。打火石则装在我外套口袋里,不太好拿。

我在铁片上面划了一下打火石,现出了火花,我用它点燃蜡烛。

"弗里特,醒醒。"

我端起烛台,跌跌撞撞从房间穿过。他仰面躺着,一只手臂垂向地板,另一只手搭放在心脏的位置。我将蜡烛举得更高一些。

他的喉咙已被割破,血液仿佛河水,从白色的皮肤上蔓延流淌,一片血红。

那肯定不是弗里特,上帝啊!

那不是真的。那么深的伤口,血水沾染在床单上。

那双深黑色的眼睛瞪得很大,却毫无生气,所看无物。这是一场梦吗?我摸着他的一只手,冰冷。

我跑到门口,房门却被紧锁。我双拳猛捶门板,大呼救命,并用脚猛踹,直到木门开裂,锁被撞开了。我拖着身子跌跌撞撞地走到楼梯口,这时杰克斯正咚咚咚地跑上楼,吉宁斯紧随其后,高举着灯笼。

"霍金斯先生!"杰克斯喊道,"上帝啊,这是怎么回事……"他朝房间望去,整个人都呆住了。接着,他转过身,一把抓住吉宁斯将他推向楼梯。"快报警!弗里特死了。"

现实像一只拳头一般击中了我。我双腿发软,身体倚着墙壁缓缓滑落下去。我听到吉宁斯在院子里大声喊叫的声音,犯人们也在高声传递着这个消息,那声音穿透了围墙。

"弗里特死了!"

"弗里特被人杀了!"

"那魔鬼已经下了地狱!"

一阵狂乱的呼喊声和嘲笑声响彻整个监狱,听起来像是在欢呼喝彩。

"霍金斯先生。"杰克斯拍拍我的肩膀,我赶紧退缩。他屈膝曲身,将嘴凑在我的耳边说:"是你杀了他吗?"

我瞪着他。

他将下巴对着贝拉岛努了努。"房门是锁着的。如果是他先攻击你的话,没人会责备你。"

我摇头,一只手挠着头皮。

"那么是谁呢……"杰克斯皱着眉头说,"我一整晚都在牢房门口防守,没人进出。"

我把手放下,疲惫地站起身来。我们在楼梯口面面相觑。

"你确定吗?"我低声说道,"没人走进牢房吗?连一个鬼魂都没有吗?"

"我以性命担保。"

我全身感到一阵寒意。如果没人在晚上从院子里进入牢房的话,那么凶手肯定一直躲在牢房里面,等待最佳的下手时机。他在宾治酒里下了药,一旦他知道药效上来了,就偷偷溜进贝拉岛。"他肯定是打开了锁。"我说道。我简直不敢再往下想了。我躺在那里睡着了,而杀死弗里特的凶手抽出了刀子,并且……

弗里特的眼睛是睁着的。难道他生命的最后时刻,他是醒着的吗?他大声呼救过吗?我吓得瑟瑟发抖,揉了揉双眼,然后我突然想到了一件事情。我向下看楼梯间,然后向上看楼梯口。"杰克斯,有没有人今天早上从这幢牢房离开呢?"

他摇摇头。"所有的牢房现在都还是锁着的。"

我惊慌地盯着他:"那么那人现在还在这里。他还在这幢楼里!我们必须把这栋楼都封锁起来,然后派人守卫,决不能让他逃脱。"

杰克斯正准备应答时,楼下传来一阵轰隆声,紧跟着是短暂的寂静,然后一个女孩儿的喊叫传了上来:"让我进去!看在上帝的分上,让我进去!"

是吉蒂的声音。片刻之后,她已冲到了楼上,后面跟着阿克顿。她从我身边挤过,直接冲进了房间里。杰克斯想抓住她,可她狠狠地向他的腿骨踢去,然后从他手下溜走。他跟在后面追了过去,我拦住了他。"去大门口看着吧,凶手会趁着混乱从我们眼皮下溜掉。"

杰克斯点点头,从阿克顿身边挤过去,抓着他的木棒从楼下往出口走去。很快,我就听到吉蒂在门的那一边的哭声,那是一种源于悲痛的低沉的惨哭。当阿克顿走近我时,我伸出一只手拦住了他的路。"不好意思,先生。给她一点儿时间吧。"

阿克顿开始抗议,然后他看到我眼中的神色,于是耸耸肩膀说:

"为什么不呢？一会儿而已。"

◇

房间里一片寂静。清晨的阳光从打开的百叶窗中透过，洒落在弗里特的尸体上。烛光下我并没有看到那最惨不忍睹的一幕，可现在这阳光却无情而毫无遮拦地揭露了一切惨状。到处都是赤红的血迹，床铺的下方已积起一洼血水，染红了床上的铺盖；空气中弥漫着血腥的味道。那条生命已随着血的流尽消逝而去。

然而，我所不能忍受的是这片寂然。弗里特从来没有静下来过，他总是在拿着烟斗抽烟，或是在室内来回地踱步，或是前倾着身子极力陈述自己的看法。四天的时间里，我已经了解了他这个人。可是，我却感觉好像已经认识他长达一生之久，失去他的伤痛像一把刀一样深深地、狠狠地插在我的胸口。

吉蒂跪在他的身边，他那只冰冷苍白的手按在她的脸颊上，她的裙子上沾染着他的血。当我走过去的时候，她站了起来，眼泪喷涌而出，顺着面颊淌下。我张开了双臂，她倒在我的怀中，倚着我的胸膛抽泣，我紧紧地搂住她的身体。

我带着她慢慢从房内走出，想把她带去布雷萧夫人的咖啡馆。布雷萧夫人此时正在楼梯口等着，她对着我摇了摇头，双臂拥起吉蒂。

"霍金斯先生，这事儿太可怕了。"她说着，伸长了脖子向门内探视，想看得更清楚。"太可怕了……"

我走回屋内，巨大的震惊已让我身心麻木。阿克顿向床下张望，捏紧了拳头叉在腰间。"唉，一片混乱。"他说道，缓缓地摇了摇头。"我们总不能把这当作自杀吧？他像猪一样被人放尽了血。"

我双手紧攥成拳头，指甲深深地抠进手心。

"肯定是这楼里的犯人干的。肯定是的。"

"是这样吗……?"他皱着眉头,"那么,他得为杀人付出代价,该死的。在过去的这几个月里。我从塞缪尔·弗里特身上弄到了不少钱,无论凶手是谁,现在他都欠我一笔了。"他一只手在我肩膀上重重地拍了一下。"不是你干的吧,嗯,霍金斯?晚上他是不是表现得不太友好?"他斜睨着我。"我不会就这样放过他。不会放过那个婊子养的。"

我耸起肩膀将他的那只手抖落。"弗里特被人谋杀是因为他正在寻找杀罗伯特的凶手,——那是你下的命令。奇怪的是,那家伙为什么不把我也给杀了?"

阿克顿哼了一声,"没有必要杀你,不是吗?弗里特是聪明人。"

他拉了下弗里特衬衣的领口,然后带着欣赏意味地吹了声口哨。"下刀很利索啊。"他说道,检查着伤口。

我拖着脚步走到窗边,将窗户大开,深吸了几口空气想抑制住心中的恶心感,却并没什么用。我还没来得及去找来一个便壶,就将胃里的东西吐了个干干净净。昨晚我与弗里特、特里姆三人一起共享了晚餐,那宾治酒里被人掺杂了安眠药。

特里姆……还有伍德伯恩!我的上帝啊,我差点忘记了这个——我必须去问伍德伯恩。然而等我想站起来的时候,却跌倒在地上。我双手紧紧地捂住了脑袋,感到一阵晕眩,无疑是那被人下了药的宾治酒的副作用。我倚墙坐下,绝望笼罩着我。阿克顿说得不错,弗里特是聪明人。在这种受尽诅咒的地方,离开了他的庇护,我又怎么能够幸存下去?

"你吐完了吗?"阿克顿对着便壶的方向努了努下巴问道。他将手上沾染的血迹在床单上擦拭。

"我在想他们会怎么来看待这事。"

我拭去眉头上的汗水。"谁……"我的声音听起来已然沙哑,"你指的是谁?"

"他的那些上级,把他关在这里的那些人。"

"求生不得,求死不能。"我之前听到过这种说法。

"我估计那些人应该不愿意看到这个结果,我可能会因为这事惹上麻烦。"他若有所思地看了我一眼,然后咧着嘴笑。"或许,我可以对那帮人说是你杀了他。"

我的腹部突地一沉。他连眼都不眨就能说出这样的话,我很清楚。"我被人下药了。"

"这只是你的一面之词。"

"我对你还有用。"我不顾一切地不假思索道,"我找出了谋杀罗伯特的真凶,是吉尔伯恩干的,现在只是需要找到那个帮凶。"

阿克顿惊讶地嘟囔着:"你认为是两个人一起干的?"

我指着床铺说:"杀害弗里特的那人肯定就是杀害罗伯特的帮凶,吉尔伯恩不可能凭一己之力就搬走尸体。"

"这倒是真的。"阿克顿低声说,"那个花花公子连扶着鸡巴撒尿的力气都没有。"他眯了下双眼。"嗯,那么他的同伙又是谁呢?"

我毫无头绪,心中无助之感油然而生。我确信伍德伯恩知道这人是谁,但是他昨晚上已是半疯的状态了。"我几乎可以确定,只是需要更多的时间来搜集证据。给我一周的时间——"

"你把我当傻子吗?!"阿克顿怒吼道,"我给你两天时间,现在已经过了一天了!我已经快失去耐心了,霍金斯先生。在今晚关门之前找到另外的那个人!"他指着弗里特的尸体说。

"不然的话,我发誓你会因这件事情被施以绞刑。"

◇

　　他离开后，整个房间陷入了一片死寂。现在这个地方，一切都感觉不太对了。太过寂静了。我努力站起来，收拾我需要的一些东西：那块银表，我的烟斗和香烟，我的匕首，还有几张纸。

　　我用一张毯子盖住了弗里特的尸体，就是前天他铺在雪原地上的那张方形灰蓝色毛毯。他要是死后有知，肯定会对我这种愚蠢得不合情理的行为嗤之以鼻。*浪费了一张好毛毯，汤姆。*

　　我走上前去，合上了他的双眼。

第二十一章

在外面的楼梯上，我驻足了片刻，深深地呼吸以调整我的气息。等我平静下来，我倚靠在楼梯上，对着正在楼下大门防守的杰克斯喊起话来。

"门都锁上了吗？"我的声音压过了监狱里的一片喧嚣之声。整个监狱里的犯人们此时仍在大声地喊叫着弗里特的死讯。

杰克斯将那张在战争中留下疤痕的脸转过来，仰面朝向我说："整个监狱都关闭了，监狱长已经下了命令。他可不想再出现骚乱。"

我听到楼上地板传来砰的一声响。"霍金斯，是你在说话吗？"麦克怒吼道，"让他们放我们出去，该死的。我还有生意要做！"

我在楼梯上迟疑了一会儿，听到那些邻居们大声嚷嚷着要出去，愤怒和恐惧令他们抬高了声音。这群人中肯定有人在故作掩饰。那人在昨天夜里趁我睡着时弄开了锁，悄悄溜进了贝拉岛。他们有没有想过要把我也杀了？他们有没有把刀放在我的喉咙上？如果确实有此想法和行为的话，又是什么阻止了他们对我痛下杀手？

"霍金斯先生！"特里姆冲着下面大喊，砰砰地敲着他那被锁着的房门。

"是真的吗？弗里特被人杀了吗？"

我朝他的楼层往上走了几步。"特里姆！伍德伯恩先生现在醒了吗？"

短时间的停顿之后，特里姆的声音再次透过房门传了出来。"他不在这里。我也阻拦过他,他身体太虚弱了,根本就不能动身从这里离开……"

我大声地呼叫着,尽可能快地从楼梯间冲下去。杰克斯及时地为我打开了门,我一眼看到了滚圆身材的伍德伯恩那不堪一击的身影,他的身体重重地倚在约瑟夫·克罗斯身上以作支撑,正蹒跚着从院子里穿过,向监狱门房处走去。我瞪着杰克斯问:"你放他出去的?"

"我没看出这有什么不对啊。"他说道。站在那里守卫了整个晚上,他的眼睛已然泛红。"他不会杀了弗里特,不是吗?"

"当然不是他,可是他知道是谁干的。他正在逃离!"

杰克斯惊得下巴都要掉了。我追出了院子,大声地喊叫着让他们等等。

我跑过去时,伍德伯恩转过身来。他看上去似乎一夜之间老了二十岁,眼神呆滞而涣散。他的双手有一些奇怪的新鲜的抓痕,像被动物抓过的样子。"噢,感谢上帝!"他喊道,一把攥着我的外套,双手虚弱无力地扯着。"你还是好好的。"

克罗斯开始拉开他。"先生,跟我走吧。那边还等着你呢。"

我怒视着他。"放开他!我现在有话要和他说。"

"这是谁的命令?"克罗斯咆哮着说。

"监狱长的命令。如果你愿意,你可以跑去问他。"

克罗斯摆一张臭脸,往后退了一步,双臂交叉着。"那么,你们谈吧。"

我暗骂了一声。现在,我最不希望伍德伯恩身边所站的人就是约瑟夫·克罗斯。可是,我对此无能为力。伍德伯恩先生还在紧紧抓着我的衣服。

"你是安全的,"他嘟哝着,拍了拍我的胸脯,"我没能够救他。

我努力了，但是太迟了……太迟了。太多罪恶了……"

"伍德伯恩先生，我求你了。"我抓住他的肩膀，轻轻地晃着他，"你知道是谁杀了罗伯特？"

"罗伯特……"他吸了一口气，瞪着我身后的空旷说，"罗伯特……谁杀了罗伯特……"他费力地咽下了口水。

"你看见他了吗？"他突然叫喊道，"看！你看见他了吗？他脖子上还套着绞索！"

"他在说疯话。"克罗斯低声说道。

"伍德伯恩先生，"我用力抓紧这个牧师的肩膀，他眨眨眼睛，那一瞬间他的眼神变得清亮了，"求求你，请告诉我真相。是吉尔伯恩干的，对不对？"

伍德伯恩那张红润的圆脸上显露出困惑的神色，皱成了一团。"吉尔伯恩……不是……虽然……"他望向别处，然后他急切地点头。"是的！是的！先生，你说对了！他要受上天责罚！爱德华·吉尔伯恩！"

我心跳加快了——事情终于有真相了。"先生，还有一名帮凶。是谁帮助吉尔伯恩的呢？昨晚是谁杀了塞缪尔·弗里特？"我凝视着他的眼睛，试图看穿这位我进入监狱第一天就遇到的善良绅士的心理。这个一次又一次地前去普通监狱，并私下为犯人们运送食物的人，他冒着自己名誉甚至是生命的风险来做这些事情。"先生，昨天是谁刺伤了你？你看见他了，对吧？"

伍德伯恩刚打算说话，却又退缩了。他的视线又急切地落回到了监狱牢房和贝拉岛。他焦躁地抓着手，指甲深划过皮肤。"我不能说，"他呜咽道，"我不能说……"

我抓住他的外套。"你必须说！"我大喊，"我的上帝啊，如果必须非得用手段的话，我会狠揍你一顿直到你说出来——"

"放开他!"克罗斯大声叫喊,把我们俩拉开。他叫来了正在灯柱下喝酒的威尔士和查普曼两人。此时,我对着牧师大声喊叫甚至是咆哮,想让他说出真相。他双手捂面,血从他皮肤上的抓痕里浸出来,他痛苦地抽泣着。

"是我用刀捅了自己!"他痛哭起来,"上帝饶恕我吧!"他放下双手,脸上充满着恐惧和厌恶。"我用刀捅了自己!"

震惊令现场出现了片刻的沉寂,克罗斯第一个回过神来。"把牧师带到马车那边去。"他对着威尔士和查普曼命令道。那两人立刻遵命带着伍德伯恩离开,走进了监狱门房处。与此同时,克罗斯拦住了我。我尽自己最大的力气去反抗,但是他太强壮了,直接将我掀倒在地,手和膝盖重重地摔上了鹅卵石道。等我从地上站起来的时候,伍德伯恩已经离开了。

"他知道是谁杀了弗里特!"我高声叫喊着,绝望的声音断断续续,"看在上帝的份儿上,把他带回来吧!"

克罗斯伸出一根手指,轻轻地碰了下他嘴唇上的小伤口,那是四天前的早上,刚到马夏尔西监狱的我打他时弄出来的。之后,他转过身,双手插进口袋,吹着口哨,慢慢地朝着酒馆走去。

◇

我必须走动起来。只要我有片刻的停留,愤怒和悲伤必会将我击垮。我的身体滚烫,脑袋也很沉——可能是安眠药带来的后遗症。没什么大不了的。我会自己调查下去,至少伍德伯恩已经说出了一个名字。至于那第二个凶手,在日落之前,我必须自己调查出来。

阿克顿回到监狱门房看守们的办公室,坐在桌前浏览着犯人们的资料。格雷斯正凑在阿克顿的肩膀旁,手指着一些新标出来需要弄到普通监狱的犯人名单。

"阿克顿先生。"

格雷斯瞪着我:"监狱长现在很忙。"

阿克顿身子靠在椅背上,盯着我看了一会儿。"你还在调查,是吗?很高兴听到这个。"他瞥了一眼格雷斯,用手戳着簿子说:"谋杀这事儿很影响我们的生意。"

"我需要一个能工作的房间。一个安静些的地方。"

他抓着下巴说:"我的客厅今天早上是空着的。玛丽正忙着清理酒馆。"

"霍金斯先生,"格雷斯言语温和下来了,"请告诉我,先生,现在谁会为你付房费?弗里特先生已经死了,我需要确保……"

"该死的,先生,我们可没有那么无情!"阿克顿转过头去对着他的书记员咆哮起来。他拿起那本厚厚的簿子,重重地拍在格雷斯头上。"不管是哪种情况,霍金斯先生今晚都将会和我们分开。"

他慢慢地露出狞笑。"以这样或是那样的方式。"

一到阿克顿的客厅,我就命令人生起火来,然后将纸摊在窗户旁角落里的一张写字桌上。我原打算对昨晚的事情写一份简单的描述,希望能够从中发现一些新的线索,但是我无法静下心来做这件事情。似乎弗里特身上的那种不安定成分转移到了我身上,但我不具有他那精明的头脑。为什么伍德伯恩要捅伤自己,我就是终其一生也无法琢磨出来其中的原因。他有可能是在撒谎——为了保护自己或者其他人。但他看起来像是对所述之辞感到极度的痛苦和羞愧,这令我产生了疑虑。

不管在行刺这件事的背后有什么样的真相,我可以确定一件事情:伍德伯恩知道是谁杀死了罗伯特上尉。难道有人对着牧师忏悔罪行后,又后悔认罪了吗?我心生抱怨,为自己让伍德伯恩逃脱而没有逼他说出真相愤怒无比。

我推开窗户，叫杂工端一壶咖啡过来，还要了一些生鲜奶和面包。然后我坐下来，拿起阿克顿的一支鹅毛笔，蘸上了墨水。

昨晚有人在宾治酒里下了安眠药。如果我把每一个有嫌疑的人的名字都写下来，无论有多少可能，凶手总有机会被暴露出来。

布雷萧夫人和吉蒂准备了两坛酒
一个杂工送上来第一坛
特里姆、弗里特和我喝了第一坛里的酒
约瑟夫·克罗斯喝了一杯第一坛里的酒
克罗斯送来了第二坛酒，查理斯付的钱
特里姆、弗里特和我又喝了第二坛的酒
查理斯和杰克斯都喜欢喝宾治酒，但是都没有再喝

我立刻排除掉吉蒂，用鹅毛笔画掉她的名字。

弗里特不可能自杀，所以接下来可以排除他。墨水遮住了他的名字，就像泥土掩盖在裹尸布上。有没有可能是查理斯偷偷将药粉放进第二坛酒里呢？也有可能。

那正好行得通。但是这样做又是为了什么目的呢？而且不管怎样，他在这幢楼的前门上锁之前就离开监狱了。无论是谁杀了弗里特，那人昨天一整晚肯定一直待在这楼里。另一个名字被划掉了。

杰克斯也是同样的道理——他可以在没人看到的时候往酒里放药，并且我想起来他确实没有喝第二坛酒。但是那个时候，他早知道自己需要整晚守夜，得保持头脑清醒，才没有喝。如果他是凶手的话，为什么他会一直鼓励我去找出真凶呢？之前弗里特没有完全排除杰克斯

的嫌疑，但现在看来这却没有什么合理性了。于是，我将他的名字也画上一道线。

布雷萧夫人呢？ 她橡木屋那里一直都有西多尔医师开出的安眠药，就在前天晚上她还给了凯瑟琳·罗伯特一些让她安定心神。她一直对弗里特不信任，而且认为他对吉蒂的影响很危险，这都不是什么秘密，众人皆知。她完全可以在酒送上来之前往里面下药。我犹豫不决，鹅毛笔悬在她名字的上方迟迟没有画下去。可是，晚上她又是如何从站在大门口的杰克斯眼皮底下溜进牢房的呢？她那身形，即使是在夜色的遮掩之下也不可能被任何人忽略。而且不管是什么情况，从讨厌一个人到割破他的喉咙，这两个阶段之间还有很长的距离需要渐进。

杂工带来了我的早餐。当他拿出面包、牛奶并给我倒咖啡的时候，我近距离地仔细观察了他。他是一名普通监狱的犯人，这从他凹陷的面颊和破烂的衣服就可以判断出来。大部分的杂工都来自于围墙的另一边，他们很乐意多赚一些额外的法新，而且还可来高级监狱这边呼吸更加清新的空气。没人给予他们片刻的注意，甚至连弗里特也不会。每天都有杂工因这样或是那样的理由进出贝拉岛，送煤炭或是洗盘子，要么是清空便壶；我们都将这些琐碎的杂事当成理所当然，并没有多加关注。我递给那人一法新，他鞠礼离开了。

有可能是杂工干的。 没人留意过他们。送完第一坛酒后，那杂工可以隐藏在楼梯间的某处，等着药物起了作用后，在所有人都熟睡时再偷偷溜回贝拉岛。这样就没有必要从有杰克斯防守的主大门处经过了。虽然那些杂工们并没有钥匙，但我敢打赌他们中的很多人都知道怎么在黑暗之中打开门锁。在此之后，凶手可以再躲回到之前的隐藏地，等到第二天早上凶案被人发现时引起了恐慌场面，他就可以在一开始的混乱中伺机溜走，根本不会有人注意到一个杂工的行踪。

我在杂工那一行画了个圈,然后犹豫了。有许多理由可以怀疑他,但是在内心我知道,他不是杀弗里特的凶手。我闭上眼睛,用耳朵聆听弗里特的声音,似乎他的灵魂还在房间里跟我在一起。汤姆,你不能用心去感知,你要用脑子去思考。为什么他不是凶手呢?

因为只有第二坛酒里才被人下了药。

我睁开双眼。那药性是在我们喝了第二坛里不少的酒之后才开始发作的。克罗斯曾从第一坛酒的坛底舀起一杯酒喝下去,那坛底的酒药性才是最强的。如果第一坛酒也被人下过药的话,那么即使只是那一杯酒也足以让他感觉到不适。

我将杂工用笔画掉,开始考虑剩下的两个人。

约瑟夫·克罗斯
特里姆

在这两个人中,我知道自己希望凶手是哪位,但是那不能代表真相。一种冰冷而阴郁的念头溜进我的脑子,像一团乌云遮住了太阳。

重重的敲门声让我惊得从椅子上站起身来。片刻之后,爱德华·吉尔伯恩进入房间,阿克顿紧跟在他的身后。

我一跃而起,感到困惑。我还没有准备好去面对像吉尔伯恩这样的聪明人——并非因为自己还没有明确的证据以证实他的罪行。我瞪着阿克顿,趁着吉尔伯恩脱掉手套并不经意地将帽子扔在椅子上时,默然无声地向他发出警示信号。阿克顿并没有睬我,咔嗒一声关上门,然后背倚着门,双手插进他红色马甲的口袋里。

"呃,先生们。"吉尔伯恩开了口。他在壁炉旁坐下,手指在腿上滑动,抚摸着腿上那条深褐色的、上等丝质面料的裤子。他看起来面色平静，但那只是一种伪装，此刻我能够分辨出来。在他刚进来的时候，他曾注意过我的表情，现在他正在做战斗的准备。"我很高兴你没有在监狱暴乱中受伤。"他转向我说，脸上那大方且友善的表情让我血管里的血顿时凝固。在那一刻，我想我听到了弗里特的声音在我脑袋中低语。小心这个人，汤姆，一定要小心。

"阿克顿和我说，你已经快查明这桩谋杀案了。我认为这意味着我们尊敬的监狱长并非此案嫌犯。"他对着我投以心知肚明的会意一笑，像是我俩串通一气似的。"如果你能解释一下，我为什么要在如此短的时间里被传唤过来的话，我会很感激的。我来这里是要下逮捕令吗？事实上，那是个很快就能做完的活儿。你是个很有能力的人，这是肯定的。"

他对我说的奉承之辞如同冰雹落在屋顶一样产生重击。我不知道该怎么做或是怎么说。我应该用伍德伯恩的指控与他对质吗？然而，一个因恐惧和精神错乱而陈述自己用刀捅了自己的老人所讲出的胡言乱语又能起什么作用呢？我在心中暗骂阿克顿，都怪他把这种局面贸然推到我的面前！不过，他终究还没有傻到将我的怀疑告诉吉尔伯恩。吉尔伯恩的思维那么敏捷，只需从门房大门走到阿克顿客厅的距离，就能想出一千个答案来应付过去。我走到窗户边，冥思苦想了一番之后，想到有一件事可以用来试试他。"恐怕我也不能确定为什么你被召唤到这里，先生。但是你应该知道弗里特昨晚被人杀了。"

吉尔伯恩身子往后一靠，吓了一跳。"天哪！"他叫喊道，"很抱歉听到这个消息。他是在暴乱中被人杀死的吗？"

我皱起眉头。吉尔伯恩看起来似乎是真的对这个消息感到惊讶。"有人在他睡觉时割破了他的喉咙。"

"在床上被人杀了！可怜的家伙啊。"吉尔伯恩摇了摇头，转过身去看阿克顿,"但是我猜想他的确有很多仇人,在这个监狱内外……"

我再也无法继续忍受这种虚伪:"也包括你在内,吉尔伯恩先生!"

他大笑起来,假装出惊讶的样子。"上帝啊!你不是在控告我吧,嗯?我算是维护他的那少部分人中的一个!我亲爱的霍金斯先生,请原谅。你看起来有些精神不太正常。我担心你的悲伤会影响你所做出的判断。"他扬了扬眉毛,"也许是你太喜欢弗里特先生了?我相信他对某些……某些绅士会产生这样的影响。"

我什么也没说。我能做什么?我需要弗里特的帮助来抓住像吉尔伯恩这样狡猾的蛇。单凭我一己之力又能做什么呢?

"呃,"吉尔伯恩叹着气去拿他的手套,"这真的是很有趣。但是请原谅,先生们,我认为我应该回城了。我约好要和朋友们吃晚饭。"

阿克顿往前走了一步,将他推回到椅子上,并抓着他的胳膊说:"这是我的地盘,吉尔伯恩先生。你什么时候可以走,这得由我来定。"

吉尔伯恩的脸沉了下去,但是他并没有犯傻——他保持着镇定在等待。

当阿克顿讲明自己的立场后,他再次站到了门口。

吉尔伯恩将目光移到了我的身上,那是冷漠而轻视的眼神。"你希望我来为自己的荣誉辩驳,是吗?在一名屠夫和一名人生挫败的浪子面前?好吧,先生们。昨天晚上,我根本就不可能去谋杀弗里特先生。我昨晚和我的朋友们在肖茨花园的安可王冠玩到了三点,后半夜在妓院里度过。我的朋友可以为我作证,都是些权高位重的朋友。"

我举起手来打断了他的话:"我知道你没有杀弗里特先生。"

吉尔伯恩惊讶地眨了眨眼。"什么,上帝啊,刚才我说的都是废话吗?"

我犹豫片刻,房间里的气氛令人窒息,我甚至能听见耳朵里血液流动的声音。

"看在上帝的分上，霍金斯！"阿克顿咆哮道，"就不和你绕弯子了，你这蠢货！他说是你杀了罗伯特上尉，吉尔伯恩。我对天发誓，如果真是你干的好事，弄得我的监狱这几个月里乱哄哄的，我肯定会亲手绞死你！"

就在那一瞬间，我从吉尔伯恩的眼神中捕捉到了一丝恐惧。紧接着，他面带笑容缩回到自己的座位上，神态像一个孩子在等待着睡前故事一般。"这么说，是认为我杀了约翰·罗伯特，对吗？呃，好吧，这言论也太令人吃惊了。那么，我为什么要干出这种事情呢？"

我擦拭着额头上的汗水，暗骂着阿克顿。现在无计可施，我只能直接指控他，希望上帝能如我所愿，迫使他自己坦白认罪。"吉尔伯恩先生。我知道你曾经付给罗伯特上尉十基尼的一笔巨款想与他老婆发生关系。当时他拒绝并以勒索威胁你后，你从地下室偷偷潜入监狱，在一名帮凶的协助下杀了他。"

就是这样。事情的真相就这么简单，肮脏。

"婊子养的。"阿克顿低声骂着，可能他只是在想着那十基尼的钱。吉尔伯恩一声不吭。

我倚靠在壁炉台上，口干舌燥，汗水湿透了衬衫的后背。"罗伯特把一切都告诉了弗里特。你应该已经猜到了，但是只要弗里特守口如瓶你就不会把它当回事。可是，当你听说他正在协助我调查罗伯特的案子时，你就指使帮凶去割了他的喉咙。"

我得等等。该是吉尔伯恩心理崩溃、坦白罪行的时候了。之后我就可以完全控制住局面了。可是，不太对，那个时刻并没有到来。在我的期望中，他会愤怒、否认，甚至是暴力相向；而吉尔伯恩却是一副无动于衷的神色。他掸掉裤子上的一处灰尘，对着我露出了一个淡淡的谦逊笑容:"你有证据吗?"

我挺直了脊背,"伍德伯恩先生在今天早上已经指控了你的罪行,先生。就在诸多的旁观者面前。"

"是吗?"吉尔伯恩皱眉道。"这也太匪夷所思了。呃,那个肥胖的老傻瓜的确一直都不喜欢我。他曾经还指控过我窃取慈善资金呢,你能想象得到吗,阿克顿先生……?"他暗示性地说,"我猜,也是我用刀捅了可怜的伍德伯恩先生,是吗?"

"不。是他……自己伤了自己。"我感到自己的脸色已经变红。即使在我听来,这话也太过于荒谬。

吉尔伯恩窃笑道:"他弄伤了自己……?真够离奇的!"

我的心一沉。怎么都无济于事了,吉尔伯恩连椅子都未曾离开,就让我败下阵来。我甚至连朋友被杀的仇都没办法替他报,除非是在吉尔伯恩还没来得及呼吸前,我直接将匕首干脆地插入他那颗黑心之中。我曾认,在那一刻,我心里有过这种念头。

吉尔伯恩一只手摸着下巴说:"你知道吗?霍金斯先生,我真有些同情你。"

阿克顿已经变得不耐烦了,来来回回地走动。"这些都是真的吗,吉尔伯恩?看来只有上帝才知道你能干出这些事情。"

吉尔伯恩冷眼看向他,笑道:"哦,你这么说真是太难得了……是的。正如所发生的那样,我的确为了罗伯特上尉的老婆给了他十基尼那笔钱。那有什么关系呢?我认为那已经是很慷慨的价格了。"他得意地笑着。"罗伯特夫人总是四处抛头露面,就好像全世界的男人都该拜倒在她脚下一样。她只不过是个普通的荡妇,跟哄着她岔开双腿的第一个男人私奔。我觉得把她干得清醒一些应该是件乐事。"

这太过分了,即使是阿克顿都如此认为:"你想强奸罗伯特夫人只是为了找乐子?"

"如果她的丈夫同意的话,那就算不上是强奸,先生。哦,他起先是拒绝的,我认同。而且,他的确想借此事来勒索我,那个可怜的傻瓜——但是我也曾和他说过,他这样做的话只能算是诬陷,我也告诉过他我有多少做律师和法官的朋友……他很快就改变了之前的意图。一个人为了活命什么事情都做得出来,关键就是得清楚自己的分量,是不是这样啊,阿克顿先生?"

阿克顿耸耸肩以示赞同。

吉尔伯恩站起来,伸伸懒腰,对着镜子中的自己开始调整领结。他在镜中对视着我的眼睛,笑着说:"罗伯特为了自己不被关进普通监狱,都能放弃他唯一的儿子,那他为什么就不能为了自由出卖自己的妻子呢?我们在还不能确定的情况下,我就预先给了他五基尼。不幸的是,就在那个晚上有人把他给杀了,而且还拿走了钱。"他拾起帽子和手套。"要是你能找到真凶,而且把那笔钱找回来,我将万分感激。最近我看上了一双过冬的新靴子,正差钱。而且你也可以和罗伯特夫人说说,她的丈夫曾经以一基尼睡一次的价格将她卖给我。"

我再也不能忍受了。我掏出了匕首,架在他的喉咙上,将他推靠在壁炉台上。

"阿克顿!"吉尔伯恩叫喊着,"看在上帝的分上,快把他拉开!"

阿克顿轻声地笑。"让他把你杀了吧,我为什么要管这闲事呢?他会被施以绞刑处死,这样你们两个都解决了。"

我慢慢地将刀往下放,刀尖正对准吉尔伯恩的胸口。阿克顿的话一语中的。这个人不值得我去送命。"为什么你要帮着凯瑟琳弄出鬼魂的事情来?"

吉尔伯恩扬了扬眉。"哦……你知道那件事?"

"什么?"阿克顿厉声问道,"关于罗伯特,你都知道些什么,该死的?"

吉尔伯恩转了转眼睛。"没有鬼魂。那是个愚蠢的把戏,罗伯特夫人弄出来的。霍金斯先生,我帮她,是因为给了我钱。她很感激我。我必须承认,这件事情让我笑了很久,而且笑得停不下来。"

我放下了匕首,他所说的每一个字都让我感到恶心。我垂下肩膀,满是失望,我还能做些什么呢?

"哦,"吉尔伯恩假笑着说,"我可以走了吗,先生?你太善良了。"说着,他嘲弄地对着我浅浅低头鞠礼,离开了房间。

阿克顿默然盯了我片刻。"笨蛋!"他嘟囔着,然后跟着吉尔伯恩走出门去。

◇

我跌坐在地上,双手抱头。我真蠢。我就是个愚蠢的傻瓜。我所有的希望,所有的努力……离开这里的所有梦想全然破灭。为弗里特报仇的希望全都被我自己一手给毁了。吉尔伯恩永远不可能以这样屈辱的方式打败弗里特。他的蔑视腐蚀着我的心,我的全身都燃烧起羞愧的火焰。

可能过了一个小时甚至更久,楼梯上的脚步声才将我从恍惚中唤醒。是查理斯,他气喘吁吁地冒着热气,从梅菲尔一路赶过来给我以安慰——或许这只是我所以为的情形。

"我的上帝啊,汤姆。"他说道,"我不敢确定我是否能承受这样的打击!你进展如何了?"他眯着眼看了我一会儿。"不太顺利吧,"他看出来了,"你的脸色苍白如灰。"

我和他说了与吉尔伯恩碰面的情形。"上帝啊!他全部承认了?"查理斯惊呼道,无比震惊,"无耻的混蛋。菲利普爵士会获悉这一切的

——只要你安全地被释放出去。"

"释放?"我苦笑着说,"我怀疑自己是否还能从这地方出去。现在已经没有了弗里特。"

查理斯没有立即回答。他在客厅里转悠,在一幅相当漂亮的画作前面停了下来,那是玛丽父亲所画的粉红色玫瑰和薰衣草。"这画得不错啊……"他喃喃地说。

"看在上帝的分上,查理斯。无论你想说什么,请你快说吧!你这样踱来踱去快把我逼疯了。"

他咬了下嘴唇,从画前面转过身来。"有一个方法可以让你在一小时之内自由地走出去。"他说道,手指向壁炉台上面的钟,"但是你不会喜欢那个方法。"他将胳膊放在我的肩上,领着我在壁炉边的椅子上坐下。他自己走到壁炉的另一边,在一小时之前吉尔伯恩坐过的那把椅子上坐下。炉子里的火快熄灭了,只剩下些微弱的火苗。"你喜欢弗里特先生。"

"我不确定……"

"你们在最后成为了朋友。"他坚持他的想法,在椅子上扭过身去,掏出了烟斗,似乎是在把这事往好处想。他又把烟斗放回外套口袋,手指绞在一起。"对塞缪尔·弗里特来说有一个更坏的事情。菲利普爵士有很多有权势的朋友,地位显赫,在那个圈子里大家都知道弗里特是一个有用但也危险的人。他是一名间谍,汤姆。"他顿了下,"也是一名刺客。他在一生之中杀了无数的人。"

当然。这些,我毫不怀疑:他头脑敏捷机智,手握匕首时的那种熟练坦然。弗里特自己也示意过他知道太多的秘密;正因为这个原因,他才会被关进监狱受煎熬。"为什么要告诉我这些?"

查理斯脸色阴沉下来。他从来不喜欢面对麻烦,即使在孩童时期也是如此。但是他喜欢那种完成了一半或是刚刚开始的交易。"我刚刚在监狱里面转了一圈,与监狱看守、模范犯人、杂工,还有其他没有被锁起来的犯人们谈过话。大多数的人都认为是弗里特杀害了罗伯特上尉,却并不在意是谁杀死了弗里特。菲利普爵士和阿克顿先生希望尽快了结此事。杀人是弗里特的职业。罗伯特被杀害的那个晚上他在那个房间里,也许是他干的。"他清了清嗓子,眼光移至别处。"去告诉阿克顿,弗里特向你供认了。如果能让事件结束的话,他会很高兴地相信你。现在告诉他,我保证你将马上就被释放。"

"不。"

"汤姆……"

"不!"我瞪着他,"我不会去指控一个无辜的人。"

"他已经死了。"查理斯说,他的手从空中划过,像是刽子手将大刀挥下的样子。"那有什么关系?他没有名声,没有家人。没有人会因此遭受痛苦。"

"那么吉蒂呢?"

他眨了眨眼。"那个厨娘?看在上帝的分上,清醒点吧,汤姆!你会死在这里的。看看你!只是在里面待了四天的时间,你已经被折磨得从头到脚瘀青红肿。我知道你——你总是会与不合适的人抗争或是把自己陷入麻烦中,最后是你自己的尸体被人用马车从大门口驮运出去。我求求你——不要因为对一个你几乎不了解的人的情感而丢掉自己的性命!没有人在乎塞缪尔·弗里特那个人。"

"你要我撒谎,去败坏一个人的名声。那么他的鬼魂呢,查理斯?他们会将他埋在乱坟岗——"

"该死的,你真是个固执的傻瓜!"他咬牙切齿地抱怨道,"在你的心里,你知道弗里特是怎样的人,充其量是个无赖!往坏了说,他可是叛乱者和杀手！"他看到了我的表情，然后抬起手。"请原谅我，但我必须直说，塞缪尔·弗里特已经为他所做的事情下地狱了，在他的名字前面再加一项谋杀的罪名又能怎么样呢？"他站起身来。

"现在跟我一起，我们一起去告诉阿克顿。"

我考虑了片刻。我欠查理斯太多了。但是我并没想到那么多，我的心思好像根本就没有远离过这道砖石铁墙。我不会，也不能背叛弗里特。那虽不合情理，但却保证了真实。"不。对不起，查理斯。我不能。"

查理斯的面部在抽搐，长时间地盯着地板不做声。"那么都结束了。"他喃喃地说，然后从椅子上站了起来。"我不会待在这里看着你死。"他向我简短而正式地鞠了一躬，然后转身离开。在门口，他稍作停顿，回头过头来说："他可能会在一瞬间背叛你。"

我苦笑着说："我知道。"

◇

壁炉台上方的钟敲响了十二下。我走到写字台前，拿起上面有名字清单的那张纸，将它扔进火里，深深地往里面推，直到它燃起明亮的火光。随着这些名字化为灰烬，突来的热量在我的脸上产生了炙热。最后被烧掉的名字是特里姆。

第二十二章

"哦,天哪,哦,天哪,霍金斯先生。你有麻烦了。"

吉尔伯特·汉德坐在灯柱下面,两腿伸开,正拿着一杯啤酒在喝。他咧开嘴笑,露出牙齿。

"你知道罗伯特拿走了钱。"

汉德耸耸肩表示承认。"人应该知道什么时候需要闭嘴,霍金斯先生,我不是一个多嘴的人。"他喝下一大口啤酒,"监狱长现在对你很生气,你让他在吉尔伯恩面前看起来像个傻瓜。奇怪的是他并没有把你弄到禁闭室里关上几天。他没打算将你关在那里,不是吗?就是楼梯下面的那个禁闭室?他们说,被关在那地方就像是被活埋一样……"

"你还知道些什么,先生?"

他手指向公园那边。"我知道我不想像那样从这个地方出去。"我跟着他的目光看向犯人牢房那边。两名杂工正用担架抬出弗里特的尸体,用旧床单裹着。杰克斯——仍然一动不动地站在那里——当他们从他身边经过时,他摘下帽子鞠礼。

"你们打算把他弄到哪去?"我大喊。

"抬到验尸官那里!"其中一个杂工回复着,并没有停下脚步。他们抬着担架朝一辆车走去,那辆马车刚刚从外面驶进来。一只乌鸦飞下来,停在车轮上,盯着他们将弗里特的尸体抬放到车子的后厢。车夫挥手将它赶跑。

阿克顿站在弗里特那张长椅边,身后拳头紧握,看着这辆车轰隆隆地驶过。那一刻，我们的目光隔着整个院子对视到了一起。我知道，他很乐意看到我以同样的方式从这个监狱离开，最好是在今天结束之前，这样他会很高兴。

杰克斯大步跨过来。"所有人都从牢房里放出来了，这是阿克顿的命令。我收拾了你的东西。"他指向门内那一小堆用床单包裹的东西，"他们一直在用贝拉岛里留下的东西当赌注，现在，这间牢房里的东西都被他们搬空了。"

我跑上楼梯，两级并作一步，冲入门内。房间空空如也。那面碎裂的旧镜子已经从墙上取走了。书，毯子，壶，平底锅和衣服，弗里特所有的生活用品都不见了，甚至连煤炭都从桶里被人拿走了，只有床架子还在，像被剔掉肉的骨架一样。吉蒂站在窗边，手中攥着弗里特那件红色天鹅绒紧贴在胸前。她已将地上的血迹用拖把拖掉，但是仍然还留有大片的暗黑色印迹。这些东西会让以后住进来的人噩梦不断。

"我为你赢了这个东西。"吉蒂说着，拿出那件睡袍。

我将它认真地叠好，放在我的床头。"你没为自己留点儿什么东西吗，吉蒂？"

她将手探进围裙，掏出了那枚弗里特常戴的金戒指。"这是一枚结婚戒指。原本属于我的父亲。"

我对着窗户外面的光线举起了它，看到了戒指圈环内隐藏的字。

我无法表达我的爱。

"它的尺寸不适合我，"她说，"总会从我的手指上滑下来。"

"给你。"我解开母亲那枚十字架上的扣环，将十字架塞进我的马甲口袋里，将戒指套在链子上，然后系上她的脖子。我的手指从她那冰冷的、长有雀斑的皮肤上掠过，那皮肤是如此光滑，如精工制作的丝绸一般。在发生了这所有的事情之后，这……这是我需要的东西。我无法控制住自己，手指轻柔地在她的后颈上低吟。她颤抖着，转过脸正对着我，睁大了双眼，露出认真的模样。然后，她踮起了脚尖，将双唇压向我的嘴巴吻我，起初无限轻柔，之后吻得更深，她的手臂环绕在我的脖子上。在那个吻里，我不能自已，如此地突然且出人意料。从来没有人那样吻过我，在我的整个人生都没有过这样的吻。房间渐渐在融化，我所有的债务，所有的恐惧，整个监狱都在心跳声中消失了。我被释放了。我的双手滑落在她的腰间，将她拉得更近，尽可能地与她紧贴在一起。我能感受到她的心脏在我胸口怦怦直跳。

"放开她！"凯瑟琳·罗伯特站在门口，愤怒地看着我们。

我们吓了一跳，赶紧往后退。这美好的时刻被破坏掉了，仿佛精致的瓷器在地上摔裂。

罗伯特夫人戴着手套的双手握成了拳头。"你这个无耻之徒！"

她的声音在空荡的房间内引起了回响。

我从她此刻的眼神中去看那个吻，看起来会是怎样的呢！去占一个处于悲痛中的姑娘的便宜！而且是在我发过誓言之后——我曾经发誓不会去碰这个姑娘。我想要解释，却无话可说，而且即使说了，罗伯特夫人也不会理解。我从吉蒂身边退开一小步，再次感觉到我和罗伯特夫人之间所存在的沟壑。"你想让我怎么样，罗伯特夫人？"

"你出卖了我，说出了我的秘密！我已经被下令立刻离开这座监狱。"

我闭上了眼睛，心仍在怦怦地跳动，这令我迟疑了片刻才弄懂或是说关心她在说什么。"是的，我和阿克顿说了鬼魂的事情。不过，我当时并没有选择。我一直在努力找出杀害你丈夫的凶手，夫人。"

"什么鬼魂的事情？"吉蒂问道。

"罗伯特夫人找了一个演员溜进了监狱来装鬼。"

"你承诺过不说出去的!"她怒视着我,"现在我已经被驱逐出监狱了,怎么能找出杀害约翰的凶手呢?因为你,让我失去了我的儿子!我再也见不到他了!"她不再说下去,双手掩面而泣,双肩颤动。

吉蒂瞪向她。"那全是假的?你找人装鬼去吓本·卡特——在他的哥哥死的时候?"

罗伯特夫人放下手,擦拭着面颊上的泪水,镇静下来。她用冰冷的目光高傲地看向吉蒂:"你怎么敢这般无礼地与我讲话!你以为被一名绅士吻过之后你就抬高身价了吗?"

"我认为你应该离开了,夫人。"我平静地说道。一天或是两天之前,我可能会叫她凯瑟琳——但是现在不会。

她在我身边走动着,"阿克顿先生告诉我,你指控我丈夫和吉尔伯恩先生做出了肮脏的交易。"她将手放在颈上说,"约翰绝对不会,绝不会做出这样肮脏的事情来。他是一名真正的绅士。"

我叹了一口气,但是什么也没说。她绝不会接受这个龌龊的事实:她已经放弃了她的家庭,她的名声和她对一个男人的真心。那个男人以十基尼的代价将她的身体和灵魂卖掉。即使她否认这事实,谁又能为此责怪她呢?

"吉蒂。"她伸出手,"过来,孩子。"

"我哪里也不去!"吉蒂摇了摇头,大声地说。

"你这可怜的女孩。"罗伯特夫人笑道,"你认为他一旦得到想要的东西,还会在乎你吗?如果我即将离开这个地方,我也许会把你带在我身边。给一位夫人做侍女是个不错的选择,吉蒂——不要因为那些毫无价值的东西毁了你自己的人生,我会付给你一份不错的薪水。"

"我很感激您善意的提议,罗伯特夫人。"吉蒂认真考虑后,慢条斯理地答复道,"但是我宁愿去吮吸伍德伯恩的小弟弟,也不会去做你的侍女。"

罗伯特夫人的脸在抽搐,紧接着她挺直身子,如冬日般的灰色眼睛里泛起厌恶的冰冷。"你会跟你的母亲下场一样,孩子。一个普通的妓女,在恶臭的小巷里为一杯廉价的杜松子酒就能卖了自己。"她拉下面纱蒙住脸,然后从我们身边闪过,走下楼去。

吉蒂咬紧牙关,像往常一样表现得毫不在意。但是我离她如此地近,可以看到她眼睛里闪着泪花。我多希望自己能够将我们两人带回到罗伯特夫人到来之前那宝贵的短暂时刻啊!我想再次将她搂进我的怀里。但是我们之间的壁垒又出现了,我们都能够感觉到。

"那么,"我小心地说,"现在,我们?吉蒂?"*快告诉让我再次亲吻你,我会这么做的。*

她瞥了一眼弗里特床边留下的暗黑印迹,浑身战栗起来。"我不想再待在这里。我要剪掉头发去参军。"

"你不能干出那种事情!"杰克斯在门边咆哮着说。他看向四周,走进这个被人掠去所有的贝拉岛。

"什么都没有留下吗?那帮残忍的蝗虫。"

吉蒂拾起扫帚,将它靠在墙边。"至少我还能把地打扫干净。"她叹了口气,拖着扫帚在地上扫了起来,扫出一堆灰尘。"我几个月没看到过这块地板是什么样子了,上一次打扫还是上尉死后的事情,现在我想起来了。"

"你在说什么?"我问道,灰尘进入嗓子,我咳嗽了一声。

她停了下来,将一缕头发拨到耳朵后面。"房间打扫干净了,就是这里。"她指着我的床铺到门边的那块区域,"我曾和塞缪尔说过,但是他那段时间心情不好。他并不总是你所看到的样子。"她将扫帚伸到床底下，扫出一堆厚厚的灰尘。

我对着空地板皱眉："他们为什么要打扫这里呢？"

"为了从垃圾堆中清理出一条路来？"杰克斯暗示道，"在黑暗中行走会被绊倒并且摔断脖子。"

我的视线捕捉到了某样东西：灰尘里有个银色的东西闪着光。我扯住吉蒂的胳膊。"也许是他们丢了什么东西。"我蹲下来，从灰尘中拾起一枚硬币。那是一枚银制的克朗。我吹掉上面的灰尘，把它放在掌心让他们来看。一块棕色的斑迹遮住了硬币上老国王的脸，我用指甲刮了一下。那是血迹。"他们杀了他，然后搜刮了所有的钱。"我在手心里翻转着硬币，认真地思考。"吉尔伯恩给了罗伯特五基尼——在这种地方已经是很大一笔钱了。"

"可以花很久。"杰克斯皱着眉，搓揉着眉毛中间的那条疤。

楼上的地板发出了一阵咯吱咯吱声，打破了这里的宁静。我抬眼望向天花板，特里姆还在房内。然后我看着杰克斯，压低了声音问："去监狱还有伯勒镇上打听一下，在罗伯特死后，有谁生活得到了改善，吃得红光满面？有谁付清了以前的旧账，还有谁整日坐在监狱酒馆里消遣？可能还有人会记得这些。"

杰克斯惊讶地眨了眨眼，然后耸肩，似乎想说，我会相信这地方每一个人说的每一件事情。"你安全吗，留你自己一个人？我答应过巴克利先生要照顾你的，先生。"

我摸了下刀柄。"我已经不是四天前的那个我了。"

"是的。"他慢慢点头。"这个地方会让人做出改变。也可能是这地方能让人呈现出他本来的样子。永远不要去深入地了解一个人。"他浅浅地鞠了一躬，"我会在烛光亮起的时辰赶回来。"

我抓住他的胳膊："尽快回来，杰克斯先生。如果我在日落之时还不能给阿克顿一个答案的话,他打算以谋杀弗里特的罪名来逮捕我。"

"不!"吉蒂惊恐地大喊,"不——我不会让他这样干!"

"那个恶魔会带走他的,"杰克斯小声说,"他还是会这么做的,我确定。但是你绝对不会因为这个案子上绞刑台——陪审团会看到你是一名诚实的绅士。"

吉蒂将手放在我的手上。"我会为你辩白的,汤姆,"她温柔地说,"我们都会的。"

杰克斯点头称是。我对他们微笑,被他们对我的忠诚和信任感动——但是忠诚和信任现在救不了我。只要阿克顿愿意,他就会在法庭弄出伪证以骗倒众生。对他来说,这种操纵并非难事。弗里特杀了罗伯特上尉,然后我杀了弗里特——他可以让他的那些心腹们一个个站在那里,照着他教他们所说的那样在法庭上陈述。我在想,克罗斯、威尔士或是查普曼是否会想过他们作伪证的后果。但这一切还得看我是否能够活到被押送至法庭受审的那一刻,在监狱里弄死一个人并不难,可怜的老米切尔就是证明。米切尔,我都快忘掉他了。在高墙的这一边,很容易就能忘掉一些事情。或许那是一个错误。或许从他被杀这件事中我应该学到一些东西……

"汤姆?"吉蒂紧攥着我的手,将我拉回到现实世界。

我眨了眨眼,然后揉了下眼睛。脑袋里盘旋的全是关于钱、谋杀和动机的问题。杰克斯已经离开了房间——我听到他靴子踩踏着楼梯发出的沉重声音。我也应该离开了;我已经在这里浪费了太多的时间。我低头看着吉蒂,她在微笑,眼睛闪着亮光。不,时间没有被浪费。我抚摸着她头边一缕棕红色的头发,将它拨到她的耳朵后边。

"我必须走了。"我说道。若是我被吊在泰伯恩刑场的绳子上晃动,对她没有好处。

她张嘴想要抗议，然后又多想了会儿。"那我们再谈，以后？"她焦急地问道，"你答应吗？"

哦，是的……再谈。这是对刚才接吻令人遗憾的惩罚。"当然。只要你愿意。"*如果那时我还活着的话*。我低下头，吻了她的双唇。哪怕冒着被处以绞刑的威胁，我也宁愿再多待一会儿。

"去吧。"她说，然后当我将她拉得更近时，她咯咯地笑着。"去吧，看在上帝的分上，汤姆。我会等你的。"她将我推开，"就这一次。"

◇

告诉一个人说你怀疑他是杀人犯，这事很难开口。若是在第二天，我的心情好一点的话，我可能会找到一种更具绅士风度的方式来提这件事，可情况只能如此。

"上帝啊！"特里姆喘着气说出，惊恐地看着那把指向他心脏的匕首。"你疯了吗，先生？"

我用力将他抵在墙上。"我已经没有耐心了。告诉我。你是不是杀了弗里特？"

他的身子往后缩。"没有，我发誓！"

我将匕首从他的心脏位置移到喉咙上。"那么罗伯特……"

"没有……"他呜咽道，仍不肯承认。一粒汗珠从他的脸上滑下来。"我发誓……"

我仍然将匕首架在他的脖子上，保持了很长时间。他在隐藏些什么，我能够从他的眼神中看出来。我退后，放低了手中的匕首，命令他坐下。

他照着我说的做了，跌跌撞撞走到小桌子旁边。我到监狱的第一天晚上，正是坐在这张桌子旁和他一起共进晚餐。"阿克顿先生会知道的。"他吸着鼻子说。

我没有理他,为两人各倒了一杯酒。"谁杀了罗伯特?"

他端起酒杯,用双手捧着,像是捧着一本祷告书那样地神圣。

我在他身旁站起身来。"是你帮着把他的尸体扛到了刑讯室吗?"

"你为什么问这些问题?"他问道,浅棕色的瞳孔里充满了痛苦,"我对你一直很友善,也很礼貌,先生。"

"正因如此,我才没有划破你的喉咙。昨晚有人在宾治酒里做了手脚,我看到你在酒坛里放了一些东西。"

特里姆惊得张开了嘴巴又合上。"肉桂和豆蔻,"当反应过来时,他结结巴巴地说道,"还放了一点儿糖——我们一起喝的酒,霍金斯先生!我整个晚上都精疲力竭,你也是一样的!我想,我现在还头晕眼花。"他搓着额头说。

"你从西多尔先生那里买了安眠药。"

"是为了帮助伍德伯恩!"他恼怒地喊道,"就在这里,它肯定还在我的架子上。让我拿给你看。"他跳起来,开始沿着药架上查找,够到架子最高处的顶端。"我只给了他一勺的分量!"他说道,连他收藏玻璃和石子儿的小罐子也给打开了。

特里姆做事一向干净整洁,什么都是井然有序,任何东西都伸手即及。他本应该很快拿到那安眠药,在继续找了一会儿之后,他暗骂了一声。

"肯定是有人偷走了我的药。"

"我在想,监狱长会不会这么认为。"

他脸色变得煞白:"你在说什么,先生?"

我示意他坐下。"你正好住在贝拉岛的楼上。你根本不把从西多尔先生那里买来的安眠药当回事儿。"我停顿了一下,继续说,"并且你知道罗伯特上尉打算以十基尼的价钱卖掉他的妻子。"

他动弹了一下，试图反驳。我没有给他说话的机会。

"这里的墙壁并不厚，声音可以传到其他房间。"我用脚轻踏了下地板，"弗里特说过，上尉和妻子争吵打闹时，他经常会上楼到你这里避开，但你们仍然可以听到他们争吵时所说的话，每一个字都能听到。"

"是的，确实是的。"特里姆点头。"弗里特会大声叫出分数，就像在观看一场拳击比赛一样。可怜的弗里特。我多么希望他还在这里。"他对着我沉下了脸，"尽管他有很多缺点，但他一直表现得像一名绅士。"

我指向房间另一端的床铺。"我昨天早上在这里休息的时候，听到弗里特和查理斯在争辩。我并不能分辨出他们所说的每一个字，但那时候我是在角落的位置。"我朝窗户走去，那里的一把椅子下面铺着一张旧地毯。我将地毯拿开，藏在下面的破旧得已经腐烂的地板便显露出来。那地板早已烂得不成样子，我甚至能从裂缝中看到下面的贝拉岛。"如果我一直站在这里，我想我会听到他们所说的每一个字。"

我抬起靴子，重重地跺着地面，重复地踩踩，直到那木头裂开出现裂缝。特里姆惊慌失措地看着，却什么也没说。我将愤怒发泄在地板上，发泄完以后，地上出现了一个很大的缝隙——宽到足以容一人通过。"你瞧！"我说道，"这样不是更好吗？下次住在贝拉岛的人再被人杀了，你不止能听见，也能看见所发生的一切了。"

特里姆叹息着，双手掩面。

"我已经失去耐心了，先生。"我警告道，"你听到过什么？"

"我不能说。"他抽泣起来，双手捂着嘴。

"该死的！"我叫喊着，朝他冲过去，"我可以像踢烂这些木板一样打烂你的脑袋！"我推开桌子，将他从地上拽起来，狠狠地摇晃他的身体。"弗里特死了，就因为你什么都没有说！你的良心还会承受多少人的生命呢？"我愤怒地将他推倒在地上。

他重重地摔倒在地，痛苦又恐惧地叫喊着。此刻他已经快要坦白了，我知道。特里姆并非是为了钱而保守秘密。他保持沉默是因为他害怕。我只是要让他知道，什么都不说，他的处境会更危险。

"告诉我，否则我会和吉尔伯特·汉德说你听到了所有的事情。到黄昏时分，这个消息便会传遍整个监狱。你认为，在他们来找你之前——就像他们找弗里特一样——你还有多长时间可以拖下去？"

"很好，"他抽泣道，"很好。"他拖着身子站起来。当全身的重量压在那只被扭伤的脚踝上时，他疼得面部抽搐起来。他灌了口葡萄酒，然后跛着脚慢慢走向火炉边的那把椅子，发出了一声长长的叹息，一边揉着眼睛。"难道你从来都没有想过罗伯特上尉该死吗？"他凝视着炉中的火苗，"他为了十基尼卖掉了他的妻子，这样的男人就应该被绳子吊死！你说呢？"

"我他妈的不想听那些。"我在房间走动着，手中仍然紧紧攥着匕首。"你听到了什么？"

他一脸的愁容，又吞下一大口酒。"他们是半夜时分来找他的，"他终于说了，"我没有听到他们进入这幢楼的声音。他们肯定是像鬼魂一样穿过院子，蹑手蹑脚地上了楼，然后撬开了锁。他们把他从床铺上拽到了地上，也就是那个声响惊醒了我。他砰的一声摔倒在地上。"他全身都在抖动。

"接下来呢？"

他闭上了眼睛。"硬币散落在木板上到处滚动。很多硬币。然后其中一个人……"他睁开眼，深深吸了一口气说，"其中一个人说，'你以为这样就可以让自己活命吗?'"上尉肯定是将钱都给了他们,那是吉尔伯恩提前给他的那五个基尼。"但是他们不是为钱而来,霍金斯先生。"

"他们来是为了惩罚他。"

"不!"特里姆猛力地摇头,"他们来是为了拯救他。"

我皱眉。"拯救他?杀了他是为了救他?"

"拯救他的灵魂。罗伯特在他生命的最后几个礼拜里,已经变了个人。自从他失去自己的儿子之后,他每天都去教堂,在自己的房间里祈祷几个小时。或许他认为这样会让马修回到他身边来。"泪水从他的眼中涌了出来,"他的死是我的错。我听到吉尔伯恩前来贝拉岛给罗伯特钱。本来上尉第二天就能离开监狱,而罗伯特夫人……你知道吉尔伯恩在给罗伯特钱的时候说了什么吗?'我会帮你一个忙,罗伯特。等我去搞她时,我会让她像只老鼠一样保持安静而且极尽谄媚之态。'我无法……我不能再坐视不理,让这种事情就这样发生。"

"你和谁说了这事?"尽管我现在已经能够猜出来。

他咽下口水,往前微微探身,低声说出一个名字。

伍德伯恩。

第二十三章

下午三点左右的时候,马夏尔西监狱院子里的影子被光线拉得很长。又一天快结束了——犯人们的债务也随之又增添了一分,活下去的希望却更少了一些。我感觉到罗伯特上尉的鬼魂似乎在其他人身边游荡。在他们看来,我似乎也成了鬼魂——似乎我周围现在有死亡的标记。

我急匆匆赶到教堂,因为昨天监狱里一片混乱的状态,教堂并没有锁门。我点亮了蜡烛,坐在前排的长椅上,从口袋里拿出我母亲的十字架,低下了头。弗里特死了;查理斯已经放弃了我;我的家人和朋友远在我无法触及的地方。在今天日落之时,我将会被指控为杀人犯。我闭上双眼,祈求上帝的明示和安慰,什么都可以。一阵冰冷而凄凉的静寂在我的四周滋生出来。

我睁开了眼睛。这是在浪费时间。我应该行动起来,现在还不晚。但是我的头很痛,就像又被卡进了铁帽刑具之中,而且身上滚烫。汗水已经浸湿了衬衫,我的身体先是发热,然后又发冷,或许这还是那药所产生的后遗症,还有今天所发生的一系列事件所带来的影响,但是,回想起来,我记起自己在从查理斯和特里姆把我拖出刑讯室后,就一直感觉身体不适。这并没有什么好令人惊讶的,那里的空气污浊不堪,而我在那里呼吸了一整个晚上。

圣坛旁边还有一摊未被抹去的血迹,那是伍德伯恩的血。牧师用罗伯特上尉的刀捅伤了自己,特里姆已可以确认这奇怪的事实,他在现场无意间看到了，并在吉蒂赶到之前就夺走了刀。伍德伯恩绝对不是打算自杀，我确信这一点。特里姆也这样认为。

"伤口很深但却没有伤到心脏。如果是以能康复为目的的话，肩膀是一个用刀弄伤的好位置。然而，是对自己动手啊……多么疯狂的举动！我几乎不敢相信，尽管那是我亲眼所见。"

"那并非疯狂的举动，特里姆。是狡猾的手段。他想要转移注意力。如果他自己是一个受害者的话，我们还会怀疑他吗？"伍德伯恩从一开始就在作假，一边主动帮助我寻找真相，另一边将我引向阿克顿，还有吉尔伯恩。他一直都知道他们与那次的谋杀案无关。我能想得出他是怎样在不违背良心的情况下干出这种事情的，他的思维方式是：他们是残忍而邪恶的人，而他一直在按照上帝的旨意拯救众生，所以要去拯救罗伯特上尉，以免他犯下不可宽恕的罪过。我和伍德伯恩第一次碰面时，他对我说过什么样的话呢？*这地方的工作量不小，有太多人的灵魂需要拯救。*

"要扮演受害者的角色，有很多其他的方式可行，并不用弄伤自己啊！"特里姆说道，"我害怕他的罪过已经让他开始神志不清。我发现他的时候，他口中一直在语无伦次地说鬼魂的事情。他已经深信罗伯特的鬼魂在缠着他。"

"鬼魂不是真的。"

特里姆轻轻点头。"我想，他已经把自己的鬼魂给召唤出来了，霍金斯先生。"

这倒是真的。伍德伯恩今天早上看起来已经是疯疯癫癫的状态，他自己的良心召唤出一个鬼魂令他饱受折磨。"那么，我祈求鬼魂能一直这样萦绕在他身旁，直到他死的那一天。"我顿了一会儿。"会是他杀了弗里特吗？"

"不，不会。我们给他服下了用以安神的药，那是西多尔药效最强的安眠药。我猜，放在我们酒中的就是那种药。我醒来的时候他才醒。我们听到你撞门的声音时，他说……他说，哦，仁慈的上帝。他也被杀了。"

关于这一切，我仍然摸不到头绪，那个"他"到底是谁。特里姆只是在谋杀那一晚听到过伍德伯恩的声音——对罗伯特进行毒打的事肯定是在刑讯室进行，因为那些人只在贝拉岛里待了几分钟的时间。伍德伯恩刺伤自己之后，特里姆曾乞求他把事情说出来，却遭到了伍德伯恩的拒绝。他一直说是他的错，所有的一切都应该怪他，并且他们绝非故意去伤害罗伯特上尉——只是想吓吓他。但是当特里姆问他另一个人是谁时，伍德伯恩显得极为恐慌，并说连知情并不多的哈里·米切尔都死了，他更不会再多嘴了，所以他们都保持沉默——弗里特就因为他的懦弱而付出了代价。

我将母亲的十字架放回口袋。这时候，我手指触到了那枚从贝拉岛床下灰尘中捡起来的银制克朗币。我将它拿出来，放在手心。那天晚上，伍德伯恩的同伴在搬运尸体时，他清理出这笔钱，现在这些钱都被他分发给马夏尔西普通监狱里的那些病人和饥民了。五英镑。不见的那些克朗应该值五英镑。这是吉尔伯恩的钱唯一一次被捐于慈善之中，却是在他不知情的情况下。

要是我能从伍德伯恩口中逼出事情的真相该多好啊，那样，也许我就能劝阿克顿和我一起来再次审讯他。如果他还没有完全失去理智，那么，可能正是消息灵通的监狱长令牧师恐惧，所以吓得不敢说出那个人的名字，可是阿克顿又是不是会这样认为呢？没有时间了，该死的。没有时间了。

一阵轻柔的声音在我身后响起，像羽毛那般沙沙作响。

"先生。"

是麦戈尔特夫人。她身穿黑色的旧丝绸衣服,灰白的头发显得凌乱,插了一把泛黄的象牙梳子,并以褪色的丝带系束着。我没有听到她进来的声音。

"夫人。"

她用那双闪闪发亮的眼睛盯着我,干裂的薄唇中挤出一丝笑意。"你状态很差。"一副得意扬扬的姿态,似乎是自发酝酿出来的良好情绪。

我向她身边走过去,但是她用粗糙的手指抓住我的胳膊,挡住了我的去路。"我知道你是什么样的人,"她发出嘘声,"我已经从阴影中看到你的原形。你只不过是一个穿着成人衣服的小男孩。"

我想起了在自己来到监狱的第一个晚上,院子里的那片黑暗之中所传来的低沉冷笑声音。想想那时,我还以为是鬼魂发出的声音。我怎么就那么容易轻信,多蠢啊!我从她手中挣脱了手臂。

"你不能带走她!"她愤然说道,"她是我的。她现在为我做事。魔鬼死了,吉蒂是我的。"

"吉蒂?"愤怒之火在我胸中燃烧,"你要对她做什么?"

"敏锐的眼睛,敏捷的双手。她可以给我带来秘密,弄来有用的东西……"她眼露凶光,"你以为你那封信是怎么落到我手中的呢?难不成它是从天上掉下来的吗?"她挥舞着手指。

"弗里特从我这里偷去的。他早就承认了。"

"啊……魔鬼!"她发出咯咯声,"连他这样的魔鬼都有软肋!不,不。他是在保护他亲爱的吉蒂。是她偷走了你的信,将它带给了我。"

"我不相信你。"我沮丧地说。

她得意地大笑起来。"我告诉过你,先生。她是我的。你不可能从我身边带走她。"

◇

　　院子外面,麦克在和阿克顿的羽毛球比赛中故意输给了阿克顿,克罗斯在一旁观看,带着狡黠的笑容。克罗斯跟罗伯特的死没有关系,我现在可以确定。如果那场谋杀与金钱或者仇恨相关的话,那么我可以相信是克罗斯千遍万遍——克罗斯可没有兴趣去拯救一个人的灵魂。而且如果克罗斯与此事有关的话,吉尔伯恩的那笔钱就更不可能流入普通监狱。无论是谁杀了罗伯特上尉,将他的尸体拖出院子并吊在刑讯室的横梁上,那人都相信上帝是站在他那一边的。黄昏将至,在院子中间,吉宁斯正在公园的中间将灯点亮。随着他手上的动作,腰间挂着的大串钥匙叮当作响。我正想着走过去,咖啡馆的门打开了,吉蒂从那里出来。她提着裙摆,面带着笑容向我跑过来。快靠近我时,她放慢了脚步,脸上的笑容不见了。

　　"汤姆,你脸色这么苍白。有什么烦心事吗?"

　　我低头看向她。她曾经出卖过我——我差点因此而死掉。我应该恨她。我强迫自己恨她。"是你偷走了那封信。"

　　我此时最期望的是,她能开口否认。但是,我看到了她眼中内疚的神情。"我……我之前想和你说的,"她结结巴巴地说,"塞缪尔不让我说出来。"她提到弗里特的名字时停顿了下,然后深吸了一口气,继续说道。

　　"他把事情揽到了自己身上。"

　　"不用再解释了,吉蒂。"

　　"哦,汤姆!我很高兴!我正在看那封信时,麦戈尔特夫人看到了。然后,她从我手中把信抢了过去,说是要耍弄一下你。我那时只看了信的前面几行——我不知道这封信会带来什么后果。当他们把你押到刑讯室时，我差点死去。我只当那是个恶作剧，为了报复你对罗伯特夫人说我是一个小女仆。"她咬着嘴唇回想着之前的事情，"你那样说，让我感觉自己好像什么都不是，一文不值。"

我笑了。"那么，那是我的错。你可不单单是一个女仆。"

她露出令人心碎的笑容，然后要牵我的手。

"是吗？"

"当然。"我摆开了手臂，"你还是一名技艺精湛的盗贼，善辩的撒谎者。我相信，用不了多久，你就能学会叉开双腿，成为一个出色的妓女。"

她痛苦地抽搐着，就好像我打了她一样。接着，她直起了肩膀，昂起下巴。"你以为你是第一个对我说这种话的男人吗？"她上下打量着我，似乎她那双敏锐的绿色眼睛能够将我身体的每一寸肌肤都看穿一样，目光从我借来的那身衣服滑过我空空如也的口袋，正落到我心脏的位置。"我想我是看错你了，"她说，"塞缪尔也看错了。"她转身走开。

我想赶去追她，想将她搂在怀里，告诉她我真实的想法——在麦戈尔特夫人将此事告诉我的那一刻，就在心跳的那一瞬间，我就已经原谅她了。如此轻易便原谅她的这个事实让我感到害怕。我可以言不由衷，并以身体内滚烫的血液令我变得无情为理由，事实是，我想让她受到伤害。她从我这里偷了信并出卖了我，这给了我一个一直在寻找的好将她从我身边推开的理由，能让她像一只离岸的小船一般随波漂走，消失在地平线。在我们相拥相吻的那一刻，我就能感觉到吉蒂希望能从我身上获取的东西，尽管她竭力掩饰，我还是能感觉得到，那已超出我所能给予她的范围。她所渴求的远不止是我对一个女仆所能承担得起的。

阿克顿看得很明白。我是一个傻瓜。

◇

我掏出弗里特的那块银表，现在差不多已经五点钟了。我拯救自己的时间所剩无几，尽管我已经感觉到真相就在我的前面，只是在我所能触及范围之外的位置。伍德伯恩的那位帮凶是谁呢？不是克罗斯，不是特里姆。那么会是谁呢？他是怎样杀掉弗里特的，米切尔的死也和那件事情有关吗？他们以同样的方式死去：死在一间密室内，而其他人就睡在旁边。哦，上帝啊！地上的鹅卵石在我眼前舞动回旋，这时我意识到我必须要做些事情。

我得去和安德森上尉谈谈。我必须得去围墙的那一边。

◇

几分钟后，我手心中紧握着通往普通监狱的大门的钥匙。吉尔伯特·汉德那里有一把万能钥匙，但是在取出这把钥匙给我的时候，他那双棕色眼睛里充满着疑问。"你还想要去那边？为什么？你没有疯吧，霍金斯？我听说老伍德伯恩现在稍微清醒点儿了……"

借用这把钥匙的价钱，我毫无能力支付。身上唯一所剩的那个硬币就是从贝拉岛灰尘里找到的那枚银克朗，但是我需要保存那个作为证据；要是将弗里特的那块银表给了汉德，我自己都要骂自己。所以，我只能用汉德所能理解的另一种东西来作为交换——就是我所知道的消息。我将自己所知道的关于罗伯特被杀一案的林林总总都告诉了他——除了涉及特里姆的那一部分——并且告诉他我要立刻和安德森谈谈这些。

"安德森？"汉德皱起眉头，手插进棕色假发里面去挠头皮。"他发动了监狱暴乱，所以现在被锁在刑讯室内。"他抓着我的衣袖说，"十分钟，不能再久了。如果你被人抓住，我会说钥匙是你从我这里偷走的。"

于是，此时此刻我正站在围墙的阴影中，就同我第一次走进这座监狱院子时的情景一样，感觉从那时到现在已达二十年之久，而非仅仅四天。一阵微风从公园掠过，风中夹杂着烟草的味道。连想都没有想，我抬眼望向楼上酒馆露台。那里没有弗里特，以后他也永远不会再站在那里。没有人将我从围墙边拉回去，拍拍我的肩拖着我上楼去喝上一杯宾治酒。也没有人看到我将钥匙插入锁槽中，悄悄溜进门内进入普通监狱。

我尽可能轻地关上了门，背靠在潮湿的墙上。我几乎不能呼吸，恐惧就像一幢房子倒塌在我身上一样重重地压在胸口。我冒着生命危险进入了这里。如果阿克顿发现我闯进了普通监狱的话，他会在整座监狱的犯人面前将我殴打至死。

还好，整个院子里并没有人，囚犯们至今还因之前的暴动而被禁闭在牢房里作为惩罚。我沿着墙根往刑讯室的方向悄悄溜过去，一边偷偷地往酒馆那边的露台望去，以防有人从那里出来看到我的行踪——在这空荡荡的院子里，只有我这一个身影，很容易被人发现。我一步一步地往前移，汗水沿着后背直淌而下。当我靠近目的地时，十几只老鼠从围墙和刑讯室间的那处臭水洼处吱吱叫着冲出来，像是还记得我身上的气味。当它们窜到我的脚边时，我一脚踢开鼠群，迅速冲到了门口。

我以为那门是锁着的，我得透过门上方那个小洞去喊安德森。然而当我推门时，那门晃了几下就喷出一股臭烘烘的死亡与腐烂气息，这气味我并不陌生。我缩身往后退，手掩鼻口，抑制住心中转身而退的本能。

安德森被刑具锁押在墙壁上，与两天之前那个晚上的我同等遭遇。

他头上的铁帽子紧紧地嵌在头骨上,铁颈圈深夹着他的粗颈。夜间的雨水从屋顶漏了进来,他身旁的地面已成泥浆。安德森脸上满是已经干硬的血迹,血污之中透露出两只黑色的眼睛。当我走近时,他看起来却很平静,像是已然屈从,不管接下来是怎样的命运。

"霍金斯!"他吼着,然后咳嗽起来,吐出一口浓痰。"我告诉过你不要回到这里。"

"是谁杀了哈里·米切尔?"

安德森闭了一会眼睛,然后发出一阵短暂的干笑。"我知道是谁干的。为什么要告诉你呢?"

"阿克顿让我在日落前找出真相,他心中当然希望我查不出来。"我蹲下身来,看着他的眼睛说。"你可以帮我弄清楚事情的真相,这会让他相当地失望。"

他只是笑了一下,反抗中他被人打掉了一颗牙齿——牙龈上还带着血迹。"你的下场是什么,要是你没查出来的话?"

"他会控告我是谋杀弗里特的凶手,而弗里特是罗伯特死亡的真凶。"

他嘟囔着:"那么,这都是真的吗?那老恶魔死了。"他的眼睛闪向门边。"今天早上我听见大家都在嚷嚷这事,但是我不相信。"

"有人割破了他的喉咙,跟刺穿米切尔心脏的是同一个人。"

安德森眉头一皱。"不。我们昨天还在照顾杀死哈里的那个人,从他的肋骨中抽出一把刀来。"他锁链之下的身体最大程度地动了一下,然后叹了口气,"如果你想去杀死某人的话,混乱可以很好地分散别人的注意力。"

"但是……"我站起来,拭去脸上的汗水。我一直以为米切尔的死与我当时的调查有关,难道那只是一个巧合吗?"那人是谁?"

"弗雷德·欧文。他和我在同一间牢房一起待了三年……他并不是坏人,不算是,只是孤注一掷。"他脸上现出痛苦的神情。"有人从行善格栅中塞进来五先令,说如果他杀死哈里的话,还会再付十先令。欧文家里有一个女儿,九岁。"安德森陷入沉默。

"他看到那人是谁了吗?"

"天很黑,透过格栅看不到什么东西。"

"那么声音呢?欧文有没有把所有的事情全告诉你?"

"他急于求死,霍金斯先生。"他突然不说话了,"但是我知道米切尔为什么会被人杀死。"

我等待着他的下文。"嗯?"

"这个信息值多少钱?"

我暗声咒骂,我已经没有讨价还价的时间了。"我身上已经没有什么钱了,先生。你把这些说出来,能够将一个无辜的人从绞刑架上救下,这个理由还不够吗?"

"当然不够。"

我抱怨着看向四周,仿佛这个潮湿而肮脏的小屋里会突然现出一堆珍宝或是一群面带酒窝且甘心献身的女仆。接着,我回忆起被锁靠在墙壁上是怎样的感受:铁颈圈紧紧地压着我的喉咙。"我可以帮你拧松螺丝钉。"我说道。

安德森的眼中闪现出一丝绝望之中极度渴望的眼神,这是一种无法自已的念头。看起来,我和他之间似乎已经达成了交易。我找到一片旧铁,一边和安德森说话一边开始动手。那片旧铁上有缺口,尖锐的棱角划破了我的双手,而我几乎都没有感觉到。

"米切尔在他死前的那一晚告诉了我所有的一切。"安德森说。"他说他本打算告诉你的,说你承诺过会把他从这地方弄出去作为他透露信息的交换。他知道把事情告诉你处境会很危险,所以他觉得这边的某个人应该知道事情的真相。罗伯特死的那个晚上,是哈里偷偷地在弗里特的宾治酒中下了药。他跟欧文一样,是被人指使干这事情的——有人从行善格栅中塞给了他几先令。哈里认为他们打算抢劫弗里特,事情就是这样。然后第二天早上,有人发现了悬挂在横梁之上的上尉尸体,就在那上面晃荡着。"他抬眼望向上方,"那是很糟糕的死亡方式,现在他的灵魂还被禁锢在这儿,就像其他那些被禁锢于此的尸体一样,直到审判日的那一天才会得到释放。"

我浑身战栗起来。"米切尔有没有认出格栅外的那个人?"

"没有,声音被刻意地捂着,不过他说那声音不知怎么地有些熟悉,可以确定就是监狱里的人。"

我弄松最后一颗螺丝钉。"有可能是伍德伯恩吗?"

安德森挺直脖子,然后向我投来困惑的眼光。"伍德伯恩先生?不,即使是在黑暗之中,哈里也能立刻认出他来。他是这监狱里唯一的胖子……但是为什么会是伍德伯恩……"他的声音越来越小,全然不解的困惑。"他曾直言说过那是一场谋杀而并非自杀。"

"我认为那是一场意外。"我注视四周地上那斑驳的陈旧血迹,老鼠从室内一角那一堆腐烂的尸体上混乱地爬过,"罗伯特接受了一些可怕的交易——会受到诅咒的那种。他们想要阻止他,所以他们将他带到一处安静的地方,试图说服他放弃那肮脏的交易。"

"用他们的拳头来说服?两个人一起殴打他?"安德森看起来神情残暴。"嗜血的懦夫们。"

"伍德伯恩知道如果验尸官将其认定为自杀的话,罗伯特就无权以基督教徒的方式埋葬。一想到这些他就无法承受。把人弄死已是恶劣,但是让他的灵魂受到煎熬……"

"多高尚的人啊！"安德森讽刺地抱怨道，"那为什么之前要将他吊挂在那里呢？"

我揉了下眼睛。"我不知道。"

◇

我的麻烦就在于此：我不知情。我不知道那第二个人是谁。我不知道他为什么将罗伯特吊死在刑讯室。我不知道他昨晚是怎样溜进贝拉岛并割开弗里特的喉咙。我只知道自己需要在日落之前找出所有的答案——而且，现在只剩下一个小时的时间了。

第二十四章

我终究还是在没人发现的情形下回到了高级监狱。还好，没有人往这面墙壁这边看。所以，当我从门口走出去时，我看起来似乎只是在院子里转了一个身。

我将钥匙还给了吉尔伯特·汉德，并把我所知道的事情告诉了他，除了欧文杀人的那一部分。安德森上尉跟过去一样总是身陷麻烦。对汉德来说，那是一笔很好的交易——他只需要冒很小的风险，而现在关于罗伯特死亡的调查他已经知道得跟我一样多了。他拍拍肚子，似乎我刚刚以某种方式填饱了他的胃口一般。

汉德嗅到了即将来临的麻烦，很快便消失了身影。

我慢慢向阿克顿那边走去，祈祷他能给我更多的时间。即使是一天也足够了。一个瘦高的身影从监狱长的房间闪出来，站到了他的旁边，那是吉尔伯恩。他双手插在口袋中，待我走近时，他对着我嘲讽地大笑起来。

"呃，霍金斯？"阿克顿上下打量我，"你能给我报出一个名字吗？"

我的脑子里一片混乱。米切尔认为他在行善格栅那里听出了那个声音，那人肯定对监狱极为熟悉，而且能够来去自如。那人会是查普曼，克罗斯，汉德手下的少年，或是吉尔伯特·汉德自己？也许可能会是狱中的一个杂工？然而，这一切都没有用了——我没有足够的证据指控他们之中的任何一个人。"是的，先生。"我深吸了一口气，

"伍德伯恩先生。"

那两个人惊得一动。吉尔伯恩爆发出一阵笑声,然后双手互击道:"哦!这想象力太丰富了,先生!尊敬的安德鲁·伍德伯恩牧师,说来说去都离不了他。你所说的这个绅士今天早上以同样的罪名指控过我,我猜想这就是为什么……为什么他昨天会用刀捅伤自己吧?"他咯咯地笑起来。

阿克顿的目光滑向他的新盟友,那眼神中隐藏不住对他的憎恶。"你要和我说的就只有这些吗,霍金斯?"他轻蔑地哼了一声,"难怪你流出那么多的汗水。好吧,接下来,我们会给你弄出一个新的身份,是吗,吉尔伯恩先生?"

吉尔伯恩止住了笑,身子挺了挺。"的确,先生。弗里特杀死了罗伯特。在死的前一天,他和我坦白了真相,在监狱暴动的混乱中。我把这事儿都搞忘了。"

我瞪着他:"这是谎话,先生。"

"是吗?"吉尔伯恩咧着嘴笑,"那么,令人难过的是,弗里特不能活着为自己辩护了,是吗?是你谋杀了他。"

我的心猛地一跳。"阿克顿先生,再给我一天的时间,我求你了。"

"不,不行。我认为这个剧情很不错,我喜欢。"阿克顿回答道。"弗里特杀了罗伯特,然后你杀死了弗里特。我们最好将他关押起来,嗯,吉尔伯恩?"说着,他一只手扯住我的胳膊,开始将我向门房那边拖去。

我浑浑噩噩地拖着脚步向前走。我得想出办法阻止这种糟糕的趋势。要是我能得到查理斯的信息的话……

吉尔伯恩跟在我们身后。"你有自己的律师吗,先生?律师也许能让你免于逮捕……"

"阿克顿先生,"我平静地说。"你想食言吗?"

他猛地停了下来,仍然抓着我的胳膊。"你说什么?"

"你说过,给我的时间限度是日落时分为止。"我仰望着天空说,"现在天还是亮着的。"

阿克顿犹豫着说:"这倒说得是。"

"哦,看在上帝的分上,将他关进禁闭室!"吉尔伯恩厉声说道,很是不耐烦。阿克顿放开我的胳膊,转向吉尔伯恩。"这是我的地盘。"他用一根粗手指戳着吉尔伯恩的胸口,"你要是再命令我做什么,我会扭断你的脖子。"他从口袋里掏出一块表,仔细地看着时间。"我是一个信守承诺的人,霍金斯先生。还有半个小时,好好利用。"他耸耸肩,"要么去搞搞布雷萧夫人?这与我何干呢。吉尔伯恩先生,我们还有事情要说。"他一只手放在吉尔伯恩的后背,推着他朝酒馆走去。

◇

我摇摇晃晃地走向弗里特的长椅那边,因为刚才惊吓之后的释放而瘫倒在地。可是,现在该怎么办?在这半个小时的时间里我还能做些什么呢?

一个巨大的身影投在长椅之上。我抬头看到了杰克斯先生正站在我旁边,肩膀上搭着一串锁链。谢天谢地。我奋力站了起来,那一刻天旋地转,我感觉到自己快要晕倒过去。杰克斯一把抓住我,眼中充满着关切。

"先生,发生了什么事?你看起来像是被人吓得半死。"

我对他挥了挥手。"我很好,谢谢。"

杰克斯皱眉,并不相信我的说辞。"我在伯勒镇打听到了,在罗伯特死后,马夏尔西监狱里只有阿克顿的口袋里有这种硬币。"

"我知道,我很抱歉——我已经浪费了你的时间,伍德伯恩将钱捐出去了。"

"伍德伯恩?"杰克斯紧锁着眉头。

我迅速地向他说明了我所知道的一切。

"伍德伯恩……"杰克斯低声自语道。他捏紧了拳头,握住木棍的柄。"另一个人呢?"

"我不知道。"我觉得我的头快裂开了,而且我淌出了大量的汗水。"我之前认为可能是特里姆,但是他已经被吓坏了。他将自己锁在房里,说我们找出真相他才会出来。杰克斯,我们必须立即找到伍德伯恩,我相信你能迫使他坦白一切。"

"我就是要来告诉你这个。伍德伯恩把这个送到了门房。"他从口袋里拿出一张纸条,"听起来有点……奇怪。更奇怪的是现在我知道他过去做了什么。我觉得我应该将这些东西带在身边。"他将肩上铁链的重量作了转移。

我打开了那张纸。

杰克斯先生:

我恳求你立刻来雪原,我必须在那儿坦白一些重要的事情。把霍金斯一起带过来,因为我担心此事关系着他的身家性命。

愿上帝保佑我们

安德鲁·伍德伯恩牧师

我又看了一遍纸上的内容,心中产生了一个想法。我抬眼望向上方的酒馆,阿克顿和吉尔伯恩此时正在那里喝酒。我必须抓紧时间。

"天快黑了,"杰克斯说道,焦急地看着天空,"如果我们要在天黑之前见他的话，必须现在动身。"

在阿克顿以谋杀罪将我关押起来之前，我们也得立即动身。我又将纸上的内容看了一遍。"看起来像一个陷阱。"

"你说的可能是真的，霍金斯先生。"杰克斯咧着嘴笑。他将一只手放进衣服里，向我出示藏在里面的那把长刀。"我们得睁大眼睛，手举大刀过去，嗯？"

◇

当我们从门房大门走出去的时候，我尽量保持内心的平静，但事实上，我害怕得不能呼吸。每时每刻，我都在想着有人大呼着我的名字，六七个家伙把我抓住并将我拖回到阿克顿跟前的画面。我们走到了监狱看守的那处值班室，克罗斯正坐在那里，像往常一样双脚搁在桌上，正在喝酒。我心跳加快，估计他在十步以外的地方都能听见我心跳的声音。

"开门，约瑟夫。"杰克斯说道。

克罗斯眯起双眼。我认为他随时都可能去拉响警报，喊着霍金斯要逃出监狱啦！那些人便会将我像狗一样撕成碎片。克罗斯将酒杯猛地往桌上一顿，慢慢地站起身来。"太晚了。"他说。

我的心猛地一沉。但是当我看着他的眼睛时，才意识到他还不知道阿克顿和吉尔伯恩这一阶段对我的意图。他的话里只是表达天快黑了。"我和伍德伯恩先生有约，"我连忙说道，"我已经征得了阿克顿先生的同意。要是你愿意的话，可以去问他，先生……但是我需要提醒你，他现在的情绪很不好。"

克罗斯沉下了脸，并掏出钥匙。"把他看好。"他对杰克斯说道，并放我们出去。

大门在我们身后重重地关上。杰克斯斜瞥了我一眼，我能感觉到他对我的行为感到困惑，但是我不敢告诉他我打算要做的事，他会因此而丢掉工作。我笑着，希望自己脸上没有露出内疚的神情。"我们走吧。"

◇

我们并没有像昨天那样沿着斧瓶大院的那条路去雪原，而是往左侧方向走，再向左转，进入美尔达法院，它的背后就是普通监狱。厚厚的石壁上凿出一排带有栅栏的小窗，俯瞰着这条潮湿而阴暗的小巷，这里就是行善格栅处，唯一一处可以把食物和钱送入监狱而不被阿克顿知晓的地方。不过，美尔达法庭这里并非大道，要不是碰巧发现，几乎没有人从这里通行。普通监狱里的那股恶臭气息一直延伸到这条巷子里，那么多的犯人挤在一起，没有空气，没有食物，也没有水去洗净自己。

那些犯人们肯定听到了回荡在小巷里的我们的脚步声，污浊的手指从窗户的栅栏中伸了出来，一张张绝望的脸紧紧地挤压在铁栅栏上。一排排用于乞讨的碗探出外面晃荡着，就像渔民们期望着有所收获。

"行行好吧，先生。"

"我们饿啊！给点食物吧，可怜可怜我们吧！"

我停了下来，从口袋里拿出那枚沾着血迹的银币，穿过栅栏塞到我碰到的第一只手里。如今，没有必要再将它作为证据保留下来了。"上帝保佑你，先生！"一个声音喊道。"祝你金枪不倒，金钱不愁！"这是乞讨者的祝福。那只手抽了回去，我听到里面爆发出的叫声——那群人在争夺那枚银币。

杰克斯看着这一切，扬了扬眉。

"骗子，真该死！"我说着，从外套里面掏出了我那把匕首。

走到巷底，一处高门表明了通往雪原的边界。杰克斯单手推门，门晃悠悠地打开了。我转身,回头看着美尔达法院和马夏尔西监狱的高墙,无论去雪原后的情形如何,我都不会再回到那监狱去。如果伍德伯恩坦白了一切,我会让杰克斯回去传话给阿克顿,自己回到城里,其他的一切都让它们见鬼去吧。要是伍德伯恩并不坦白,我就逃走,只能向上帝祷告杰克斯不会履行他的职责去追捕我。

我身上还带着弗里特的那块银表,这足以换到钱让我逃离伦敦。一旦我人身安全后,我就会写信给查理斯,希望他能够帮我正名。我不知道自己能藏身于何处——事实上我根本就没有去想过,因为头疼得厉害。我只知道自己绝不能回到监狱去。

我从门内穿了过去。

杰克斯已经走在那条满是泥泞的狭窄小路上了,从一片高高的草丛中穿行。我赶快紧随其后,时不时往回看确保身后无人跟踪。草在风中沙沙作响,如窃窃私语,我的心脏开始警觉地跳动起来。即使十几个人躲在这片草丛之中,我们也不得而知。

终于,我们从那片草丛中走了出来,来到一处两边全是低矮灌木的地方。杰克斯径直走向一片草地,那是前一天弗里特和我一起坐过的那个地方。杰克斯总是率先冲进危险之境,他肯定是热衷于此类事情。这种冒险令人感到刺激,我默许他的做法。想获取事情的真相,便要不计所付出的代价。

天色已微暗下来,远处的田野呈现出一片暗灰色。这光线之下还能让人看到原野的边际,那棵老橡树在渐渐暗下的天际之下呈现出黑色的轮廓,细长而凌厉的枝干以恐怖的姿态向外延伸。十几只乌鸦在前方成群地发出聒噪的叫声,相互怒斥着,像是在为夜晚的栖息做着准备。杰克斯踢脚将它们驱散,两只乌鸦在空中不情愿地扑打着翅膀飞了起来,在距离最近一处坟墓几英尺的地方落了下去。

我在这愈发暗沉的暮色中四处张望。这里没有其他人。只有我，杰克斯和那群乌鸦。在那一刻，我才终于明白——没有其他人会到这里来。

这里就是我要被处决的地方。没有马车，没有看热闹的人群，但是我将会死在这里。随着真相的尘埃落定，时间也慢了下来；那群乌鸦安静了下来，充满了警惕，风逐渐平息。

我扬起了手中的匕首，杰克斯看着一切，神情平静。接着，他笑了起来，眼中闪现出一丝悔意。

我还记得我和他第一天碰面的情形，我们渡河前去萨瑟克区。如果当时我细心倾听的话，他那时就已经向我坦露了不少蛛丝马迹。我在战场上曾看到过更多的尸体。他肯定看到过上尉的尸体。上尉被杀的那天晚上，他就在那里。

"是你杀了他。"我向后退了一步说，"你杀了你最好的朋友，杀了救过你性命的那个人。"

杰克斯淡然地看着我。"他救过我的命，是的。而我拯救了他的灵魂。我觉得这算扯平了，你认为呢？"

我可以逃——但是他不会放了我。他在离我一刀之掷的距离之外——可是，我此时全身滚烫，极为虚弱。他能在一转眼的工夫用他的剑将我刺穿。我得用某种方式来分散他的注意力。我狠狠地咽下了口水。

"你怎么会做出这样的恶行来？上帝啊，杰克斯——你是一个——一个善良的诚实的人。"即使口中说出这样的话，我也不敢相信他会做出这样的事情。

"因为我和他之间的感情。"杰克斯静然说道，几乎是在自言自语，"他是我的上尉，也是我的兄弟。在战场上，我从没见过比他还要勇敢的人。但是说起他与自身灵魂的战斗来——他却是一个懦夫。他败给了他身体里的欲望——对酒、女人和赌博的欲望。"

"你刚刚所说的情形,一半的英格兰男人都是这样,杰克斯先生。即使是这样,也不代表你有权利去杀死他。"我向后退着,尽力增大我的身体与他手中刀锋的距离。我们谈话的时间越久,有人路过并报警的可能性就越大。

*没人会来的,汤姆。你必须一个人战斗。*那是弗里特的声音,清晰而急促地在我脑子里回响。

"他打算为了十基尼去出卖自己的妻子,"杰克斯说,警惕地在我身边绕圈。"我不能让那样的事情发生,不然,他的灵魂将会有污点——他会再也洗刷不净。我们并没有打算杀死他。我们只是想指引他前行的方向。约翰是一个行动主义者,只信服于事实,却不会被语言所说服。你无法对着他这种人描述地狱中的种种惨状,但是你可以让他直接体会到真实的悲惨。"杰克斯的面部抽搐起来,"我用铁链将他禁锢在墙壁上,然后毒打他,上帝保佑啊。我让他看到了那些尸体和鼠群。伍德伯恩在一边和他讲述着后果会有多严重——永远地在地狱中受尽煎熬。"

他说话时,我又往后退了几步。如果我能跑到晒挂布匹的那个地方的话,我就能够摆脱他。天已经黑了下来。"这么说来,你所做的是一种善行?"

"是的!"他愤怒地咆哮,"你可以嘲笑这一切,但是那确实是善意的规劝。我阻止他毁灭自己的灵魂。我拿着自己的灵魂冒险来这样做,完全是我心甘情愿。在最后,约翰还是为他自己的行为感到忏悔,我知道他忏悔了。"

"你还是杀了他。"

"那完全是意外！"杰克斯叫喊道——我能从他的眼中看到他痛苦的神情。"他已经答应要把钱还回去，可伍德伯恩说再打他一次，就再打一次，让他长记性。我不知道……我不知道是怎么回事。我动手再打他，他向后缩。然后……"泪水从他的眼中喷涌而出，沿面而下。"他就倒在了那里。我并没有想过要杀他，我发誓。"

"而如今他的尸身躺在乱坟岗中，并未被神灵所庇护——这就是你所谓的灵魂拯救！你他妈的为什么要用绳子吊起他？为什么要把一切弄成自杀的情形，这样做是为了隐藏你的罪行吗？"

杰克斯擦拭着脸上的泪水。"我本打算就让他的尸身躺在地上，可是那些老鼠……它们会首先吃掉他的眼睛，你知道吗？我不能……"他咽下了口水，"我就将他挂在老鼠够不到的地方。我得为他做那些。"

巨大的震惊令我哑口无言。我惊愕于他能够亲手杀死自己最好的朋友，却又能如此细心地考虑到不让尸体被鼠群所啃噬。我又往后退了一步。"那么弗里特呢？他也该被你杀死在床上吗？"

"塞缪尔·弗里特？"杰克斯吐出一口口水。"我不会因为弄死那个黑心的恶魔有片刻的失眠。米切尔，我承认……杀他是一个艰难的抉择。但是他在那种人间地狱里可能会死得更快。"他叹气道，然后轻轻地耸耸肩，"他现在安宁了。"

"当然，他不能从坟墓里出来指控你杀了他。"

"不，我不这样认为。"杰克斯向前了一步。

我跌跌撞撞地往后退，高高地举起匕首。"你为什么还要杀人呢？为什么要再次拿自己的灵魂冒险来杀我呢？你放了我，我要逃到明特区，以后你再也不会听到我的消息。"

"你快死了，霍金斯先生。你染上了监狱里的瘟疫。"他的刀尖对着我的胸膛，我胸前的衬衫已经散开，我往下看了一眼，拉开衣服，心猛地跳了一下。腹部出现了一块暗红的疹子,像是军队入侵一般地大块蔓延。我知道那意味着什么:高烧不止,精神错乱,然后死亡,根本就不需要阿克顿把我送上绞刑架。我颤抖着双手扣上衣服。"那么……"我重重地咽下口水,"那么你为什么要杀一个将死之人呢?"

"因为你现在已经一无所有。你会向他们说出一切,而他们也会相信你的说辞。"

说着,他毫无预兆地用刀捅向我。我及时地避开了他的刀。我手中的匕首与他的刀碰撞到了一起,铿锵作响。在一秒之中,他又挥刀向我出手,这一击差点将我手中的匕首击落下来。我踉跄后退,他再次袭来,雨点般的一击又一击,我只能握着自己那把尺寸稍短的武器无力地避开。我奋力反抗来保护自己,却仍不是他的对手。他再次出刀,这一次更狠,差点让我摔倒在地。匕首从我的手中飞落了出去,他狠击我的腹部,令我膝盖跪地。

他逼近我,高扬起刀。我已没有一丝力气,汗水顺着我的后背往下淌,整个世界在我四周转动起来。天空泛着红色,那是日落前的最后时分。

"求你了!"我说道。

他用刀柄重重地往下一击,我瘫倒在地,几乎没有了意识。他将我扯了起来,扛在他的肩上,想必就和那时扛着罗伯特一样,仿佛我的身体一点重量都没有的那般轻松。十步,二十步,三十步,他的步子并没有停下来。过度的惊吓和虚弱的身体令我无法理解正在发生的事情。随后,他猛地将我丢下,然后将我拖在地上,朝着那棵橡树走去,似乎我已经是一具尸体。我感觉到泥土从我脚下滑过,然后我落进了一个坑里,背部重重地摔在地上,风从我的肺部掠过。松软的泥土覆盖在我的脸上,溅入我的口中。

我在一个坟墓里。他早已经为我掘好了一个坟墓。

我吐出口中的泥土。手指下的泥土冰冷而潮湿。这坟墓很深,至少有四英尺。他肯定花了好几个小时来做这件事情。整个下午,我以为他出了伯勒镇。他根本就不需要去向人询问有关那笔钱的事情,他早就知道那笔钱被用在什么地方。这段时间,他就在我的身边,假装在帮我,其实他只是在确保不让我找出事情的真相。

"我会和他们说你逃走了。"杰克斯轻声说道,我奋力挣扎,乱抓一通,尽力想要爬起来。"他们不会来这地方找你。草上没有血迹,也没有打斗的痕迹。我很抱歉,霍金斯先生,真的很抱歉。等到合适的时间,我会来为你祷告的。"

"等等!"我乞求道。我能够忍受匕首压在自己的脖子上,却不能忍受现在这样的情形。就这样躺在一个无名的坟墓里,永远不被人知晓,也无人悼念。我从口袋里掏出母亲的那枚十字架,用手指去感受它那熟悉的形状。"你发发善心,求你先和我一起向上帝祷告吧。"

他犹豫了一会儿,然后点头。我知道他会答应我的这个请求,毕竟,他自认为是一名虔诚的基督徒。

"我们远在天堂的天父啊……"这样的经辞我曾经念过多少次了?从我滚烫的双唇中念出来,比耳语的声音大不了多少。杰克斯低下了头,喃喃地对着自己默诵经文。当他的目光从我身上移开时,我积攒了自己最后的一丝气力,从坟墓中站了起来,由土坑的豁口处爬了出去,拖着步子晃晃悠悠地站起来,盲目地朝着前方的树丛中跑去。

杰克斯骂了一句,从我身后追了过来,他的靴子重重在地上发出声响。我一下子在一处低矮的树丛中跌倒,心跳加速。杰克斯就在我身后几步之远的地方,我能听见他刷刷冲进树丛的声音。我躲在一棵大橡树的后面,一动也不敢动,胸部在剧烈地起伏。

"你不可能一直藏下去,"他喊道,"我会找到你的!"

如果我逃开的话,他会听见响动。但如果我呆着不动,他肯定会找到我。橡树粗糙的树皮紧紧地抵在我被汗水浸湿的后背上,空气清新而香甜。也许死在这里也不错,总比在监狱那种地方腐烂要好。我突然从橡树后跑出来,开始逃跑。

一声枪响——像雷一样响亮。

我停了下来,转身,因为恐惧和精疲力竭而晕头转向。灯笼的光亮透过树林隐现出来。我不顾一切地摸索着向前跑,树枝撕扯着我的皮肤,我大声呼叫救命——径直跑向约瑟夫·克罗斯。他举起灯笼对着我的脸。

"霍金斯!该死的,你看起来像死人一样。"

"是杰克斯,"我紧紧扯着他的外套,气喘吁吁地说,"是他杀了所有人。"

克罗斯哼了一声。"他再也别想杀人了。"他指着前方的小块空地。我放开他的外套,拖着脚步向前走去,手中扯着树枝以免自己摔倒。

这块空地就像一个舞台,已然升上天空的月亮撒下了银色的光。杰克斯背部着地,躺在那空地的中间,痛苦地呻吟着。他的双手无力地捂住肚子上的伤口,鲜血从他的指缝中流出。站在他面前的是……

我屏住了呼吸。

站在他面前的是吉蒂,她的一只手上正拿着弗里特的那把手枪。

我们的眼神穿过那片空地碰撞在一起。然后,她很快地将目光移开,沉着地将火药粉末从枪筒里倒出。我跌跌撞撞朝着她向前走了几步,克罗斯跟在后面,灯笼里微弱的光照亮了这个血腥的场景。吉蒂一声不吭地重新装上了弹药,然后转身对着杰克斯。

"不,"杰克斯低声说着,嗓音嘶哑起来,"我还没有准备好。求求你……找个神父来……"

她举起枪，瞄准他的头部，扣动了扳机。

"代我向地狱的魔鬼问好，杰克斯先生。"

枪声响起。

弹药出膛生出的那片烟雾慢慢地飘向了上空。

"该死的。"克罗斯喃喃道。

她丢下了枪，大步向我走过来。"汤姆，你现在安全了。"

我伸出一只手拦住她。"别靠近我，我染上监狱里的瘟疫了。高烧不止。"可是，我之前曾吻过她，就在几个小时之前的贝拉岛内。一双唇紧紧地贴到了我的唇上。

◇

瘟疫引起的高烧已经开始发作了。我感觉到自己快要倒下了。也许是快要死了，那就是快死的感觉。我双膝发软，随后瘫倒在地。黑暗像泰晤士咆哮的河水一般向我涌过来。我什么也不知道了。

第三部 生与死

第二十五章

我醒来时，身在一间狭窄的房间内。

我仰面躺在一张狭小的床上，床垫潮湿且散发着汗臭的味道。百叶窗紧闭着，不过在我一旁的小桌上燃着一小截蜡烛，随着燃烧发出噼噼啪啪的声响。墙壁上挂有一个木制的十字架。我搓了把脸，挠了挠头皮，竖起的毛发从我指间艰难地穿过。我肯定被弄到这里已有数日之久了。

我努力地回想之前的事情，记忆在我的追寻中溜来溜去。最严重的便是高烧，仿佛来自地狱的烈火，烧得我整个身体滚烫。我的头部一阵沉重的刺痛，就好像头盖骨又被嵌入那铁帽子的刑具之中。我感觉自己的精神有些错乱，高热之中人也在发狂。日子一天又一天地融在一起。令人焦虑的声音，以带着香味的布块儿覆盖着的那一张张脸，悬浮在我上空不断地盘旋。另一间房内，祈祷者们正在吟唱，一只柔软而冰凉的手抓住了我的手。

留下来，托马斯。请不要离开我。

我听到了一阵来自于死亡之外的轻声耳语。这声音已深入我的骨髓之中。

从被子中抽出身来，我缓缓坐起，脑袋仍感觉到天旋地转。空气中可闻出淡淡的大小便及呕吐物的臭味，与薰衣草的淡香掺和在一起。有人在床上插了一根新鲜的小树枝。我揉碎了指间的叶子，在这厚重温暖的气味中呼吸。

摇晃着身子，我两腿落下了地，像一条老态龙钟的狗一般往窗户边费力走去。这间房正对着一条繁华的街道，我听到了马蹄踩踏地面发出的嘚嘚声，马车车轮滚动的声音以及叫喊声和欢笑声。拉起百叶窗，阳光顿时洒进了房间，令我眼前猛地一亮，几乎看不到东西。经过一番费劲儿的推撞，我打开了这古老的木窗，往下望向那熙熙攘攘的高街。小商贩们沿着鹅卵石路面，手推小车向市场走去，发出咯咯的声响；一个农民领着一小群活蹦乱跳的绵羊正往桥边赶去。路的另一边，两名年轻姑娘正坐在妓院的台阶上，扭动着腰肢，伸展开身子，沐浴在秋日的阳光里。

在伯勒镇的黎明时分，我还活着。我的心在往上升起。

窗台下的人行道上，查理斯和特里姆正在争吵。查理斯对着停在一旁的一辆马车招了下手，特里姆摇着头，双手稳稳地搭在屁股上。

"查理斯。"我发出的声音嘶哑破损。于是，我清了下嗓子，又叫了一声。

他抬头看过来，然后咧嘴笑着，跑进房子，咚咚咚地走上楼来。片刻之后，他冲进了房间，特里姆紧随其后。我差一点就趴在他的肩上痛哭起来，对自己还能活下来生出万分的感激。然而，即使是走到窗台前这种简单的举动都令我眩晕不止。要不是特里姆一把扯住我，我摇晃的身体就会跌倒在地。

"快让他坐下。"特里姆对查理斯说，然后冲着门口叫了一小壶啤酒。

查理斯扶着我慢慢地回到床边，我们齐身坐在一起，他解释着说这是一间负债人拘留室，属于阿克顿的一个朋友所有。如果说马夏尔西监狱是地狱的话，那么这里就是一间炼狱。钱财充裕的负债人可以住在监狱之外，在法警的眼皮下生活。一些人弄到足够的钱就从此地返回家中，还有一些人在被人挤干身上最后一便士后，再度被投入监狱。在这个地方，你会输得一无所有，而且翻盘的概率并不高。

"你记起了什么？"他问道。

我努力地去回想之前的事情，可是高烧令我无比虚弱，脑袋中一片混沌。我已经有数日不曾进食了。稍缓片刻之后，我才记起所有的事情：树林间的追捕，吉蒂双手持枪站在空地，杰克斯捂着腹部的伤口……或许我下意识中并不想让自己忆起这些，直到我身体恢复到能承受的那一刻才记起这一幕。"杰克斯……"我破裂的嘴唇间轻吐出几个字，"是杰克斯。"我的身体开始猛烈地哆嗦起来。

查理斯一只胳膊搭在我的肩头说："你现在安全了，汤姆。"

特里姆转过身给我倒了一杯啤酒。"慢点喝。"他提醒着，将酒杯递到我颤抖不止的手中。

"谁把我带到了这里？"我问道。

查理斯解释说，我之前被人从雪原带回了马夏尔西监狱。阿克顿看到我已身染瘟疫而高烧不止，拒绝让我住回去，害怕我把瘟疫传染给高级监狱这边的犯人们，断了他的财路。"要是你愿意，我们把他弄到普通监狱吧。"他这样说。令人诧异的是，克罗斯提醒阿克顿说，菲利普爵士承诺过要释放我。阿克顿妥协了，才把我送到了这里。在这个地方，我可能会排出大量的汗水退下烧来，但也可能会因高烧而死去。我能猜出阿克顿希望看到的是哪一种结果。

我不能理解的是，为什么克罗斯会帮着我说话。之后，在我最后一次见到他时，他告诉了我原因——他说他不想我的病传染给普通监狱里的犯人。说来也对，毕竟每天一大早从普通监狱牢房里拖出尸体的人是克罗斯，而不是阿克顿。有些日子里，我在想，他帮我说话的原因可能不仅仅是因为这个，或许还有那片刻的善心在起作用。也有时,我会想,他只是希望我从监狱那地方滚蛋。

"我在这里多久了?"

查理斯冷冷地笑着。他的双眼里布满了血丝,黑灰色的眼珠蒙上了一层阴郁。"快一个礼拜了。今天是礼拜日,十月的第一天。"他停顿了一会,又说:"你一直很虚弱。特里姆在这些天里一直守在旁边照顾你,他以前患过这种高热,所以他不怕被你传染。我们不想……"他艰难地吞咽下口水。

"就在三天以前,他们为你举行了最后的亡灵超度仪式。因为害怕传染,不允许我进入房间。"他一脸好奇地看着我, "你都不记得了吗?"

我闭上了眼睛。是的,黑暗之中曾经有声音在我身边响起,令人心生安慰和宁静的言辞。我的身体曾随着那些声音飘荡起来,心生愉悦地前往最后的自由。什么东西却把我拽了回来,强烈而明亮,值得人为之而去抗争……

"汤姆?"

……那是一场梦吧,或许。记忆渐渐淡去。我睁开了眼睛,摇了摇头……

"呃,或许那也是一种好的方式。"查理斯小心翼翼地看向特里姆说,"我们还是说一些高兴的事情吧。我有一些令人振奋的消息。"他闭口顿住,然后笑起来。"菲利普爵士已经付清了你所有的欠债。"

片刻之后,我才听明白他口中所说之事,然后攥着他的一只臂膀,"所有的欠债?我现在自由了?"

他咧嘴笑道:"是的,汤姆。"

"那杰克斯呢?伍德伯恩呢?"

特里姆清了下嗓子正准备说,查理斯目光凌厉地看向他,并摆了摆头。"菲利普爵士会处理一切的。你不要再为这些担心。"

一名仆人送来了茶和早餐。当他往桌上摆放时,我的两眼都放出了饥饿的光芒,可是当我坐下开吃时,却几乎连一半都吃不下。

特里姆看着我,神色很是焦虑。"现在你看到了吗,巴克利先生?他身体根本还没有完全康复,还不能走。"

查理斯皱起眉头说:"我们能有什么选择?要是他在这破地方再多待上一天,就有可能被传染上其他的病。"

"那我们帮他在伯勒镇里另找一处干净舒适的地方住下。"特里姆争辩道,"他们会把他带到乔治去,现在他的高烧已经退下了。"

"乔治?"我从吃食中抬起头来望向他们。"我们现在要去那里吗?"

"是的,谢谢你的建议,特里姆先生。"查理斯怒瞪向理发师。"不过,你知道的,菲利普爵士说过只要汤姆身体恢复了,就要邀请他去里士满住进他的居所去。"他转向了我。

"我们……"我想到那两个正坐在外面晒太阳的妓女,"我们明天走可以吗?我有一点疲惫。"

查理斯将一只手放在我的肩上,"汤姆,求求你了。你需要宁静和休息。让我来好好照顾你吧。等你好了,我们再一起去逛酒馆,我答应你。"

我点头答应了他,在这过去的几个月里,我已经错过了与查理斯在一起的时日,而且是他把我从监狱里救出去的。要是他希望如此,我就会和他一起走。

"好的。等你穿好衣服,我们就立刻离开这里。椅子上是干净的衣服。"他掏出了他的钱夹,将一捧硬币倒在手心,"特里姆先生,你能去帮我付下账吗?多出的钱就给你了。"

"直接叫我特里姆就行。"他不耐烦地嘀咕着,不过还是接过了硬币,"小心一些,霍金斯先生。"他浅浅地点头鞠礼后就离开了,我还没来得及向他致谢。

◇

我宁愿说,这是因为高烧导致,或是因为查理斯催着我从病床上起来,并拿好衣服让我换上这一系列的急促令我没机会向特里姆道谢。可能是因为这些事情,也可能只是因为我对于向他致谢的事情并没有多在意。不管是什么原因,当我想起自己忘记道谢这一事情的时候,我们已经快到达河边的图利阶梯处了。

"查理斯,等等。我们必须返回去。"

他将头探出马车,去看车外的街道:"我们都快赶到河边了。"

"查理斯!"我抓住他的一只手臂,将他拉回来面向我,"我必须得找到吉蒂。她救了我的性命。我不能连看都不看她,就这样离开。"

查理斯不发一语,只是一脸忧郁地看着我。随着马车拐过一个角落,他的身体摇晃起来。

"我们得返回去!"我对着马夫喊道。我知道肯定有什么事情不太对,从查理斯的脸上我就能看出。不过,我不愿去想。我从座位上爬起来,抓住马夫的一边肩膀:"停下来,该死的。"

马夫猛地停了下来,差点将我从马车上甩了下去。他转过身来,一脸怒气地看着我:"你要是再拉我一次,我会一拳打碎你的下巴,你这个暴力的蠢货!"

"立刻转回去!把我们带到马夏尔西监狱。"

"汤姆。"查理斯轻声喊道。

我缩回身子坐到座位上。"不要再说了,查理斯,不要现在说,我求求你。"

他一只手放在我的肩头："我很抱歉，汤姆。她已经死了。"

◇

她死了。她死了。之后马车沿着泰晤士河的那一段行程我已经记不起来，只记得那些话随着车轮的滚动一直在我脑海旋转，一圈又一圈。不可能！不会是吉蒂！她救了我。她为了救我杀死了杰克斯。她是我经历这一切苦难之后所应得的珍宝。不是吗？她不能死。没有了她，我的人生还能有什么规划？还可能有什么样的未来值得我这样活下去？

菲利普爵士已经从里士满派出了他的私人快艇来接我们。他的女儿玛丽和康斯坦丝已带着野餐的食物启航出发，无疑是出于好奇想见见巴克利先生那位臭名昭著的朋友。她们见到的是一堆被悲痛狠击、对一切冷漠无视的行尸走肉。

"霍金斯先生刚刚获悉了一些坏消息。"查理斯紧紧地抓着我说，将我领上了船。

值得肯定的是，年轻的梅多斯小姐们看起来很真诚，她们急切地为我的状况而担忧，为我找了一处安静、阴凉的角落坐下休息。"坐垫。"玛丽坚定地说，好像这些坐垫能够成为所有上天注定的不幸之事、疾病以及死亡的救治良方一样。

我躺了下来，一只手遮住自己的脸。我尽量不让自己哭出来，要哭也不能是在这里。查理斯挨着我坐下。我放下自己的手，"她是怎么死的？"

"我们以后再谈这个，汤姆。你现在必须休息。"在担忧的情绪之后，我从他的言辞之中捕捉到了一丝微弱的不耐烦。没有其他人能听出这个，可我对查理斯的了解太深了。

"她染上了瘟疫吗？"

他叹了一口气，然后点了点头。

我的心往下落得更远。我想起她的双唇压在我的唇上，她的双手环绕在我的颈上。"我的吻让她死去。"

查理斯看向了别处，什么也没有说。我令他感觉到了不悦。我对一个帮厨的女仆如此，在他看来，未免有些小题大做了。

快艇撞上了一处凸出之物，船身抬起，然后缓缓落下，溅起一串水花。巨大的颠簸令我回复到理智之中。我究竟是哪一类人？我躺在天鹅绒垫子上幽咽地问着自己。我并非吉蒂期望中的那一类人。我站了起来，找到一处靠近船头的位置坐下。一名仆人给我端来了一杯葡萄酒，并拿来一支烟卷。

康斯坦丝看到我已经恢复了精神，于是跑了过来，挨在我身边坐下，拿起扇子对着自己猛力地扇起来。她是一个漂亮的姑娘，活泼开朗，若是在其他情况下，我会很乐意有她坐在身边。"霍金斯先生，"她压低了声音说，"我和玛丽很想听听你在监狱里冒险的经历。你愿意讲给我们听吗？当然，是等你身体恢复的时候。"

我张开嘴想作答复，却不知道该怎么说。对着两位天真无邪的年轻女士，我能在晚餐的桌上向她们讲述我之前在监狱的所见所闻吗？一个十三岁的少年被人毒打致死？成堆的腐烂尸体被老鼠们啃噬？前去寻找我的朋友，却发现他的喉咙已被人割开，那双闪亮的黑色双眼中已失去了生命的迹象？我又如何能将这种种情形讲述成一个刺激的故事来取悦菲利普爵士的女儿们呢？而且更过分的是，在知道她们的父亲对此视若无睹、任其发生的情况下对她们讲这样的故事？我含糊地笑了笑，呷了一口葡萄酒。

康斯坦丝凑得更近了，在扇后轻声说："查理斯让我们发誓不要问这些，可是我必须要知道……你用枪正好击中杀人凶手的胸口，这是真的吗?"

我盯着她说:"我没有杀过人,康斯坦丝小姐。"

她皱起了眉头:"可是你必须这样做!爸爸是这样说的。巴克利先生也说过,你是一个很勇敢的人。"

"不,女士。是吉蒂·斯帕克斯击中了杰克斯先生。"一枪击中了他的腹部,一枪正好击中两眼之间的位置。

"吉蒂·斯帕克斯……?"她猛地合上了手中的扇子,然后身子向后靠,然后紧紧地盯着我问:"一个女孩吗?"

"一个帮厨女仆。"我顿了下,说:"我爱她。"

她盯着我看了很久,眼睛瞪得大大的。接着,她眨了眨眼睛,大笑起来,开玩笑地将扇子敲在我的肩上。"你在戏弄我,先生,你可真坏!"她跳了起来,转动着身上漂亮的蓝色丝绸长裙,迈着舞步似的从我旁边转到她的姐姐那边。我想起了吉蒂提着她的裙子从院子里跑过来时的情景,眼前闪过她那漂亮的脚踝。一直坐在可以听到我们交谈声位置的查理斯,缓缓地摇了摇头,转身离开。

快艇在河面上行驶,阳光洒在水面上闪闪发光。我扭头望向身后的萨瑟克区,可现在正在转弯,那地方前不久就已经从视线中消失了。我都没有注意到,就这样把它留在了身后。

◇

之后的几天像一场梦一样过去。菲利普爵士的行猎公寓很大,一排仆人站在一旁随时待命,解决任何出其不意的问题。我的房间紧挨着查理斯的那一间,在这里我有自己的贴身男仆,他的目光从眼角射出,随时盯着我,好像我会对他发起攻击或是会偷盗一些值钱的小玩意一般。为什么不这样呢?显然,在他的眼中,我曾经杀死过一个人。

只有查理斯和约瑟夫·克罗斯知道事情的真相,他们两个决定隐藏这个真相。吉蒂残酷地用枪打死了杰克斯。要是向这个世界揭露这一切,她的名声将会从此蒙羞。最坏的情况就是,她会被驱逐出境或是施以绞刑。克罗斯从她的手中夺过手枪,然后和每一个人说是我用枪杀了杰克斯。不管怎样,那时的我已经是将死的人了,这样说又有什么关系?吉蒂反驳这种说法,可是并没有人相信她的话。除了查理斯之外,他知道我干不了这种杀人的事情。

所以吉蒂能自由地待在我身边来照顾我。我现在记起了她,她握着我的手,将我从死亡的边缘拉了回来。之后,瘟疫反而传到了她的身上。

在我恢复之后的几天里,原本应有一场审讯。不过,我是一名绅士,而杰克斯不是。菲利普爵士有不少朋友,而且都颇具影响力,于是审讯也就不了了之。

那么,伍德伯恩先生呢?查理斯低声说了一些关于教会要维护自身声誉的话。"他被关在某个地方,也可能已经被送往海外了。他的所作所为,本应该被绞死……"

"不。"我叹息道。伍德伯恩并没有逃脱惩罚,他会受自己的良心惩罚而煎熬。"希望他能活着,在哪儿都行。他很愚蠢,是个危险的蠢货,不过他并没有杀罗伯特——或许是其他人干的。以他自己糊涂的思维方式来看,他真正地认为自己是在做善事。"我为他这种白痴般的行为摇起头来。

随着时间的流逝,我的身体强壮起来,胃口也恢复了,可是我的精神仍旧低落。我发现自己不能过长时间地待在室内,这样会导致自己一直盯着地面冥思苦想长达数小时之久。我喜欢在住所附近的湖边走动,那里有马儿在树下蔽荫。然后我会深入树林之中,踢开树下的秋叶,仿佛自己能从这堆枯叶之下找出答案一样。当夜幕下沉,菲利普爵士的妻子，多萝西女士就会派人打着灯笼出来找我，我返回自己的房间便能看到浴缸里温暖的水和旁边放好的干净衣物。

晚上，我梦见自己回到了雪原上的坟地。接着，被一声恐怖的哭喊及口中的沙土所惊醒。

第二十六章

"你没有这个权利,查理斯!你没有权利这样做!"

我们两人在菲利普爵士的藏书室里,那里没有读过的书高高地堆到了天花板上。从早餐过后,雨就一直下个不停,而且下得很大。于是我跑到了这地方,在书架间漫步阅读,就这样度过了一个宁静的上午。我喜欢这个房间,它闻起来有一种旧皮革和烟卷的味道,而这家人几乎很少用过这两样东西。

自打我住进这处公寓已有一个多礼拜的时日了。长时间的散步、新鲜的空气和精致的食物已让我恢复了体力,不过一种黑暗仍在我身边萦绕。它总是在黑夜死一般的静寂时出现:那是一股永无止境的浓厚雾气,里面充斥着恐惧和焦虑。一个小时又一个小时,我清醒地躺在那里,我的思想攀附着那团浓雾螺旋而上,形成一团无望的混乱。

能活下来并得到自由,我本应该为此感到高兴,可我仍然为吉蒂和弗里特而伤心。他们的死就像一把锋利的匕首深深插入我的心脏,我所能理解的那种最利落而实在的伤口。夜晚令我无法入睡的则另有他物,它隐伏在那里,比心中的悲痛要阴险。我看不到它,也不知道那是什么,但我的灵魂深处知道它的存在,它就在那里。

查理斯走进房间里,我正在读一份旧的公报。看到他我很高兴,在过去几天里我并没有多少时间和他在一起。他与菲利普爵士一起工作的时间很长,不过这整个家庭都要在上午前往伦敦为王室加冕礼做准备。玛丽作为女王身边的一名光荣近侍,明天将会走在整列队伍的前排位置。

"查理斯！"我咧嘴笑着说，"你终于还是闲下来了？我们去要瓶酒，然后赌一赌吧。你得先借我一些钱。"菲利普爵士已经还清了我以前的债务，不过我的口袋里还是没有钱。我又一次的身无分文。

他脸上露出了一个抱歉的笑容。"我有一份经文要写。不过这里——你的信，今天早上到的。"他举起一封信，然后小心翼翼地说："你父亲写来的。"

我将身子缩了回去。"他怎么知道我在这里？"

"我给他写了信。"

他将信从信封里取出时，我狂怒地盯着他。

"你没有这个权利，查理斯！你没有权利这样做！"

"你先看看信吧，我想信的内容会让你惊讶的。"

我从他手中一把扯过信，然后将它丢进火炉中。

查理斯在信还没有被火烧燃之前，纵身向前扑去一把将信扯了回来，用手指敲灭边缘处的火烬。"汤姆，求你了。看在我的面子上，看看吧，就一页纸。"

"呃，很好。"我愠怒道，"要是你坚持，那就把它拿过来吧。"我打开了信，将自己的心武装起来，以避免被那些谴责的言辞和得意的态度所攻击。

我亲爱的孩子：

我刚刚才从今天的报纸上得知你最近所遇到的麻烦事，匆忙之中给你写了这封信。我的孩子——我求求你回到家中来，回到你的家中来休息静养。我随信附上了三英镑以支付你回家的旅费，希望你能立刻回来。

> 我最亲爱的儿子，托马斯。每一天，我都在为你祈祷。查理斯告诉我，你已经成长为一名优秀的男人，而且是他最真挚的朋友。你还为菲利普·梅多斯爵士帮了大忙。我相信有如此高贵的保护人的支持，你年少轻狂时犯下的错将会被众人宽恕。一收到你的回信，我将会以你的名义给诺福克主教写信。
>
> 我的孩子，我们两个都很固执，不过我现在年岁已高，不会再以骄傲的心态支配一切。快回到深爱着你的家中来吧，接替我在这个教区的职位。这是真心的召唤，我的儿子，也是你深爱的母亲的最大愿望。感谢上帝，他给你指出了正确的道路。
>
> 爱你的父亲

我将信整整读了三遍，伸出胳膊拿稳它来确认那信底的签名。查理斯笑意盈盈。"看到了吗，汤姆？你已经获得宽恕了！"

我摇了摇头，感到了困惑。

◇

外面的大雨已经停下。这是一个温和的、灰色的十月下午。这是做下鲁莽的、灰色的决定的一天。我出屋向湖边走去，在水边随风呜咽的大柳树下坐了下来。树干下面的野草已经干枯，像床帘一般垂落下去。我冥想之中构建的秘密教堂并不为世界所知。

从口袋中掏出那封信，我又看了一遍。**我最亲爱的儿子**？我的父亲从来不会用这种充满感情的词来称呼我。埃德蒙，我的继弟，才一直是他爱的那个，毕竟我一直是这样想的。难道一直以来是我想错了吗？

我可以回到家中，将我所有的挣扎和在意的东西都抛诸身后，开始全新的生活。为什么不这样呢？伦敦，对我来说还剩下什么呢？参与更多的赌局，变得更加的放荡，欠下更多的债务，如此一来，离我再次被关进监狱又有多久的时间呢？离我和带病的妓女厮混被染上梅毒又有多久的时间呢？对我来说，原本还可以有另外一条路可选，前提是吉蒂她还活着。准确来说，这是一种不受拘束却能令我声名狼藉的生活，可是我的上帝啊，这一切本应该是值得的。可是，如今她已经死去，这条路对我来说已无法再选。

我倚身在柳树的树干上，在长达三年之久的时间里，第一次容许自己这样想起家来。回忆中没有那些令人愤怒的日子，没有争吵，只有快乐的时光。我想到了那种我可以主宰的生活，从我还是一个孩童时就已经熟悉不过并为之准备过的生活：托马斯·霍金斯牧师，一名品行端正、受人尊敬的绅士。居住于牧师住宅的教区，每年有两百英镑之多的酬金，一百英亩的土地，还有仆人服侍。我坐在父亲那古老的办公桌前书写经卷之时，我漂亮而忠实的妻子帮我管理着农场。居住之处，邻居们恭敬有礼。闲暇时分打打猎、钓钓鱼，沿着海岸线漫步。不需要追逐着光鲜的时尚流行而生活，也不用遵循着城镇里的低俗浅陋而行事，全然一种平和健康的生活方式，也是一种悠远漫长且令人心满意足的生活方式。

这就是我的人生轨迹吗？我曾经抛弃过这种我一心想要的生活方式而另寻其他吗？

我的父亲曾让我向上帝祈求以寻指引。我闭上了双眼暗自祈祷。

你将会无聊至死的，汤姆。

一阵劲风掠过，树叶刷刷作响。我睁开眼睛，看到一片红色的丝绒般的东西从树枝间一闪而过，我敢发誓我看到了。眨眼之后，却什么也不见。我进入了梦境吧。

我确实是在做梦,可现在我已经醒来。

我跳起身来,从柳树边走开,跑回住所,一把抓住一名从我身边经过的仆人,让他帮我找一艘船带我返回城区。我的父亲说得对,是时间该回家了。回到伦敦。

◇

我收拾了一下自己少有的几件行李,然后去找查理斯。他房间里没有人,他早已收拾好东西准备和菲利普一家人去城中参加加冕礼仪式了。我对着他那堆放整齐的书籍和细心折叠的衣物笑了笑,从我来到这里的第一个晚上,在这里与他坐在炉边交谈了数小时之久后,我就再也没踏足过这间房。我曾想过我们还会有更多的时间去追忆往昔岁月,可是自从那次之后我几乎很少再看到他。这时,突如其来的一种怀疑从我心中跃然而出,怎么也甩不脱。那是一种奇异而无形的焦虑,从我来到这处住所之后我就已经感觉到了,现在在心中形成了一个大大的疑问。

查理斯是在回避我吗?

在过去的这一个礼拜里,我与多萝西女士和她女儿们在一起待的时间都要比与我老朋友在一起的时间多。之前我一直没有去想过这些,可现在我开始有所怀疑。查理斯一直以来都有远大的抱负,并不是每个人都能看出来。然而,我却很清楚在他安静友善的举止之下所隐藏的东西,那是这个世界上每一个男人都需要的钢铁般的坚韧品质。

难道这就是他写信给我父亲的原因?如今我已经做完了该做的事情,他想摆脱我?不,不,不会是这样的。这种想法太不厚道。查理斯一直是一位善良、忠诚而耐心的朋友。要不是他出手相助,我现在仍会被关在那该死的监狱里,直到烂死。

然而，对于那种令人一想到就会打冷战的、缓缓而来并非叠加而成的怀疑我也不能完全忽视。那种感觉也与我在赌桌上的一样，我可以确定有人在出老千，但却无法拿出证据。

我在房间内踱着步子，冥思苦想。那不会是真的，我肯定是误会了。可是，我想得越多，心中的怀疑也随之增多。菲利普爵士和多萝西女士很喜欢查理斯，对于他们二位来说，他就是他们的另一个儿子。为什么他在得知我有生命危险时不去求菲利普爵士直接将我释放出狱？而且，他为什么要在这些天里和我保持距离？此刻，我认真地梳理着这一切，他的行为令我感到奇怪，几乎透露出一种鬼鬼祟祟的意味。就好像他是在担心我会长时间地和他待在一起似的……

……我想猜出他的秘密……

我静静地站在屋子中间，最终有所顿悟。剥离层层的情感、责任感以及忠诚，事情变得愈发清晰——查理斯并没有在马夏尔西监狱出手帮我，他一直在利用我。

若是查理斯曾经为我的事情向菲利普爵士求情，那么爵士肯定会听他所述，这一点我可以确定。可是，若是我被关押在监狱里，作为他们私下的调查者，不顾一切地去揭开真相，于他们两人都有利。查理斯弃我于不顾，就让我待在监狱，即使是我受铁链锁禁、被人毒打并被关进刑讯室时也是如此。现在看来，我帮了他们多大的忙啊！监狱里不会再有人对鬼魂之事议论纷纷，不会再有暴动，那悲痛的寡妇也不会再一直上递令人烦恼的上访信件，监狱的所得利益也不会有所损失。

我本想等着查理斯和他谈谈，或许我能劝他带着我一起坐船去伦敦。现在我知道自己应该立刻离开这里。我害怕自己会从他的眼神中看到真相被确认的那一幕：他不是我的朋友，很久以来都已经不是朋友了。可能就在那一天，我手拿着酒瓶、当着他保护人的面在街上大声地叫他时，我们就已经不再是朋友了。也或许是还在那之前，当他头脑清晰地意识到他已经不再需要我的某个残忍无情的时刻，我们之间的友谊早已不复存在了。那个在校时他曾经仰慕而且保护过他的男孩，正在沉沦堕落之中，而他的前途无可限量。

呃，是的，查理斯。把我打发回萨福克当然更好，远离了我，就远离了麻烦。而且他还让我相信了这是一种善意之举。

我坐在他的书桌前，感觉到内心一阵空虚，脑袋眩晕起来。我要给他留下一封信，和他说我要离开这里。那是我需要做的，然后我俩之间的情谊将就此结束。桌上没有纸，所以我打开一个抽屉，把手探了进去。我的手指触到了一个软软的皮质袋状物，于是我把它拿了出来。

我的钱夹。是在圣吉尔斯那条臭名昭著的巷子里被人抢去的那个钱夹。我在手中掂着分量，里面的硬币叮当作响。钱夹中的钱还在。

这钱夹怎么可能会在这里，在这个房间里？某样东西重重地砸在我的心上。那是来自于一个朋友的背叛。

片刻之后，门被打开了。查理斯笑容满面地大步走了进来。"汤姆！你在——"他看到了我手中拿着的钱夹，停下了步子，震惊得张大了嘴巴。接着，他快速地往旁边一瞥，用手抚平他身上的黑色丝绸外套。"我听说你让人叫了一艘船，现在它已经停好了。"

我从椅子上起身，血袭的一声冲上了我的双耳。我将钱夹举在身前，希望它能莫名地从我眼前消失。可能是我误会了。请求上帝，让这一切都成为某种愚蠢的误解。"这是我被人抢去的那个钱夹。"

他不耐烦地皱起眉头："钱都在里面。拿去吧。"

我盯着他，随着真相的到来，我几乎不能呼吸。"你做了什么，查理斯?"我轻声说,"我的上帝。你对我做了什么?"

"我做了什么?"他发出一阵令我难以置信的尖厉笑声,"你要为你自己所遇到的麻烦来责备我吗?我已经不停休地努力工作了数年,来获得现在的所有。"他指向四周。"你知道当你没有家人支持、没有关系可用时,要得到一个宗教赞助人是多么的困难吗?为了这个位置,我牺牲了所有的一切。不过,你根本就不能理解这些,是吗?你打从出生就已经拥有了诸多优势,金钱,健康的体魄,一个好的出身。再看看你在这诸多天赐良机的环境下混成了什么样子!你醉如烂泥,在赌场厮混,花光了你曾经拥有的每一枚便士。游戏人生,就好像整个世界都欠了你。呃,这就是事实的真相,汤姆·霍金斯。这个世界并不会在意你。"

疼痛感在我胸腔中燃烧起来。他怎么能和我说这些话,我最亲爱的老朋友?我一动不动地盯着他,希望他能突然大笑起来,告诉我这不过是一个笑话。可是,我一直深爱的那个性情温和、和蔼友善的男孩已然从我眼前消失,取而代之的是一名陌生的男人。"你帮过我,你把你所有的积蓄都给了我。"

"不,那并不是我所有的积蓄。根本就没有多少。只不过给了足够能让你在监狱里不至于挨饿的钱而已。"查理斯顿了下来,正想着什么。片刻之后,他抬起了下巴,直直地盯着我的眼睛说:"我会向你坦白一切,你可能也知道了一些事情,而且从中学到了不少东西。你来找我向我求助的那天晚上,我就知道在那数日之内你注定会被关进马夏尔西监狱。我在逮捕名单上已经看到了你的名字。"

"不。"我重重地坐在椅子上,紧扣住椅子的扶手,"我不信。"

他将手背在身后,走到窗前,定定地俯视楼下整洁有序的花园。阳光透过窗棂照了进来,他的脸一半在亮光之中,一半陷入了阴影。

"我们都有各自的烦心事儿，汤姆。这个世界上唯一自由自在的只有流浪汉和傻子。让监狱良好地运营下去，是菲利普爵士的职责所在。而在这方面帮他，也是我的职责。成为对他有用的人，不计个人的得失。"他垂下头说，"凯瑟琳·罗伯特常常说起鬼魂和凶手，将马夏尔西监狱弄得人心惶惶。菲利普爵士希望采取措施让一切回归正常。阿克顿不想去调查，即使把监狱弄得快到暴动边缘了也是如此。实际上，我们已经怀疑他就是杀人凶手。当我在那名单上看到了你的名字，我就知道上帝这样安排肯定是有理由的。你没想到吗，汤姆？你已经注定要进入监狱，而且我们也需要一个值得信任的人来做这件事情。你会帮到我。我也就能帮到菲利普爵士。而菲利普爵士会帮到我们两人。这个世界就是这样运作的，不进入其中，我们又能去哪里呢？没有菲利普爵士的庇护，我又会是什么样？成为一名贫穷的乡村助理牧师，靠着一年几英镑的收入精打细算地挨着日子过？"他停了一会儿，又说："你知道，他对我们两人都非常感激。罗伯特夫人现在已经满意了，监狱也恢复了平静。对你而言，也将会一切顺利，汤姆，只要你能，只要你能想得通这一切……"

我的手紧紧地攥住钱夹，硬币的边缘抵进了我的掌心。"我原本有足够的钱可以拯救自己。"

他咬了下嘴唇。"是的。那件事……那件事情，我感到抱歉，汤姆。可是，你不懂吗？一切都太迟了。我那时已经和菲利普爵士说了你会来帮我们。我无法承担让他失望的代价，我答应过他在加冕礼仪式之前解决这件事情。菲利普爵士是一个善良而且大方的赞助人，却不能以良好的心态来对待事情被搞砸的场面。不这样，我就会失去我的职位，而且他还会让他所有的朋友和同行回避我，我的人生就会被彻底毁掉。"

"于是……你花钱雇了人来抢劫我。"

查理斯将身体转向窗户那边。"我不得不——你还不明白吗?我需要你进入监狱。我怎么也没有想到你在赌桌上会赢!我那晚在外面来回地走动了半个晚上,一直在向上帝祈祷你会输得一无所有。"他指着钱夹说,"那里面的钱有一半都是我的,我只不过是叫来了一群小偷把钱拿回来。"

"他们那帮人差点把我弄死,查理斯!"

"不,不——我发誓我没有让他们这样!我绝不会……他们那帮人的头儿以前为我们工作过。他出手打你是因为你当时竟然愚蠢得去反抗。"

"这是我的自由!"我将钱夹攥得紧紧地说,"是你抢劫了我!"我咽下口水,不想让那痛苦和愤怒的泪水从眼中涌出来。"是你写了那封该死的信给弗莱彻,是吗?我只想确认一下事实。我的上帝啊,查理斯——你不为自己感到羞耻吗?你不为自己的所作所为而心怀愧疚吗?"

他脸色变了。"我怎么才能让你理解?你为什么不试着从我的角度来看待事情?你认为,就因为你不想要那样的生活,不值得这样做,所以我就应该持以相同的态度!你有没有想过,过去的几年里,当你烂醉如泥地坐在酒馆买乐子,挥霍着上帝赐予你的所有优势时,我他妈的一直在勤勤恳恳地工作!如果说有人需要感到羞耻或是愧疚的话,那也应该是你,而不是我!"

我双手抱住了脑袋。之前我在圣吉尔斯和马夏尔西所遭受的毒打,甚至被关在刑讯室的那个夜晚,都没有此时此刻我所遭受的创伤之深——除了吉蒂的死亡。"你伤了我的心。"我说。

"呃,汤姆。"查理斯笑起来了。他不信我所说的话,因为他不希望会这样。他转身打算离开，然后停了下来。"你被关押进监狱只是个时间问题。我所做的事情只是将你推回到你命中注定要走的那条路上去。我对你照顾得很好，不是吗？现在，你有了鼓鼓的钱夹，也有了机会重新开始你的生活，有多少人能够做到这点？"他笑着对我说，"等你冷静下来，再想想这件事情，你就会明白。事实上，我认为你会意识到这点，如果你站在我的位置上，你也会做出同样的事情。"

愤怒和怨恨在我体内汹涌澎湃，我站起身来。"不，我不会。我绝不会去干出背叛朋友的事情。"

他转动眼珠看着我，好像在看着一个天真幼稚的小孩儿。"所以，这就是为什么我总有一天会成为伦敦主教，而你……"他上下打量着我，露出一丝得意的笑容，"你以后会成为什么样的人，汤姆？"

我想了片刻，接着一拳重重地打到了他的脸上。他跌倒在地，眼眶中涌出泪水，鲜血从他的鼻孔喷出，落在做工精良的丝制地毯上。

"我将会成为什么样的人？"我摆着沾染血迹的拳头，一脸鄙视地俯看因疼痛和愤怒在地上啜泣的他说，"我就是那个把伦敦大主教鼻子打破的人。"

第二十七章

我从来没有想过自己会再回到马夏尔西监狱,不过这次我是在门房处。趁着自己还没有改变主意之前,我提着拳头对准监狱的大门猛敲下去。门被人打开,一双熟悉的充血的眼睛从门缝间对我怒目而视。

"啊,上帝啊……"不过,他还是打开了门,让我进去了。

我去里士满的行程计划变成了径直前去莫尔的咖啡馆,我买了一只烟斗,一个姑娘还有一杯宾治酒,忘却关于查理斯的一切事情以及他的出卖。不过,在泰晤士这地方总是还有其他的想法。这条河里挤满了前来观看加冕仪式的游客,在北边的石阶上排起了长长的队伍。两名船工之间爆发起一场战争,打得两条船差点都翻了。船上的乘客们掉进了深黑的河水之中。

我的船工对着那处嘈杂看了一会儿,然后果断地载着我驶向南岸。"你们在图利码头那边下船,"他说,"今天从桥上走回去要安全一些。"

砰的一声,船重重地靠在那已然磨损并长满青苔的石阶上,正是我戴着手铐和杰克斯第一天下船的地方。我将它看成是一个标志,上一次来这里时我差点死在这个地方,而这次过来,我已是自由之身。

公园里挤满了犯人,他们在那里极尽所能地吸取新鲜的空气。那里有几个人我并不认识,那是新来的犯人,这让我想到这座监狱里的生活总是这般周而复始地进行着。一名年轻的妓女正坐在弗里特的那把长椅上卖力地安慰着一位醉了酒的老绅士。当我从那里经过时,她对着我眨了眨眼睛，一只手正在那老绅士的裤裆里忙活，另一只手溜进了他的衣袋之中。

感谢上帝，我没有看到阿克顿和吉尔伯恩。要是瞧见了他们，我肯定会掉转身子不让他们看见。我发现玛丽·阿克顿正皱紧眉头从客厅窗户往下盯着我，亨利跟在她屁股后面想去吃她的头发。我摘下帽子，对她夸张地深深低下头。她紧闭着双唇，从我视线里消失不见。

吉尔伯特·汉德仍旧站在灯柱旁边他的老位置上。我对他点头示意却并没有停下脚，我可没有时间，也没有心情将那些传闻的蠕虫放进四处乱窜的鸟儿们那极其渴望的喙中。

我已经忘记这个地方是有多么的恶臭了，习惯了之前里士满那边的新鲜空气，此刻这种对比简直令人无法忍受。我从院子里一位吉普赛女孩儿手中买下了一束鲜花用来淡化那股臭气，然后在钱德的杂货店买了香烟、蜡烛、一磅黄油，还有一些其他的小物件，把花丢在了那里。接着，我走向那间旧牢房，走上熟悉的磨损的楼梯，进入贝拉岛——然而，弗里特在时的那种混乱不堪的场面已然消失。这里只是一间地板破烂的破旧牢房，两个床铺的位置挤着五个新来的犯人。阿克顿一如既往地赚着同样的钱。

我还是看到了特里姆，他就在房内，正在泡一壶绿茶。我从门边探出了脑袋，他惊讶得跳了起来。

"汤姆！真好，我没想到！你穿上这身高档的衣服，我差点没认出你来。那……最后那次看到你时，你还是病快快的模样。"我一走进房间他就匆忙地说起话来。

我在火炉边的镜子前盯着自己看，用一双全新的眼睛审视着自己。我身上还穿着多萝西女士送我的那套混色的套装，一顶全新的假发绑着黑色的绸带。一个口袋里有钱的男人总会有挺拔自信的身姿，我现在就是如此：我父亲寄来的那三英镑，还有查理斯雇人从我这里抢去的十英镑。我看起来……还是高贵的。

我们握了手，我给他看了我刚买的小东西。

"你人真好，先生。"他打开香烟，给自己点上了一支说。

"你对我很好，特里姆。我在想，要是没有你的帮助，我可能根本就不会活下去。而且……呃，这也算是为指控你是杀人凶手作个小小的道歉。"我顿了下说，"而且还威胁着要杀了你。"

"那是我自己的错。"他轻声说着，拿下烟斗走到窗边。地板被我一脚踩穿之后，那处破损现已被人修补好。"我应该把一切都说出来。我至少应该告诉弗里特那晚我所听到的话。要是这样，他可能现在还活着……"

"那不是你的错，不要这样胡说。要怪就怪伍德伯恩和杰克斯。怪吉尔伯恩用那样肮脏的方式去诱惑罗伯特。要怪就怪罗伯特他自己！他根本就不应该去拿那笔钱。"

他笑了，可是我从他的眼中看出他还是为所发生的事情感到内疚。远比吉尔伯恩情深意切，那该死的家伙。杰克斯和罗伯特已经死了，我想伍德伯恩应该会完全地恢复他的理智。不过，爱德华·吉尔伯恩还活着，连身上光滑的皮肤都没有一丝损伤，他的声誉也没有丝毫的污迹。呃，他还是逃脱了这个世界的制裁，我对此却无能为力。所发生的一切并非一场意大利的歌剧表演，结局总会如人意。在这个舞台上，我会将羞耻愉快地支付给吉尔伯恩，那个演技精湛的家伙。

特里姆递给我一杯茶水，然后对着门口点了下头。

"巴克利先生没有和你一起来吗？"

"我们打架了。"

"是吗？"他询问的眼光投向了我，"打得很厉害，我想。"

他出卖了我。我的老朋友。 我到现在几乎都不敢相信。那么多年的友情,那么多快乐的记忆,全都被他的出卖所毁掉。我甚至不知该对特里姆从何讲起。我坐了下来,将脸面向火炉。"他并非我所认为的朋友。"

"野心和友谊是住在一起的一对儿可怜伙伴。"特里姆和我一起坐到炉边,将他的茶杯放在腹部一块凸起的部位。"我想,或许巴克利先生将忠诚也看成是一个弱点。"

"奇怪。我认识弗里特只不过几天的时间,可是对我来说,他却比查理斯更像我的朋友。"

"人们总是很容易就把幽默错当成好的品质。那么杰克斯呢,嗯?他看起来那么像一名正派的基督教徒。"

"从很多方面来看,我认为他确实行事正派。当然,还是迷失了自我。事实上,我认为他在最后表现得相当的疯狂。可是,他确实认为自己正在做着上帝分派的工作。"

"那么,我们应该向上帝祈祷宽恕他。"特里姆顿了顿说,"我前几天一直在为弗里特先生祈祷。可是,从何处开始很难啊。"他咯咯笑了一下,然后陷入沉默,接着长长地吸了一口烟斗。"希望他能安息。"

我笑着听他这样说,然后对着天空开始我的个人祈祷。我怀疑弗里特是不是真的愿意获得平静并安息生命,不过这可能是他自己的选择。"我想问你一些事情,"过了一会儿,我开口问道,"之前还没有等我问你,查理斯就把我从拘留室那边推出去坐上马车离开了。"

他坐直了身体。"吉蒂吗?"

我点点头,泪水从我眼中涌出。我将泪水擦去,却不想它们又从眼中滴落。在里士满时我学会了隐藏起我的悲痛,那里没有人想看到我因悲伤而流泪。可是,特里姆,他肯定能理解我的心情。

"你想知道她现在在哪儿?"

"她下葬的地方,是的。"

"下葬?"特里姆喷出一条长长的烟雾。他的茶水从杯子里溅了出来,他骂骂咧咧地将杯子放在地上。"你究竟在说些什么啊?"

"查理斯说……"我盯着他,双目大睁,一丝希望从我心中生起。"他告诉我吉蒂因高烧而死,是我传染给她的。"

"不!当然不是!"特里姆惊恐地喊叫道,"吉蒂活得好好的,我发誓!她从来没有发过高烧。"

我从椅子上跳了起来:"我的上帝啊!那她现在在哪里?她在这里吗,在监狱吗?"

他双肩垂下。"不,她走了。十天之前,她听说你已经离开这里去了里士满时,她走了。从那以后,没有人听说过她的消息,即使是布雷萧夫人也不知道。"他皱起眉头说,"她人已经消失了。"

◇

听到这个消息,半疯状态的我带着狂喜以及找不到她的痛苦,问遍了整个监狱。吉蒂懂得如何不留半点痕迹地消失,只要她想;弗里特在马夏尔西监狱碰巧遇到她之前,曾花费数月时间找寻她而无果。我不能等待这么久的时间,该死的。可是,她可能会去哪里,没人知道,连一丝微弱的线索也没有。

"她不在伯勒镇上,"布雷萧夫人说,"汉德先生让本出去找过她。我们也给罗伯特夫人带过消息,可是她已经离开了这个城市。现在只有一件事情。"她凑近过来。"罗伯特夫人已经与她的父亲和好了,你相信吗?现在,可怜的罗伯特上尉已经不用再背上自杀的污名了,"她高声说,"他们再也不能在法庭上利用这点对她不利了。她回家去接她的儿子。现在,你必须告诉我。"她抓紧了我的手臂。"吉尔伯恩先生计划利用她,这是真的吗?"她的眼睛中闪烁着兴奋的光。

"求你了,布雷萧夫人。我必须要找到吉蒂。"

"她死了!"咖啡馆里响起了一个尖细、刺耳的声音。麦戈尔特夫人坐在她常坐的那个角落里,正盯着茶叶看。"我看到她了!她死在一条臭水沟里。被人杀死了。"她一只手指在喉咙上划过。

"闭上你的嘴,你这恶毒的老东西!"布雷萧夫人大声喊道。

我留下她们两人争吵,从这里离开。她们的声音响彻整个公园。

◇

"霍金斯!"

就在我快要走到门房处时,阿克顿跨进了院子,旁边是格雷斯,身后跟着两名看守。他醉醺醺的样子,手中抓着他的皮鞭,就像我第一次看到他时一样。"你到这地方四处晃荡究竟想干什么?赶紧滚,免得我一脚把你踢出去。"

我对视着他的目光。"总有一天,全世界都会知道你的事情,阿克顿,知道你在这个地方的所作所为。"

他发出了轻蔑的笑声,然后朝我脚边吐了口口水。"这个世界才不会关心这个,霍金斯先生。还不值一枚该死的法新。格雷斯先生,"他转向他的下属说,"让吉尔伯恩先生起草一份法庭规则文件,我不想让一些麻烦制造者在我的地盘上乱转。"

这就是我最后一次来到马夏尔西监狱。那封盖着法庭印章的文书在第二天就被传递到汤姆·金的咖啡馆里,由吉尔伯恩之手签发。说是因为我粗鲁无礼的言行,以及恶意传播关于尊敬的监狱长和法院副书记官的流言蜚语,所以禁止我再进入监狱。

我烧毁了它。

在我离开监狱时,见到的最后一个人是约瑟夫·克罗斯,他站在门房的大门那里,正痛快地畅饮一瓶葡萄酒。在这般酗酒与艰难的生活之前,他应该也是相貌堂堂的样子,这令我第一次感到震惊。

"你在看什么?"

我双手插入口袋中,转身就往外走。"希望你过得好,克罗斯先生。"

"你又把钱挥霍干净啦,嗯?我要再把你关起来吗?"

"当然不是。我听说,在我高热不止时,是你出面阻止了阿克顿把我送进普通监狱的决定。"

他看向通往公园的走廊。阿克顿正站在院子大门处,太阳照在他的背上,形成了一个黑色的剪影。"不想你把这地方弄得乌烟瘴气,"他低声说,"监狱长当然无所谓了,他又不用动手来处理那些发臭的尸体,不是吗?"

我笑了。要是克罗斯承认他确实是想帮助我,估计他会死得很快。"呃,我很感激你,先生。"

克罗斯看起来很厌烦。"感激又不能在酒馆里当钱用,是不是?"

他倒是很直接地撂出这句话。我掏出了一基尼,将它丢在他的手中。"谢谢你救了我的命。"

他的手猛地合上,比一只猎狗将爪子伸向野兔脖子的速度还要快。"不确定你的命是不是值这么多,霍金斯先生。"接着,他咧嘴笑了,然后将脑袋偏向了已经打开的大门处。

"那么,快点。快点滚出去,不然我一高兴又把你关起来。幸运的混蛋。"

◇

我穿过大桥,最终愉快地回了家。吉蒂还活着,而且就在这喧闹的大街之中的某个地方等着我。查理斯想把她从我身边彻底分开,我相信他是想让我顺利地走下去，以免我因为和一个普通的厨娘在一起而败坏了名声。呃，还好，他失败了，感谢上帝。我会尽快找到她和她在一起，尽可能地让自己名誉扫地。就像她之前经常希望我做的那样。我迈着步子在城市中间穿行，感受着人群的推挤，去欣赏每一处场景，每一件商品。我怎么会在某个时刻想到要离开这里？那么，隐藏在黑暗之中的贼人，酒馆里时刻爆发的斗殴，虱子、寄生虫，还有梅毒，污秽的空气和污染的水源，这些呢？伦敦加快了我脉搏的跳动速度，令我的血液激荡着每条神经，我就会对一切抱以宽容。我买下了一根带着银顶的手杖，一个盒子，还有一根用来挂母亲那枚十字架的链子，并在斯特兰外的一个鞋匠处定制了一双鞋。当太阳落下之时，我往莫尔咖啡馆那里的路上走去。

"汤姆·霍金斯！你终于来了！"她大步从室内走出来叫喊道，双唇满满地压在我嘴上。"听说你杀了一个人。"

我一把搂过她的腰，凑近她耳朵说："我连一只鬼魂都没有杀。不过，你别告诉别人。"

她露出邪恶的笑容，"和我在一起，你的名声是有保障的，甜心。"

这是加冕礼仪式举行的前一个晚上，我从来没有看到过咖啡馆里有这么多人，看起来像是半个伦敦城都被人给挤满了，只为明天亲眼看到国王。

莫尔给我找了一处安静的角落，然后闪入人群之中，说很快就会回来。"我想有个人你应该见见。"我从贝蒂那里点了一杯宾治酒，吸上烟卷，给我的父亲写封短信，感谢他的善意和宽容。我本以为这封信很难写，不过那些字从笔下写出并不难，当我写完时感觉自己的心里也轻松了一些。我的决定会令他很失望，不过事情就是这样。教堂是他的职业所在之处，伦敦城是我的。

我刚把信写完，这时一个黑影坐到了桌边。我抬眼望去，呼吸都停了下来。

是弗里特。

我眨着眼睛，震惊不已。然而，魔法还是被打破了。

我面前的那位不速之客并不是弗里特。他要年轻一些，顶多三十岁。面色比弗里特更阴沉，身体比弗里特更强健。他走路的样子并不像弗里特，而是像一名军人那样，沉稳而严肃，当他在我对面坐下时，感觉他是带着目的而来。不过，浓粗的眉毛下面那双黑色的眼睛，还有下巴的形状，在某一刻足以让我误以为是弗里特。

我还记得在弗里特死前的那一天，与他在酒馆见面的情形，那名陌生人从来没有转身面向过我。**一个家庭成员**，弗里特之前曾这样和我说过。"你是他的弟弟吗？"

"算是半个弟弟。"

我借着烛光打量他。"哪一边的，先生？你母亲那边的或是魔鬼那边的？"

他的脸上仍然保持着平静，不过双眼中却闪着消遣的光。"你不认识我。"他从身旁掏出一把匕首，将它扔在我俩之间的桌上，手指仍触着刀柄。"你记得这个吗？我曾拿着它对着你的喉咙。"

我不禁汗毛冷竖。就是这个人在圣吉尔斯抢劫了我。我灌下一杯宾治酒，将杯子放回去，试图让自己的双手不要颤抖。"我要和你单挑。"

"那可不是什么明智之举。"他的手指轻敲着刀锋。那是我的匕首。

"就因为你，我被关进了监狱。"

"不要一个人带着一个鼓鼓的钱夹走进黑暗的巷子。"他揉搓着下巴说。他的下巴刮得很干净，这是与弗里特的又一不同之处。

"你让你哥哥对我保持警惕。"我猜测着说,"你心有愧疚。"

"不。"他直截了当地说,"只是好奇。想知道为什么一个人不愿意乖乖拿出钱包,即使是在生命受到威胁的时候。"他的唇间挤出了半个笑容。"在我的交易中,知道这些对我有益。"他从口袋里掏出了一张纸,把它丢在桌上。

我对着烛光举起那张纸,盯着弗里特那潦草的字迹看。这信上的日期正是他被人杀害之前的那天。

亲爱的弟弟:

谢谢你给我带来的礼物。他让我在这个邪恶的地狱之窟里得到了最大的快乐。在没有我的帮助下,他如何能够在过去的二十多年里活下来可真是个谜题。在这三天里,他被人毒打过,折磨过,被拴在墙壁上,还两次陷入爱情之中,对抗过一次暴动,还与鬼魂搏斗。而且,他像一个魔鬼那样发出呼噜声。

你说过,当你去找他麻烦,用一把刀架在他的脖子上时,他仍旧拒绝把钱包给你。你问我是否已经找到他这样做的理由。考虑到他的行为根本非常人所为(就我所了解而言),以下是我经过三天细细的观察所得出的结论:

1. 他是一个以本能行事之人,而非以理智行事之人;

2. 他总是能惹出麻烦——更客观地讲,或许是麻烦总是能找到他;

3. 他相信——从心底相信——上帝会保佑他。

这是一个为灾难而生的不幸的处方,你也会认同这种说法——不过,这也是我最担心的一点。在这个城市里,一个带着真诚信仰的人就像是一个裸身加入战斗、却还认为自己全副武装的人。在同一衡量程度下，他令人感觉到快乐，也会令人担忧。

从另一方面来说，我建议我们得把他像罗宾逊·克鲁瑟夫那样弄到一座孤岛上去，在他弄得自己遍体鳞伤之前。然而，还有一个奇怪的事实：我会想念他。他将我从自己身体中唤醒，杰姆斯，将我从麻木的状态中唤醒过来。我不知道他是如何做到或是为什么这样做，但事实就是这样。或许是因为他的年轻，他的好奇心。我想也可能是他那双漂亮的双腿。

不管事实可能会是怎样——我谢谢你，从我黑暗的心底，谢谢你，亲爱的兄弟，谢谢你将他带入我的轨迹。我很感激，愿听从你的建议，先生。

弗里特

我摇着头，折起那张信纸。他已经对我了解至深。

弗里特的弟弟示意我保存它。"有些事情我想知道。你发现了他，他的尸体……"他向前凑过来，"他是怎么死的？"

我想起了墙壁上的血迹，弗里特颈部那道丑陋的红色裂口。"他的眼睛是睁着的。"

他急剧地喘着气，紧紧咬着唇角。"眼睛是睁着的。"他开口喃喃道，"很好。"他自己点点头，然后又看了我很久，黑色的双眼像他哥哥的眼睛一样难以被读懂内心所想。"据说是你杀死了杰克斯。可是，我在你身上并没有看到死亡留下的印记。"

"不是，"我压低了声音，"是吉蒂，吉蒂·斯帕克斯。"

他吃惊地眨着眼睛问道:"纳特的女儿?"

"正击中杰克斯的眉心位置。用的是弗里特的手枪。"他坐回身去,一种浅浅的、满意的笑容在他脸上荡漾开来。"用的萨姆的枪。他肯定会喜欢。我很感激你,霍金斯先生,感激你告诉我这些。或许我可以做些小小的回报?"他拾起我的那柄匕首,将刀尖缓缓划过桌面,"比如说,那个付钱让我去抢你的男人?"

"不用了。我今天下午已经打破了他的鼻子。"

他咯咯地笑了起来,然后将那柄匕首推向我。"给你,免得你哪一天又跑进黑暗的巷子里。"

我折回匕首。"可是我在想,你能不能帮我另外一个忙,先生。吉蒂在十天前从马夏尔西监狱消失了。没有人知道她现在身处何地。或许你的一些朋友能够在城里打探到她的消息。"说着这些,我突然想起了他的儿子,那个纤瘦的少年,萨姆·弗里特,和他的伯伯同名。

"我的朋友什么事情、什么人都能打听到,霍金斯先生。不过,在这种情况下我觉得没有必要。"他站起身来,然后示意我跟他走。要是弗里特的话,他会来回穿插着越过人群,像一只狐狸一般敏捷。而詹姆斯·弗里特是直接果断地走出一条直路,四周的人群也会纷纷退后,给他让出路来通行。

当我们快走到火炉边时,他在我的肩上拍了一下,然后指向火炉边一处低矮而破旧的皮椅。一只苍白纤细的手正放在扶手上,捏着一根烟卷。弗里特的那本日记放在一旁的桌上。"那边,先生。"他说着,退了回去,消失在人群中。

"吉蒂?"

她从火炉边转过脸来,然后缓缓站起。那一刻,我还以为是詹姆斯弄错了。她看起来像是变了一个人:头戴着一顶黑色的帽子,得意地斜起一只眼睛，身上已不再穿着那套简陋的女仆衣服，取而代之的是一件翠绿色的丝绸礼服，蕾丝镶边，系有黑色的丝绒衣带。不过，比身上衣服变化更大的是，不知怎么的，她看起来比以前苍老了很多。还有就是，她杀死过一个人。

"呃，霍金斯先生。"她定定地盯着我看，绿色的眼睛中没有透露出一丝她内心的想法。

我犹豫着。自从得知她还活着，我就想象着在见到她的这一刻该说些什么。我曾经想过自己会一把将她揽入怀中。可是，那时，我还以为她会很高兴见到我。"吉蒂……"

她抿起了嘴唇。"是斯帕克斯小姐。呃，我想你已经听说过我现在变得有钱了？塞缪尔在遗嘱中把他所有的东西都留给了我。所以你现在才会在这里。多么奇怪的巧合啊。现在我已是一名女士而非普通的荡妇，我是否已经足够优秀可以配得上你了？"

我惊愕地看着她："我不知道这些，我向你保证。"

她笑着对我说："你以为我是一个傻瓜吗？我救了你的命，在你快死的时候照顾过你。为了你，我以我的生命和灵魂来冒险，汤姆·霍金斯。而你，又是怎么来回报我的？在你自由的那一刻，你连想都没想就弃我而去。"她咬紧了牙关，压抑住内心的愤怒。"我看到你在菲利普爵士的游艇上与他的女儿们打情骂俏。在你坐上游艇沿泰晤士河而下时，我在河岸上注视着你。我发誓，我不会让一个男人再次背叛我，绝不会。"

我叹息着，想起自己离开那天心中的伤痛，以及从那时起到现在一直折磨着我灵魂的失落感。"我没和人打情骂俏，吉蒂。"我轻声说。

"呃，在我看来就是那样。所有人都坐在那垫子上。"她对着地面皱起了眉头,攥着裙子的手紧紧地捏成了拳头。即使是在狂怒之中,她也知道这些话听起来可笑。"可能你确定没有和人打情骂俏。"她温和了一些,"可是,你不能否认你弃我而去。呃,我很高兴。你让我学到了一些有用的东西,如今我和你没有什么关系。"她眯起了眼睛。"我不会再次被你愚弄,霍金斯先生。"

"查理斯和我说你死了。"

她僵在了那里,一只手捂向心脏。"啊,"她喘着气,血一下子涌到她的脸上,"汤姆。"

"我以为我永远失去了你。"

她的眼睛里充满了泪水,眨着眼滴落下来。"我明白了。"她的手指扯起礼服的丝制裙摆。"那么,你不知道弗里特的遗嘱?"

"不知道。"

"可是,你还是过来找我?"

"是的。我一知道你还活着就来找你。特里姆今天下午告诉我的。"

"呃,那……"她摇着头,"好。"

这是在吉蒂·斯帕克斯打算承认她自己错了,什么都想错了的时候,我以最近的距离看着她的一次。

接着,我吻向她,就像她之前很多次希望我做的那样。这就是我以为自己已经失去的生活,我不会让这种生活再一次地从我指尖溜走。之后,莫尔过来了,和吉蒂就生意问题做了一次深谈。考文特花园最为臭名昭著的咖啡馆,和伦敦城里声名狼藉的印刷店可有一笔大生意要谈。我点了一瓶宾治酒,在火炉边的一把椅子上坐下,之后在那里打起了瞌睡。

吉蒂在午夜时分将我推醒。"你在打呼噜。"她说。她将双脚蜷缩在身下,对我笑着。

"上帝保佑国王！"有人喊叫道。

"上帝保佑莫尔国王！"有人回喊道，所有人都笑了起来。

吉蒂带着柔和的神情看着贝蒂倒了一壶新鲜的咖啡。"一个新的国王。"她喃喃自语道，然后对着我灿烂地一笑，"新的一天。"

我伸着懒腰，打着哈欠。"我想我应该给自己找份工作。找一个可以住的地方……"

吉蒂笑着用脚踢着我的大腿。"哎呀，你不想和我住在一起吗，汤姆？"

我一只手撑住下巴，想表现出冷漠，却是徒劳。"你的名声怎么办？"

"我是有钱人。我不需要名声。"

我清了下嗓子。"有多有钱呢？准确地说……？"

"非常有钱。"

我向前凑过去，将她的手放进我的手中。"我一定要把你变成一个诚实的女人，吉蒂·斯帕克斯。"

她咧嘴笑着说："你敢？"

◇

破晓时分，我们离开了莫尔咖啡馆，穿过露天广场走向拉塞尔大街。吉蒂一只胳膊环在我的腰上，我把她拉得更近一些，将我的唇抵在她的脸颊上。随着我们走远，四周的建筑变得越来越简陋脏乱，私人住宅和小型咖啡馆间有一处药房，接着是一家杂货店，一家简陋的酒馆，一间卖酒的小铺子，再是一家妓院。水沟里大小便和腐烂食物的臭气四处乱窜。吉蒂将胳膊从我腰间拿下，提着裙子往前走。"家。"她说。

接着，我看到了它，从眼角看到了它：一间小小的、黑暗的建筑，像是在生着闷气似的从邻间建筑之间往后缩回。底层的窗边堆满了混杂的书刊和地图，还有一些雕刻混杂在一起，直堆起窗户的高度。商店的标志是一支竖起的手枪，角度很不得体。

我将手握成筒状，盯着那污迹斑斑的窗台看。

"所有的东西都需要归类整理。"吉蒂说，"之前的那几天我都无心去干这些。"

"我可以帮着做。"

她抬起眉毛，"真的吗？"

"我的意思是说整理这些书和册子，你可以挽起袖子去擦地板，是吗？还有素描，我很乐意去看这些……"

她笑着说："我相信你确实很乐意，你个狗东西。"她走近了来亲吻我。

"明天？"

"明天。"她同意道。接着，她拉起我的手，将我拉进门内。

完

马夏尔西监狱背后的故事

这部小说部分取材于真实的事件,很多人物角色要么在现实中有真人,要么是基于真人所写。文中描述的所有状况都是基于一手的资料——如果要说有什么区别的话,只能是现实情形比小说中的描述更加恶劣。一个匿名的债务人所写的诗歌《马夏尔西,地狱之缩影》(1718),描述了犯人被锁在腐烂尸体旁边作为惩罚的情形。

监狱的许多细节来自约翰·格拉诺于 1728 年至 1729 年间的日记,其中描述了他在马夏尔西监狱的生活。(可参见后文关于真实角色的注解,了解更多信息)。我还广泛地吸取了 1729 年的《监狱委员会报告》,和 1729 年 8 月关于威廉姆·阿克顿谋杀案的审讯的报道。

伍德伯恩讲经布道的大多内容,来源于 1725 年鲁德门监狱里一场对债务人真实布道的内容。将近三百年后,你差不多还能在他们的座位上听到他们摇晃和叹息。文中所描述的监狱看守们在打开监狱牢房前必须得痛饮数杯白酒,这个细节是基于威廉·史密斯《伦敦监狱的现状》(1776)一书里的描述,这表明监狱里的状况在五十年间几乎没有什么改变。尸体被扔在那里任其腐烂,直到深陷悲伤的家属们能够付得起钱将它们领回。玛丽·阿克顿喜欢跳舞——而阿克顿讨厌跳舞。在高级监狱那边确实有一个叫作贝拉岛的牢房。

小说中的真实人物

小说里的很多角色或多或少源于真实的人物,他们在 1727 年自治区附近的马夏尔西监狱生活或者工作过。很多信息取材于约翰·格兰诺的监狱日记,他曾在 1728 年到 1729 年间以债务人的身份被关押在马夏尔西监狱。

我感激约翰·金杰,他曾编辑格兰诺的日志,并撰写出一份关于伯勒镇罪犯、信徒和关键角色的传记列表。这里列出的许多传记细节都来源于那份资料。

威廉姆·阿克顿

以前做过屠夫。早至 18 世纪 20 年代早期便担任马夏尔西监狱的监狱看守。1726 年,他成为了监狱里的看守头目,1727 年 3 月成为副监狱长。与玛丽·阿克顿结婚。玛丽的父亲詹姆斯·威尔逊是一名画家,曾被关押在普通监狱。威廉和玛丽有一个儿子亨利,出生于 1724 年 12 月。1729 年 8 月,阿克顿因为谋杀四个犯人而受到审讯。(我们可以称之为过失杀人——这些犯人要么曾经被打过,或者被严重虐待,所以死于自己的伤口或者相关的疾病。)阿克顿被判无罪,可是一旦他的暴行在伯勒镇被广泛传开,他的名声也就自然扫地。事后,他很快离开监狱,之后经营着一家名叫作灰狗的酒吧,直到 1748 年去世。他在死后给他的妻子和唯一的儿子留下了一笔正经的财富。

拉尔夫·安德森上尉

关押在普通监狱。他在格兰诺的日记里有过一次短暂的亮相,有证据表明安德森在 1729 年在监狱里引领过一次暴动——根据格兰诺的描述,他用一把刀袭击过阿克顿。

贝蒂

一个年轻的叫作贝蒂的黑人女人曾在莫尔的店里工作,出现在咖啡馆的描述中。贝蒂通常被用来称呼年轻的女仆，是很常见的名字，所以那可能并非她的真名。

萨拉·布雷萧

在马夏尔西监狱里拥有一间咖啡馆。因欠债五十英镑，于 1721 年 8 月入狱。1729 年后自愿住在监狱内。

亨利·查普曼

1724 年在马夏尔西监狱当酒吧招待员或者说"酒保"。1729 年后自愿入住。欠下的一百一十英镑，对于一个曾经的"圣吉尔斯的工作服销售者"来说是很大一笔钱。（工作服销售者指的是卖工作服的商人，比如卖屠夫的围裙。）在阿克顿的审判中，他是辩护证人。

约瑟夫·克罗斯

监狱看守，曾经做过沃德街的砌砖工。他是阿克顿的心腹之一。

"鬼魂"

这是受一个鬼魂故事所引发的创作。那个鬼魂曾在弗里特监狱的刑讯室中出现，甚至在文字报告中也被详细阐述过，报告中还插入了一些关于牢房里的拷问器具和饿死犯人的绘画。

爱德华·吉尔伯恩

吉尔伯恩是马夏尔西法院的首席副书记。他下令剥夺马修·皮尤作为监狱管事的职务，并禁止他再进入监狱（依照事实原封不动地被引用到小说里面）。在监狱委员会的报告中（包括吉尔伯恩的笔记作为附录），阿克顿宣称是吉尔伯恩让他拿走慈善箱。吉尔伯恩否认。皮尤在1729年的一个公众场合再次提到吉尔伯恩是一名贪污分子，应该受到法律的制裁。1735年，爱德华·吉尔伯恩在肯辛顿买了一栋房子，另外国家档案馆里有一份来自肯辛顿的爱德华·吉尔伯恩的遗嘱，他死于1756年。

约翰·格雷斯

格兰诺曾简单提到过此人。委员会报告证实是他协助着拆毁了慈善箱，并在之后被迫担任监狱管事，直到后来阿克顿废除这一职位。阿克顿审讯案上的证人。

吉尔伯特·汉德

在小说中被称为"公园里的游侠"，汉德是阿克顿的心腹，也为犯人们安排跑腿儿的差事，在此之前是个农民。

吉宁斯

吉宁斯，守夜人，是阿克顿唯一一个在审讯中公开反对他的心腹。

莫尔·金

莫尔是一个名声不好的人物，她大半生的时间都在力图逃避法律的制裁。在伦敦，她和她的丈夫汤姆一起经营着一家声名狼藉的咖啡馆（伦敦大约有六百家这样的咖啡馆）。这家咖啡馆的种种特点主要来源于考文特花园广场的各种讽刺版画和油画，其中包括《荷加斯的早晨》。汤姆·金死后，咖啡馆的名字改为莫尔·金。那里确实为一处充满着罪恶和争斗的地方，彻夜营业，人群经常发生骚乱。莫尔在她的晚年被短期地关押进监狱，并死在那里，不过她死时很富有，在汉普斯特德拥有大笔财产，之后咖啡馆由她的儿子威廉承接。

理查德·麦克·麦克唐纳和妻子（名字不详）

他们两人经营着小餐馆，以"乳头娃娃"之名令人印象深刻。1726 年入狱之前，麦克是一位住在圣吉尔斯的爱尔兰画家，欠债四十六英镑。

菲利普爵士和多萝西·梅多斯夫人

菲利普爵士被授名为马夏尔爵士，是马夏尔西监狱幕后的实际掌管人。曾有过这样的争议：阿克顿在谋杀案审判时被判无罪的其中一个理由，是因为这件事情会对菲利普爵士甚至对法院和政府都产生不利影响。（菲利普爵士对阿克顿从老典狱长达比手上接手监狱长这一职位的非法操作视而不见。）他的女儿玛丽是乔治二世的妻子卡罗琳皇后的侍女。

玛丽·麦戈尔特夫人

玛丽·米戈（Née Valence）是个寡妇，1727 年 6 月被关押入狱。她多次与约翰·格兰诺发生口角。

马修·皮尤

普通监狱以前的监狱管事，在阿克顿的审判失败后，继续为犯人寻求正义公平。在一个充斥着腐败与不公的世界里，皮尤勇敢地为公平正义而抗争——但可悲的是，他所做的一切都是徒劳。

特里姆

对于特里姆这个人所知甚少,只知道他是监狱的犯人,在高级监狱那边做理发师。

面包师尼希米·惠特克和药剂师斯蒂芬·西多尔,那个时候都在伯勒镇上做事。

参考书目

这是在写作过程中,我觉得特别有用,而且很有趣的一部分的精选集。关于服饰、房屋摆设以及街道场景等等一切的描述,则都来源于荷加斯①的油画,其价值不可估量。

如果我只能从这个清单里推荐一本书的话,那么我会建议《赫维勋爵的回忆录》,那里面充斥着罪恶的描述以及丑闻的乐趣。但是,我没必要只推荐一本,那么以下便是我推荐的所有文集。

时代文献

-, *A Report from the Committee Appointed to Enquire into the State of the Gaols of this Kingdom. With the Resolutions and Orders of the House of Commons thereupon*, 1729.

-, *The Tryal of William Acton*, Friday 1 and Saturday 2 August 1729

Defoff, Daniel, *A Tour through the Whole Island of Great Britain*

Ginger, John (ed.), *Handel's Trumpeter – The Diary of John Grano*, 1728 – 9

Mudge, Bradford K. (ed.), *When Flesh Becomes Word: An Anthology of Early Eighteenth – Century Libertine Literature*

---

① 威廉·荷加斯(Willian Hogarth,? —1764)英国画家,擅长油画铜版画、讽刺画,是欧洲连环漫画的先驱。画作擅长突出社会特征与人物个性。

de Saussure, César, *A ForeignView of England in the Reigns of George I & George II*

Sedgwick, Romney (ed.), *Lord Hervey's Memoirs*

辅助文献

Borman, Tracy, *Henrietta Howard*

Buck, Anne, *Dress in Eighteenth-Century England*

Cruickshank, Dan, *The Secret History of Georgian London*

George, M. Dorothy, *London Life in the Eighteenth Century*

Moore, Lucy, *Amphibious Thing: The Life of a Georgian Rake*

Moore, Lucy, *Con Men and Cutpurses: Scenes from the Hogarthian Underworld*

Peakman, Julie, *Lascivious Bodies: a Sexual History of the Eighteenth Century*

Porter, Roy, *English Society in the Eighteenth Century*

Porter, Roy, *Enlightenment*

Stead, Jennifer, *Georgian Cookery (English Heritage series)*

Styles, John, *The Dress of the People*

Vickery, Amanda, *Behind Closed Doors: At Home in Georgian England*

Worsley, Lucy, *Courtiers: The Secret History of Kensington Palace*

致谢

首先，我想感谢乔·安文和克莱尔·康威尔的鼓励和帮助。我由衷感谢凯莉·普利特，以及康威尔和沃尔什文学社的每个人——尤其是杰克·史密斯·博赞基特，海娜·西尔文诺伊宁和亚历山德拉·麦克尼科尔。

紧接着，如果允许的话，我要感谢我的出版商尼克·塞尔斯，因为他不辞辛劳的帮助和精彩的编辑方面的指导。也要感谢劳拉·麦克杜格尔，阿拉斯代尔·奥利弗，克里·胡德，艾伦·伍德和霍德出版社的整个团队所做的一切。

我的美国出版人安德列·舒尔茨提供的周到和有洞察力的观点，那真的很管用——我很感激她和她在霍顿·米夫林的团队。

感激大英图书馆的所有职员——尤其在我借阅了多卷18世纪情色资料时，他们没有用异样的眼光来看我。那是为了研究。那是为了研究。那是为了研究。（我告诉你们三遍的事情一定是真的。）

感谢理查德·贝齐克，他从始至终都是一位彻底的好帮手。感谢大卫·雪莱的支持和好脾气。感谢路易基·伯诺米有用而周到的建议。感谢安东尼，维克和克斯蒂一家好心的陪伴与善意。感谢乔·狄金森，哈里·伊凡斯，兰斯·菲茨杰拉德，约翰·欧·康纳尔和安德鲁·威尔的友谊和明智的建议。特别感谢罗威娜和伊恩令人难以置信的热情。在此给我的父母亲和我的姐妹凯，米歇尔与德比浅浅地一鞠躬。

我感激利特尔＆布朗出版社每个人的鼓励——尤其是厄苏拉·麦

肯兹，凯斯·伯克，汉娜·伯斯内尔，肖恩·加勒特，克莱尔·史密斯和亚当·斯特兰奇。

最后，感谢并永远感激我最亲爱的朋友厄苏拉·多伊尔，因为她忠诚、慷慨，并定期来酒店看望我。

《黑狱谜局》续作,即将上市

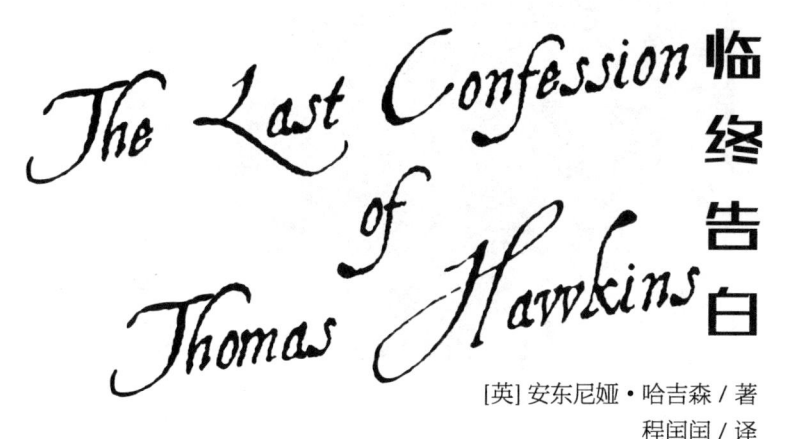

The Last Confession of Thomas Hawkins 临终告白

[英] 安东尼娅·哈吉森 / 著
程闰闰 / 译

自马夏尔西出狱后,汤姆·霍金斯展开了全新的生活。
他以狱中取得的报酬开了一间书店,
但因其售卖文学书籍的行为引起当地清教徒的不满,
被强烈要求关门休业。
在这期间,他的一位邻居遭到谋杀,
警方将怀疑的目光落在了汤姆身上。

汤姆成为疑犯被关押在案,但他没想到的是,
自己竟然能在这期间摇身一变成为卡洛琳女王的调查代理人,
为其调查一桩宫廷谋杀案……

调查过程中,汤姆发现这起案件涉及王室秘密,
埋藏在案件中的谜团越来越多……
被多方势力利用的汤姆被送上了泰伯恩刑场的绞刑架。

他声明自己是无辜的,但究竟是谁,能将他救下刑场呢?

获选《出版者周刊》《书单杂志》双料明星推荐；荣登《纽约时报》畅销排行榜，售出八国版权；《饥饿游戏》导演弗朗西斯·劳伦斯将携手好莱坞著名制片人马克·艾登拍摄同名美剧！

《纽约大盗》

著：[美]查尔斯·贝佛
译：林南山

所谓的上流社会，每个家庭都有不可告人的秘密。
克洛斯家的秘密就是——每个人都是小偷！

1886年，纽约——华服珠宝、珍馐佳酿，世间最虚伪浮华的名利场！建筑师克洛斯在此设下高材生儿子的毕业宴，一时名流云集，无限风光。

盛宴过后，克洛斯却遭极恶之徒绑架，此时他才得知，宝贝儿子欠下黑帮巨额赌债，倾家荡产不足以偿还！黑帮提出致命邀约——由他这位大牌建筑师于豪宅蓝图上指点一二，以抵赌金。

克洛斯被迫偕同黑帮打开扇扇朱门，恶行一旦曝光，全家必遭上流亲族驱逐。然而与魔鬼共舞的堕落之行，竟使他寻得了久违的真我——行走在刀尖的自由，远比伪善的社交辞令更快乐！

《都铎疑云》系列

[英] C.J.桑森／著 曹茜／译

一位身处英国变革节点的驼背侦探！
剥开历史洪流下的重重谜案，直击动乱之下的都铎时代！

16世纪，英国人民迎来国王与教皇史无前例的决裂，亨利八世的反对者们被相继送上断头台。改革引发数起叛乱，一时间风云变幻，震动朝野。

驼背侦探马修·夏雷克奉国务大臣克伦威尔之命，彻查一起修道院连环谜案。在层层剥落修道院那慈悲虔诚的面纱后，夏雷克愕然发现，他立足之处并非真相的终点，而是更为沉重复杂的悲剧源头。

夏雷克因而有意拒绝与王室再牵瓜葛，但克伦威尔因古代传奇武器"希腊火"的现身，再三要求他紧急调查。侦探心知肚明，伯爵的急迫既为军备，也为阻挠老对手诺福克公爵的上位。此时，英国迎来了令人惊愕的变局。

而这一次，一个秘密可能会夺走夏雷克的性命——他得知了亨利八世讳莫如深的身世血统之谜……

英国国民级历史推理小说，售出22国版权，数十年间畅销英伦
荣获历史匕首奖桂冠，多次入围金匕首奖、匕首奖图书馆奖！

高能预警

《纽约时报》首席畅销作者 幻想文学短篇精选集

[美]尼尔·盖曼 著　王予润 译

我第一次遇见"高能预警"这个词是在互联网上,意在警告人们以下的某些内容可能会令观看者失望、痛苦、焦虑或恐惧;它作为警示,至少能让人先做好心理准备。

而在这本书里,有一些东西同样可能会令你心烦意乱。

这里有火星归来的"瘦白公爵"大卫·鲍伊,有鼎鼎大名的福尔摩斯的新结局,它甚至荣膺了银匕首奖提名;

书里也收录了我特别为《神秘博士》撰写的故事,它或许会令人有些不安,但就算没看过全剧,你仍能享受它的剧情;

当然,还有万众期待的《美国众神》外传。

它们包括死亡和伤痛,泪水和不适,有各式各样的奇谈怪论,但也有一些善良的东西,几个幸福的结局。

不过,不少故事的结局都不算完美。我已经提醒过你,你可要考虑好了。

——尼尔·盖曼

与福尔摩斯为邻

IN THE COMPANY OF SHERLOCK HOLMES

[美]劳丽·R.金，莱斯利·S.克林格 编
梁宇晗 译

在过去，柯南·道尔遗产基金会声称他们管理着一切关于福尔摩斯的版权。除他们认证以外，任何人无权染指。
但是在这里，这里汇聚了一群不安分的人，一群无比热爱福尔摩斯的年轻书迷。他们向基金会发起挑战，甚至不惜与之对簿公堂。经过漫长而令人焦虑的诉讼，他们终于迎来了公正的裁定——
解放福尔摩斯！
他们创造了历史。
自本书之后，福尔摩斯和华生的形象将重新回归全世界。
现在，这些出色的作家和艺术家们将为你展示他们心中最独特的、最具趣味的当代福尔摩斯。
希望你能与我们同样，发现这一切的等待都值得。

UNICORN
独角兽书系
分享与无趣相悖的话题
你的脑洞 超乎你想象